Elizabeth McGregor

# *Wahre Lügen*

Roman

Aus dem Englischen
von Edith Walter



Bechtermünz

Die Originalausgabe erschien unter dem Titel
*Little White Lies*
bei Headline Book Publishing, London

Genehmigte Lizenzausgabe
für Weltbild Verlag GmbH, Augsburg 2000

Übersetzung: Edith Walter
Umschlaggestaltung: DYADEsign, Düsseldorf
Umschlagmotiv: Mauritius, Mittenwald
Gesamtherstellung: Wiener Verlag, Himberg bei Wien
Printed in Austria
ISBN 3-8289-6785-X

# I

Er blieb auf der Schwelle stehen und hatte etwas in der Hand, das sie nicht sehen konnte.

»Was hast du da?« rief Beth.

Sie stand oben an der Treppe und blickte in die geflieste Diele, eine dunkle Fläche, von Morgensonne erhellt. Es war acht Uhr, die letzte Maiwoche und schon warm.

David reagierte nicht; reglos betrachtete er etwas in seiner Hand. Sie fragte sich, ob ihr Mann sie überhaupt gehört hatte. Sie begann die Stufen hinunterzugehen und fuhr sich mit den Fingern durch das vom Duschen noch nasse Haar.

»Was hast du da?« fragte sie noch einmal. Sie überlegte, ob er sich auf irgend etwas völlig anderes konzentrierte, einen inneren Vorgang, und gar nicht auf sie. Es überraschte sie nicht, verstärkte nur den dumpfen Schmerz des Ausgeschlossenseins in ihr.

Er hatte ein Stück Papier in der Hand. Als sie auf ihn zuging, knüllte er es zusammen und steckte es in die Tasche.

»Ist es ein Brief?« fragte sie.

»Nein«, sagte er. Er streckte die andere Hand aus.

Auf seinem Handteller lag ein toter Vogel. Beth reagierte reflexartig und wich sofort vor dem glänzenden schwarzen Leichnam zurück.

»Wo hast du den her?« fragte sie.

»Lag hier am Eingang.«

Sie schob sich an ihm vorbei und schaute hinaus. Die kleine Straße führte in einer sanften Kurve zu den grauen Schieferdächern der Häuser am Dorfrand hinunter. Der Fluß mit den Schleusentoren zog sich wie ein weißes Band durch die Felder. Die Welt dort unten bestand aus einem unvorstellbar giftigen Grün: Feld, Grasrand an der Straße, Baum an der Kurve.

»Er hat sich den Hals gebrochen«, sagte David. Er bewegte ganz leicht die Finger, und der Kopf fiel zur Seite. Dann ging er in den Garten und trug den kleinen, schlaffen Leichnam in den Schatten der Hecke.

Beth schauderte bei dem Gedanken, daß er ihn aufgehoben und in der Hand gehalten hatte. Ekel. »Du kommst zu spät«, sagte sie. Es war Viertel nach acht; gewöhnlich ging er schon vor acht aus dem Haus. Als er aus dem Garten zurückkam, nahm er seinen Aktenkoffer und wechselte ihn von einer Hand in die andere.

»Worauf wartest du?« fragte sie. Sie schaute ins Haus; wenn er zu spät kam, wäre auch sie zu spät dran. Sie hätte gern die Tür hinter ihm zugemacht.

»Wirst du zurechtkommen?« fragte er.

Schon halb im Haus, blieb sie stehen und schaute zu ihm zurück. »Warum denn nicht?« Sie stand jetzt an der Küchentür und rief ihm eine letzte Bemerkung nach. »Fahr vorsichtig.«

Er antwortete nicht. Ein paar Sekunden später hörte sie seine Schritte auf der kleinen Zufahrt, dann auf der Straße, wo er seinen Wagen geparkt hatte.

Durch das Küchenfenster mit dem Blick über das Dorf sah sie seinen Wagen sehr langsam über die Brücke zwischen Feld und Wald fahren.

Während sie frühstückte, hatte sie vor sich den Plan von Oak Rise an das Marmeladeglas gelehnt. Dann, bei einer Tasse Kaffee, nachdem sie die Teller in die Spüle gestellt hatte, legte sie ihn flach auf den Tisch und beugte sich darüber.

Sie sollte einen Teil des Landschaftsplans auf Pauspapier übertragen und fragte sich, ob die Entdeckung des Bauunternehmers eine weitere Überarbeitung erforderlich machen würde. Alan Pritchard hatte sie am Samstag angerufen und ihr mitgeteilt, daß er ein Grab gefunden hatte, als er am Vormittag allein auf der Baustelle gewesen war, um mit dem Bagger den Mutterboden abzuheben.

Die Landschaftsgestaltung wie auch die Bauarbeiten waren eingestellt worden.

»Ich sag' dir«, hatte er am Telefon erklärt, »was es auch ist, du kannst sicher sein, daß es mir passiert.«

Im Hintergrund hörte sie seine Frau Helen lachend sagen: »Unsinn!«

»Ich *sage* es dir«, antwortete er. »In Dewpond ein unterirdischer Fluß. Und wie war das vor kurzem mit dieser Garage?« Alans Akzent wurde stärker, wenn er verärgert war. »Verseuchter Boden. Und jetzt das! Ein verdammtes Grab!«

»Ist es sehr alt?« fragte Beth. Römische Grabstätten wurden in der Gegend von Stourminster häufiger entdeckt; als vor fünf Jahren in der Nähe eine kleine Industrieanlage gebaut worden war, hatten sie einen Friedhof gefunden. »Ist es ein römisches Grab?«

Alan seufzte tief. »Es ist alt, natürlich. Selbstverständlich mußte ich die Polizei verständigen, auch das Innenministerium. Ein Skelett – nur Knochen.«

Er hatte ihr gesagt, sie solle sich nicht die Mühe machen, heute morgen zur Arbeit zu kommen, doch sie hatte darauf bestanden. »Nur um eine Vorstellung davon zu kriegen, wie der neue Zeitplan aussehen muß«, hatte sie gesagt. Doch eigentlich war es reine Neugier gewesen.

Eine Stunde später belud sie ihren Van, als sie einen anderen Wagen die schmale Straße entlangfahren sah. Sie wuchtete gerade die Säcke mit dem Torf hinein und wurde abgelenkt, weil der fremde Wagen so langsam fuhr – ein weißes Dach erschien lautlos über der Hecke. Der Wagen hielt kurz vor dem Tor an.

Beth richtete sich auf, wischte sich die Hände an den Jeans ab und wartete.

Hoffentlich willst du nicht zu mir, dachte sie. Ich habe keine Zeit. Sie schlug die Tür des Vans zu und ging ins Haus, um nachzusehen, ob alles in Ordnung war.

»Ossy?« rief sie. Vor langer Zeit hatten sie ihren Kater Chaos getauft, wegen des Durcheinanders, das er anrichtete, wohin er auch ging. Doch jetzt war er alt und ziemlich dick; ein Tigerkater mit grünen Augen, der gewöhnlich bei der Hecke oder im Schatten eines Baums lag. Manchmal, wenn sie zu ihrer Arbeitsstelle kam, fand sie ihn zusammengerollt auf einem der Säcke im hinteren Teil des Vans, von wo aus er sie mit überlegener Ruhe anschaute, wenn sie die Tür öffnete.

Im Haus war nichts von ihm zu sehen. Flüchtig schoß ihr der Gedanke durch den Kopf, ob er den Vogel getötet und auf die Stufen gelegt hatte wie vor Jahren. Sie schob Futter- und Wasserschüssel mit dem Fuß auf die Veranda, warf noch einen Blick ins Haus, um sich zu überzeugen, daß das Boilerlämpchen nicht brannte, und zog fest die Tür zu.

»Sind Sie Mrs. March?«

Sie drehte sich um. Auf dem Weg stand ein Polizist.

»Wie bitte?«

»Mrs. March? Sind Sie ...« Er warf einen Blick auf den Zettel in seiner Hand. »... Mrs. Elizabeth March?«

»Ja.«

Er kam auf sie zu. »Kann ich Sie kurz sprechen? Drinnen vielleicht?«

»Geht es um den Baum?«

»Verzeihung?«

»Sind Sie wegen des Baums hier?« Im Ort wurden Unterschriften für eine Petition zur Rettung der Dorfeiche gesammelt, einem dürren, kranken, sterbenden Exemplar in einer Ecke des Dorfangers. Letzte Woche hatte jemand erklärt, sie würden sich an das verdammte Ding anketten, wenn sie es tatsächlich fällen ließe, wie vom Gemeinderat beschlossen.

»Es geht nicht um den Baum, nein.« Der Mann blickte zur Haustür und neigte leicht den Kopf in die Richtung.

»Na schön«, sagte sie, holte den Schlüssel aus der Tasche, öffnete die Tür, drehte sich um. »Um was geht's denn dann?«

Er drängte sich gleichzeitig mit ihr über die Schwelle.

Beth blieb stehen, etwas schnürte ihr die Kehle zu. Er schob eine Hand unter ihren Ellenbogen, doch sie schüttelte ihn ab. »Was *ist* los?« fragte sie.

Die Welt blieb plötzlich stehen – ein erstarrtes Bild, in dem sich nur die Amseln bewegen konnten, die sich in der Hecke zankten und mit den Flügeln gegen die grünen Zweige flatterten.

»Können Sie mir vielleicht sagen, ob Ihr Mann noch im Besitz eines Wagens mit diesem amtlichen Kennzeichen ist?« Und er zeigte ihr den Zettel.

Sie starrte darauf. Sie konnte sich nicht einmal an das Kennzeichen des Vans erinnern, geschweige an das von Davids Wagen. »Ich weiß nicht, ob das die Nummer ist«, sagte sie. »Aber es ist ein neuer Wagen. Silberfarben.«

»Und der Name Ihres Mannes?«

»David Alexander March.«

Die Flügel flatterten in ihrem Kopf. Die Treppenkanten, die Ecken der Fliesen wirkten unglaublich scharf, als seien sie mit einer Feder nachgezogen worden.

»Hat Ihr Mann den Wagen heute morgen gefahren?«

»Ja, natürlich ...«

Er warf einen Blick zum Wohnzimmer mit den geradlehnigen Stühlen und dem gekachelten Kamin. »Ein Wagen mit diesem Kennzeichen, als dessen Halter Ihr Mann eingetragen ist ...« Er räusperte sich. »Heute morgen auf der Yeovil Road, bei Stag's Fall ...«

»Wann?« sagte sie.

»Ungefähr um halb neun.« Um diese Zeit hatte sie sich die Landkarten angesehen. Die Landkarten angesehen. Ihr Frühstück beendet. »Es hat einen Frontalzusammenstoß zwischen diesem Wagen und einem Laster gegeben«, fuhr der Polizist fort. »Es tut mir sehr leid, Mrs. March. Der Fahrer des Wagens wurde getötet. Er wurde vor ungefähr einer halben Stunde am Unfallort vom Arzt identifiziert.«

»Heute?« fragte sie. Lächerliche Frage.

Sie ließ ihn stehen und ging.

Ging zur Hintertür hinaus, den leicht abfallenden Rasen und die drei Stufen hinunter, weiter zu dem kleinen Stückchen Land, das sie letztes Jahr einer brusthohen Wildnis aus Schilf und Gras abgerungen hatte. Jetzt war es ein Rasenstreifen, sauber und ordentlich wie ein Garten-Center, zu ordentlich vielleicht, direkt am Rand des Wassers – einem Bach, der ein Stück weiter in den Fluß mündete, gerade und geräuschlos, auch wenn der Wasserstand sehr hoch war; sein Bett war tief.

Ich werde hinüberspringen, dachte sie. Einfach hinüberspringen. Der Bach war hier nur etwa eins achtzig breit. Sie würde spazierengehen. Jetzt. Es war nur ein kleiner Bach ...

»Mrs. March?«

Sie merkte plötzlich, daß der junge Polizist, er konnte nicht älter als zwei- oder dreiundzwanzig sein, oberhalb von ihr auf dem Rasen stand.

Sie starrte ihn an. »Was für ein fürchterlicher Job, den Sie da haben«, sagte sie.

Er kam die Stufen herunter. »Gibt es jemanden – eine Nachbarin, Verwandte ...«

»David hat eine Cousine, glaube ich. Im Ausland.«

»Oder eine Nachbarin? Eine Freundin?«

*Oliver und Julia.*

Sie wünschte sich plötzlich und sehr heftig, daß Oliver Woods zu ihr käme. Nicht Julia – sie würde ihr Getue, ihr nervöses und verkrampftes Selbstmitleid nicht ertragen. Nicht heute. Heute wäre ihr Oliver lieber. Wenn er auch abweisend war, war er doch ruhig.

Männer wie Oliver – alte Schule, verschlossene Miene, Förmlichkeit, gestreifte Krawatte, die geballten Hände hinter dem Rücken verschränkt – waren für solche Notfälle wie geschaffen. Die letzten, die zusammenbrechen, dachte sie.

Doch er würde in der Arbeit sein.

Julia hingegen war zu Hause.

»Mrs. Woods im Lodge. Das nächste Haus die Straße runter. Es ist ...« Sie zeigte auf das steinerne Tor ungefähr hundert Meter weiter.

»Kommen Sie mit hinein?« fragte er.

»Nein.«

»Nur hinein.«

»Nein!« Lauter.

Er hob beide Hände, eine abwehrende, beschwichtigende Geste. »Sie warten hier?«

Sie setzte sich ins Gras und blickte auf das Wasser. Es war ein schöner Morgen: hell, warm, trocken. Klar. Sehr klar, überall.

Von hier bis zur Hauptstraße – *der Yeovil Road, der Yeovil Road* – waren es drei Meilen, und alle Konturen waren deutlich zu sehen. Sie erkannte einzelne Bäume, sah ihre Farben. *Auf der Hauptstraße. Mit diesem amtlichen Kennzeichen. Zusammenstoß.* Im Haus begann das Telefon in der Diele zu klingeln.

Sie schob die Hände unter die Oberschenkel, flach auf den Boden, damit sie sich nicht bewegten.

»Ich bin bald wieder da«, sagte der Mann hinter ihr.

»In Ordnung«, sagte sie.

Sie saß sehr still und lauschte auf ihren eigenen Atem.

## 2

Die Schwalben waren wieder da.

Sie kamen jedes Jahr in den aus Steinen erbauten Schuppen hinten im Garten, unter den beiden hohen Fliederbäumen. Es war sehr schwierig, das Nest zu sehen; es lag hoch oben geschützt im Schatten.

Schwalben im April. Mauersegler im Mai.

An einem Morgen wie diesem konnte man im Gras stehen und die Vögel beobachten, die sich unablässig in den Himmel schwangen. Unendliche Geduld.

Einmal, während eines Urlaubs in Griechenland, hatten sie in einem Hotel gewohnt, wo die Vögel ihre Nester ins Dachgesims gebaut hatten. Sie verbrachten den ganzen Tag damit, in den dunklen Höhlen aus Stroh und grauem Schlamm ihre Jungen zu versorgen; hinter dem runden Loch beklagten sich die Jungvögel immer fordernder, daß sie im nächsten Moment verhungern würden. Die Eltern strengten sich verzweifelt an, sie zu füttern; hin und her, hin und her.

Unter dem Flieder war die Luft schon am frühen Morgen schwer. Dunkelviolette Blütentrauben drückten die Blätter nieder. Es war schwierig, sich zwischen Baum und Mauer zu zwängen; schwieriger noch, das Nest zu sehen.

Im Schlafzimmer, das auf den Garten hinausblickte, war das Fenster offen, aber die Vorhänge geschlossen.

Sie würde jetzt stundenlang nicht aufwachen.

# 3

Die Landkarten waren in Oak Rise auf der Motorhaube des Wagens ausgebreitet, doch niemand sah sie mehr an.

»Wie viele?« fragte Alan.

Die Vertreterin des County Archaeological Department lächelte ihn an. »Viele?« Alison Warley war sehr groß; breithüftig, rundgesichtig, gelehrt; ein schweres, aristokratisches Gesicht; im Ausschnitt ihres Guernsey-Pullovers steckte ein indianisches Tuch, und sie trug baumelnde Ohrringe. Daß sie ihr bis zum Hals reichten, irritierte Alan Pritchard sehr.

»Sie wissen schon. *Viele.* Gibt es *viele* von diesen Kerlen oder nur diesen einen?«

Sie lachte. »Ich habe noch keine Ahnung.«

Alan lehnte seinen nicht gerade schlanken Leib ans Auto und kreuzte die Arme. Er war ein kleiner, breiter, rotgesichtiger Mann; in dem handgestrickten Pullover, der über seinem Bauch spannte, sah er wie ein gut erhaltener fünfzig Jahre alter Bär aus. »Ich sage Ihnen, was ich hätte tun sollen«, erklärte er. »Ich hätte am Sonntag allein herkommen und das Ganze zuschaufeln sollen, die ganze Baustelle. Genau das hätte ich tun sollen.«

»Nun, dem Himmel sei Dank, daß Sie's nicht getan haben«, stellte die Frau gelassen fest. »Der Verlust eines solchen Fundes ...«

»Sie hören mir jetzt zu!« sagte er.

Alison trat ein paar Schritte von ihm zurück. Er beugte sich über die Motorhaube und wies mit dem Finger auf sie. »Ich erzähle Ihnen was über Verlust. Geldverlust. Mir gehört dieser Grund, und ich bin verpflichtet, darauf zu arbeiten. Verstehen Sie, was ich meine?« Er kannte Leute, die solches Zeug gefunden und weitergemacht, es zubetoniert hatten. »Es war nichts hier. Keine Hügelgräber, nichts. Vor zwanzig Jahren wurde hier ein Abwasserkanal gebaut, und nichts ...«

»Ja, so etwas passiert ...« Sie blickten auf das Grundstück zurück, achtzig mal sechzig Meter groß, auf dem Kamm des baumlosen Hügellands von Dorset. Ein warmer Frühsommerwind umwehte sie.

Alan wedelte mit der Hand über die Karten. »Und wie lange wird das dauern?«

Sie lächelte. »Sehr schwer zu sagen.«

Er ballte beide Hände. »Sie *müssen* es sagen.«

»Das kann ich nicht. Zumindest jetzt noch nicht.«

Er machte auf dem Absatz kehrt und ließ sie stehen. In seinen Schultern war dieser Schmerz, als kneife ihn das Blut in einem Muskel, ein Krampf, der ihn drängte, auf jemanden einzuschlagen. »Für einen netten Mann hast du ein verdammt aufbrausendes Temperament«, sagte seine Frau Helen oft zu ihm.

Er ging über die Anhöhe, schaute nach links und nach rechts. Die Polizei sollte hier sein, oder? Er hätte sie nicht anrufen sollen; das war ihm jetzt klar. *Herrgott!*

Vor ihm zog sich ein riesiges Feld hin. An dieser Stelle war das Tal zwei Meilen breit, zerschnitten von drei schnurgeraden, schmalen Landstraßen. Es war ein wunderschöner Ort. Ein Ort – dem Wind ausgesetzt, hoch oben, still, ein grünes Hügelland der ihm selbst gefallen hätte.

Es hätte eine gute, gewinnbringende Sache werden können, dieses vergessene Gewirr aus Brombeer- und Holundersträuchern.

Die Bank hätte ...

Er unterdrückte ein Stöhnen. Mist! Das wäre die Reaktion der Bank. Verdammter Mist! Eine Ausgrabung würde dauern – *schwer zu sagen ...*

Alison Warley war zu dem Grab gegangen und stand etwa zwei Meter davon entfernt, den Zeigefinger auf die Lippen gepreßt. Er schaute mit ihr hinunter und kniff ein Auge zu, so daß er ihren Ohrring, der ein leises Klingeln von sich gab, nicht sehen konnte.

Sie sah ihn über die Schulter an. »Am besten telefonieren Sie mit diesen Leuten.« Sie gab ihm eine Karte mit dem Namen einer Gesellschaft, die auf archäologische Ausgrabungen spezialisiert war. »Sie arbeiten oft für Bauunternehmer«, sagte sie, »wenn man sie läßt. Wenn nicht alles wieder zugeschüttet wurde.«

Er nahm die Karte mit einer Grimasse entgegen. Im Grab war ein Armknochen als saubere nußbraune Linie zu sehen. In diesem Moment fuhr am Rand des Baugrunds, neben der Hecke und dem Brombeergestrüpp, ein Polizeiauto vor.

»Besser zu spät als nie«, sagte Alan.

Das Auto hielt, und er erkannte, daß es die Verkehrspolizei war. Ein großer Mann stieg aus und setzte sich die Uniformmütze auf.

»Ihr habt euch verdammt viel Zeit gelassen«, sagte Alan, als George Mayall näher kam.

»Guten Morgen, Alan. Miß Warley.«

»Tag«, murmelte sie.

»Hatten einen bösen Unfall.«

»Ihr seid wie ein Mann und sein Hund, ihr«, sagte Alan sarkastisch, ein Lächeln unterdrückend. »Ein Unfall, und ihr seid überfordert.«

George sah Alan direkt an. »Sie werden gebraucht.«

»Eh?«

»Mrs. March.«

»Beth?« Eine kalte Hand zupfte kurz an einem Faden in Alans Brust, ein hartes Stück Stacheldraht legte sich um sein Herz. »Nicht sie, oder doch? Mit dem Van?« Er kannte Beth March seit sechs Jahren. Als sie zu ihm kam, mit ihren Karten und Broschüren, hatte er ihr im stillen sechs Monate gegeben. Doch das war, bevor er sie am Steuer eines JCB, dem nach den Initialen des englischen Herstellers Joseph Cyril Bamford benannten Baggers mit einer hydraulischen Schaufel vorn und einem Ausgrabungsarm hinten, gesehen hatte oder beim Verlegen von Fußbodenplatten oder wie sie sich im Regen, ihre dunkle Kleidung tropfnaß, mit einer Lieferung abmühte.

»Nein«, sagte der Polizist. »Es ist nicht Beth. Es ist ihr Mann, David.«

»Oh – verflucht, verflucht«, sagte Alan, blaß werdend. »Verflucht!«

»Ja. Schlimme Sache.«

Eine kurze Zeit blieb es still. Die Karten auf der Motorhaube, von einem einzigen Stein festgehalten, flatterten im Wind.

»Man hat uns über Funk durchgegeben, daß sie ganz allein ist. Sie hat gebeten, daß Sie kommen.«

Alan zog den Wagenschlüssel aus der Hosentasche.

## 4

»Rosie«, sagte Julia Woods. »Rosie.«

Sie stand an der Tür zum Zimmer ihrer Tochter; die Kleine lag im Bett, obwohl es schon spät war. Julia ging zum Fenster und zog den Vorhang zurück.

Rosie rollte sich voller Abwehr zusammen. Sie war sechs, sehr klein für ihr Alter und sah in dem großen Doppelbett wie ein Zwerg aus. Sie drehte sich auf die andere Seite.

»Rosie«, sagte Julia. »Es ist Zeit, aufzustehen.«

»Warum?« murmelte Rosie.

»Wir müssen zum Arzt.«

Ohne die Augen zu öffnen, stöhnte Rosie. »Oh, warum ...«

Lächelnd setzte Julia sich auf den Bettrand. Sie strich der

Kleinen mit der Hand über die Stirn, und endlich schlug Rosie die Augen auf.

»Bin ich noch heiß?« fragte sie.

»Nein, Liebling. Du bist kühl. Sehr kühl. Fühlst du dich noch krank?«

»Nein.« Rosie suchte im Gesicht der Mutter nach einem Zeichen der Anerkennung. Rosie war so blond wie ihre Mutter, mit fast weißblonden Haaren und dichten blonden Wimpern. Sie hatte eine helle Haut und hübsche, feine Züge.

»Wie fühlst du dich?« fragte Julia.

»Müde.« Rosie streckte sich. »Muß ich nicht in die Schule?« fragte sie plötzlich und setzte sich auf; ihre Augen wurden groß und rund. Sie war ein gewissenhaftes Kind und hatte große Angst davor, zu spät zu kommen, etwas Falsches zu tun oder von den anderen in ihrer Klasse ausgegrenzt zu werden.

»Wir haben einen Termin«, erklärte Julia. »Beeil dich jetzt.«

Rosie schwang die Beine aus dem Bett. »Ich bin so müde.«

An der Schlafzimmertür blieb Julia stehen und schaute zurück. »Darüber müssen wir mit dem Doktor sprechen«, sagte sie vor sich hin.

## 5

Oliver Woods stand, die Hand auf der Wagentür, in der Einmündung zur Sackgasse. In der Nähe von Lilian Davis und ihrem Bruder hatte er immer dieses Gefühl – als müsse er ersticken. Das Vorderfenster des riesigen, allmählich verfallenden Bungalows blickte direkt auf die Parkbucht, in der er jetzt stand. Der Vorhang bewegte sich. Lilian hatte ihn schon gesehen.

Sie öffnete die Tür, bevor er klopfte.

»Oliver, mein Lieber«, sagte sie strahlend und zeigte zwei Reihen gelblicher Zähne. »Kommen Sie rein. Kommen Sie rein.« Sie nahm seinen Ellenbogen und beatmete ihn mit Gin – um neun Uhr morgens. Er merkte, daß sie Lidschatten aufgelegt hatte, anscheinend mit dem Messer. Das grüne Zeug schien schwer auf ihre Lider zu drücken.

»Sie werden jetzt alles sehen«, sagte sie und nickte zum Wohnzimmer hinüber. »Sie werden sehen, womit ich es zu tun habe.«

Sie gab ihm einen Stoß. Oliver runzelte irritiert die Stirn, ging aber weiter und quetschte seine große, knochige Gestalt ins Zimmer. Arthur Davis saß, mit Blick auf die gegenüberliegende Wand, in einem Kaminsessel. Er schaukelte mit dem Oberkörper sanft vor und zurück, so daß der Sessel auf dem Kaminvorleger hin und her rückte.

»Schauen Sie«, sagte Lilian.

Sie stand neben Oliver, zog den Kragen ihrer Strickjacke herunter und zeigte ihm ihren faltigen Hals. »Schauen Sie, was er mir diesmal angetan hat.«

Es war zweifellos ein Bluterguß. Und die bläulichen Kratzer zweier Fingernägel im Fleisch. Oliver betrachtete den Verlauf, vom rechten Ohr der Frau schräg nach unten.

»Das hat er getan?« fragte er.

Sie lächelte, streckte sich und flüsterte Oliver ins Ohr: »Er ist gefährlich.«

Dann nickte sie, als ob damit der Pakt zwischen ihnen besiegelt sei. Lilian war einst eine »indische« Ehefrau gewesen, die Tochter eines Colonels; sie hatte ihre Trophäen in das Haus ihres Bruders mitgebracht – den Elefantenfuß, den javanesischen Tisch, den Tee um vier, den Gin mit Wasser. Die Zeit hatte ihren Charme gründlich beseitigt und nur ihre Gier und ihren Snobismus zurückgelassen. Sie habe die gute Erziehung, hatte sie, Oliver ihre faulenden Zähne zeigend, oft erzählt, aber ihr Bruder habe das Geld. »Lächerlich«, hatte sie schon bei ihrer allerersten Begegnung gesagt. »Wissen Sie, wofür er es ausgeben würde? Pferde, Hunde ...« Sie gierte nach Arthurs Vermögen mit der gleichen Energie, die er darauf verwandte, es ihr vorzuenthalten.

»Da sehen Sie's, nicht wahr?« fragte sie jetzt. »Eine Frau dürfte nicht gezwungen sein, mit einem solchen Mann zu leben, oder?«

Oliver sagte nichts. Lilians Testament brannte ihm fast ein Loch in die Hand, strahlte durch das Leder seiner Tasche. Er hatte nur den einen Wunsch, es irgendwo abzulegen und zu gehen.

»Ich brühe uns eine Tasse Tee auf«, sagte Lilian. Sie schaute ihren Bruder an. »Sie sehen – Sie sehen ...«

Als sie gegangen war, blickte Oliver sich um. Im Spiegel über dem Kamin erhaschte er einen Blick auf sich selbst. Er ging auf die Sechzig zu, sah aber älter aus. Im Nacken hatte er noch einen dünnen weißen Haarkranz; mit Leberflecken übersäte Haut entstellte sein Gesicht und betonte seinen müden Blick. Sein Gesichtsausdruck war verbittert. Kalt.

Er ging zum Sessel.

»Guten Morgen, Arthur«, sagte er.

Lilian Davis' Bruder blickte nicht auf. Er beobachtete seine Hand, die den Saum seines Pullovers in Falten legte, um seinen Daumen wickelte, ihn fallen ließ und wieder aufnahm.

»Arthur«, sagte Oliver. »Geht es Ihnen gut?«

Es kam keine Antwort – sekundenlang. Dann ein kaum merkliches Nicken. In Arthurs Schoß reckte eine zitternde Hand den Daumen in die Höhe – ich lebe noch.

Oliver ging in die Küche, das Testament hielt er jetzt in der Hand. Er legte es auf die erste freie Fläche und verzog hinter Lilians Rücken das Gesicht über den schmuddligen Zustand der Schränke und der Spüle.

»Er kommt mir ganz ruhig vor«, meinte er.

Lilian stützte die Hände in die Hüften. »Glauben Sie, ich hätte es selbst getan?« wollte sie wissen und legte den Kopf schräg auf die Seite, um den Kratzer vorzuzeigen. Er antwortete nicht. Sie sah sein ausdrucksloses Gesicht und lächelte. »Sie verstehen«, sagte sie, sich selbst beschwichtigend; ganz unmöglich, daß er nicht verstand. »Das ist unsere gemeinsame Sache, nicht wahr?«

»Sie können sich immer auf meine Hilfe verlassen«, antwortete er.

Vor seiner Krankheit hatte Arthur am Ort eine Firma für Haushaltswaren besessen, eine Reihe kleiner, gewinnbringender Läden. Er hatte sie an eine Firmenkette verkauft, den Erlös aber nie genießen können. Er war an Parkinson erkrankt, und seit die ersten offensichtlichen Symptome der Krankheit sich bemerkbar gemacht hatten – seit die Möglichkeit in Betracht gezogen werden mußte, daß er daran sterben könnte –, klebte Lilian wie ein Blutegel an ihrem Bruder, und sie war immerhin seine nächste Verwandte. Doch es war wenig wahrscheinlich, daß Arthur so schnell starb, wie sie geglaubt hatte. Seit drei Jahren wünschte sie sich ihn tot oder – noch schneller – entmündigt.

»Ein bißchen Dankbarkeit könnte ich schon erwarten«, fuhr sie fort. Oliver kannte die vertrauten Jammerlaute. Die Stimme der Märtyrerin, das Händeringen. »Was ich leide«, klagte sie, »weiß keiner. Wenn er nur bei Verstand wäre, wenn es etwas anderes wäre, Arthritis, egal was, dann hätte er den Wunsch, daß ich mich um seine Geldangelegenheiten kümmere, wissen Sie. Er hätte den *Wunsch.*«

Das hatte Oliver schon oft zu hören bekommen. Parkinson war keine Demenz.

»Was sagt Dr. Archer?«

Lilian winkte ab. »Ach der? Ein verdammter Dummkopf.«

Oliver musterte sie nachdenklich von der Seite. Kein solcher Dummkopf, wenn er dich durchschaut hat, dachte er.

»Keiner von euch ist dabei, wenn er tobt und irreredet«, sagte Lilian strafend, den Blick zur Zimmerdecke gerichtet.

Es stimmte. Oliver hatte Arthur nie irrereden gehört. Tatsächlich konnte der alte Mann noch sehr vernünftige Gespräche führen. Hatte es bei Olivers letztem Besuch getan. Sie hatten über Kricket und die Chancen gesprochen, die das County in dieser Saison hatte. Er erinnerte sich an Arthurs verschreckte und erstickte eintönige Sprechweise. Immer die Tür im Auge, für den Fall, daß sich im Flur Lilians Schritte näherten. Die zitternden Hände.

»Riechen Sie's?« fragte Lilian.

»Wie bitte?«

»Der *Geruch.*« Angeekelt verzog sie das Gesicht. »Die *Inkontinenz.*«

Oliver drehte sich um, zeigte auf das Testament. »Lesen Sie es durch«, sagte er.

Das Testament war nur ein Vorwand, ihn hierherzuzitieren, damit er sein Votum abgab. Arthurs Testament war das eigentliche Thema zwischen ihnen. Das und die Prozeßvollmacht.

Oliver schaute den Flur entlang, und plötzlich fiel ihm David March ein.

Der Gedanke traf ihn wie ein Schlag. Eine Erkenntnis, die ihn anflog wie ein Schatten die Sonne. Der gleiche Gedanke – das Übelkeit erregende Gefühl zu ertrinken –, der ihn während der letzten vierzehn Tage den Schlaf gekostet hatte.

Wir kommen da nie heraus, dachte er. Es ist zu spät. Panik überfiel ihn, machte seine Handflächen glitschig, trocknete seine Kehle aus.

Sie waren genauso verdammt wie der Mann im anderen Zimmer, keine fünf Meter von ihnen entfernt, eingesperrt in den Kaminsessel. In denselben klaustrophobischen Verfall eingeschlossen. Plötzlich brauchte Oliver dringend Sauerstoff.

»Ich finde allein hinaus«, sagte er.
»Aber Ihr Tee ...«, protestierte Lilian.
»Ich muß gehen.«
Die Luft im Freien war herrlich frisch.
Lilian stand auf der Schwelle, als er den Weg mit seiner Einfassung aus verwelkenden Petunien entlangging. »Sie werden mir helfen?« rief sie ihm nach. »Oliver? Sie kommen doch wieder? Kommen Sie am Freitag. Oliver ...«
Oliver antwortete nicht. Er war mit den Gedanken längst woanders.
*Vielleicht gibt es Hoffnung,* dachte er, als er den Schlüssel ins Zündschloß des Wagens steckte. *Schließlich weiß es bisher noch keiner.*

## 6

Alan kam um zehn Uhr bei Beth an.
An der Tür stand ein junger Constable. George Mayall hielt an, um mit ihm zu reden. Beth war auf dem Rasen und schaute über das angrenzende Feld. Sie kehrte ihm den Rücken und sah sehr klein und gedrungen aus – die Haltung ihrer Schultern wirkte beinahe trotzig.
Er ging zu ihr. »Beth?«
Sie sah ihn an. Er hatte erwartet, ihr Gesicht verändert zu finden – hatte Trauer, Kummer, Tränen erwartet. Aber da war nichts. Nur der gleiche, leicht zerstreute Ausdruck, den sie auch hatte, wenn sie sich eine Meinung über einen Garten bildete, etwas im Kopf kalkulierte. Beth war sehr tüchtig, doch er war überrascht, welche Stärke sie jetzt bewies.
»Alan«, sagte sie. »Es tut mir leid, ich weiß, du hast viel zu tun.«
»Mein Gott! Als ob das wichtig wäre.«

»Dann ist er also archäologisch interessant?«

»Was?«

»Der Leichnam. Stammt er aus neuerer Zeit oder was?«

»Beth ... Hör mal, warum gehst du nicht hinein?«

Sie lächelte leicht. »Alle wollen, daß ich reingehe«, sagte sie. »Sogar du. Warum eigentlich?«

Er konnte nicht antworten. Er wußte nicht, warum.

Sie schaute wieder auf das Feld hinaus. »Ich glaube nicht, daß er's ist«, sagte sie.

»Wer?«

»David. Ich denke nicht, daß es David ist.

Er warf einen Blick über die Schulter zurück, die beiden Männer standen noch immer an der Gartenpforte. »Sie würden sich nicht irren«, sagte er. »Die prüfen alles genau nach, bevor sie es jemandem mitteilen. George hat gesagt, Dr. Ellis hat bestätigt ... Er ist fünf Minuten nach dem Unfall vorbeigekommen und hat gesehen, daß es Davids Wagen war.«

»Aber David hat nicht dringesessen.«

Er nahm ihren Arm. Zuerst wehrte sie sich ein wenig – schließlich hatte er sie noch nie berührt. Dann folgte sie ihm plötzlich. Er ging zu der Bank an der Rückseite des Hauses, in den Schatten. »Setz dich«, sagte er.

Sie setzte sich. »Er ist es nicht.«

»Nun gut. Dann sag mir, warum.«

Sie drehte sich, damit sie ihn ansehen konnte. »Im Wagen war ein Koffer und im Koffer ein Paß.«

»Davids Paß?«

»Ja.«

»Wohin wollte er?«

»Du verstehst es auch nicht, oder?« sagte sie.

»Was soll ich verstehen? Wollte er ins Ausland?«

Sie lachte leise. Als sie sprach, tat sie es mit der gleichen belustigten, überlegenen Stimme. »*Irgend jemand* mit Davids Paß. Aber nicht er.«

»Beth ...«

»Er kann es nicht gewesen sein, oder?« meinte sie. »Er hätte keinen Koffer gepackt, hätte nicht seinen Paß mitgenommen, wäre nicht irgendwohin gefahren, ohne es mir zu sagen, oder?« Sie zog mit dem Zeigefinger die Naht ihrer Jeans nach, biß sich auf die Unterlippe. »Ich weiß, die Dinge haben zwischen uns nicht zum besten gestanden, aber er würde nicht lügen. Er würde nicht einfach gehen. Nicht so.«

»Deshalb denkst du ...«

»Daß jemand seinen Paß gestohlen hat.«

Alan bemühte sich, nicht mitleidig zu seufzen oder gar zu lachen. Sie meinte es offensichtlich völlig ernst. »Und der Wagen?«

Beth lehnte sich zurück, kreuzte die Füße und blickte zu Boden. »Ich weiß, es ist weit hergeholt«, sagte sie ruhig, »doch es ist die einzige Erklärung. Ich muß ins Krankenhaus, um ihn zu identifizieren. Aber er wird es nicht sein. Das weiß ich jetzt schon.«

Er drückte ihr fest die Hand, stand auf und ging zurück zur Gartenpforte. George Mayall wollte eben wieder in den Wagen steigen.

»George ...«

»Ich weiß, was Sie mir sagen wollen«, antwortete der andere. »Aber es ist ganz bestimmt David. Ich habe ihn selbst gesehen.«

Alle blickten in den Garten zurück. Beth hatte sich von der Bank hinuntergebeugt und zupfte scheinbar zerstreut kleine Unkrautpflanzen aus der Rabatte.

»Der Fahrer des Lasters hat gesagt, der Wagen sei in die Fahrbahnmitte ausgeschert und direkt auf ihn zugekommen. David hatte ungefähr achtzig Meilen drauf.«

»Bei Stag's Fall?«

»Ja.«

Alan wandte sich an den Constable. »Der Paß – der Koffer. Sie glaubt nicht, daß er es ist. Und achtzig zu fahren – das sieht David auch nicht ähnlich. Er ist ein vorsichtiger Fahrer.«

George Mayall packte Alan beim Arm. »Das geschieht immer wieder. Sie akzeptieren es nicht, manchmal nicht einmal dann, wenn sie den Leichnam gesehen haben.« Er klopfte Alan beruhigend auf den Arm. »Ich habe Beths Arzt verständigt«, fügte er hinzu. »Es ist der Schock, wissen Sie. Nur der Schock.«

»Wohin wollte David?« fragte Alan. »Weiß man das?«

Der Constable bückte sich. Alan war fast einen Kopf kleiner als er. »Wichtiger wäre es zu erfahren, mit wem er wegwollte«, sagte er.

Alan starrte ihn an. Er kannte David nur flüchtig, hätte ihn aber nie für einen Frauenhelden gehalten. In seiner Vorstellung sah Alan ihn immer vor sich, wie er die Brille abnahm und sich, wie es seine Gewohnheit war, die Nasenwurzel rieb, während er die Worte, die er sagen wollte, genau abwog. Er erinnerte sich, daß er, als er David kennengelernt hatte, dachte: Was für ein merkwürdiges Paar – eine so quirlige Frau verheiratet mit einem so ruhigen Mann.

»Mit niemandem«, meinte er. »Mit niemandem.«

Der Constable richtete sich auf, zuckte mit den Schultern. »Aber der Koffer?« fragte er. »Der Paß?«

Beth kam auf sie zu.

Alan sah sie an, und sie tat ihm unaussprechlich leid; die Worte blieben ihm im Hals stecken. Es war, als sehe er seine Tochter vor sich. In Größe und Figur waren sie sich sehr ähnlich: eins fünfundsechzig, recht kräftig aussehend, beide mit einer Kappe kurzgeschnittener, glänzender brauner Haare. Er stellte sich vor, Sally eine solche Nachricht überbringen zu müssen, stellte sich vor, daß sie mit dieser leicht fragenden Miene über den Gartenweg ihres Hauses auf ihn zukam.

Wie jetzt Beth mit dem gleichen ruhigen, kraftvollen Gang und schwingenden Armen, wie immer.

»Gott«, sagte er vor sich hin. »O Gott!«

## 7

Helen Pritchard wollte eben das Haus verlassen, als das Telefon klingelte.

»Verdammt!« murmelte sie und musterte den Apparat nachdenklich von der Tür aus, bevor sie nach dem Hörer griff.

»Hallo?«

»Helen. Ich bin's, Alan.«

»Ich will gerade weg, bin schon auf dem Sprung.«

»Ich weiß. Hör zu ...«

»Ich hab' gedacht, es ist schon wieder Marjorie wegen dieser verflixten Blumen für die Kirche.«

»Höre ich mich an wie Marjorie? Hör zu. Beth March ...«

Helen schaute zur Uhr hinauf. Sie mußte um elf im Büro sein und stellte im Kopf ihre Einkaufsliste zusammen. *Kartoffeln, Petersilie, Eier ...* »Welche March?«

»Beth. Die Landschaftsgärtnerin.«

»Natürlich.« Sie schüttelte den Kopf und lächelte über ihre Vergeßlichkeit. »Was ist mit ihr?«

»Oliver Woods wohnt in ihrer Nähe. Wir können seine Frau nicht erreichen. Du sagst, daß sie ständig im Büro ein und aus geht.«

»Das ist richtig.«

»Weißt du, wo sie an den Montagen ist?«

»Nein. Warum?«

Am anderen Ende der Leitung seufzte Alan. Er senkte die Stimme: »Hör zu, ich bin bei Beth zu Hause. David wurde heute bei einem Verkehrsunfall getötet. Wir möchten Julia erreichen. Kannst du, sobald du im Büro bist, Oliver fragen, ob er weiß, wo sie ist?«

Helen schloß kurz die Augen. »Ja.« Sie stellte keine weiteren Fragen.

»Rufst du mich zurück?« Er nannte Beths Nummer, die schon auf der Notiztafel über dem Telefon stand. Helen unterbrach ihn nicht; wiederholte aber die Nummer zu seiner Beruhigung.

»Ich gehe jetzt«, sagte sie. »Überlaß alles mir.«

Sie legte auf.

Von Helens Haus zu Olivers Büro waren es nur fünf Minuten zu Fuß. In die Hauptstraße einbiegend, spürte Helen nicht den Zwang zu rennen. Sie konnte sich keine Notsituation vorstellen, die sie dazu bringen könnte, loszusprinten. Doch sie ging schnell. Wie ein Stabsfeldwebel – mit steifem Rücken, zügig, aufrecht, mit einer Hand den Mantel zusammenhaltend, in der anderen ihren Einkaufskorb.

Sie sah unauffällig aus. Eine matronenhafte Frau mittleren Alters mit einer bläulich schimmernden Dauerwelle, wenig Make-up und flachen Schuhen; sie hätte Schuldirektorin, die Frau eines Pfarrers, eine Bibliothekarin alter Schule sein können. Nur daß sie im Rhythmus ihrer Schritte um Beths willen »Scheiße, Scheiße, Scheiße« vor sich hin murmelte.

Das Büro lag im letzten Gebäude auf dem höchsten Punkt der Stadt, in der Nähe des Verkehrskreisels. Es war ein einzeln dastehendes Gebäude, ein unansehnlicher eingeschossiger moderner Block. Ein Kastenbau aus den sechziger Jahren mit grauen Mauern und Fensterrahmen in einer gräßlich purpurnen Farbe, wie verlassen in einem zubetonierten Stück Land. An der Tür befand sich nur ein einziges Messingschild mit der Inschrift OLIVER WOODS, RECHTSANWALT.

Beim Eintreten schaute Helen kurz über die Schulter auf

den Stau zurück, der sich im Schneckentempo durch den Kreisverkehr quälte. Ein Laster versuchte mit zischender Druckluftbremse die enge Kurve zu bewältigen.

Im Gebäude roch es deutlich nach einem Desinfektionsmittel.

Christina, die andere Teilzeitsekretärin, saß schon an ihrem Schreibtisch im Empfang.

Helen stellte ihren Korb auf einen Stuhl. »Er ist da, nehme ich an.«

»Mrs. Dings ist bei ihm.«

»Welche Dings?«

Christina grinste. »Die reiche Dings, die sich scheiden läßt, die mit dem Spitz.«

Helen seufzte und trommelte mit den Fingern auf das Empfangspult. »War Julia hier?«

»Nein.«

»Verdammt.« Helen schaute durch den Korridor zu Olivers Büro am anderen Ende. In dem Moment wurde die Tür abrupt aufgerissen.

Heraus kam die Dame mit dem kleinen Hund, der ihr schnuppernd im Arm hing und Helen anstarrte.

Seine Besitzerin sagte: »Wenn ich Ihnen die Briefe zeigen würde ...«

»Ja, bringen Sie sie mir.«

»Es ist ungeheuerlich. Ich meine ...«

»Ungeheuerlich. Absolut. Es läuft oft darauf hinaus.« Woods lächelte. »Wenn wir es zulassen.«

Sekundenlang blieb es still, während die Klientin überlegte, ob sie eben eine schroffe Abfuhr bekommen hatte.

»Mrs. Pritchard bringt Sie hinaus.«

»Nein, nein. Es geht schon. Vielen Dank.«

Helen trat zur Seite, um sie vorbeizulassen. Der Spitz fletschte die Zähne.

Oliver Woods kehrte in sein Büro zurück. Er trat ans Fenster und schaute hinaus, nahm eine Packung aus der Jackett-tasche, schnippte sie auf und nahm eine Zigarette heraus, alles mit einer einzigen geschickten Bewegung. Er rauchte konzentriert wie ein Mann, der ein Medikament schluckt, zupfte sich Tabakkrümel von den Lippen.

Helen wartete, klopfte dann an die offene Tür.

»Kommen Sie rein«, sagte er, ohne sich umzusehen.

»Hat Elizabeth March Sie angerufen?« fragte sie.

Woods drehte sich um. Als er mit dem Rücken zum Licht stand, sah man seine hängenden Schultern und seine gebeugte Gestalt. Er war ein hochgewachsener Mann, der seine Größe vergeudete. Heute sieht er ganz besonders schlecht aus, mit der fahlen Haut und den entzündeten Augen, dachte Helen. Als er sie vor fünf Jahren eingestellt hatte, hatte sie das Verlangen gehabt, ihn zu bemuttern. Er hatte dieses Verlangen innerhalb von zwei Wochen glatt abgewürgt.

Oliver Woods war kein Mann zum Verhätscheln. Er hatte auch für Konversation nichts übrig. Wenn sie versuchte, mit ihm über das Fernsehprogramm vom Abend zuvor oder eine besondere Nachricht oder auch nur das Wetter zu sprechen, war er imstande, ihr einen äußerst gereizten Blick zuzuwerfen. Nur dank seines beruflichen Talents und seines vornehmen Upper-class-Getues blieben ihm seine Klienten erhalten.

Aber Helen hegte eine grollende Bewunderung für die couragierte Art, mit der er die Leute zum Schweigen brachte. Einmal hatte sie gehört, wie er einen aufgeblasenen Blödmann in einer Barbour-Jacke genau das geheißen hatte – *einen aufgeblasenen, verdammten Blödmann in einer gewachsten Jacke.* Und das war ein Mann gewesen, für den er den Pachtvertrag eines riesigen Besitzes ausgehandelt hatte – ein Mann, der der Firma einen jährlichen Reingewinn von fünftausend Pfund einbrachte. Oliver Woods sprach konsequent aus, was nie ausgesprochen werden sollte – schon allein die Höflichkeit hätte es gefordert, daß es unausgesprochen blieb.

Sie wußte noch immer nicht so genau, ob sie ihn mochte oder verabscheute. Letzte Weihnachten hatte er sich rundheraus geweigert, mit ihr und Christina ein Glas zu trinken. Er hatte nur abgewinkt, als sie ihn fragte, als habe sie etwas Lächerliches, geradezu Absurdes verlangt. Und doch hatte er ihr am Weihnachtsabend einen Umschlag mit fünfhundert Pfund Weihnachtsgeld überreicht.

»Mrs. March?« fragte er jetzt. »Nein.«

Helen zögerte. Sie wußte, daß die Marchs und die Woods Nachbarn und Beth und David Olivers Klienten waren.

»Beth versucht Julia zu erreichen, es ist dringend.«

Oliver schob auf seinem Schreibtisch Akten hin und her, brachte den Stapel durcheinander, den sie ihm am Abend vorher schön ordentlich hingelegt hatte. Seine Haltung verriet Langeweile.

»Glauben Sie, daß Julia zu Hause ist?«

»Das weiß ich wirklich nicht«, sagte er. Er blickte auf. »Sollte mich das interessieren?«

»David. David March ist tot.«

Für etwa fünfzehn Sekunden tat Woods nichts, sagte nichts. Dann murmelte er: »Ich verstehe.«

»Es war ein Verkehrsunfall.«

Oliver zeigte keinerlei Gemütsbewegung. Helen fühlte, wie sie langsam rot wurde. Du könntest wenigstens ein wenig Betroffenheit zeigen, dachte sie.

Sie versuchte es noch einmal. »Soll ich sie anrufen und mit Ihnen verbinden?«

Oliver blickte über die Schulter zurück. »Julia ist mit Rosie beim Arzt«, sagte er. »Weil sie in letzter Zeit immer müde ist.«

*Endlich.* »In Ordnung. Ich verstehe. Wann kommt sie zurück?«

»Ich habe keine Ahnung.«

»Hatte sie einen Termin?«

»Um zehn.«

»Zehn ...« Helen schaute auf ihre Uhr.

Oliver schwieg. Er rauchte die Zigarette zu Ende und drückte sie in einem bereits vollen Aschenbecher aus.

»Ich ruf' sie an, wenn ich darf«, sagte Helen.

Als sie sich zum Gehen wandte, kam Oliver hinter dem Schreibtisch hervor und reichte ihr eine Karte, die er aus der Westentasche gezogen hatte. »Das ist ihre Handynummer«, sagte er. »Ich habe ihr vorige Woche ein Mobiltelefon geschenkt. Rufen Sie sie an.«

## 8

»Mummy!« rief Rosie vom Rücksitz. »Halt an!«

Julia Woods blickte in den Rückspiegel. Sie fuhr mit fünfzig über eine landwirtschaftlich genutzte Nebenstraße ins Dorf zurück. Sie konnte ihre Tochter kaum verstehen.

»Mum-my!«

»Was gibt es?«

»Das *darfst* du nicht.«

Eine Kreuzung kam näher, Julia wechselte den Gang und verstand erst jetzt, was Rosie meinte. Sie fuhr zu schnell. Der Wagen zog leicht nach links und geriet auf den nicht gemähten Grünstreifen.

»Schon gut. Wir fahren langsamer. Siehst du? Sehr langsam.« Sie warf einen Blick auf Rosies blasses, verängstigtes Gesicht im Spiegel. Es war schrecklich, daß ihr an ihrem Kind alles mißfiel, aber es war nun einmal so, daß sie diese verkrampfte, kritische Miene haßte, die sie so sehr an Oliver erinnerte.

»Wohin fahren wir?«

»Nach Hause.«

»Nicht in die Schule?«

Julia blickte auf ihre Hände am Steuer. Je mehr sie sich bemühte, sie stillzuhalten, um so heftiger zitterten sie. Sie schaute in den Spiegel und sah ein Gesicht, in dem sich schon die Sorgenfalten zeigten. Eine steile Doppelfalte zwischen den Augen; tiefe Linien zu beiden Seiten des Mundes. Sie lächelte unerbittlich, aber die Linien hatten nichts mit Humor zu tun. »Noch nicht gleich«, murmelte sie vor sich hin. »Du mußt dich zu Hause umziehen.«

Als sie ins Dorf kamen, beobachtete Julia die Tachonadel. Sie kroch jetzt nur noch im Schneckentempo, starrte auf die vertrauten Orientierungspunkte. Noch nie hatte sie den Ort so sehr gehaßt wie an diesem Morgen. Sie verabscheute das saubere kleine Wartehäuschen mit dem schrägen Ziegeldach, den Fahrplantafeln und dem Abfallkorb neben dem Rathaus; sie haßte die Kurve, in der das Gras so kurzgeschnitten war, daß es vergilbte, und den Drahtzaun auf dieser Seite des Flusses und am Straßenrand das Haus mit dem steinernen Sturz und dem eingemeißelten schwarzen Datum. Jedes einzelne Detail eine Anklage. Die Kehle wurde ihr eng. Auf dem Rücksitz ließ Rosie sich seufzend zur Seite fallen, zog die Füße fast bis an die Brust und steckte den Daumen in den Mund.

»Mummy, mir ist schlecht«, murmelte sie.

Julia blinkte links, um in die Zufahrt ihres Hauses einzubiegen. The Lodge war ein häßliches Haus aus den Vierzigern, seelenlos; es stand am Ende einer gekiesten, kurvenreichen Zufahrt. Die Erkerfenster hatten bleigefaßte Scheiben aus gelbem Buntglas. Neben dem Türpfosten hing ein Rhododendron vornüber. Oliver hatte ihn vergangenes Jahr selbst gepflanzt. Heute, dachte sie, hole ich mir eine Bügelsäge und schneide ihn ab. *Schneide ihn bis zu den Wurzeln ab.*

»Schau«, rief Rosie und richtete sich wieder auf, »dort ist Ossy.«

Julia blickte die schmale Straße entlang. Beths Kater Chaos stand, mit dem Schwanz schlagend, mitten auf der Straße.

Etwas hinter ihm erregte ihre Aufmerksamkeit. Beths Van stand auf der Zufahrt zu ihrem und Davids Haus; Beth stand daneben und sprach mit einem Mann. Plötzlich schauten beide zu Julia. Rosie klopfte ans Fenster und winkte.

Sie hatte keine andere Wahl, sie mußte anhalten; der Mann kam mit erhobener Hand schnell auf sie zu. Rosie kurbelte ihr Fenster hinunter und fing an, die Katze zu rufen. »Chaos ... Oss ... Hierher, komm doch her ...«

»Mrs. Woods?«

Sie stellte den Motor ab und öffnete die Tür. »Hör auf, Rosie. Ossy mag das nicht. Er will nicht spielen.«

»Will er doch, will er doch!«

»Mrs. Woods, ich bin Alan Pritchard. Haben Sie«, seine Augen schweiften zu Rosie, »einen Moment Zeit?«

»Nun, ich ...«

»Es geht um Mrs. March.«

Julia sah an ihm vorbei. Beth war verschwunden.

Er beugte sich vor, seine Stimme wurde zum Flüstern. »Es hat einen Unfall gegeben. Mr. March ist tot. Sie hat versucht Sie zu erreichen. Wir haben überall herumtelefoniert. Und eine Dame aus dem Büro Ihres Mannes ...«

Julia fuhr sich mit der Hand an den Mund. »Ich habe mein Telefon vergessen«, sagte sie. »Hatte es nicht mit.«

Rosie machte die Tür auf. »Oss ...« Die Kleine sprang aus dem Wagen und lief mit ausgebreiteten Armen auf die Katze zu.

»O Gott«, flüsterte Julia. »O mein Gott.« Sie stieg aus, rief nach Rosie und sah, daß sie in Beths Garten lief.

»Kommen Sie mit?« fragte Alan Pritchard.

»Ich kann nicht, nein«, sagte sie.

Er sah sie nur an. »Sie müssen mir hier helfen«, bat er. »Bitte.«

Sie rutschte leicht aus, als sie die Tür zuwarf, und ging hinter ihm her.

Die Haustür stand offen, und sie folgte den Stimmen von Rosie und Beth in die Küche, wo Beth seelenruhig dabei war, Tee zuzubereiten. Die Hand auf dem Kesselgriff, wartete sie darauf, daß das Wasser kochte. Das Gesicht hatte sie dem Kind zugewandt. Sie lächelte.

»Und was noch?« fragte sie.

Rosie hielt die Hand in die Höhe und zählte an den Fingern ab. »Nicht schwimmen und nicht schnell rennen. Nicht turnen.«

»Das ist aber schade. Du tust das doch gern?«

»Ja, und fast hätte ich das Sportabzeichen bekommen. Es ist nicht fair. Und es hat so lange gedauert. Wir haben so lange gewartet.«

Der Kessel pfiff; Beth goß das Wasser in die Kanne.

Die Hand auf der Klinke, stand Julia an der Küchentür. Sie umklammerte sie so fest, daß es weh tat. Sie hatte das Gefühl, daß man ihr die Füße einbetoniert hatte; hinter ihr stand Alan Pritchard und schob sie, die Hand auf ihrem Kreuz, hartnäckig vorwärts.

Beth kam herüber.

»Ich weiß gar nicht, was ich dir sagen soll«, sagte Julia.

Beth warf ihr einen Blick zu, der nicht weniger verlegen war als der ihre. Ihre oberflächliche Freundschaft bot nicht viele Möglichkeiten für diese Situation. Bisher hatten sie sich bei den seltenen Dorffesten oder noch seltener bei den Kaffeetreffen am Vormittag trotz der Unterschiede zwischen ihnen – Beth tüchtig und vielbeschäftigt, Julia hochgewachsen und blaß – ganz unverbindlich miteinander unterhalten. Ihre Rollen waren jetzt nicht vertauscht.

Beth kam, hielt Julia an beiden Armen fest, preßte ihr die

Finger ins Fleisch und merkte, daß die andere nicht imstande war, sich zu bewegen. Und Julia sah, was kam: Beth würde *sie* beschwichtigen, würde *ihr* Tee machen, würde *sie* beruhigen. Die Vorstellung war grotesk. Sie nahm Beths Hände nacheinander von ihren Armen und hielt sie fest. »Es tut mir leid«, sagte sie. »Setz dich. Ich mach' den Tee fertig. Setz dich, Beth.«

Als sie die Tassen auf den Tisch stellte, verzog Alan Pritchard über Beths Kopf hinweg das Gesicht. *Sehen Sie, was ich gemeint habe?* sagte seine Miene. Beth benahm sich, als sei überhaupt nichts Ungewöhnliches passiert.

»Hören Sie, wenn Sie gehen wollen, dann gehen Sie«, sagte Julia zu ihm. »Ich bleibe hier.«

Alan war gegangen, Rosie im Garten, und die beiden Frauen sahen sich an.

»Ich möchte nur noch davonlaufen«, sagte Beth. »Möchte in den Van steigen und wegfahren. Nur weg.«

Julia sagte nichts und bedeckte das Gesicht mit den Händen. Sie preßte die Finger fest auf die Augen, um die Tränen zu unterdrücken. »Oh, ich weiß einfach nicht, was ich dir sagen soll«, sagte sie leise.

Beth blickte zur Seite auf den grünen Saum, der über der Arbeitsplatte durch das Fenster zu sehen war. Sie wehrte sich gegen das Durcheinander in ihrem Innern, das Verlangen, in eine andere Richtung zu gehen als in die, in die sie gezerrt wurde. Sie wollte an etwas anderes denken; sie wollte jemand anderes *sein.* Sie konnte sich nicht mit Julia unterhalten; keines der Themen, keines der ausgefahrenen Gleise, in denen sie sich früher bewegt hatten, waren jetzt passend.

»Das ist alles – so albern«, flüsterte sie.

Gegenüber von ihr blickte Julia auf, die Augen auf die Bewegungen von Beths Lippen gerichtet.

# 9

Oliver Woods wartete am Ladentisch der Apotheke. Obwohl er starr auf die Regale blickte, dachte er überhaupt nicht an das Medikament; er dachte noch immer an David March und das letzte Mal, als er ihn gesehen hatte.

Die Frau kam aus dem Nebenraum in den Laden. »Ist das ein Wiederholungsrezept?« fragte sie.

»Ich glaube schon.«

Sie lächelte, nahm eine Tüte und tat die Flasche hinein. »Schönes Wetter.«

»Ja. Sehr schön.« Olivers Miene verdüsterte sich, ohne daß er es merkte. Es würde nicht lange anhalten; vielleicht nur ein paar Tage. Er sah sich direkt ins Feuer greifen, denn man erwartete von ihm, daß er, wie ein Magier, der aus Luft und Flammen eine feste Substanz hervorzauberte, alles sauber und ruhig regelte.

Aber hier im Feuer waren andere Bilder: das Haus und seine Tochter, das kleine Gesicht fragend ihm zugewandt; Julia mit dem angespannten, aufreizenden Zittern, das bei ihr das Lächeln ersetzte.

Und dann war da Beth.

»Fünf Pfund fünfundzwanzig.«

Er legte das Geld hin. Ein anderes Bild: seine Konten; Zahlenreihen standen für schweres Geld. Früher hatte er die schweren Half-crown-Münzen zwischen Daumen und Zeigefinger schnippen können. Heute wurden diese nicht mehr geprägt. Sie machten fingernagelgroße Scheiben, die einem durch die Finger rutschten. Alles verflog.

Wie Sand. Und Asche.

Er drehte das Päckchen in der Hand.

Die Straße war belebt, die Sonne sehr warm. Es war fast Mittag. Er bog nach links ab, und die Sonne lag wie ein Balken auf seinen Schultern, warf seinen Schatten voraus, gekürzt und gedrungen.

Er hatte das Verlangen zu rennen, anstatt den Alptraum durchzustehen.

Hatte verdammtes Glück, dieser David.

Er wartete an der Kreuzung, beobachtete die Wagen, die versuchten, das Gelb zu schlagen. Es juckte ihn in den Füßen, sich mitten in den dichten Verkehr zu stürzen.

*Verdammtes* Glück.

## 10

Am Abend fing es an zu regnen.

Ganz leicht zuerst, als es eben dunkel wurde. Wie sanfte Hände, die über das Glas glitten, berührte der Regen das Fenster. Beth sah die Wolken aufziehen, schwarze Achterbahnen, die das letzte Licht vom Himmel vertrieben.

Sie stand an der Terrassentür und beobachtete die Tropfen, die auf die Platten klatschten; ein Stuhl, derselbe, auf dem sie am Vormittag gesessen hatte, als Alan Pritchard bei ihr gewesen war, rutschte, vom Wind erfaßt, hin und her. Ich sollte ihn hereinholen, dachte sie. Es war nur ein leichter Holzstuhl. Statt dessen sah sie zu, wie die Lehne kippte und der Stuhl umfiel. Das Wasser begann herunterzuprasseln. Sie hörte es gegen das Velux-Fenster auf der Treppe trommeln.

Im Haus selbst war es unheimlich still geworden.

Um halb zwei war sie mit Julia ins Krankenhaus gefahren. Dort hatte derselbe junge Polizist auf sie gewartet. Sie hatte ihm gesagt, es sei nicht nötig daß sie kam.

»Das ist egal«, hatte er gesagt.

Sie waren mit einem Mann aus dem Büro des Coroners verabredet. Er wartete an der Rezeption der Unfallstation.

Ein großer, breiter Mann mit weißen Haaren. Er sah ziemlich glamourös aus, als komme er aus dem *Denver Clan,* elegant, im blauen Anzug, mit blauer Seidenkrawatte und einem Hemd, das weißer war als weiß. Er hatte die tadellosen, glatten Manieren eines Fremdenführers. Wie ein Führer durch einen Adelssitz, dachte Beth, als sie ihm zum Lift folgte.

Sie warteten mitten im Strom der ambulanten Patienten – Müttern mit Sportwagen, älteren Paaren, jemandem, der irgendwo im Flur einen Namen rief – *Daniel! Daniel!* – und einem schreienden Baby.

Die Welt hatte ihre unnatürliche Klarheit nicht verloren. Die Fliesen, die sich ihr so plastisch gezeigt hatten, als sie sie am Morgen ansah, hatten ihre lebendigen Konturen den ganzen Tag behalten. Und in dem auf Hochglanz polierten Krankenhausflur hatte alles auf die gleiche Art geglänzt. Sie erwartete jeden Moment, daß das Gesicht ihres Begleiters sich zu verzerren und zu verschieben begann und sie feststellen mußte, daß er nur ein dreidimensionales projiziertes Computerbild war. Die Liftknöpfe waren von einem unmöglichen schreienden Rot und der Boden fast zu flach. Glänzend und glatt und flach. Da ihr Blick am Boden festklebte, sahen ihre Füße riesenhaft aus.

Julia hielt ihre Hand.

Auch das war merkwürdig gewesen. Nicht unangenehm, aber auch nicht beruhigend. Julias Finger zitterten, während der Lift nach unten schwebte – freier Fall in die Hölle.

Der Mann aus *Denver Clan* hatte auf den Knopf *Minus zwei* gedrückt. Es war makaber und lächerlich, so in den Untergrund zu steigen. Ein Klischee, dachte sie, ein Fehler im Design.

Die Lifttür hatte sich geöffnet, und sie kamen in einen anderen langen Flur. Der große Mann ging voran – *zu unserer Rechten der Speisesaal aus der Zeit König Jakobs I., 1562 durch einen Brand zerstört und wiederhergestellt …*

Nein, sie mußte Einhalt gebieten. Sie mußte vernünftig bleiben, mußte sich geradehalten. Wie der Fußboden. Wie der Fußboden ...

Sie hatte Julia angesehen. Die Freundin hatte den Blick sofort erwidert, gespürt, daß Beth den Kopf wandte. Julia war nach Hause geeilt, um sich umzuziehen, ehe sie Beth begleitet hatte. Statt der leuchtend pinkfarbenen Jacke und dem Karorock vom Vormittag – neu, hatte Beth gedacht – trug sie einen marineblauen Mantel. Als sie zurückgekommen war, hatte Beth gesagt: »Das ist doch nicht nötig.« Und nach einer Pause: »Oder doch?« Sie hatte die schmutzigen, abgetragenen Gartensachen gemustert, die sie anhatte.

»Nein«, sagte Julia. »Aber als ich Rosie ins Auto bugsierte, hat sie mich mit Tinte bespritzt. Sie hatte ihren Füller dabei, wollte die Patrone wechseln und hat sie zusammengedrückt ...« Sie lächelte Beth mit bebenden Lippen an. Rosie hatte sie für den Nachmittag bei einer Freundin untergebracht. »Das war alles«, sagte sie.

Neben Julia, dem Fremden und dem Polizisten in der adretten dunklen Uniform stehend, überkam Beth das ärgerliche Gefühl, fehl am Platz zu sein. Wie es schien, waren sie hier, um Zeugen eines Rituals zu werden, bei dem man ordentlich gekleidet sein sollte; wie bei einer Hochzeit, einer Taufe. Wie bei einem Vorstellungsgespräch für einen Job, bei dem man schick sein sollte, ohne aufzufallen.

Sie begann sich mit den Händen die Hose abzuklopfen, schnippte getrocknete Erdspritzer weg. Im Gehen versuchte sie, ihren Daumen zu befeuchten und an einem Grasfleck vorn auf ihrem Hosenbein zu reiben.

Julia drückte ihre Hand.

Beth machte ein hilfloses Gesicht. »Hast du das schon einmal gemacht?« hatte sie gefragt. Sie bogen um eine Ecke.

»Rebecca«, sagte Julia.

»Ja – o ja. Es tut mir leid, natürlich ...«

Rebecca war Rosies kleine Schwester, sie war vor zwei Jahren im Alter von zwei Jahren gestorben.

Julia lächelte. »Man bekommt von allen Seiten so viel Liebe«, sagte sie.

Beth hatte keine Zeit zu fragen, was mit dieser Bemerkung gemeint war. Sie wurden in einen kleinen, sehr hellen Raum mit Neonbeleuchtung geführt. Fünf oder sechs bequeme Sessel standen um einen niedrigen Tisch herum. Auf dem Tisch eine Vase mit Blumen. Keine Zeitschriften, aber eine Schachtel mit Papiertaschentüchern. Beth warf ihnen einen schiefen Blick zu.

Sie wollte dem Mann unbedingt sagen, daß es nicht David war, wer auch dort drinnen auf dem Tisch auf sie wartete. Sie war nervös, weil man von ihr verlangen würde, sich einen völlig Fremden anzusehen.

Den ganzen Vormittag hatte sie das Problem im Kopf herumgewälzt und gedacht, daß David versucht haben mußte, jemandem zu helfen. Sie hatte überlegt, daß er seinen Paß jemandem geliehen hatte, der vielleicht für einen Tag geschäftlich über den Kanal mußte und im letzten Moment feststellte, daß sein Paß abgelaufen war. Wahrscheinlich idiotisch. Aber möglich.

Was den Wagen anbelangte ... Sie versuchte nicht an den Wagen zu denken. Sie hatte ihn ordentlich in einer Nische ihres Hirns verstaut, und dort war er gehorsam in geheimer Absprache mit ihr geblieben. Die Erklärung, warum jemand Davids Wagen benutzt hatte, würde sie auch noch finden, wenn man ihr Zeit ließ. Davon war sie fest überzeugt.

David würde nach Hause kommen.

Der Mann öffnete die Tür, und Beth trat ein. Julia war ihr gefolgt. »Ich will bei ihr sein«, hatte sie zu den Männern hinter ihr gesagt; und dann hatte sie sich kurz umgedreht und hinzugefügt: »Wissen Sie, ich kenne sie. Kenne sie wirklich.«

Es war eine kleine Kapelle. Der Polizeibeamte hatte erklärt, daß man David hier aufgebahrt und nicht in den Identifizierungsraum gebracht hatte, da sein Hausarzt ihn schon am Unfallort identifiziert hatte. Es war wie in einer privaten Kirche mit Reihen hölzerner Bänke, nur daß dort, wo der Altar sein sollte, ein Leichnam auf einem Tisch lag, zugedeckt mit einem Laken, nur Kopf und Hals waren frei.

Beth ging darauf zu; Julia ein, zwei Meter hinter ihr.

Etwa zwei Meter vor dem Tisch war Beth stehengeblieben. Ein Erleichterungsschrei gefror in ihrer Kehle. Als sie die Verfärbung an Hals und Haaransatz gesehen hatte, hatte sie, kurzsichtig wie sie war, geglaubt, einen Mann von viel dunklerer Gesichtsfarbe vor sich zu haben. Sie hatte die Augen zusammengekniffen.

Doch die dunklere Färbung brachte der Tod mit sich: geronnenes Blut an den Seiten seines Gesichts, in den Ohrläppchen und unterhalb seiner Kehle.

Davids Gesicht war unverletzt geblieben, sah jedoch im Tod viel, viel entspannter aus als im Leben. Ohne die tiefen Sorgenfalten und die Falten innerer Anspannung, die ihm die Zeit ins Gesicht gegraben hatte, wirkte er beinahe jungenhaft. Während sie ihn ansah, war ihr bewußt geworden, daß die ihm zur Gewohnheit gewordene Miene, besonders in letzter Zeit, nur noch Unbehagen ausgedrückt hatte; er hatte ständig die Stirn gerunzelt und wenn er lächelte nur einen Mundwinkel nach oben gezogen.

Julia war hinter sie getreten. Beth hatte bis zu diesem Augenblick nicht gewußt, daß sie schwankte. Sie wollte nach einem festen Halt greifen, weil sie das Gefühl hatte – nur während jener wenigen seltsamen und entsetzlichen Sekunden –, daß sie nach oben entschwebte.

Julia weinte. Die Tür hinter ihnen stand einen Spalt offen. Beth hatte sich umgedreht, war Julia ausgewichen und ging jetzt auf diese Tür zu. Draußen hatten der Polizeibeamte und der Mann miteinander geredet; sie verstummten überrascht.

»Wo ist seine Brille?« hatte Beth gefragt.

Der Polizeibeamte blinzelte hastig. »Ich ...«

»Seine Brille. Seine Kleider. Wo sind seine Kleider?«

»Ich kann sie Ihnen holen«, hatte er gesagt.

»Er hätte es nicht gern, nur mit diesem Ding zugedeckt zu sein«, sagte sie. »Er ist sehr eitel. Er sieht gern gut aus. Er hätte gern seine eigenen Sachen an.« Ihre Stimme wurde lauter.

»Schon gut. Schon gut. Ich nehme an, das medizinische Personal ... Nun, der Leichenbestatter wird sich darum kümmern, dessen bin ich sicher.«

»Wer erledigt das?« fragte der Mann vom Büro des Coroners.

Beth hatte ihn angestarrt.

Er hatte tatsächlich *das* gesagt. Wer erledigt *das?*

»Ich habe natürlich die Beerdigung gemeint«, fügte der Mann hinzu.

Julia antwortete hinter Beth: »Wir geben Ihnen Bescheid. In ein, zwei Stunden. Wahrscheinlich Hurrolds.«

»Ja, ja – das ist gut. Wir – eh – wir arbeiten häufig mit ihnen zusammen.«

Beth hatte die Außentür aufgerissen.

Wieder im Flur, ging sie schnell den Weg zurück, den sie gekommen war. Fast wäre sie gerannt, so verzweifelt war ihr Verlangen, hinauszukommen.

Doch an der Ecke verstellte ihr eine Gruppe von Leuten den Weg. Es waren ungefähr zwanzig, alle jung. Die ersten drei oder vier waren, wie es schien, eben dabei, einen Witz zu machen. Ein Mädchen zog und zupfte am Vorderteil ihres weißen Mantels und jammerte, daß er ihr nicht passe. Eine spürbare Nervosität hing in der Luft; ein Stück von der Kapelle entfernt blieben sie vor einer unbeschrifteten Tür stehen.

Beth hatte sofort begriffen. Es waren Medizinstudenten. Sie wollten in die Leichenhalle.

Sie schob sich an ihnen vorbei, kam zur Treppe, riß die Feuerschutztür auf. Zwei oder drei Stufen auf einmal nehmend, hatte sie sich auf ebener Erde wiedergefunden. Ein Fenster stand offen, und Sträucher drängten nach oben gegen das Glas. Beth holte ein paarmal tief Atem.

Nach kaum zwanzig Sekunden kam auch ihr kleines Gefolge. Sie hörte Julias hochhackige Schuhe auf dem Fußboden, wie kleine Hämmer brachen sie in die Stille ein.

Der Mann in Blau hatte ihr eine Hand auf die Schulter gelegt. Sie hatte sich zu ihm umgedreht.

»O liebe Beth«, hatte Julia gesagt. Hatte Beth den Arm um die Schultern gelegt und versucht, sie zu umarmen.

»Diese Leute dort drin«, hatte Beth gesagt.

»Wer?« hatte Julia gefragt.

Beth hatte versucht, den Arm abzuschütteln. Sie sprach mit dem Mann vom Büro des Coroners.

»Die Studenten?« hatte er gefragt.

»Ja.« Sie hatte noch mehr geschluckt, versuchte mit fester Stimme zu sprechen. »Könnten Sie sie bitten«, hatte sie geflüstert, »sie sollen bitte ... meinen Mann nicht anfassen.«

Beth sah sich um. Die kleine Tischlampe in der Ecke brannte, warf einen kleinen Lichtkreis. Der Regen hatte nachgelassen.

Beth ging in die Mitte des Wohnzimmers. Auf der Couch lag Davids Koffer. Sie hatte ihn David letzte Weihnachten geschenkt. Sie streckte die Hand aus und berührte die vertrauten grünen Metallbeschläge. Der Koffer war kaum beschädigt, nur eine Seite war eingedrückt; die Ecken aufgeplatzt. Sie zögerte einen Moment, rang die Hände, dann zog sie sorgfältig den Reißverschluß auf.

Davids Sachen lagen noch so ordentlich da, wie er sie gepackt hatte. Viel zuviel, dachte sie sofort. Sie strich mit der Hand über den Inhalt. Was er alles mitgenommen hatte! Schuhe, Hemden, Pullover – fest zusammengepreßt.

Sie schüttelte den Kopf, durchwühlte die Sachen. Er hatte gepackt, um zu beeindrucken, wen ... Unaufhörlich den Kopf schüttelnd, drückte sie den Zeigefinger zwischen die Brauen. Sie stieß einen kleinen, hilflosen Laut aus. Er hatte für lange Zeit gepackt, für etwas Neues, alles neu ... Sie berührte das Etui seiner Ersatzbrille.

*Für ein neues Leben.*

In einem transparenten Spezialbehälter vom Optiker hatte er sogar die Kontaktlinsen eingepackt, die er so selten trug. Sie hielt das Kästchen ins Licht. Ein weißes Etikett, ein Stempel mit dem Datum von vorgestern.

Sie ließ die Sachen aus der Hand fallen.

Den Umschlag, den die Polizei ihr mit dem Koffer und der Aktenmappe übergeben hatte, wagte sie nicht anzusehen. Fast um Entschuldigung bittend, hatten sie ihr erklärt, das seien Dinge, die im Wagen gefunden worden waren, vermutlich aus der Ablage unter dem breiten Armaturenbrett gerutscht.

Anders als der Koffer war der Aktenkoffer stark beschädigt. Er hatte auf dem Beifahrersitz gelegen, nicht im Kofferraum. Ein tiefer Riß auf der Vorderseite ließ das helle Futter herausschauen. Beth atmete schwerer und starrte das Kombinationsschloß an. David hatte die Ziffern selbst eingestellt. Sie strich mit dem Daumen über die Rädchen. Sie hatte keine Ahnung, welche Kombination er gewählt hatte.

Sie ging in die Hocke und versuchte das Nächstliegende. Ihren Geburtstag, acht; seinen Geburtstag, fünfzehn. Und sein Geburtsjahr, einundfünfzig. Nichts – nichts.

»Verdammt sollst du sein!« flüsterte sie und sah das Schloß an. Wie albern, dachte sie, den Aktenkoffer schonen zu wollen, indem sie versuchte, das Schloß zu öffnen. Es war nutzlos geworden – absolut sinnlos. Sie sprang auf.

In der Garage ging sie die Reihe ordentlich gesäuberter und geölter Gartengeräte entlang, nahm dann eine kleine Bügelsäge herunter, wog sie in der Hand, trug sie ins Haus und rückte damit der Oberseite des Aktenkoffers zu Leibe.

Es war sehr schwer, sogar für sie – und sie hielt sich für sehr kräftig. Sonst wäre sie für ihren Beruf untauglich gewesen. Aber das war kein Baum; war kein Ziegelstein, der zerschnitten oder in Form gebracht werden sollte. Es war ein Teil von David, ebenso wie seine Haut, seine Hände.

Sie hatte das Gefühl, ihn zu ermorden. Als sie endlich die Papiere zu fassen bekam, hämmerte ihr Herz, und im Mund hatte sie einen bitteren Geschmack. Sie schloß die Augen und griff in den Koffer. Zog und zerrte, bis alles draußen war, ließ es auf den Teppich fallen. Erst als sie ganz sicher war, daß sie wirklich alles herausgeholt hatte, machte sie die Augen wieder auf.

Da lagen der Wirtschaftsteil der Sonntagszeitung; ein Stoß Briefe, Rechnungen und Notizen – alle mit dem Briefkopf einer Firma, die sie nicht kannte, einer Tischlerei nördlich von hier. Vielleicht hatte das etwas mit den Konten zu tun, mit denen er befaßt gewesen war; ein ordentlich gefaltetes Taschentuch, ein Scheckbuch, ein elektronisches Notebook und Davids Brieftasche mit seinen Scheckkarten.

Kopfschüttelnd durchsuchte sie die einzelnen Fächer. Das Taschentuch war am schlimmsten; sie griff nach einer Akte und deckte es zu, wie man das Gesicht einer Leiche zudeckt.

Als letztes nahm sie sich den Umschlag vor.

Er war dick und hatte Kanzleiformat. Sie öffnete ihn, biß sich auf die Lippen und schaute hinein. Er enthielt eine kleine Kassette, die in ein Diktiergerät passen mochte, einen gefütterten Umschlag, der leer war, und eine blaue Mappe, die aussah wie ein Flugticket. Sie holte den Inhalt mit spitzen Fingern heraus. Aber es war kein Flugticket, sondern ein Ticket für eine Fähre, die heute vormittag um elf Uhr dreißig ausgelaufen war.

Beth saß auf den Fersen und las es drei- oder viermal. Das

Ticket war auf Davids Namen ausgestellt. Nur auf *seinen.* Und es galt nur für die Hinfahrt.

Sie blickte auf, sah sich im Zimmer um. Erst gestern abend hatte David auf dieser Couch gesessen und war, während er die Abendzeitung las, aus den Hausschuhen geschlüpft, um es sich bequem zu machen. Gemeinsam hatten sie sich im Fernsehen die Nachrichten angeschaut. Er hatte ein Kreuzworträtsel gelöst. Den ganzen Abend hatten sie kaum ein halbes Dutzend Worte gewechselt. Sie konnte die Zeitung sehen, auf der Ablage unter dem Tisch, und im Licht der Lampe erkannte sie sogar Davids Druckbuchstaben. Er hatte nur drei Reihen ausgefüllt, wie sie jetzt feststellte. Und doch hatte er sich über eine Stunde damit befaßt.

Der Raum war klein und hoch und auf angenehme Weise ein bißchen unordentlich. Auf den Sesseln und auf der Couch verteilt lagen mehrere unterschiedliche Kissen. Der Teppich vor dem offenen Kamin war von der Farbe dunklen Weins, der Eichentisch in der Ecke mit Zeitschriften, Briefen und ihren Rohentwürfen übersät.

Sie fuhr sich mit den Händen über das Gesicht. Die ganze Zeit während der vergangenen Wochen und Monate hatte er hier gesessen, und etwas Ungeheuerliches war in seinem Leben vorgegangen. Vermutlich hatte es den größten Teil seiner Gedanken beansprucht. Und dennoch hatte sie nicht das geringste geahnt, hatte nichts gewußt. Nicht die Spur eines Verdachts gehabt, nichts vermutet.

Sie strich mit den Fingern über den Inhalt des Aktenkoffers, kurz blieben sie auf dem Notebook liegen. Lustlos rief sie den Terminkalender auf. David liebte elektronisches Spielzeug. Ihr war ihr altes schwarzes Notizbuch lieber, mit den zahllosen gekritzelten Ergänzungen und Änderungen an jedem Tag, mit Eselsohren und Randbemerkungen. Das Buch kam ihr lebendig vor, während der Psion tot war. Sie betrachtete das kleine graue Gerät.

Davids vorhergehende arbeitsreiche Monate rollten über den Bildschirm; ein- oder zweimal fiel ihr Olivers Name auf. Es gab sorgfältige Anmerkungen über diverse Sitzungen. Ein Besuch beim Finanzamt, wegen der Mehrwertsteuer. Der Kundendienst für den Wagen. Die Erneuerung von Versicherungspolicen. Sogar eine Berechnung der gefahrenen Meilen.

Als sie zum laufenden Monat kam, sah sie überrascht, daß die Tage leer blieben, nichts eingetragen war. In den letzten beiden Wochen keinerlei Notizen, obwohl er wie gewöhnlich zur Arbeit gegangen war.

Sie schaute auf das Ticket für die Fähre, das sie noch immer in der Hand hielt, und ihr Atem stockte. Ein paar Sekunden lang hatte sie das Gefühl zu ersticken.

Dann schloß sie die Augen und schob das Notebook zur Seite. Keuchend begann sie das blaue Ticket in möglichst kleine Schnitzel zu zerreißen, die um sie herumflatterten wie Konfetti.

Sie begann zu weinen, obwohl sie bisher geradezu tödlich ruhig gewesen war – oder vielleicht gerade deswegen; die Tränen liefen über ihre Wangen, tropften ihr auf die Hände.

Und sie mußte immer wieder an die letzten Augenblicke denken, in denen sie ihn gesehen hatte; auf der Türschwelle hatte er gestanden, den toten Vogel in der Hand, und hatte mit der Fingerspitze den gebrochenen Hals gehoben.

## 11

Oliver Woods' Wagen bog um sieben in die Zufahrt ein.

Es regnete heftig, und Julia, die aus dem dunklen Wohnzimmer hinausschaute, sah, wie er kurz die Stirn runzelte, ehe er ausstieg.

Er hatte es jedoch nicht eilig. Er ging zur Haustür, und sie lief los und erreichte die Tür Sekundenbruchteile bevor er klingeln konnte.

Schweigend öffnete sie ihm. Auch er sagte nichts. Sie stand aber bei ihm, als er den Mantel auszog, nahm ihn entgegen, schüttelte ihn ein bißchen aus und hängte ihn in die Garderobe. Seine Augen ruhten auf ihr, als sie ein Stück Zeitung unter den Mantel auf den Boden breitete. Sie richtete sich auf.

»Hast du es gesehen?« fragte sie. »Ich habe es richtig gemacht.«

»Wo ist Rosie?« fragte er.

»Bei Michaela.«

»Kommt sie nach Hause?«

»Erst morgen.« Er öffnete den Mund, um etwas zu sagen, doch sie war schneller. »Ich habe nicht darum gebeten«, sagte sie. »Sie haben es angeboten. Erst vor einer Stunde. Sie haben angerufen und es angeboten.«

Was immer er sagen wollte, er überlegte es sich anders. Sie folgte ihm durch den Flur. Er betrat das Wohnzimmer und ging ans Feuer.

Es war ein schöner Raum, gut geschnitten, mit einem großen Erkerfenster. Das Feuer auf dem Rost brannte hell. Oliver stützte sich mit beiden Händen auf den Sims.

Auf dem breiten Marmorsims stand eine Sammlung geflochtener Porzellankörbchen mit einem gelblichen Schimmer, deren feminine Zartheit vermuten ließ daß Julia sie ausgewählt hatte, tatsächlich war er es jedoch gewesen. Die Körbchen mit ihrem schimmernden Glanz, ihren komplizierten Mustern aus Blütenblättern und Blätterranken sauberzuhalten war ein Alptraum. Sie mußten wöchentlich gewaschen werden, nicht nur poliert. Jede Woche litt Julia Höllenqualen, sicher, daß sie ein Körbchen zerbrechen würde. Vor allem deshalb sorgte sie sich um die kunstvollen Meisterstücke mit ihrer krankhaften Farbe. Und war ständig in Versuchung, sie zu zerschmettern.

Oliver beendete seine Inspektion. Er drehte sich um, stand, beide Hände in den Taschen, da und sah seine Frau an.

»Ich habe sie ins Krankenhaus begleitet«, sagte Julia.

»Nun«, sagte er ruhig, »was hast du mir zu erzählen?«

Sie begegnete seinem Blick. »Wir mußten in eine kleine Kapelle hinuntergehen ...«

Ungeduldig winkte er ab. »Das meine ich nicht«, sagte er. »Wir wollen die Sache nicht hinausziehen. Sie zu verlängern wäre unerträglich, meinst du nicht?«

»Ja«, sagte sie.

»Wir wollen doch zu einem Ergebnis kommen.«

»Ja.«

»Du verstehst?«

»Ja, Oliver.«

»Gut. Was hast du mir zu sagen?«

Sie wandte den Blick von ihm ab. Nicht, daß sie ihren Kopf wegdrehte, das wäre undenkbar gewesen. Aber sie schaute auf den Kaminsims hinter seinen Schultern, auf die kleinen Kunstwerke aus Porzellan, die ihm so viel bedeuteten. »Ich habe nichts gewußt«, sagte sie leise.

Er spitzte die Lippen. Etwa dreißig oder vierzig Sekunden blieb es still. Eine endlose Zeit.

»Du hast überhaupt nichts von dieser Reise gewußt?«

»Nein, Oliver.«

»Wirklich gar nichts?«

»Nein.«

»Er hat dir nicht – *mit keinem einzigen Wort* – gesagt, daß er ins Ausland will?«

»Wollte er ins Ausland?« fragte sie.

Er lächelte. »Willst du mir wirklich erzählen, daß ihr überhaupt nicht darüber gesprochen habt?« Das war fast die Stimme eines Anwalts oder eines Freundes.

»Aber ich habe mich doch nie mit ihm unterhalten, Oliver. Warum fragst du nicht Beth?«

Oliver schüttelte den Kopf, schnalzte mit der Zunge. Endlich setzte er sich, strich mit Daumen und Zeigefinger die Bügelfalte seiner Hose gerade. »O Julia«, sagte er leise. »Du enttäuschst mich. Ich kann dir gar nicht sagen, wie sehr du mich enttäuschst.«

Sie dachte, daß er es damit bewenden ließe; er nahm die Abendzeitung vom Tisch neben ihm und begann sie zu durchblättern. Sie machte einen Schritt zurück, sah keine Reaktion und drehte sich um. Sie ging zur Hausbar und schenkte ihm seinen Drink ein. Drei Finger breit Scotch. Kein Eis, kein Wasser.

»Wohin wollte er?« fragte Oliver.

Sie wandte sich ihm wieder zu. Der Scotch im Glas verriet, daß sie zitterte. Sie zwang sich, ihre Hand ruhig zu halten, ging zu ihm hinüber und reichte ihm den Drink. »Hier«, sagte sie.

Doch er sah nicht das Glas, er sah nur sie an.

»Ich war mit Rosie beim Doktor«, sagte sie und versuchte das Thema zu wechseln. »Er hat gesagt, daß ich alles richtig gemacht habe. Er hat gesagt, ich sei wundervoll gewesen, Oliver. ›Eine geduldigere Mutter habe ich noch nie erlebt‹, hat er gesagt.«

Oliver starrte sie weiter an. Ihre Miene wurde unsicher, ihre Stimme leiser. »Ich zeige dir, welches Antibiotikum er mir gegeben hat«, sagte sie. »Ich habe den Namen aufgeschrieben.«

Wieder sagte er nichts; sein Blick wanderte zu seinem Drink und wieder zu ihr zurück. Dann seufzte er tief auf; es war der Seufzer eines über alle Maßen geduldigen Elternteils, der es mit ständiger Rebellion zu tun hat.

Er legte die Zeitung weg. »Dabei fällt mir was ein«, sagte er. Er griff in seine Tasche und holte die kleine braune Flasche heraus, die er beim Apotheker bekommen hatte. Er reichte sie ihr.

»Danke«, sagte sie. Sie sah ihn mit einem etwas zuversichtlicheren Lächeln an. »Er hat mir nie etwas erzählt«, sagte sie. »Ich schwör's.«

Er starrte sie an. »Ich habe mit der Polizei geredet. Dort hat man mir gesagt, daß er einen gepackten Koffer im Wagen hatte. Seinen Paß. Ein Ticket für die Fähre.«

»Ich war mit Rosie beim Doktor«, flüsterte sie.

Er stand abrupt auf, packte ihren Arm, verdrehte ihn nach oben und zog sie zu sich heran. Er roch stark nach Zigaretten. Statt sich abzuwenden, blickte sie zu ihm auf. Er sah, daß in ihr etwas lebendig wurde; Freude beinahe. Angewidert ließ er ihren Arm fallen und ging.

Er setzte sich wieder auf die Couch und griff zur Zeitung. Er schlug sie auf und schüttelte die Seiten aus, die leicht zerdrückt waren.

»Diesmal habe ich die Wahrheit gesagt«, meinte sie.

Er reagierte nicht auf das Drängen in ihrer Stimme.

»Schau mich an«, sagte sie. »Hör mir zu ...«

Aber er hatte sie schon ausgesperrt, sich in sich selbst zurückgezogen.

## 12

Beth hatte nicht gemerkt, daß sie eingenickt war, fuhr jedoch in ihrem Sessel auf, als ihr klar wurde, daß sie geschlafen haben mußte, vielleicht sogar länger als eine Stunde.

Es war dunkel, und erst nach einer Weile wurden die Umrisse des Wohnzimmers deutlich. Und da sie in der Dunkelheit den Fußboden nicht erkennen konnte, hatte sie das Gefühl, mit dem Lehnsessel zu schweben.

Sie beugte sich vor, setzte die Füße auf den harten Boden. Der Schwindelanfall war noch nicht vorüber. Sie hatte geträumt, sie liege im Wasser, nur ihr Gesicht sei noch an der Oberfläche, und ihren Körper ziehe es unerbittlich in die Tiefe. Sie war genau in dem Moment wach geworden, in dem sie ganz unter Wasser zu geraten drohte, und noch immer fühlte sie das Wasser in Mund- und Augenwinkeln. Sie hörte noch das Ticken und Pochen.

»O Gott!« flüsterte sie.

Das letzte Mal, als sie sich in einer solchen Dunkelheit aufgehalten hatte, war bei ihrer Mutter gewesen. Die Dunkelheit und der Vogel am Fenster.

Sie war fünfzehn, als ihre Mutter in einem staatlichen Krankenhaus starb. Sie hatte die letzten beiden Nächte bei ihr gewacht. Einen Vater, der ihr hätte beistehen können, hatte sie nicht: er war gestorben, als sie noch sehr klein gewesen war. Ihre Mutter war so willensstark gewesen wie sie und hatte sich eigensinnig geweigert, an ihre Krankheit zu glauben. Am Ende hatte sie sich – trotz ihres unerschütterlichen Widerwillens gegen den Krebs, die Pflege und das Krankenzimmer – sogar geweigert, loszulassen und zu sterben. Sie hatte, von Kissen gestützt, halb aufgerichtet im Bett gesessen, zu wütend, um sich richtig hinzulegen, und hatte jeden verflucht, der in ihre Nähe kam. Sie hatte noch zu arbeiten versucht, auf ihrem Nachttisch hatten sich Nachschlagewerke und ihre geliebten gelben DIN-A4-Blocks gestapelt, daneben ihr kostbarer Mont-Blanc-Füller. Sie hatte am örtlichen Polytechnikum Chemie unterrichtet und war dabei, ein Lehrbuch zu schreiben, einen vereinfachten Leitfaden für Anfänger. Auch da wollte sie nicht loslassen.

Beth erinnerte sich an das großflächige Gesicht auf dem Kissenstapel im Licht der schwefelgelben Straßenlaterne, die hereinschien. Ihre Mutter hatte ausdrucksvolle Augen gehabt. Eine hohe Stirn, einen gutgeschnittenen Mund und Hände mit langen Fingern: alles Anzeichen für ihr nie stilles, nie ruhiges Leben. In der Dunkelheit der letzten Nacht hatten ihre Hände sich ständig über die Bettdecke bewegt, waren ihre Finger zum Nachttisch geflattert.

Es war Sommer, und die Dämmerung hatte um vier Uhr morgens eingesetzt. Beth hatte dagesessen und zugesehen, wie elend langsam die Stunden auf der Uhr vergingen; ihr Kinn in eine Hand gestützt, hatte sie mit der anderen ab und zu den Arm ihrer Mutter gestreichelt. Das Tageslicht war zuerst als schmaler weißer Streifen am Horizont zu sehen; dann wurde der Himmel blasser, und sie sah allmählich den Fensterrahmen, die Rasenkante unter dem Fenster die Blätter der Buche. Dann schien zehn Minuten lang alles in der Schwebe, war alles völlig farblos: die Betten im Krankenzimmer, die Blumen auf den Nachttischen, die Sträucher im Garten.

Und in diesem Moment flog ein Sperling gegen das Fenster und landete draußen auf dem Sims. Beth hatte die gelblichen Läufe gesehen, klein, dünn und schuppig. Der Vogel hatte sie beäugt und dann angefangen, mit den Flügeln gegen das Glas zu schlagen.

Später hatte die Schwester ihr gesagt, sie hätten oft Schwierigkeiten mit den Vögeln. Die Fenster waren tief in Betonnischen eingelassen und schwer zu reinigen; auf den Simsen sammelten sich Insekten, und die Vögel kamen und scharrten am Glas. Es war eine absolut vernünftige Erklärung. Doch sie half nicht. Der kleine Vogel und die Geräusche seiner Krallen und Flügel, dieses hartnäckige Kratzen im Dämmerlicht, hatten etwas Schreckliches an sich. Und genau in diesem Moment war ihre Mutter gestorben, hatte sich plötzlich aufgebäumt und die Augen wie im Krampf zugekniffen.

Erschrocken war Beth zurückgewichen, ein Hilfeschrei blieb ihr in der Kehle stecken. In ihrer Hilflosigkeit gegen die andere Weltlichkeit dieses Augenblicks hatte sie den Kopf gewendet, und ihr Blick war auf der Reihe deutlich sichtbarer Rosen im Garten hängengeblieben. Zwischen dem Erscheinen des Streifens am Horizont und dem Eintreffen des Vogels hatte der Garten sich völlig verändert. Die Farben hatten plötzlich etwas Strahlendes. Sie hatte ihre Leuchtkraft nie vergessen. Sogar jetzt noch konnte diese besondere Schattierung von Korallenrot sie dazu bringen, stehenzubleiben, wenn sie an einem Garten oder am Schaufenster einer Blumenhandlung vorüberkam. Ihre stumme Bedeutung traf sie wie ein Schlag.

Beth sprang auf, erinnerte sich an das Gefühl des Ertrinkens, das sie im Traum gehabt hatte. Sie ging zu dem kleinen Tisch, knipste die Lampe an. Sofort ging ihr Atem langsamer. Sie berührte den Tisch, zum Trost und um sich zu orientieren.

Sie war hier, zu Hause, nicht bei ihrer Mutter.

Merkwürdig. Sie hatte lange nicht mehr an diese Nacht gedacht. Sie hatte sie nicht eigentlich verdrängt, sie war einfach langsam in einer Unmenge anderer Erinnerungen untergegangen. Hätte man sie zum Beispiel gefragt, woran sie sich im Zusammenhang mit der Krankheit ihrer Mutter erinnerte, hätte sie vielleicht erwähnt, wie allein sie sich als Einzelkind gefühlt hatte, das so früh mit dem Tod eines Elternteils fertig werden mußte und ganz auf sich selbst gestellt war. Sie würde sich an den Papierkrieg erinnern und an ihren Umzug von Derbyshire nach Bristol, die zwei schwierigen Jahre bei einer Tante, bevor sie aufs College gehen konnte. Sie hätte sich vielleicht an die Beerdigung erinnert. Aber nicht an diese Stunde, allein im Dunkeln.

Ihr erster Impuls war es, mit David darüber zu sprechen; dann kam das Begreifen, daß sie es ihm nie würde sagen können.

Sie schaute auf die Uhr. Es war halb vier Uhr morgens. In einer Stunde würde es hell werden, würde sich dieser erste weiße Streifen am Horizont zeigen. Ich kann bis dahin warten, dachte sie, und dann zu schlafen versuchen.

Das Ticken war noch immer da; sie beugte horchend den

Kopf zur Seite, versuchte es zu lokalisieren. Es war nicht die Uhr. Während sie lauschte, hörte es auf. Sie wandte den Kopf, sah sich um.

»Was *ist* das?« sagte sie vor sich hin.

Sie ging zum Fenster und zog einen Vorhang zurück. Der Garten war stockdunkel – es gab hier keine Straßenbeleuchtung. Soweit sie es sah, bewegte sich draußen nichts, war kein Tier in der Nähe des Zauns. Doch als sie sich abwandte, fing das Geräusch von neuem an: ein durchdringendes Kratzen.

Sie ging in die Diele und stellte erst jetzt fest, daß es aus der Küche kam. Sie hatte die Tür zugemacht. Sie schaltete das Licht in der Diele ein und ging zur Küchentür.

Öffnete sie.

In den ersten Sekunden sah es so aus, als wäre alles in Ordnung. Dann bemerkte sie die Flecke auf dem Fußboden. Weiße Flecke. Dann den Tisch. Auf dem Tisch herrschte ein unglaubliches Durcheinander: die Zuckerschale war umgeworfen, der Zucker verschüttet. Papierschnitzel, abgerissen von der Pinnwand über dem Heizkörper, lagen herum.

Der Vogel hatte sie zuerst entdeckt.

Er saß auf dem Abtropfbrett, die Flügel hingen seitlich herunter. Er war sehr klein: eine Schwalbe, atemberaubend, so aus der Nähe gesehen, mit der präzisen Schwarzweißfärbung. Er zitterte heftig, und als sie laut nach Luft schnappte, flatterte er zum Fenster, wo er offenbar versucht hatte, hinauszukommen.

Beth schlug das Herz bis zum Hals – mit einer Heftigkeit, die in keinem Verhältnis zum Anlaß stand, die ihr die Luft abschnürte. Es war nur ein Vogel. Nur ein Vogel. Ein sehr verängstigter Vogel …

Automatisch blickte sie zur Katzenklappe. Chaos war nicht in der Küche, doch sie zweifelte nicht daran, daß das wieder einmal das Werk der Katze war. Der Vogel schlug wie wahnsinnig mit den Flügeln. Er warf sich gegen das Glas, und für den Bruchteil einer Sekunde konnte Beth zwei Vögel sehen – einen im Raum und einen als Spiegelbild in der Fensterscheibe –, die gegen das Hindernis kämpften.

Sie hatte mehreren Leuten von dem Vogel am Fenster ihrer Mutter erzählt. Jemand hatte ihr gesagt, Vögel bedeuteten den Tod. »Vögel sind ein Omen«, hatte man ihr gesagt. »Genau das war er – der Vogel, bevor sie starb. Vögel wissen es. Die Seele geht in den Vogel ein und verläßt …«

Sie war gerade sechzehn gewesen, als man ihr das gesagt hatte. Sie wußte, was ihre Mutter dazu zu sagen gehabt hätte: »Schmarrn …« Einfach so. »Was für ein Riesenschmarrn.« Und das war es auch, sie wußte es. Menschen starben eben. Sie verschwanden. Sie standen nicht wieder auf und schlüpften in die nächste lebende Kreatur; sie geisterten nicht durch die Nacht. Sie kamen nicht zurück. Sie hörten einfach auf zu leben, und es war vorüber, wie ein Tag vorüber war.

Und doch, der Vogel an der Scheibe, das Auge blickte ausdruckslos in die ihren …

Sie versuchte, einen oder zwei Schritte vorwärts zu machen, doch sie zitterte. »Es ist nur ein Vogel«, sagte sie leise.

Sie konnte sich nicht vorstellen, wie eine Schwalbe ins Haus gelangen konnte. Sie waren ja keine richtigen Gartenvögel, die sich auf der Lehne eines Gartenstuhls niederließen wie das Rotkehlchen auf ihrem Rasen. Sie waren nicht wie die Dohlen, von denen eine Familie den Doppelkamin des Pfarrhauses heimsuchte. Eine Katze konnte es auf solche Gartenvögel abgesehen haben und manchmal einen fangen; aber keine Schwalben. Mit Schwalben und Mauerseglern war es anders. Sie flogen sehr hoch. Sie holten sich keine Krümel; sie kamen nie nah genug.

Taumelnd blieb der Vogel auf dem Fensterbrett stehen. Mit heftig klopfendem Herzen griff Beth über ihn hinweg und öffnete das Fenster.

»Flieg hinaus«, sagte sie. »Hier ist sie – die Freiheit. Flieg hinaus.«

Doch sie ertrug es nicht. Sie konnte sein fühlbares Entsetzen nicht mit ansehen. Sie lief zurück, knipste das Licht aus und knallte die Tür hinter sich zu.

Die Faust auf die Brust pressend, um die schmerzhaften Stiche nicht so stark zu spüren, ging sie in die Diele. An der Haustür lehnte sie die Stirn an das schwarze Eichenholz und strich mit der Hand über den Stahlriegel.

Es hatte nichts zu bedeuten. Brachte kein Unglück. Oder sonst etwas ...

Das Verlangen, das Haus zu verlassen, zupfte an ihr wie eine Hand, die durch die hölzerne Tür reichte, schnappte nach ihren Kleidern, ihrer Haut. Sie wußte, es war Panik, sogar Hysterie. Ein leichtes, sich von diesem quälenden Drang zu schreien, überwältigen zu lassen.

Dem Drang zu schreien, zu verschwinden, zu rennen.

Beth lehnte sich mit ihrem ganzen Gewicht gegen das Holz, als könne sie damit zum Schweigen bringen, was sie quälte. Sie ließ sich an der Tür hinuntergleiten und preßte die Fingerspitzen gegen die Kante, wo sie mit der Wand zusammenstieß, als wolle sie Stein und Holz miteinander verbinden.

Auf dem Boden sitzend, schlang sie die Arme um die Knie. »Es wird gleich hell«, sagte sie sich, merkte, daß sie sich selbst belog, und wiederholte es dennoch. »Es wird hell.«

Und schließlich konnte ein Vogel kein Unglück bringen.

Sie schloß die Augen, hielt ihre Beine fest, die Diele schlingerte noch immer.

# 13

Am nächsten Morgen um sieben fuhr ein uralter Citroën auf das Oak-Ridge-Gelände.

Der Tag war still, und der klare Himmel versprach ein vollkommen schönes Wetter. Der Großteil des kleinen Dorfes lag unterhalb des Hügels, und auf dem Kreidekamm darüber war kaum Lärm zu hören.

Ein Mann stieg aus dem Citroën, blieb einen Moment stehen und genoß die wunderbare Aussicht. Dann öffnete er die Wagentür, und sofort stürzte ein Terrier – ein braun-weißer Blitz – heraus, lief ein paar Sekunden wie verrückt im Kreis und verschwand dann hinter der Anhöhe.

»Komm her, du Mistkerl!« rief der Mann leichthin, als habe er nicht die geringste Hoffnung, daß der Hund ihm gehorchen werde.

Rhys Owen war um die Dreißig, mit schulterlangem dunklem Haar. Seit acht Jahren besaß er zusammen mit einem Partner eine Firma für archäologische Ausgrabungen. Bedächtig und sorgfältig sah er sich um, widerstand dem Verlangen, zu dem Grab zu stürmen, betrachtete die Konturen und Beschaffenheit der Umgebung.

Rhys liebte die Toten. Sie waren ihm sogar viel lieber als die Lebenden. Denn die Lebenden redeten und wanderten umher. Die Lebenden waren ständig im Weg und gaben gute Ratschläge. Sie klagten ständig über Geld und Zeit. Nur die Toten lagen gehorsam still, Gliedmaßen, Waffen und Kleidung erstarrt in der Haltung, in der sie ihr Leben ausgehaucht hatten. Waren schweigende und willfährige Zeugen, die den Ablauf der Jahre nicht achteten.

Er nahm eine verbeulte, blau- und ockerfarbene Blechbüchse aus der Tasche. Er erlaubte sich vier selbstgedrehte Zigaretten pro Tag. Rauchen war ein Laster, auf das er beinahe stolz war, nicht zuletzt deshalb, weil es ihm Spaß machte, das Entsetzen in den Gesichtern von Nichtrauchern zu sehen. Besonders jener, die *früher* geraucht hatten.

Eine halbe Meile entfernt, dem baumlosen Höhenzug gegenüber, trennte einer der schnurgeraden Feldwege zwei riesige Getreidefelder, eine hellbraune Linie, die sich durch zwei ordentliche grüne Seiten zog, wie der Rücken eines aufgeschlagenen Buches. Kurz die Augen zusammenkneifend, musterte er das zunächst liegende Feld.

In diesem frühen Licht konnte er im Gras aus diesem besonderen Winkel eine etwas dunklere Linie ausmachen. Unter dem Abhang war unverkennbar etwas, das wie der Teil einer massiven Kurve aussah, ungefähr fünfundzwanzig Meter im Durchmesser. Nicht ausgeprägt genug für ein Hügelgrab oder einen Ringgraben.

Solche Unregelmäßigkeiten zu entdecken waren eine Art Sucht, ausgeprägter noch als das Pro-forma-Rauchen; das Beobachten von Wasserscheiden in der Landschaft, zum Beispiel, wenn er sich aufs Fahren konzentrieren sollte. Sich andere Straßen unter den modernen vorzustellen. Gesichter auf ihren Knochenbau zu reduzieren. Straßen in leeren Feldern zu suchen. Er sah überall Geister.

Für ihn waren solche Dinge der eigentliche und besondere Reiz seines Jobs.

Als er zurückblickte, wurde er durch eine Bewegung in der Gasse unterhalb des Feldes aus seinen Gedanken gerissen. Er griff zu seinem Fernglas und wischte Staub und Hundehaare von den Linsen.

Er richtete das Glas auf die Gestalt und stellte fest, daß es eine Frau war, die rasch die Gasse unterhalb des durch einen Kreis markierten Feldes entlangging. Sie hatte ein höllisches Tempo. Auf der Suche nach einem Hund ließ er das Fernglas die Straße hinauf- und hinunterwandern – Frühaufsteher waren gewöhnlich Hundebesitzer, die vor der Arbeit mit ihren

Tieren Gassi gingen; doch diese Frau hatte keinen Hund dabei.

Sie war klein und schmächtig; andere Einzelheiten konnte er nicht erkennen. Länger als eine Minute beobachtete er sie, wie sie zwischen den niedrigen Hecken durch die leere Gasse lief.

Und dann blieb sie stehen.

Sie war jetzt ein bißchen näher, und er sah, daß sie eine braune Jacke trug und sich etwas Rotes um den Hals gebunden hatte. Sie war an einer Gartentür stehengeblieben, lehnte sich dagegen, so reglos, daß es verzeihlich gewesen wäre, wenn jemand gedacht hätte, sie sei zu Stein erstarrt. Er wartete darauf, daß sie weiterging. Sie blieb jedoch stehen. Dann ermüdeten seine Augen, und er nahm das Glas herunter. Der rote Fleck war noch sichtbar, wenn man wußte, wohin man schauen mußte. Und noch immer hatte er sich nicht bewegt.

Er legte das Fernglas in den Wagen zurück und schob die Hände in die Taschen. Der Luftpostbrief war noch da. Er dachte, er habe ihn in die Hand gestochen, als er vorsichtig die Finger darauf legte. Sie würde diesmal eine Antwort erwarten; sogar das Papier machte ihm Vorwürfe.

Sein Hund Aesculapius kam zurück, stolzierte mit überheblicher Miene daher. Als er Rhys sah, begann er, auf drei Beinen hüpfend, einen merkwürdigen kleinen Begrüßungstanz.

Um halb neun war Alan Pritchard gekommen; Alison Warley erschien bald darauf und machte sich mit Rhys bekannt. Am Tag vorher hatte Rhys dank einiger Telefonate von Alison eine Genehmigung des Innenministeriums erhalten.

»Hören Sie«, sagte Alan, »ich werde in Yeovil einen Kostenvoranschlag machen lassen.«

Rhys lächelte; er hatte viel Verständnis für Bauunternehmer, die durch seine Arbeiten aufgehalten wurden. Und er war Männern wie Alan immer dankbar, die aus Respekt vor einem Fund tatsächlich die Bauarbeiten unterbrachen.

»Wann sind Sie wieder zu Hause?« fragte er.

Alan überlegte. »Sechs.«

»Darf ich vorbeikommen?«

»Wenn Sie wollen.« Alan reichte Rhys seine Karte.

»Ich werde Ihnen sagen, wieviel und wie lange.«

Alan schnitt eine Grimasse. »Tausende und Wochen.«

»Nein ... Hören Sie, ich kenne ein paar Freiwillige. Wir können immer sehr fähige Ausgrabungsteams zusammenstellen. Aber das hängt von der Anzahl der Begräbnisstätten ab. Vielleicht fünfhundert Pfund pro Skelett.

»Und wer zahlt das?« brummte Alan vor sich hin.

Rhys legte ihm die Hand auf die Schulter. »Zwei Tage für ein Grab.«

»Hoffen wir, daß dort nicht fünfzig von diesen Kerlen liegen. Wir sehen uns um sechs«, erwiderte Alan.

»Danke.«

Rhys ging zu dem Grab hinüber, vor dem Alison in verzückter Konzentration kniete. Als er zu ihr kam, zeigte sie mit einem Zahnstocher auf einen leicht erhöhten Umriß in der Erde. Unter dem runden Rand des Schädels war eine kreisrunde Einkerbung.

»Hier unten ist etwas«, sagte sie. »Dort ... Schauen Sie ...«

Für das bloße Auge war da nichts als ein bräunlicher Schatten in der hellen Erde. »Es ist flach. Fünfzehn Zentimeter. Kopf im Westen. Frühes Achtes.« Die Sachsen waren erst spät in diesen Teil von Dorset gekommen; heidnische Gräber mit Grabgeschenken stammten gewöhnlich aus dem späten siebten, frühen achten Jahrhundert.

Alison stand auf und klopfte sich die Kleider ab.

»In Ordnung«, sagte Rhys. »Fangen wir an.«

Um halb zwölf sah Rhys die Spaziergängerin wieder. Er hatte sich aufgerichtet, um seinen Rücken zu entspannen, blickte zur Straße hinunter, dachte vage daran, wo er essen sollte, und versuchte sich zu erinnern, ob er auf der Durchfahrt im Dorf ein Pub gesehen hatte. Diesmal kam die Frau vom Dorf her; er erkannte den roten Schal sofort.

Wie lange bist du gegangen? dachte er.

Er erwartete, daß sie nach einem flüchtigen Blick weitergehen würde. Aber zu seiner Überraschung bog sie an der Sperre ab und kam auf ihn zu. Als sie noch etwa zwanzig Meter entfernt war, sauste ihr Aesculapius bellend wie eine Rakete entgegen. Sie lächelte leicht, ging aber weiter, während der Terrier vor ihren Füßen tänzelte, um auf sich aufmerksam zu machen.

Sie blieb stehen und betrachtete die Gräber.

Sie hatten ein zweites geöffnet und waren jetzt beim dritten angelangt. Es sah nach einer ganzen Gruppe aus. Alan Pritchard würde nicht sehr erfreut sein.

»Kann ich Ihnen helfen?« fragte Rhys.

Sie sah ihn an; eine Sekunde lang schien es, als sei sie fast überrascht, daß er da war; als habe sie in den wenigen Augenblicken, die sie gebraucht hatte, um von der Schranke zum Wagen zu kommen, seine Existenz völlig vergessen.

Ihr Gesicht war blaß. Es war ein Gesicht mit vollkommen regelmäßigen Zügen, das insgesamt sehr angenehm wirkte, aber nicht unbedingt schön zu nennen war. Die Augen waren tiefbraun, mit feinen Linien in den Winkeln. Das Haar war kurzgeschoren, und sie hatte ein wenig Lippenstift aufgelegt. Sie war ordentlich, aber nicht auffallend gekleidet, und ihre Jeans hatten messerscharfe Bügelfalten. Sie sah aus, als habe sie auf alles ganz besondere Sorgfalt gelegt.

Aber nichts an ihr war in Ordnung. Er hätte nicht sagen können, was es war; es war nur ein flüchtiger Eindruck. Etwas in ihrem Gesicht verriet, daß sie sich bemühte.

Und daß sie sehr müde war.

»Ich habe an *Ceanothus* gedacht«, sagte sie.

»Wie bitte?«

Der Hund sprang an ihr hoch. Sie bückte sich und tätschelte ihm den Kopf. »*Ceanothus thyrsiflorus.* Eine Hängepflanze. Bedeckt nackten Backstein.«

Er wußte nicht, was er sagen sollte. Streckte die Hand nach dem Hund aus. »Aesculapius ...«

Sie hob die Brauen. »Was für ein Zungenbrecher. Warum nennen Sie ihn so?«

Er zuckte mit den Schultern. »Wir waren einmal in Wiltshire, und diese Villa ...«

»Aber warum das, meine ich? Warum der griechische Gott der Heilkunst? Er sollte Spike heißen oder Rex. Hab' ich nicht recht?« fragte sie den Terrier. »Solltest du nicht Rex oder so heißen, ein kleiner Hund wie du?«

»Römisch. Aesculapius war Römer. Und abgekürzt heißt er Ace.«

Sie sah dem Hund nach, der zu ihm zurücktrottete. »Nein«, murmelte sie. Sie schaute wieder über die Gräber. »Ich habe nur an etwas gedacht, das – den Backstein bedecken würde ...« Und wandte sich ab.

Er überlegte, ob er ihr folgen sollte; ob sie nach Hause kommen würde. Ehe sie sprach, hatte sie perfekt normal ausgesehen. Und auch dann hatte es irgendwie einen Sinn ergeben. Er dachte daran zu sagen, *ein Immergrün wäre sehr hübsch.* Er wußte sehr wohl, was *Ceanothus* war, und er war gern höflich. Es war die Methode der Besänftigung, die er bei den meisten Frauen einsetzte.

Aber man wußte nie. Vielleicht wurde sie sonderbar; vielleicht fing sie an zu schreien. Sie war offensichtlich aus dem Gleichgewicht.

Die Frau hatte jetzt den Anfang der Gasse erreicht. Sie blickte die Straße entlang und machte eine Geste mit den

Schultern – das Gegenteil von einem Schulterzucken; sie sackten nach vorn, als sei sie außer Atem.

Beinahe wäre er ihr nachgegangen.

Doch im selben Moment ging sie sehr schnell weiter, und er überlegte es sich anders.

# 14

Beth hatte am Dienstagnachmittag um vier bei Oliver Woods einen Termin.

Sie kam zu spät. Helen Pritchard saß am Empfang, stand aber sofort auf und kam mit ausgebreiteten Armen auf sie zu. Beth schaute weg, schloß fast die Augen, als sie vor Helens Umarmung zurückzuckte.

»Es hat mir so leid getan, als ich's erfuhr«, sagte Helen. Sie dachte sofort, daß Beth, die, zwei Einkaufstüten aus Plastik umklammernd, so starr dastand, als sei sie am Ende, am Zusammenbrechen. Sie war so entnervend still.

»Soll ich Ihnen Ihre Einkäufe abnehmen?« fragte sie freundlich. »Ich kann die Tüten ja hier hinter den Schreibtisch stellen.«

Beth ließ es zu, daß Helen die Tüten vorsichtig an sich nahm, wobei es etwas schwierig war, ihre Handgelenke aus den Tragegriffen zu lösen. Als die ältere zurückkam, entschuldigte Beth sich plötzlich und sah Helen voll ins Gesicht.

Helen hätte sie gern an sich gezogen, wagte aber nicht, es noch einmal zu versuchen. »Ist schon gut. Kommen Sie rein. Er wartet auf Sie.«

Auch Oliver kam mit ausgebreiteten Armen auf Beth zu. Diesmal beugte sie sich leicht vor und empfing einen trockenen Kuß auf die Wange. Als sie sich zurückzog, legte sie ihm die Hand auf den Arm. »O Oliver«, sagte sie. »Ich bin so froh, Sie zu sehen.«

Oliver tätschelte ihr die Hand. »Mein liebes Mädchen«, sagte er und, aufblickend, zu Helen: »Bringen Sie uns bitte Tee.«

Als sie hinausging, warf Helen ihm einen warnenden Blick zu. Doch er schaute nicht in ihre Richtung. Er beugte sich über Beth, eine Hand auf dem Schreibtisch, die andere auf der Lehne ihres Stuhls.

»Wie geht es Ihnen?« fragte er, als die Tür zufiel.

Beth schüttelte fast unmerklich den Kopf. »Ich bin in Ordnung.«

»Ich habe versucht, Sie anzurufen.«

»Ich war den ganzen Vormittag spazieren«, antwortete sie. Sie sah zu ihm auf. »Ich konnte nicht schlafen. Ich war – um zwei wieder zu Hause, denk' ich ... Und Mr. ...« Sie griff sich mit den Fingern an die Schläfe, als falle es ihr schwer, sich zu erinnern. »Dauernd will ich Harold zu ihm sagen. Aber er heißt nicht Harold.«

»Hurrold?«

»Ja. Mr. Hurrold war da. Ich hatte es vergessen.«

»Ich bin sicher, das hat er verstanden.«

»Ja«, sagte sie. Bedächtig faltete sie die Hände auf dem Schoß. Langsam. »Er war sehr – sehr *gütig.* Ich nehme an, das sind sie ständig. Sehr *gütig.*«

Oliver schwieg einen Moment lang. Dann: »Und konnten Sie alles so regeln, wie Sie es wollten?«

»Ja«, sagte sie.

Mr. Hurrold hatte etwas Gemächliches an sich gehabt – im dunklen Anzug und mit einem Aktenkoffer bewaffnet. Er hatte große Ähnlichkeit mit einem Mann von einer Versicherung – einem, wie er jeden Freitagabend zu ihrer Mutter gekommen war, um die Prämie zu kassieren.

Beth hatte ihn ins Haus geführt, und sie hatten sich ins

Wohnzimmer gesetzt. Beth war eingefallen, daß die Heizung nicht eingeschaltet war; der Raum war kalt, und sie hatte zwar daran gedacht, ihm Tee anzubieten – konnte sich aber nicht aufraffen, aufzustehen. Sie mußte sich zwingen, auf das zu hören, was er sagte.

Er hatte einen Kalender auf den Knien und fragte offensichtlich etwas.

»Entschuldigung«, sagte sie. »Was?«

»Geben Sie einem bestimmten Tag den Vorzug?«

»Welchem Tag?«

»Für den Trauergottesdienst.«

»Nein – nein.«

»Dann vielleicht Freitag?«

»Ja, das ist in Ordnung.«

»Sie müssen die Familie von Mr. March verständigen. Schaffen Sie es denn bis dahin?«

David hatte einen Cousin, der in Saudi-Arabien arbeitete. Sie hatten sich nicht sehr nahe gestanden, und sie wußte, daß der Mann die ganze Welt bereiste. Sie hatte ihn in den letzten zehn Jahren vier- oder fünfmal zu sehen bekommen, und auch dann war er nur für ein paar Stunden geblieben. Trotzdem hatte sie ihn gestern abend angerufen und ihm eine Nachricht auf dem Anrufbeantworter hinterlassen. Er solle sich mit ihr in Verbindung setzen, hatte sie gesagt. Bisher hatte er es jedoch noch nicht getan.

»Ich denke schon.«

»Gut – gut.«

Hurrold hatte sehr beruhigend gewirkt. Das mußte sie ihm zugestehen. Beruhigend, ohne süßlich zu sein.

»Wäre es wohl möglich, daß wir jetzt über ... über das sprechen, wie Sie es gern hätten?«

Es war unglaublich. Sie hatte das Gefühl, ihn am Jackett packen zu müssen und zu schreien: »Aber ich hätte es nicht *gern!* Wie könnte ich es *gern haben wollen?*«

Hurrold schlug einen Katalog auf, legte ihn sorgfältig zwischen ihnen auf den Couchtisch.

»Am Telefon haben Sie Eiche erwähnt«, sagte er.

Sie starrte ihn an. »Eiche?«

Er lächelte. »Als Sie mich anriefen ...«

Sie runzelte die Stirn. »Ich habe nicht angerufen.«

Er legte sich ein anderes Notizbuch auf die Knie und unterstrich eine handschriftliche Notiz mit der Fingerspitze. »Heute morgen?« sagte er. »Um neun Uhr? Das waren doch Sie?«

»Ich habe nicht angerufen«, wiederholte sie beharrlich.

Sie sahen sich schweigend an. Hurrold beschloß offensichtlich, darüber hinwegzusehen, und Beth hatte nicht die Energie, darauf einzugehen.

Statt dessen zeigte er ihr die verschiedenen Särge, und sie sprachen über die Wagen. Über Wagen zu sprechen war das allerschlimmste – schlimmer als die Särge und Griffe und das Sargfutter. Beths Inneres verkrampfte sich in Panik und Haß, wenn sie daran dachte – dieses *Auto,* dieses *verfluchte, verfluchte Auto,* das David in den Tod gefahren hatte. Heute morgen um fünf hatte sie zuallererst zur Polizei gehen und nach Davids Wagen fragen wollen. Hatte ihn sehen wollen, augenblicklich, sofort. Ihn berühren, ihn treten oder darüber weinen wollen. Oder ihn mit bloßen Händen in Stücke reißen.

Mr. Hurrold und sie hatten Seite an Seite auf der Couch gesessen, um den richtigen Text für die Anzeige zu entwerfen. Sie hatte jeden Buchstaben so eifrig studiert wie ein verirrtes Kind, das lesen lernt. Die Bögen und Linien hatten ihre Bedeutung verloren. Sogar die üblichen Worte, die kleinen Worte – *lieber, auf, der, die, das* –, sahen falsch aus. Das Alphabet hatte sich in ihrem Kopf in eine Reihe sinnloser Zeichen aufgelöst. Genausogut hätte sie eine kyrillische Schrift lesen können.

Nach einer Stunde war er gegangen, hatte ihr an der Tür die Hand geschüttelt. Es war das erste Mal an diesem Tag, daß jemand sie berührt hatte. Es war eine angenehme Hand – trocken, warm, sanft –, und dennoch hatte sie sie mit Abscheu erfüllt. Die Berührung einer anderen Haut, einer fremden Haut. Es war obszön, diesen Fremden berührt zu haben, ihre Finger in die seinen zu pressen, seine Handfläche zu berühren. Es hatte sich so intim angefühlt wie Ehebruch.

Deshalb hatte sie sich auch nicht von Helen anfassen lassen.

Als sie an Helen dachte, brachte sie wie auf ein Stichwort den Tee herein. Sie sagte nichts, setzte nur das Tablett ab und verließ leise den Raum. Beth ließ den Blick aus dem Fenster schweifen, zu den Dächern der Bürogebäude auf der anderen Straßenseite. Ein Stückchen weiter rechts stand ein Hotel, die Beleuchtung über dem Namen brannte schon. Noch mehr sich krümmende Buchstaben.

»Geht es Ihnen gut?« fragte Oliver.

Sie sah ihn an. »Nein, eigentlich nicht.«

»Kann ich Ihnen etwas bringen?«

»Nein, Oliver.«

Er trank ein paar Schluck Tee, nahm dann einen lederbraunen Ordner aus einer Schreibtischschublade. »Ich weiß, das ist eine schreckliche Situation für Sie«, sagte er. »Aber ich denke, Sie sollten sich über Ihre Lage im klaren sein, wissen, wo Sie stehen.«

David und sie hatten beide ihr Testament bei Oliver hinterlegt. Er hatte vor zehn Jahren auch den Kauf ihres Hauses bearbeitet; dadurch hatten sie ihn kennengelernt. Beth empfand eine eigenartige Zuneigung für Oliver. Sie mochte sein exzentrisches Wesen. Sie fühlte sich wie hypnotisiert von seiner Fähigkeit angezogen, absolut kaltblütig an die Dinge heranzugehen und keine Höflichkeit zu heucheln. Sie lächelte über seine Grobheit, weil sie so unverschämt war. Wenn es etwas gab, was sie nicht ertrug, war es doppelzüngige Schöntuerei. Bei Oliver wußte sie, woran sie war, vertraute ihm rückhaltlos. Und bedauerte ihn wegen seiner Frau.

»Meine Lage?«

»Ja – das Haus und so weiter.«

Sie wußte, daß sie keinen unmittelbaren Anlaß zur Sorge hatte. Auf dem Haus lag eine Hypothek, die durch eine Lebensversicherung abgesichert war. Es gab einen kleinen Aktienfonds, den David von seinem Vater geerbt hatte und der jährlich ein bescheidenes zusätzliches Einkommen einbrachte; auch das ging an sie. Sie hatte während der letzten sechsunddreißig Stunden keinen Gedanken an Geld verschwendet. David war in diesen Dingen peinlich genau. Zu vorsichtig, wenn überhaupt.

Oliver öffnete den Ordner. »Wie Sie wissen, ist der Wert des Hauses ziemlich niedrig angesetzt: zweiunddreißigtausend Pfund nach der letzten Schätzung.«

Sie beobachtete ihn. Er hielt den Kopf gesenkt und fuhr mit dem Zeigefinger die Seite hinunter. »Aber mit dem zusätzlichen Kredit und der Auflösung des Fonds ...«

»Wie bitte?« fragte sie.

Er sah auf. »David hat den Fonds vor drei Wochen verkauft.«

»Er ...« Sie starrte ihn an, begann zu lachen. »Nein.«

Oliver entnahm dem Ordner einen Brief und reichte ihn ihr. Er war von David. So kurz und bündig wie möglich und ohne jede Erklärung hatte er Oliver gebeten, zu Protokoll zu nehmen, daß die Anteile aus dem Fonds seines Vaters verkauft worden waren. Er ersuchte Oliver, sein Testament in diesem Sinne abzuändern.

»Ich nehme an, er hat Bargeld gebraucht«, sagte Oliver.

»Bargeld?« wiederholte sie.

Er sah ihren Gesichtsausdruck. »Soll ich für Sie in Erfahrung bringen, wieviel er aufgenommen hat?«

Sie lehnte sich zurück. Unwichtig, wieviel es war. Wichtig war nur, warum David es getan hatte. Warum er Geld gebraucht hatte. Warum er ihr nie ein Wort davon gesagt hatte. Sie hob die Hand an die Stirn, ihr war sehr heiß. Und dann begriff sie plötzlich, was Oliver gesagt hatte.

»Ein weiterer Kredit?«

Oliver nickte. »Aber das wußten Sie natürlich. Sie haben den Antrag unterschrieben.« Und er schob ihr über die lederne Schreibtischplatte ein Papier zu.

Ganz unten stand ihr Name. Sie hielt das Papier dicht vor die Augen. Es sah ihrer Handschrift sehr ähnlich. Aber ihre Unterschrift war es auf keinen Fall. Sie hatte das Formular noch nie gesehen.

Sie fing an zu lesen, schaffte zwei Abschnitte und hörte dann auf. Sie sah Oliver an. »Ich hab' das noch nie gesehen«, sagte sie. »Und ich habe das auch nicht unterschrieben.«

Oliver hob die Brauen, beugte sich vor, stützte die Ellenbogen auf den Schreibtisch. »Das ist eine sehr ernste Sache«, sagte er. »Das Haus wurde noch einmal mit achtzehntausend Pfund beliehen.«

»O Gott!« murmelte sie.

Oliver nahm das Papier wieder an sich, betrachtete es und strich sich mit dem Zeigefinger über Schläfe und Stirn.

Beth holte tief Luft, war bemüht, sich zu beruhigen, langsamer zu atmen. »David ist mit diesem Formular zu Ihnen gekommen, mit diesem ...« Sie suchte nach einem sachlichen Wort, einem Wort, das nicht hysterisch klang. »... diesem Antrag?«

»Ja ...«

»Und hat er ... hat er gesagt, *wozu* er das Geld brauchte?«

Oliver nickte; nahm kurz die Hand vor den Mund. »Für den Anbau.«

»Den ... Anbau. Ich verstehe. Und was für ein Anbau sollte das sein?«

Oliver begann leicht den Kopf zu schütteln. »Das Treibhaus und das Steinpflaster. Die Werkstatt für Sie …«

»Ja, ja.« Sie sagte es, damit er aufhörte zu reden. Das ununterbrochene Geräusch seiner Stimme war unerträglich.

David hatte nie einen Anbau erwähnt. Sie hatte nie um eine Werkstatt gebeten – hatte nie eine gewollt, nie eine gebraucht. Sie hatten bereits ein kleines, leider schäbiges Treibhaus an der Westseite des Hauses. Von Bauarbeiten war nie gesprochen worden. Und doch hatte David ihre Unterschrift auf einem Antrag für eine zweite Hypothek gefälscht, um sie zu finanzieren.

Die Welt schien wegzukippen. Sie hielt sich an den Armlehnen des Sessels fest und wartete darauf, daß der plötzliche Schwindel aufhörte. »Muß man denn nicht den Kostenvoranschlag eines Bauunternehmers vorweisen?« fragte sie. »Ich meine, das ist alles so lächerlich. So etwas kann man doch nicht hinter dem Rücken eines anderen tun, oder? Und muß man nicht vor Beginn der Arbeiten eine Schätzung vornehmen lassen und nach Beendigung ebenfalls?«

»Das ist richtig. Diese Schätzung habe ich vorhin gemeint.« Oliver blätterte wieder in dem Ordner. Er reichte ihr zwei Fotokopien: die eine war eine vor vier Wochen datierte Schätzung, die andere ein Kostenvoranschlag des Bauunternehmers.

Er lautete auf achtzehntausend Pfund. Und er stammte von Alan Pritchard.

»David hatte alle Vorbereitungen für den Bau erledigt, den Kredit beantragt und …« Sie starrte auf die Straße. »Wir haben vergangene Woche einen Bankauszug bekommen«, erinnerte sie sich plötzlich. »Für unser gemeinsames Konto. Eine Summe in dieser Höhe war nicht drauf.« Sie wandte den Blick wieder Oliver zu. »Wo hat er das Geld hingetan?«

»Leider weiß ich …«

»Könnten Sie Helen hereinrufen?«

»Wie bitte?«

»Bitte können Sie nicht ganz einfach Helen hereinrufen?« Sie hatte große Mühe, ihre Stimme zu beherrschen. Kämpfte gegen einen Instinkt an, aufzuspringen und hinauszurennen; es war fast das gleiche Gefühl wie an dem Vormittag, an dem David gestorben war: zu rennen und immer weiter zu rennen und nie mehr stehenzubleiben. Der Wahrheit davonzulaufen, die hinter ihr herdonnerte und sie einzufangen versuchte.

Oliver hatte auf die Gegensprechanlage gedrückt. Nach ein paar Sekunden öffnete Helen die Tür.

Beth war sofort auf den Beinen. »Helen, wissen Sie, daß Alan unser Haus geschätzt und einen Kostenvoranschlag für Bauarbeiten an unserem Haus gemacht hat?«

Helens Blick wanderte von Beth zu Oliver und wieder zurück zu Beth. »Ja«, sagte sie.

»Und wofür?«

»Für ein Treibhaus. Ein ganz großes, mit Heizung. Mit ...« Sie sah Beths verstörte Miene. »Was ist los?« fragte sie.

»Was hat David zu Alan gesagt? Hat er gesagt, wozu er es wollte?«

Helen runzelte die Stirn. »Für Sie.«

»Für mich.« Beth tastete nach ihrem Sessel, fand ihn und setzte sich. »Warum hat Alan noch nicht mit der Arbeit angefangen? Oliver sagt, er hat das Geld vor drei oder vier Wochen bekommen? Warum hat Alan nicht angefangen?«

»Alan hat mir erzählt, David habe ihn gebeten, noch ein bißchen zu warten. Er werde ihn anrufen und ihm sagen, wann er anfangen könne«, sagte Helen. »Als Alan vorige Woche das Grab auf dem Oak Rise entdeckt hatte, hat er gehofft, David würde ihm jetzt grünes Licht geben, bei Ihnen anzufangen.«

Beth hatte aufmerksam zugehört. Helen hielt inne; niemand rührte sich. Alles um sie herum schien unnatürlich still.

»Das ist ein Witz«, sagte Beth.

»Wie bitte?«

»Ein Witz«, wiederholte Beth.

»Der Anbau?«

»Es ist einfach – einfach alles völlig verrückt ...«

»Wieso?« wiederholte Helen.

Einen Augenblick blieb es still. Dann sagte Oliver: »Danke, Helen. Lassen Sie uns eine Minute allein, ja?«

Helen blickte auf Beth hinunter, bevor sie grollend hinausging, drehte sich aber, bevor sie die Tür hinter sich zumachte, um und sah sie noch einmal an.

»Beth«, sagte Oliver. »Beth.«

»Ich höre.«

Er wartete eine Sekunde, stand auf und ging zu dem großen Bücherschrank an der entgegengesetzten Wand. Dort nahm er eine Flasche Kognak heraus, goß etwas davon in Beths noch kaum berührten Tee, gab ihn ihr und schloß ihre Finger um das Porzellan. »Trinken Sie.«

Sie trank; leerte die Tasse. Ihr Gesicht, das eben noch kalkweiß gewesen war, bekam allmählich Farbe.

»Das ist nicht gut«, sagte Oliver.

Sie lachte, atmete aus. Sprach aber nicht.

»Soll ich mir alles gründlich vornehmen?« fragte er.

Sie sah nicht auf. »Ich habe nie jemanden gesehen, der eine Schätzung vorgenommen hat«, sagte sie, laut vor sich hin. »Er muß sich mit ihnen verabredet, sich mit ihnen getroffen haben, als ich nicht zu Hause war.«

Sie stand auf, fuhr sich mit der Hand übers Haar, über die Augen, preßte die Finger einen Moment lang auf die Wangen, ließ dann die Arme seitlich hinunterfallen. »David hat viel Geld gebraucht«, sagte sie. »Fast zwanzigtausend – und dazu die Anteile aus dem Fonds. Vielleicht noch einmal fünfundzwanzigtausend Pfund. Und wo ist es? Das ganze Geld – *wo* ist es?«

Oliver war um den Schreibtisch herumgekommen und stand nah bei ihr. Sie dachte, er habe rasch, fast heftig und sehr leise etwas gesagt. Doch als er zu sprechen begann, war sein Ton absolut ruhig und gleichmäßig.

»Ihre finanzielle Lage ist trotzdem ziemlich gesichert«, sagte er. »Das Haus gehört Ihnen; Ihre Lebensversicherung wird die restliche fällige Summe ausbezahlen – und ganz nebenbei noch mehr.«

Beth schien seine Bemerkung kaum mitbekommen zu haben. »Er hat das Geld gebraucht«, sagte sie leise, »weil er fortwollte. Er wollte ins Ausland. Er wollte fort, mit dem Geld ...« Sie sah Oliver an. »Ich habe recht, nicht wahr?«

»Es tut mir so leid«, sagte er.

»Hat er Ihnen nie etwas gesagt?«

»Kein Wort.«

»Er hat es *ernst* gemeint«, flüsterte sie, »hat es *geplant.* Seit sechs Wochen ungefähr. Im ganzen letzten Monat.«

»Ja ...«

Sie schloß die Augen. »Mein Gott, er muß mich gehaßt haben«, flüsterte sie. Sie starrte Oliver an. »Ich wußte, daß es ... schlimm um uns stand«, sagte sie. »Aber nicht so. Nicht so.«

Oliver legte ihr die Hand auf die Schulter, das Gewicht schien sie in den Fußboden hineinzupressen. Sie senkte den Kopf unter dem Druck.

»In Ordnung. Erlauben Sie, daß ich mich gründlich damit befasse«, sagte er. »Ich will sehen, was ich tun kann.«

Sie seufzte und stand auf, lächelte schwach. »Ich danke Ihnen, daß Sie so freundlich zu mir sind«, sagte sie hölzern.

»Nicht der Rede wert«, sagte er. »Ich möchte nur, was für Sie am besten ist. Vergessen Sie das bitte nicht.«

Bevor sie hinausging, wandte sie sich zu ihm um. »Denken Sie – er ist *mit* jemandem weggegangen?«

Er zögerte einen Sekundenbruchteil, ehe er antwortete. »Das kann ich Ihnen wirklich nicht sagen.«

Als Beth nach Hause kam, brachte sie die Einkaufstüten in die Küche. Der frühe Sommerabend warf ein wunderschönes Licht in den Raum: Ocker gemischt mit dem leuchtenden Grün der Jahreszeit. Es wirkte fast unirdisch oder wie die fließende Farbe des Lichts unter Wasser in Teichen. In einer Viertelstunde, dachte sie, sich umsehend, wird es nicht mehr dasein.

Einen Augenblick war sie desorientiert.

Ein paar Sekunden lang glaubte sie, irgend etwas im Raum habe sich schon verändert. Daß jemand vielleicht hier gewesen war, als sie nicht da war, und den Raum auf subtile, undefinierbare Weise in Unordnung gebracht hatte. Die Anordnung der Tassen, das Brotbrett, der Messerblock sahen anders aus.

Stirnrunzelnd wandte sie den Blick ab.

Sie stand am Tisch, die Hand auf der hölzernen Tischplatte, die Einkaufstüten daneben. Sie versuchte, sich damit zu beruhigen, daß sie *hier* war, daß sie lebte und hier im Raum stand. Sagte sich, daß nichts anders, nichts verändert war. Sie versuchte von oben, von außen an sich zu denken, so wie andere Leute über sie dachten – an ihre Größe, ihre Farben, ihren Namen, ihre Arbeit. Die ganze Identität, die ihr gehörte.

Irgendwo im Dorf würden die Leute sagen: *Diese arme Frau da oben in der Gasse.* Sie würden über Unfälle nachdenken. Würden sich fragen, was sie ihr sagen sollten. In der Pfarrei würde der Pfarrer ihren Namen in sein Notizbuch schreiben. *Morgen muß ich Mrs. March besuchen gehen ...*

Und dennoch war sie überhaupt nicht da.

Sie war irgendwohin gegangen, wo es keine Regeln und keine Grenzen gab. Sie war am Rand der Realität, wo die Furcht vor dem, was vielleicht geschehen würde, sich mit Tatsachen mischte. Sie war unerreichbar. Überhaupt nicht *die Frau von oben in der Gasse,* niemand mit einer so körperlichen Gegenwart. Sie war zu einer Art visuellen Sinnestäuschung geworden, zu einer Illusion. Andere konnten sie zwar sehen, doch war dies nur eine Spiegelung, ein Bild, das an die Orte geworfen wurde, wo sie früher stets gewesen war.

Sie drehte sich um, sah die Tüten an.

Langsam räumte sie sie aus. Sie wußte nicht, woran sie gedacht hatte, als sie durch die Ladenstraße zu Olivers Büro ging; automatisch und aus alter Gewohnheit war sie in die Lebensmittelabteilung des Kaufhauses gegangen und hatte diese Sachen eingekauft.

Sie strich mit der Hand über die Päckchen, eins nahm sie in die Hand. Es war eine Fertigmahlzeit: Huhn in Weißweinsauce. Ein besonderer Leckerbissen. Etwas, das sie immer kaufte. David liebte es. Sie hatten darüber gescherzt, daß sie diesen Laden plünderte und mit diesen Packungen nach Hause kam, die ihr halfen, sich vom Kochen zu drücken.

Leckerbissen ... Vergnügen ...

Sie leerte die Tüten aus – weitere Päckchen fielen auf den Tisch. Brot und Konfitüren und weicher Käse und Obst. Die Trauben, die David am liebsten hatte. Kernlos. Rot.

Als sie sie im Laden in den Korb legte, hatte sie gedacht, sie tue genau das, was sie tun sollte. Daß das ein positiver Schritt war, daß es richtig war, sich mit etwas zu belohnen, was sie mochte. Zum Trost. Als Hilfe. Die Trauben in einem Drahtkorb. Und das Huhn und der Wein und die Schokolade. Das mußte man tun, um das Gefühl abzuwehren, daß man ertrank. Man mußte feste Abläufe einhalten, um nicht unterzugehen; sich an sie klammern wie an einen Strohhalm. Sie hatte es hundertmal gelesen. Ein guter Rat von Briefkastentanten. Hör nicht auf zu strampeln, schwimm weiter.

Diese kleinen vertrauten Handlungen – einkaufen, nach Hause tragen und kochen und gehen – waren dazu bestimmt zu helfen. Sie waren ein Schutzwall gegen die Welt; sie würden die Flut abwehren, die über einem zusammenzuschlagen drohte. Sie wirkten Wunder, wenn alles andere versagte. Sie waren stärker als Gebete. All die ganz alltäglichen Gewohnheiten: der Schlüssel ins Zündschloß des Wagens; das Wegräumen; das Anzünden eines Feuers; der Blick auf die Küchenuhr.

Sie war überhaupt nicht hungrig. Sie bezweifelte, daß sie es je wieder sein würde.

Sie bückte sich, nahm, soviel sie konnte, in die Arme, ging ans andere Ende des Raumes und warf alles, was sie eben gekauft hatte, in den Abfalleimer.

## 15

Rosie lag auf der Seite und betrachtete ihr Zimmer. Alles war hier sehr sorgfältig angeordnet; jedes Bord, jede Schachtel peinlich genau ausgerichtet. Jedes Spielzeug hatte einen Namen. Sogar der Schreibtisch, das Couch- und das Kopfkissen hatten Namen. Es war wichtig, Bescheid zu wissen. Sie schrieb sie in ein Notizbuch, das sie immer bei sich trug, immer in Angst, etwas übersehen zu haben. Solange die Plastiktiere und die ausgestopften Bären und die Bücher sich an die vorgegebene Ordnung hielten, blieb die Welt aufrecht.

Gingen sie verloren, würde die Welt ins Rutschen kommen.

Sie wußte, daß sie Schwierigkeiten mit dem Gedächtnis hatte. Das sagten alle, auch ihre Lehrerin und ihre Schulfreundinnen. Und sogar Amy, die ihre beste Freundin war.

Und sie hatten recht; noch während sie sprach, fühlte sie, wie die Gedanken ihr entglitten, undeutlich wurden, fühlte, wie sie losließ. Fühlte, daß sie sich lieber – und wäre es nur für eine Sekunde – hinlegen und schlafen würde.

Im Erdgeschoß hörte sie die Stimmen ihrer Eltern. Daddys tiefe, bedächtige Stimme; die von Mummy sehr hoch und hell, wie Flügelflattern. Rosie hörte sie gern sprechen. Das war viel besser als das Schweigen.

Sie hörte jetzt ihre Mutter, die zum Fuß der Treppe kam. Es war schon fast dunkel; die Uhr auf ihrem Nachttisch zeigte 20.48.

»Rosie!« rief Julia. »Rosie!«

Sie war zu müde, um zu antworten. Den Kopf ins Kissen gedrückt, starrte sie auf das offene Fenster. Am dunkler werdenden Himmel kreisten die Schwalben, schossen im Sturzflug herab, kreuzten ihr Blickfeld. Sie wäre gern da draußen gewesen, am abendlichen Himmel. Sie wäre gern ganz klein gewesen und auf ihren Rücken geklettert. Und nie zurückgekehrt in die stickige Wärme dieses Bettes, das sie so eng umhüllte. Doch sie wußte, daß die Vögel verboten waren. Sogar sie anzusehen war verboten.

»Rosie ...«

»Sie schläft«, sagte Oliver. ›Laß sie in Ruhe.«

»Sie ist *krank*«, sagte Julia schrill. »Ich geh' schnell hinauf und seh' nach ihr.«

Olivers Stimme wurde leiser. »Laß sie. Hör auf, sie zu plagen.«

»Ich muß nur sehen ...«

»*Ich* sehe nach ihr. Später.«

»Nein ...«

»Du machst immer so ein Theater. Du verhätschelst sie.«

»Jemand muß es tun. Tust du es?«

»Sie ist meine Tochter genausogut wie deine.«

»Du verstehst sie nicht.«

»Julia! Komm sofort zurück. Julia ...«

Rosie hörte die Schritte ihrer Mutter, das unbarmherzige und besorgte Getrappel, die lange Treppe heraufkommen.

Fest preßte sie die Lider zusammen.

# 16

Helen konnte in dieser Nacht nicht einschlafen.

Nachdem sie länger als eine Stunde wach im Dunkeln gelegen hatte, stand sie auf. Im Haus war es kalt; es war kurz nach Mitternacht. Sie füllte den Kessel und löffelte Ovomaltine in einen Becher. Am Ende des kleinen Gartens wurde ihr Haus von einer Reihe anderer im Stil der vierziger Jahre überragt. In keinem Fenster war Licht.

Sie setzte sich auf einen Hocker. Es hätte ihr schon geholfen, wenn sie gewußt hätte, was es war, das in einem Winkel ihres Bewußtseins an ihr nagte. Immer wieder kam sie auf Beth Marchs Besuch am Nachmittag zurück. Das unbehagliche Gefühl hing irgendwie mit Oliver zusammen. Doch jedesmal, wenn sie über den Mann nachzudenken begann, drängte sich Beths weißes Gesicht ins Bild.

Als sie nach Hause gekommen war und mit Alan darüber sprechen wollte, stellte sie fest, daß im Wohnzimmer ein gewisser Rhys Owen mit ihm redete. Auf dem Couchtisch waren die Baupläne für Oak Rise ausgebreitet, und in dem Moment, in dem sie ins Zimmer kam, bat Alan sie um eine Tasse Tee. Um ein Haar hätte sie geantwortet, sie habe es satt, das Zeug zu kochen. Trotzdem brachte sie den beiden eine Kanne.

Alan hatte einen Gesichtsausdruck, den sie nur allzu gut kannte; mit gekreuzten Armen beobachtete er den jüngeren Mann, der über die Pläne der Grundmauern feine Linien zog. Alans Miene war unvergleichlich bissig und abweisend wie die eines Jungen, der vor dem Zimmer des Schulleiters wartete.

Er hatte ihr seine Teetasse abgenommen. »Du kannst dich freuen, wir haben eine Großbaustelle«, hatte er gesagt.

»Oh?« Sie hatte Rhys Owen die zweite Tasse gereicht. Er

antwortete mit einem beinahe verwegenen Lächeln: Clark Gable unter langem Neunziger-Jahre-Haarschnitt.

Männer heutzutage, hatte sie gedacht, mit einem Blick auf sein enganliegendes Perlenhalsband, das nach Zigeunerart verknotete Halstuch, die schmutzige grüne Weste mit Jackett.

Er trank den Tee in einem Tempo, bei dem sie sich den Schlund verbrüht hätte. »Großartig«, sagte er. »Brillant. Herzlichen Dank.«

Trotz ihres ersten Eindrucks von ihm sah sie sich gezwungen zu lächeln.

»Ich ruiniere das Leben Ihres Gatten«, hatte Rhys gesagt. »Wir haben mindestens acht Gräber und hier noch ein ungewisses Gebiet ...« Er zeigte auf die Karte. »Wir haben ein paar Grabbeigaben. Es ist ein ...« Er sah zu Alan hinüber. »Tja, es ist ein großer Fund. Tut mir leid.«

Alan hatte Helen den Arm um die Schultern gelegt.

»Was gibt's?« Jetzt stand Alan in der Tür und zog den Gürtel seines Morgenrocks zu.

Der Kessel schaltete sich aus. »Willst du was zu trinken?« fragte sie.

»Aber gern. Wenn du mir etwas machst.«

Sie goß Wasser über die erwärmte Milch, dann setzten sie sich einander gegenüber an den Küchentisch.

»Der Kostenvoranschlag von David March.«

Er setzte die Tasse ab und tat so, als ob er ein Papier zerreiße. »Den kann ich vergessen. Ein Glück, daß ich diese andere Sache in Yeovil habe, sonst müßte ich vorübergehend Leute entlassen.«

»Sollte es vielleicht eine Überraschung sein?« fragte sie. »Für Beth?«

»Das hat er gesagt.«

»Und du durftest ihr nichts davon sagen?«

»Stimmt.«

»Aber du hättest dir doch den Baugrund ansehen müssen. Dann hätte sie es doch erfahren.«

Alan zuckte mit den Schultern. »David hat mir gesagt, daß er mir ein Datum nennen würde. Irgendwann nach dem Februar.«

»Und du *durftest* Beth nichts sagen?«

Er legte den Kopf auf die Seite. »Um was geht es eigentlich?«

Sie seufzte. »Es gibt irgendein Problem wegen des Geldes. Ich glaube, sie können das Geld auf dem Konto nicht finden. Beth hat nicht gewußt, daß du etwas damit zu tun hattest.«

Alan leerte seine Tasse. »Bei diesen Dingen gibt es anfangs oft ein Durcheinander«, sagte er. »Sie werden es schon entwirren. Plötzlicher Tod ... Die Angelegenheiten der Leute sind oft in Unordnung. Ist sie Olivers Klientin?«

»Beide sind es. Waren es.«

Alan stand auf, räumte ihre und seine Tasse auf das Abtropfbrett und klopfte ihr auf die Schulter. »Komm hinauf. Sonst bist du morgen hundemüde.«

»In Ordnung«, sagte sie.

Sie spülte noch schnell die Tassen und trocknete sich dann die Hände an einem Geschirrtuch ab. Alan hatte die oberste Treppenstufe erreicht, und Helen blieb einen Moment unten stehen und horchte auf seine Schritte.

Ihr fiel plötzlich ein, daß Oliver rastlos hin und her gelaufen war, nachdem Beth March das Büro verlassen hatte. Sie selbst hatte am Empfang gearbeitet und durch die offene Tür in sein Büro geschaut.

Nach ein paar Minuten hatte er sich bei ihr gemeldet. »Können Sie mich mit Burleigh und Country verbinden?« hatte er gesagt.

Sie hatte das Gespräch mit Beths Bausparkasse durchgestellt. Er hatte ungefähr fünf Minuten gesprochen. Danach hatte er das Büro vorzeitig verlassen und ihr gesagt, er gehe nach Hause. Dann hatte er sich, kurz am Empfang stehenbleibend, noch nach den ersten Terminen am nächsten Tag erkundigt.

Er war nicht anders gewesen als sonst: anmaßend und schroff. Sie strengte sich an, sich alle Einzelheiten dieser wenigen Minuten in Erinnerung zu rufen; besonders eine Einzelheit. Sie hatte gehört, wie er den Hörer aufgeknallt hatte, als das Gespräch beendet war. Und hatte vorher Oliver mit unterdrückter Verzweiflung sagen gehört: »Mir berichten.«

Jetzt blieb sie am Fuß der Treppe stehen, und ein verblüffter Ausdruck erschien auf ihrem Gesicht.

Er hatte gar nicht *mir berichten* gesagt ... Was sollte Beth Marchs Bausparkasse ihm zu berichten haben?

Stirnrunzelnd biß sie sich auf die Lippen.

Oliver hatte gar nicht »mir berichten« gesagt.

Oliver hatte gesagt: »Mich vernichten.«

## 17

Am Mittwochvormittag hatte Beth einen Termin bei der Bausparkasse.

In der Zweigstelle auf der belebten High Street führte man sie ins Büro des Zweigstellenleiters. Eine zierliche, dunkelhaarige Frau erhob sich und ging ihr entgegen. »Angela Naylor«, sagte sie und schüttelte Beth herzlich die Hand. »Setzen Sie sich doch. Kann ich Ihnen etwas bringen lassen? Tee? Kaffee?«

»Nein, danke«, antwortete Beth. Sie ertrank schon fast in dem Zeug, mußte einen ganzen See geschluckt haben und bestand wahrscheinlich schon zu neunzig Prozent aus Koffein.

»Es hat mir so leid getan, von Mr. Marchs Tod zu hören«, sagte die Filialleiterin.

»Sie haben es gewußt?«

»Ja. Mr. Woods hat uns angerufen.«

»Ich bin hier, um mit Ihnen über die zweite Hypothek zu sprechen.«

»Ja, einen Augenblick, bitte.« Angela Naylor rief Beths und Davids Konto im Computer auf.

Beth beugte sich vor. »Hat Mr. Woods Sie über die Fälschung informiert?« fragte sie.

Angela Naylor drehte ihren Stuhl zurück und sah Beth an. »Ich verstehe nicht.«

»Meine Unterschrift auf dem Antragsformular.« Beth bemühte sich, tief und ruhig zu atmen. Sie wollte nicht den Eindruck einer hysterischen Ehefrau machen. »Sie war gefälscht. Ich habe das nicht unterschrieben – ich habe das Formular zum ersten Mal gesehen, als Mr. Woods mir gestern eine Kopie zeigte.«

Angela Naylor sagte eine ganze Weile nichts. Als Beth ihre verwirrte Miene sah, wurde ihr das Herz schwer. »Er hat es Ihnen nicht gesagt?« fragte sie.

»Leider nein.« Die Frau runzelte die Stirn. Sie schaute wieder auf den Bildschirm.

»Die Hypotheken unserer Zweigstelle werden von unserer Zentrale in St. Albans bearbeitet«, sagte sie, als denke sie laut. »Dort liegen auch die Originale der Dokumente.« Ihre Finger trommelten auf den Schreibtisch. »Aber es gibt keinen Hinweis darauf, daß an der Unterschrift etwas nicht in Ordnung gewesen wäre. Und das konnte natürlich auch nicht der Fall sein ... Bei der geringsten Unregelmäßigkeit wären keine Mittel bewilligt worden.«

Beth lehnte sich zurück und betrachtete den aufgeräumten Schreibtisch. »Ich kann nicht verstehen, warum Oliver es Ihnen nicht gesagt hat.« Eine erste leichte Unruhe flog sie an, als sie Olivers Namen nannte. »Er hat mir gesagt, er werde sich um alles kümmern. Der Sache nachgehen.«

»Warten Sie eine Sekunde.« Angela Naylor öffnete eine Schreibtischschublade und nahm ein kleines elektronisches Notebook heraus, das genauso aussah wie das von David. »Ich will mir nur meine Notizen von gestern ansehen.«

Beth wandte den Blick ab. Es folgte ein kurzes Schweigen.

»Mr. Woods hat mich gestern nachmittag vom Tod Ihres Gatten unterrichtet«, sagte Angela. »Ich erinnere mich. Ja – wir haben uns mit der Versicherungsgesellschaft in Verbindung gesetzt, bei der Ihre Lebensversicherung abgeschlossen wurde.«

»Die Lebensversicherung interessiert mich im Moment nicht«, sagte sie. »Wegen der ersten Hypothek bin ich nicht beunruhigt. Es ist dieser zweite Kredit. Es ist *nicht* meine Unterschrift.«

»Gehen wir mal Schritt für Schritt vor«, Angela lächelte kurz und unverbindlich. »Sie sagen, Ihr Mann habe ohne Ihr Wissen über einen zweiten Kredit verhandelt ...«

»Ja, Oliver Woods hat mir eine Kopie des Antrags gezeigt.«

»Und wie war seine Reaktion, als Sie sagten, Sie hätten den Antrag nicht unterschrieben?«

»Er hat mir nur gesagt, er werde sich darum kümmern und der Sache nachgehen. Das sei eine sehr ernste Angelegenheit.«

»Das ist es«, Angela Naylor schien Beth abzuschätzen, ihre Aufmerksamkeit konzentrierte sich ganz auf sie. »Aber hat er Ihnen gesagt, unter welchen Umständen ihm das Formular zugegangen war? Wurde es in seiner Anwesenheit unterschrieben?«

»Ich verstehe nicht – warum? Was macht das für einen Unterschied?«

»Ein Anwalt«, sagte Angela Naylor, »muß beide Parteien vor sich haben, wenn sie unterschreiben. Dann kann er wahrheitsgemäß erklären, daß beide über die Transaktion unterrichtet sind. Das ist der ganze Sinn eines Zeugen.«

Beth dachte an ihre Unterredung mit Oliver zurück. »Er hat gesagt, daß der zweite Kredit achtzehntauend Pfund beträgt, und daß David mit dem Formular zu ihm gekommen ist.« Sie hob die Hand und preßte zwei gestreckte Finger auf den Punkt zwischen den Augen, um sich zu konzentrieren. »Nein«, korrigierte sie sich, »das habe *ich* gesagt. Ich habe gesagt: ›David ist mit diesem Formular zu Ihnen gekommen ...‹«

»Und was hat Mr. Woods darauf gesagt?«

»Er hat es nur bestätigt. Er hat gesagt, meine Situation sei wahrscheinlich gar nicht so schlecht, wie es scheint. Daß die Lebensversicherung mehr als ausreichend sein wird, um die Verbindlichkeiten abzudecken. Doch das ist nicht der Punkt.« Sie sah Angela Naylor an, und die eisige Gewißheit überkam sie, daß Oliver nicht ganz ehrlich zu ihr gewesen war. »Habe ich recht?«

»Das haben Sie«, pflichtete Angela ihr bei. »Mr. Woods hätte sich vergewissern müssen, daß die Unterschrift tatsächlich die Ihre ist, das ist der Punkt. Er hätte sie nicht beglaubigen dürfen, wenn Sie nicht in seinem Büro unterschrieben haben.« Sie lehnte sich zurück, legte die Hände in den Schoß und verschränkte die Finger. »Aber es kommt gelegentlich vor, da müssen wir realistisch sein«, fuhr sie fort. »Strenggenommen ist es ungesetzlich.«

Beth bemühte sich, all das zu verstehen. »So muß es gewesen sein«, sagte sie. »David muß behauptet haben, ich hätte gern unterschrieben.« Ganz plötzlich füllten sich ihre Augen mit Tränen. »Eine Notlüge«, murmelte sie. »Eine kleine Notlüge. *Mein Gott.* Er muß behauptet haben, ich hätte zu Hause unterschrieben.«

»Vielleicht. Aber ...« Die Zweigstellenleiterin lächelte leicht. »Verzeihen Sie. Aber warum sollte Ihr Mann das gesagt haben?«

Beth erwiderte das Lächeln nicht. »David war auf dem

Weg, das Land zu verlassen, als er den tödlichen Unfall hatte«, antwortete sie leise. »Ich wußte nichts davon. Ebensowenig wie ich wußte, daß er seine Fonds zu Bargeld gemacht und diesen zweiten Kredit aufgenommen hatte.«

»Oh – ich verstehe.« Angela Naylor zog die Brauen so hoch, daß sie fast unter ihrem Haaransatz verschwanden. »Heißt das, Sie können nicht an das Geld heran, das wir ausbezahlt haben?«

»Wie bitte?«

»Sie wissen nicht, wo das Geld ist, das wir Mr. March für den Ausbau des Hauses gegeben haben?«

»Nein«, sagte Beth. »Ich habe keine Ahnung. Und am Haus wurde nichts getan. Ich glaube auch nicht, daß David jemals die Absicht hatte, etwas zu bauen.«

Angela Naylors Finger kehrten zum Computer zurück, und sie tippte eine Zeitlang auf der Tastatur herum, dann drehte sie den Bildschirm so, daß Beth ihn sehen konnte.

»Das ist der derzeitige Stand Ihres gemeinsamen Kontos«, sagte sie. Und der war einer Überziehung gefährlich nahe.

»Das Geld ist nicht da«, sagte Beth. »Das habe ich bereits nachgeprüft. Es ist nie über dieses Konto gegangen.« Sie zog ihren Sessel näher an den Schreibtisch, so daß sie sich darauf stützen konnte. Sie hatte das Gefühl, ihr Fleisch verwandle sich in Wasser; am liebsten hätte sie den Kopf auf die mit unechtem Leder besetzte Schreibtischkante gelegt und wäre selig eingeschlafen. So müde war sie. »Ich bin aus einem bestimmten Grund zu Ihnen gekommen«, sagte sie. »Ich wollte wissen, ob David ein zweites Konto hatte. Ich will wissen, wo das Geld ist.«

»Ich verstehe.« Die Zweigstellenleiterin überlegte einen Augenblick. »Wurde das Testament schon gerichtlich bestätigt?«

Beth holte tief Atem. »Mr. Woods ist Testamentsvollstrecker.«

Die beiden Frauen sahen einander an, beide im Geist das Problem Oliver Woods abwägend.

Nach ein paar Minuten legte Angela Naylor unerwartet die Hand fest auf die von Beth. »Mit dem Risiko, mich genauso anzuhören wie jemand, den Sie kennen«, sagte sie. »Darf ich für Sie der Sache nachgehen?«

## 18

»O du meine Güte«, sagte Alison Warley. »Das ist interessant. Sehr interessant.«

Sie und Rhys standen neben den beiden ersten geöffneten Gräbern auf dem Oak Rise. Im ersten Grab, das Alan Pritchard gefunden hatte, lag ein Mann. Im zweiten eine Frau. Seite an Seite lagen sie in der Erde, und die Ausgrabungsleute hoben Schicht für Schicht ab.

Vor dreizehnhundert Jahren war das Paar in die Erde gebettet worden, auf dem Rücken, die Arme über dem Becken gekreuzt, die Beine leicht angezogen. Die Sachsen waren hochgewachsen; der Mann im Grab eins fünfundachtzig, die Frau kaum kleiner. Neben dem Kopf des Mannes war schon ein Messer aufgedeckt worden; doch das war nicht das, was Alison im Moment so interessant fand. Was sie faszinierte, war der Hinterkopf, der gerade aus dem Boden gekratzt und gebürstet worden war.

»Verdammt«, sagte Alison. »Das ist unglaublich.«

Der Hinterkopf zeigte einen riesigen Bruch, der Schädelknochen war zerschmettert; die beiden obersten Halswirbel nur noch Fragmente, aber im nächsten steckte ein großer bearbeiteter Feuerstein, mit Spuren gerader brauner Streifen an einem Ende. Gleich daneben war in der Erde der Eindruck einer kaum merklichen Schnecke zu sehen, der Schatten einer aufgerollten Schnur. Der Schaft einer Axt war dicht über dem Heft abgebrochen, und der Mann war mit dem Feuerstein und der Spitze des Schaftes ins Grab gelegt worden; die lederne Verbindungskordel hing noch daran.

»Sehen Sie her«, sagte Alison zu Rhys.

Sie zeigte auf den Arm, der über dem Magen des Mannes lag. Auch hier waren Anzeichen von Gewalt zu sehen – der Ellenbogen war gebrochen.

Rhys ging vor dem ersten Fund in die Hocke und betrachtete, das Gesicht nah am Boden, aufmerksam den Feuerstein der Axt. »Und was ist mit der Prinzessin?« Er hatte ihr den Spitznamen gegeben, nachdem sie ihre Grabgeschenke gefunden hatten. Die Gefährtin des ermordeten Mannes war hochgewachsen und breitschultrig gewesen, ungefähr in den Dreißigern. Sie hatte eine Halskette aus drei Glasperlen getragen, einen runden Silberanhänger mit einer Fassung aus Glas und zwei gestanzte silberne Scheiben, die möglicherweise das Gewand an den Schultern festgehalten hatten.

»Kein Anzeichen von Gewalt«, sagte Alison. »Sie ist eine hübsche Ansammlung von Knochen. Schauen Sie sich die Zähne an. Ich würde gern eine Analyse der Zahnfäule und der Osteoarthritis vornehmen.«

Er stand auf. »Ob sie wohl miteinander verwandt waren?«

»Sie sind ungefähr gleich alt«, sagte Alison.

Rhys fuhr sich mit den Fingern durch die Haare. »Wer ihn wohl umgebracht hat?« überlegte er laut. »Ob *sie* es war?« Als er Alisons Gesichtsausdruck sah, fuhr er fort: »Wäre es eine Schlacht gewesen, gäbe es wahrscheinlich mehrere Grabstätten, in denen Männer mit ähnlichen Verletzungen liegen. Richtig? Im dritten Grab liegt ein Halbwüchsiger, im vierten ein Kind und im fünften eine zweite Frau, und das ist – abgesehen von der Prinzessin – keine königliche Grabstätte. Dieser Mann war kein König. Sie ist zumindest die Ehefrau eines Stammesfürsten, wenn nicht selbst von königlichem Geblüt. Wer ist dann dieser Blödmann neben ihr? Weniger als ein halber Meter zwischen ihnen. Was tut sie so nah bei diesem Bürgerlichen? Was war das für eine Beziehung zwischen den beiden?«

Alison runzelte die Stirn. »Wäre es eine schändliche gewesen, hätten sie keine so formelle Beisetzung bekommen«, sagte sie.

Seufzend verschränkte er die Arme. »Da haben Sie Ihr Geheimnis. Sie haben dem armen Kerl nicht einmal die Axt aus dem Kopf rausgezogen.«

Er wandte die Augen von dem Grab ab und blickte über die Felder.

»Es stimmt also, was man immer behauptet«, sagte er mehr zu sich selbst.

Alison sah zu ihm auf.

»Was behauptet man denn?« fragte sie.

Er lächelte. »Daß die Kriminalitätsrate in diesen kleinen Dörfern erschreckend hoch ist.«

## 19

Am Donnerstagabend ging Beth in die Kirche.

Sie ging zwar nicht besonders gern, doch der Pfarrer hatte ihr in seiner tröstlich ruhigen Art, die ihr den Hals zuschnürte, erklärt, daß sie sich dann am Freitag beim Gottesdienst vielleicht besser zurechtfinden werde. Vielleicht hoffte er auch, sie werde Trost darin finden. Sie hatte wirklich keine Ahnung. Sie tat es einfach aus einer Art ironischer Neugier. Es war halb sieben Uhr abends. Seit mehr als einem Jahr hatte sie keinen Fuß mehr in die Kirche gesetzt.

Es war ein einfaches, niedriges Gebäude, von Eibenhecken umgeben, direkt dahinter die feuchten Wiesen. Eine

Mischung aus Sandstein, Schiefer und Flint, sah das alte Gemäuer im Licht der letzten Abendsonne sehr solide aus.

Beth öffnete das Portal und betrat das kalte Kirchenschiff, ging nach vorn und blieb neben dem Chorgestühl stehen. Der Pfarrer hatte das Altargitter und die Kirchenbänke entfernen lassen, doch das Chorgestühl war wie durch ein Wunder erhalten geblieben. Müde setzte sie sich auf den nächsten Stuhl.

Bei der Kanzel standen Vasen mit hübschen Blumengestecken; frühe Miniatur-Dahlien, die sehr blaß und zart aussahen. Ihr Blick wanderte hinauf zu den bunten Glasfenstern.

Dort war in kobaltblauer und schneeweißer Pracht Christus als Schäfer inmitten seiner Lämmerherde zu sehen; die in weiße Gewänder gehüllte Gestalt mit einer Masse präraphaelitischer Haare lächelte gütig, und die Lämmer wirkten steif in einer Landschaftsszenerie, die jener vor dem Kirchenportal glich. Christus auf dem Lande, dachte Beth.

Sie blickte in den Altarraum. Ungefähr anderthalb Meter voneinander entfernt standen dort zwei schwarze Holzböcke. Eine Sekunde lang war sie verwirrt, weil sie sich nicht vorstellen konnte, wozu sie dienten; dann begriff sie, von Gefühlen übermannt, daß am nächsten Morgen David darauf ruhen würde.

Sie ging zu ihnen hin, stellte sich mit voller Absicht zwischen sie und schaute von einem zum anderen. Zu Boden blickend, entdeckte sie in den Steinplatten ein paar frische Kratzer, und ihr wurde klar, daß eine der beiden Stützen bewegt worden war – weggezogen oder mit einem Fußtritt zur Seite gestoßen, so daß sie jetzt ganz schief stand. Beth rückte sie wieder gerade und wunderte sich ein wenig über die Nachlässigkeit von Hurrold. Hätte sie es nicht entdeckt, wäre der Bock unter dem Sarg zusammengebrochen.

Die glatte Oberfläche des lackierten Holzes ließ sie bis ins

Mark frieren, sie straffte sich und trat ein paar Schritte zurück. Es war, als durchbreche man einen magischen Kreis, als berühre man den Tod.

Beth hatte während der letzten beiden Tage, seit sie Oliver gesehen hatte, nur Zorn empfunden. Stiller Unglaube hatte sich in rasende Wut verwandelt.

Am nächsten Morgen würde sie hier einen Mann begraben, den sie nicht kannte; einen Mann, von dem sie geglaubt hatte, sie sei ihm nahe, der plötzlich jedoch zu einem völlig Fremden geworden war. Sie hatte David für einen leidenschaftslosen, zurückhaltenden Menschen gehalten; jetzt war sein Bild so dünn und zerbrechlich wie Glas geworden.

Sie war zu der Überzeugung gekommen, daß er sie wegen einer anderen verlassen wollte. Es hatte keinen Sinn, das noch länger zu ignorieren. In den beiden letzten Jahren hatten sie freundschaftlich nebeneinanderher gelebt, hatte es zwischen ihnen mehr Stille als Klang gegeben. Manchmal hatte sie, wenn er etwas sagte, eine ausdruckslose Miene aufgesetzt, um ihre Ungeduld nicht zu verraten. Seine sehr eintönige Stimme, die langen Pausen zwischen seinen Worten hatten sie in einem übertriebenen Maß gereizt – obwohl sie natürlich wußte, daß das nicht richtig war. Es schien sich jedoch nicht zu lohnen, das gemütliche Schiff zu zerstören, auf dem sie sich gemeinsam eingerichtet hatten. Wozu auch? Für Monate einer Veränderung, die schließlich in ein ähnliches Leben führte? Manchmal hatte sie sich gefragt, was sie tun würde, wenn sie jemanden kennenlernen sollte. Wenn David jemanden kennenlernte. Und sie hatte das als völlig unwahrscheinlich abgetan.

Die Ironie des Ganzen traf Beth jetzt mit voller Wucht, und sie verzog in der schattigen Kirche gepeinigt das Gesicht.

Sie hatte die Sache noch einmal durchdacht, und die Überzeugung, daß er sich auf ein Leben mit einer anderen vorbereitet hatte, schien sie wie ein Hieb zwischen die Augen zu treffen. Sie hatte in seinen Schränken nachgesehen und die meisten seiner alten Sachen gefunden, die er immer am Abend und an den Wochenenden getragen hatte. Als habe er eine alte Haut abgestreift.

Gestern nacht hatte sie in den frühen Morgenstunden jeden Gedanken an Schlaf aufgegeben, war aufgestanden und hatte sich angezogen.

Allein und ohne eine einzige Träne hatte sie alles, was David gehört hatte, ins Arbeitszimmer gebracht – das Mansardenzimmer im ausgebauten dritten Stock des Hauses. Ursprünglich war es der Getreidespeicher gewesen und hatte einen kleinen Balkon vor den Fenstern. Sie hatte David um dieses Zimmer beneidet, doch jetzt konnte sie es kaum erwarten, hinter allem, was es enthielt, die Tür zu schließen.

Das Umräumen hatte länger als zwei Stunden gedauert. Sie hatte sogar die Kopien der Kreditkarten von der Pinnwand in der Küche heruntergerissen; die Zeitschriften von seinem Nachttisch weggenommen. Sie ging durchs Haus und rottete ihn aus, versuchte hinterher sogar mit einem Eimer heißen Wassers, einem Putzmittel und einem Schwamm seinen Geruch zu tilgen.

Es war das Gefühl, zurückgewiesen worden zu sein, das am meisten schmerzte. Das Gefühl des Ausgeschlossenseins. Sie fühlte sich so gedemütigt, weil man sie belogen hatte. Er mußte es – trotz seines trockenen Wesens – von Zeit zu Zeit sehr komisch gefunden haben, daß sie so im dunkeln tappte. Manchmal mußte er amüsiert gelächelt haben, weil es so leicht war, sie zu hintergehen. Weil sie so blind war.

Sie machte auf dem Absatz kehrt und ging schnell zur Kirchentür.

Gott allein wußte, wie sie »das« am nächsten Vormittag durchstehen sollte. Der Pfarrer hatte gefragt, welche Lieder und Bibeltexte David gemocht hatte, und sie hatte es nicht gewußt. Konnte nicht einmal annähernd eine Meinung äußern.

Ihre Überzeugung, daß sie etwas für ihn aussuchen könnte, war völlig dahin. Sie hatte sich für die banalsten Dinge entschieden: den einundzwanzigsten Psalm, das Lied *So nimm denn meine Hände* und die Bibelstelle *In meines Vaters Haus sind viele Wohnungen …*

»Das ist in Ordnung«, hatte sie dem Pfarrer gesagt. »Nehmen Sie das … Das geht schon. Es ist okay.«

Er mußte über ihren Mangel an sichtbarer Trauer, über ihren Gleichmut erstaunt gewesen sein. Aber sie wollte nur, daß er so schnell wie möglich ging; wollte über das ganze verdammte Thema nicht mehr sprechen.

Tatsächlich hatte sie den Mann beinahe aus dem Haus gedrängt.

Der Leichenbestatter hatte sie anrufen müssen, um sie an die Blumen zu erinnern. Der Blumenhändler richtete die Beerdigung gemeinsam mit ihm aus und hatte erwähnt, daß sie keine Sträuße bestellt zu haben schien. So nüchtern, wie es seine Art war, hatte Hurrold gefragt, ob er eine Bestellung für sie aufgeben dürfe. Doch ihr – die angeblich »grüne Finger« hatte – fiel nicht eine einzige Blume ein, die sie mochte.

»Sollen wir Rosen nehmen?« hatte er gedrängt. »Rosen sind sehr passend, finde ich.«

»In Ordnung«, hatte sie gesagt.

»Und die Farbe?«

»Egal.«

»Vielleicht – weiß? Oder rot?«

»Ich weiß nicht. Rot. Nehmen Sie rote Rosen.«

Sie hatten wahrscheinlich gedacht, sie sei herzlos oder verrückt. Oder beides.

Sie hatte nicht einmal etwas zum Anziehen. Kein dunkles Kleid oder Kostüm. Zwar hatte sie ihre eigenen Sachen nicht durchgesehen, doch sie wußte es auch so. Sie lebte mit Jeans und zu oft gewaschenen Hemden. Die Hand am Riegel der schweren Holztür, blieb sie stehen und preßte die Stirn gegen das kühle Holz, halb lächelte sie, und halb verzog sie das Gesicht zu einer Grimasse.

»Ich sollte mir etwas kaufen«, murmelte sie.

Sie stellte sich vor, wie sie am nächsten Morgen bei Marks & Spencer eine schwarze Jacke und einen schwarzen Rock vom Bügel nahm, die sie nie wieder anziehen würde, beides zur Kasse trug und den Scheck ausfüllte.

Herr im Himmel, dachte sie, wenn morgen nur schon vorbei wäre.

Wenn wir nur schon einen Monat, ein Jahr weiter wären ...

Sie schloß die Kirchentür hinter sich und blickte die schmale Dorfstraße entlang. Über der niedrigen Friedhofsmauer erschien in kurzen Abständen der Kopf eines hüpfenden Kindes. Beth beobachtete es. Am Friedhofstor blieb das Kind stehen und bückte sich.

»Hallo, Rosie.«

Rosie blickte auf und lachte plötzlich über das ganze Gesicht.

Beth ging auf sie zu. »Was machst du da?«

»Ich verstecke mich.«

Beth nahm sie bei der Hand. »Und warum?«

Rosie verzog das Gesicht. »Sie redet schon stundenlang.«

Beth warf einen Blick nach links. Julia war etwa hundert Meter entfernt. Sie stand vor dem offenen Fenster eines Hauses an der Ecke. Es gehörte einem älteren Ehepaar, Frank und Elly Mayhew. Sie selbst war häufig dort, um den Garten in Ordnung zu bringen, da Frank, seit er im Ruhestand war, an Arthritis litt. Sie mochte die beiden, obwohl Elly, eine unverbesserliche Klatschbase, mit Vorliebe das letzte Wort ihres jeweiligen Gesprächspartners wiederholte.

Als Beth und Rosie sich dem Cottage näherten, verstummte die lebhafte Unterhaltung, und die beiden Frauen sahen sie an, als ob sie erwarteten, daß sie etwas Vernunftwidriges, Wildes oder Gefährliches tun würde.

»Ich warte nicht gern«, sagte Rosie zu Beth. »Als wir im Auto waren. Wir haben nur aufs Wasser geschaut. Stundenlang. Ich hab' die verschiedenen Vögel sehen wollen. Aber wir sind dann zurückgefahren.«

»Vögel?« fragte Beth belustigt und blickte in das zu ihr emporgewandte kleine Gesicht.

»Es gibt Unmengen. Sie können auf dem Meer leben. Sagt Andrew aus meiner Klasse. Ich wollte sie sehen.«

Beth drückte die kleine Hand. »Nun, ein andermal.« Sie achtete nicht auf das, was Rosie sagte. Im Näherkommen beobachtete sie die Gesichter der beiden Frauen. Als sie sie erreichte, sagte Elly gar nichts mehr; Julia nagte nur an ihrer Unterlippe. Sie hatte sich einen leuchtend gelben Schal um den Hals geschlungen, dick sandfarbenes Make-up und Lidschatten aufgelegt und die Lippen grell pinkfarben geschminkt. Doch es sah wie eine Karikatur aus. Julia war noch immer totenblaß.

»Du siehst schrecklich aus«, sagte Beth. »Bist du okay?« Sie küßte Julia auf die Wange.

Julia umarmte sie. »Verzeih mir«, flüsterte sie ihr ins Haar.

»Was denn?«

»Daß ich nicht zu dir gekommen bin.«

Beth schüttelte den Kopf. »Ich möchte allein sein. Ich habe im Garten gearbeitet.«

»Ich habe dich gesehen. Vom Fenster im obersten Stock.«

»Es sind noch immer zu viele Leute da. Der Pfarrer. Alan. Er hat jemanden von der Ausgrabungsstätte mitgebracht.«

»Warum denn das?«

»Ach, sie wollten irgendwohin, und er ist vorbeigekommen, um mir ein paar Blumen von Helen zu bringen. Und einen Kuchen. Ich finde mich im Moment ganz unmöglich, unhöflich, weißt du.« Sie verzog das Gesicht. »Sogar zu Alan.«

Der Van war gestern zur Lunchzeit vorgefahren, als sie das

Beet umgrub, in dem sie Wicken pflanzen wollte. Sie hatte sich die Hände an der Hose abgewischt und war ihnen entgegengegangen.

»Was machen Sie?« hatte Alan gefragt.

Sie zuckte mit den Schultern. »Im Garten arbeiten.«

»Sie sollten sich ausruhen.«

Sie antwortete mit einem grimmigen Lächeln: »Ich würde verrückt werden. Draußen kann ich atmen.«

In der Fahrerkabine hatte der Mann gesessen, mit dem sie auf dem Oak Rise gesprochen hatte.

Er hatte die Hand gehoben, sich vorgebeugt, um sie anzusehen, und die Lippen zu einem halben Lächeln verzogen.

Jetzt legte Beth die Hand vor die Augen. »Ich wünschte, die Leute würden aufhören«, sagte sie. »Ich wünschte, dieses – *Ding* wäre endlich ... Alles ist so irreal.« Sie ließ die Hand sinken und zog mit dem Zeigefinger die Linien ihrer anderen Hand nach.

Rosie hüpfte um beide herum, warf abwechselnd die Beine in die Höhe und klatschte sich auf die Fußsohlen: »Schaut«, sagte sie. »So geht Tanzen. Es ist deutsch, ihr müßt so machen ... Schaut zu! Schaut mir doch zu!«

Elly war vom Fenster verschwunden, kam jetzt jedoch aus dem Haus heraus. Sie trug eine Schürze, und im Schürzenband steckte neckisch ein Geschirrtuch. Ihr Haar war dauergewellt, mit einer festen Krause, und grellgelb, und darunter zuckte und verzog sich unaufhörlich das Gesicht. Es gab Beth einen Stich, als sie merkte, daß Elly sich bemühte, nicht zu weinen.

»Oh, ich habe mich Ihretwegen so aufgeregt«, sagte sie.

»Schon gut, Elly.«

Sie umfing Beths Hände mit den ihren. »Der arme Mr. March. Wir haben über nichts anderes gesprochen. Was für ein Ereignis!«

Beth lächelte halbherzig. Für Elly war alles, was im Dorf

geschah, ein Ereignis: die Wohltätigkeitsbasare, die Gartenfeste, die Vormittagskaffees, der gelegentliche Unfall, daß der Zeitungsjunge die Abendzeitung nicht gebracht hatte, eine Katze, die ihre Narzissenzwiebeln ausbuddelte. Alles *Ereignisse.*

Beth versuchte nicht zuzusehen, wie Ellys Hände das Geschirrtuch verknoteten und entknoteten. Orangefarbene und braune Wirbel aus den Sechzigern auf gelbem Hintergrund.

»Ich muß gehen«, sagte Julia abrupt und zog Rosie von Beth weg. »Ich werde ... Tut mir leid, ich muß Rosie zu Bett bringen. Zum Tee. Tut mir leid. Wir sehen uns morgen früh, Beth.«

Als sie sich umdrehte, hielt Beth sie am Arm fest. »Julia, du hast nicht zufällig etwas, das ich mir ausleihen könnte?« fragte sie verzweifelt verlegen. »Zum Anziehen. Ich habe nichts Dunkles. Ich habe nicht mal einen Rock.«

»Einen Rock. O du meine Güte«, sagte Elly mitfühlend.

Einen Augenblick dachte Beth, Julia habe nicht richtig gehört. Sie musterte Beth von Kopf bis Fuß. »Mummy«, quengelte Rosie gelangweilt, »so komm doch.«

»Für morgen«, wiederholte Beth. »Es braucht nicht zu passen. Ich kann den Reißverschluß ein Stückchen offenlassen oder mich mit einer Sicherheitsnadel behelfen.« Julia war größer und dünner als sie.

»Mummy ...«

Julia blickte von ihrer Freundin auf ihr Kind, ließ sich von Rosie ein paar Schritte nach rückwärts ziehen. Mutter und Kind stolperten kurz auf der Straße, Rosies Füße scharrten ungeduldig über den Asphalt, ihr Körper beugte sich weit vor.

»Ich komm rüber«, sagte Julia.

»Danke.«

Elly nahm Beth beim Arm und versuchte sie zu ihrer Haustür zu ziehen.

»Es tut mir leid«, sagte Julia. »Rosie war heute wieder nicht gut beisammen, und du siehst, wie aufgeregt sie ist ...«

»Das ist schon in Ordnung«, sagte Beth. »Geh nur. Ich seh' dich dann morgen früh.«

Elly begann Beths Arm zu streicheln und murmelte: »Morgen früh, morgen früh.«

Sie sah noch, wie Julia Rosie auf den Arm nahm und das Gesicht der Schulter ihrer Tochter zuwandte.

## 20

Es war jedoch Helen Pritchard und nicht Julia, die am Morgen der Beerdigung an Beths Tür klopfte.

Sie stand zwei, drei Minuten auf der Schwelle, horchte auf die ungebrochene Stille und warf dann einen Blick auf die Uhr. Es war Viertel vor neun, und die Beerdigung war um halb elf.

Im Windfang lag auf einer Fensterbank ein kleines braunes Päckchen, darauf in Druckbuchstaben Beths Namen. Es war offensichtlich persönlich gebracht worden und fest mit Klebeband umwickelt. Helen betrachtete es einen Moment, dann hob sie es auf. Es fühlte sich weich an, wie Stoff, und war leicht. Verblüfft legte sie es wieder hin.

Nachdem sie noch ein paar Sekunden gewartet hatte, bewegte sie sich langsam zu dem Fenster rechts von der Tür. Es war ein großes Schiebefenster und der Vorhang geöffnet. Helen legte ihre gewölbten Hände an die Scheibe und schaute hindurch.

Sie sah Decken auf der Couch; in der allem Anschein nach noch warmen Mitte hatte sich Chaos zusammengerollt. Der große Tigerkater musterte sie mit Augen, die wie zwei grüne Lichtpunkte aussahen; sein Schweif zuckte. Auf dem Nachttisch lag ein aufgeschlagenes Buch mit den Seiten nach unten, daneben stand ein leeres Glas. Die Nachttischlampe brannte noch, im hellen Tageslicht völlig sinnlos.

Helen klopfte leise ans Fenster. Keine Antwort. Sie schaute zum Eingang, wo sie ihre beiden Taschen abgestellt hatte.

»Verdammt«, murmelte sie. »Was treibt sie denn?«

Einen Moment lang mußte sie gegen eine leichte Panik ankämpfen. Ihr kam der Gedanke, daß Beth vielleicht irgendwo im Haus lag, bewußtlos – oder schlimmer, daß sie nicht imstande gewesen war, sich dem bevorstehenden Tag zu stellen, und den schnellsten Weg gewählt hatte, um ihm zu entkommen. Dann schüttelte sie leicht den Kopf, um den Gedanken loszuwerden.

Sie ging am Eingang vorbei, bog in den schmalen Pfad an der linken Seite des Hauses ein, kam zu dem mit Ziegelsteinen gepflasterten Patio, überquerte ihn und ging weiter zur Küchentür. Sie sah Beth sofort; sie lehnte leicht vornübergebeugt an der Spüle. Die Tür stand offen.

»Beth!« rief sie. »Beth?« Sie ging hinein.

Beth wandte nicht den Kopf. Sie hatte eine erschreckend graue Gesichtsfarbe und umklammerte die Kante der Arbeitsplatte so fest, daß die Fingerknöchel weiß hervortraten; ihr Blick war starr.

»Beth! Was ist denn?«

Beths Augen flackerten. Sie hob die Hand und ließ sie über die Brust flattern.

»Setzen Sie sich, Beth ...«

Helen stand neben ihr und horchte auf ihren keuchenden Atem. Beths Haut war klamm, ihre Hände kalt.

»Haben Sie Schmerzen?«

»Nein, ich ...«

»Ein beklemmendes Gefühl in der Brust?«

»Nein, nein ...« Zwei unnatürlich rote Flecken zeichneten sich dicht unter Beths Augen ab.

»Kommen Sie, Beth, und setzen Sie sich. Nur bis zu diesem Stuhl. Nur bis hierher.«

Endlich gehorchte Beth. Helen zog ihr einen Stuhl heran und massierte ihr die Hände zwischen den ihren. »Ich rufe Ihren Arzt.«

»Nein. Ich bin gleich wieder okay.«

Die Farbe kehrte langsam in Beths Gesicht zurück. Bestürzt roch Helen Whisky im Atem der anderen, säuerlich und abgestanden. Beths Haar war zerwühlt, die Kleidung zerdrückt. Helen fragte sich, wieviel Beth in der Nacht getrunken und wie lange sie geschlafen haben mochte. Wie schrecklich für Beth, nachts allein im Haus zu sein, zu trinken und zu lesen. Im Erdgeschoß zu schlafen. Die ganze Nacht das Licht brennen zu lassen. Diese verdammten leeren Stunden zwischen zwei und vier.

»Was ist passiert?« fragte Helen.

Beth begann leicht zu lächeln; ein kleiner Reflex der Verlegenheit. »Ich weiß es nicht – nicht richtig«, sagte sie. »Ich bin in die Küche gekommen und habe hinausgeschaut...« Sie legte die Hand flach auf die Brust, direkt unter der Halsgrube. »Ich hatte ein Gefühl, als ob mein Herz *stehengeblieben* wäre«, sagte sie. »Es war so merkwürdig, so unheimlich – einfach *stehengeblieben.* Mein Kopf fühlte sich an wie ... in meinen Ohren klingelte es, als hätte sich die Luft verdichtet, wissen Sie? In einem Flugzeug? Ich hab' Ihr Klopfen gehört – und dann ...« Sie schlug sich mit der Hand auf die Brust. »Es kam wieder. Klopf-klopf-klopf-klopf. So. Als würde man auf die Brust geschlagen.«

Helen fuhr fort, Beths andere Hand zu streicheln. »Herzklopfen«, sagte sie. »Streß.«

»Das ist es? Mein Gott! Das haben die Leute also, wenn sie sagen, ihr Herz flattert. *O Gott.*«

»Ich bin sicher, es ist genau das. Und es ist kaum überraschend.«

»So was hab' ich noch nie gehabt. Nie.«

»Ich glaube, es ist besser, wenn wir Ihren Hausarzt anrufen.«

Beth hielt ihre Hand fest, als Helen aufstehen wollte. »Tun Sie's nicht«, sagte sie. »Es ist wieder in Ordnung. Es ist absolut in Ordnung. Wirklich.«

»Aber ...«

»Bitte holen Sie mir keine Leute ins Haus.«

Helen hörte die Furcht in Beths Stimme; sie bückte sich und drückte mitfühlend ihre Wange an Beths Gesicht. »Dann mache ich Ihnen wenigstens das Frühstück.«

»Ich könnte nichts essen«, sagte Beth. Sie legte einen Arm auf den Tisch, stützte den Kopf auf und bedeckte die Augen mit der Hand. »Mir würde übel, Helen.«

»Unsinn«, erklärte Helen. »Toast und schwachen Tee, das absolute Minimum.« Sie sah sich nach dem Kessel, nach Tassen und Untertassen um. »Und Sie gehen inzwischen hinauf und duschen. Ich rufe Sie, wenn alles fertig ist.«

»Ich werde mich nur waschen.«

Helen führte sie an der Hand zur Küchentür, eine Mutter, die ein Kind führt. »Duschen Sie, und waschen Sie sich die Haare«, sagte sie. »Machen Sie Ihr Gesicht zurecht. Suchen Sie sich ein gutes Parfüm aus. Und putzen Sie sich die Zähne. Und ziehen Sie sich an.«

Beth bedachte Helen mit einem geradezu geisterhaften Lächeln.

Dann nahm sie die erste Treppenstufe.

Fünfundzwanzig nach zehn fuhren die Beerdigungswagen vor dem Haus vor.

Bis dahin waren außer Beth insgesamt noch vier Leute da. Helen und Alan, Julia und Oliver. Während Beth sich anzog, hatte Helen das Zimmer aufgeräumt, die Decken von der Couch genommen und die Fenster geöffnet, damit frische Luft hereinströmte. Im Garten hatte sie einen

Strauß rötlich-apricotfarbener Rosen geschnitten, die jetzt auf dem Tisch vor dem offenen Schiebefenster leuchteten. Sie hatte ein weiß gedecktes Tablett mit Sherry und Madeira-Kuchenstäbchen vorbereitet, hatte Tische, Fensterbänke und Bilderrahmen poliert. Als Beth herunterkam, blieb sie einen Moment stehen und sah sich um.

Julia und Oliver waren um zehn gekommen. Beth öffnete ihnen. Sie trug den dunkelblauen Rock, der in dem Päckchen im Windfang gewesen war. Helen hatte ihn gebügelt, aber er war viel zu lang, reichte Beth fast bis zu den Knöcheln. »Ist doch egal«, hatte Beth gesagt, als Helen sich bemüht hatte, ihn zu glätten.

Sie hatte zu dem Rock einen weißen Baumwollpulli angezogen und ein marineblau und weiß gemustertes Halstuch gefunden. Sie fühlte sich unglaublich unbeteiligt, fast komisch: ein Clown in fremder Kleidung. Sie hatte ein Paar schwarzer Lackschuhe wiederentdeckt, die sie, wie sie sich undeutlich erinnerte, vor zwei Jahren anläßlich eines Weihnachtsdinners gekauft hatte. Sie glänzten ganz merkwürdig an ihren Füßen, mit den Riemen aus irgendeinem steifen schwarzen Material über den Zehen. Sie hatte sich den ganzen Morgen zunehmend einfältig und müde gefühlt, das Opfer eines sinnlosen Streichs.

Julia hatte sie geküßt, als sie hereinkam; Oliver ebenfalls. Er roch nach Alkohol – was es war, wußte sie nicht –, und sie wich leicht zurück, bevor ihr einfiel, daß sie vermutlich genauso roch. Whisky, halb von Seife überlagert. Sie sah Oliver in die blaßblauen, beinahe farblosen Augen und fragte sich kurz, ob er sie genauso belogen hatte wie David. Er hatte sie angelächelt, und das Gefühl war durch sie hindurch- und aus ihr hinausgesickert. *Jemandem* mußte sie vertrauen. Einen Felsen in dieser tosenden See brauchte sie.

»Kommt rein«, hatte sie gesagt.

Helen stand mit dem Tablett da. Sie nahmen beide ein Glas

und tranken schweigend. Beth setzte sich in einen Lehnsessel.

»Wenigstens ist es trocken«, hatte Oliver gesagt.

Alle schwiegen.

»Nichts ist an einem solchen Tag deprimierender als Regen.«

Wieder klingelte es an der Haustür.

Es war Alan, der sich in dem zu engen dunklen Anzug ebenso unbehaglich fühlte wie Beth. Er drückte sie fest an sich, küßte sie aber nicht.

»Steckt da nicht mehr drin, als hineinpaßt?« hatte sie gefragt.

Er hatte gelacht. »Ja, ungefähr eine Gallone«, hatte er gesagt und mit einem schuldbewußten Blick an seinem Hosenbund gezupft.

Es folgte ein Augenblick geradezu quälenden Schweigens.

Beth hatte Julia angesehen und gedacht: Makellos hübsch. Sie war beim Friseur gewesen; ihr Kostüm war teuer, Nagellack und Lippenstift im gleichen Farbton. Sie hat große Sorgfalt auf ihr Aussehen verwendet, dachte Beth. Wie nett von ihr. Oliver an ihrer Seite sah im Vergleich zu ihr krank aus.

Helen sah die Beerdigungswagen als erste.

Sie trat vom Fenster zurück und sagte: »Sie sind hier.«

Alle standen auf. Beth sah Mr. Hurrold durch die Gartentür kommen, die er mit einem Stein aus der Blumenrabatte fixierte. Der schwarze Wagen vor der Pforte schnurrte wie eine große schwarze Katze mit in der Sonne glänzendem Fell. Und ihre roten Rosen waren in üppiges Schleierkraut und Immergrün, gebettet. Beth lächelte die Gesichter um sie herum an. »Es kommt mir so lächerlich vor«, sagte sie. »Bis zur Kirche sind es nur hundert Meter. Könnten wir nicht zu Fuß gehen?«

Alle sahen sich gegenseitig an.

Oliver trat vor. »Ich fahre mit Ihnen«, sagte er; korrigierte sich dann aber: »Wir beide fahren mit Ihnen.«

Der Pfarrer erwartete sie am überdachten Friedhofstor, als die Wagen vorfuhren. Beth, Julia und Oliver stiegen aus und sahen zu, als die Träger Davids Sarg auf die Schultern hoben. Es gab eine quälende Schrecksekunde, als einer stolperte und fast das Gleichgewicht verlor; die Rosen auf dem Sarg verrutschten etwas.

»Nehmen Sie meinen Arm«, sagte Oliver.

Beth sah ihn dankbar an.

Sie gingen hinter dem Pfarrer her durch die dunkle Vorhalle und dann durch das Kirchenportal. Auf der Schwelle blieb Beth kurz stehen, erstaunt, daß die kleine Kirche fast voll war. Alle Gesichter wandten sich ihr voller Mitgefühl zu.

Sie erkannte Leute, deren Gärten sie gestaltet hatte, brachte ihre Gesichter mit Rabatten und Farben, Mauern, Düften und Formen in Verbindung. Jemand hatte die Kirche mit einer Unmenge Blumen geschmückt. Was für ein Unterschied zum Abend vorher, eine Anerkennung ihrer Arbeit, ein Zeichen des Verstehens.

»Oh, ich danke Ihnen«, flüsterte sie.

Es sang die Chorgemeinde aus Stourminster; Beth wandte den Kopf, um sich die Sänger anzusehen. Sie sangen das *Sanctus* aus Faurés Requiem, eines der wenigen klassischen Stücke, die Beth kannte, weil David es oft gespielt hatte. Jemand mußte es ihnen gesagt haben, denn sie war es nicht gewesen. Sie fragte sich, wer ihn so gut gekannt haben mochte, daß er dieses Stück ausgesucht hatte. Denn eigentlich hatte er das Band nur gehört, wenn er mit dem Wagen unterwegs war.

Auf dem Weg nach vorn grub sich dieses scheinbar unwichtige Detail wie ein Schmerz in sie ein; was einzig und allein sie über David zu wissen geglaubt hatte, war nutzlos geworden.

Julia beugte sich, als sie sich der vordersten Kirchenbank näherten, zu ihr herüber und flüsterte ihr ins Ohr: »Elly hat sie gebeten zu kommen.« Sie meinte den Chor.

Beth erkannte ein paar Gesichter; ob sie wohl lächeln sollte? Sie setzte sich allein in die vorderste Bank, und hinter ihr nahmen Julia und Oliver Platz.

Plötzlich dachte sie an Rosie. War sie in der Schule? Rosie mit der Hand im Biskuitglas, vorsichtig eine Teetasse auf dem Schoß balancierend, während Beth am Montag mit Julia gesprochen hatte. Rosies blonder Kopf gestern abend bei der Kirche.

Der Pfarrer stand auf.

»Das erste Lied ...«

Sie und David waren erst vergangenes Jahr bei einer Beerdigung gewesen. Jemand, mit dem David ins College gegangen war, war Anfang der Vierzig an einem Herzinfarkt gestorben. Die Beerdigung hatte in der Nähe des New Forest stattgefunden, in einem hübschen Dorf und derselben Kirche, in der Davids Freund geheiratet hatte. Tragisch und schrecklich. Seine Frau und neben ihr die drei nicht einmal halbwüchsigen Töchter.

Sie klappte das Gesangbuch zu und setzte sich.

Der Pfarrer war aufgestanden und sah sie leicht lächelnd an, als wolle er ihr Mut einflößen.

»Es ist immer schrecklich, wenn jemand in Davids Alter ...«

Der Rosenstrauß lag nicht gerade auf dem Sarg. Es juckte sie in den Fingern, aufzustehen und ihn zurechtzurücken.

»... so plötzlich von uns genommen wird ...«

Sie schaute zum Chor hinauf. Die Frau, die ihr am nächsten war, musterte sie aus großen, wäßrig blauen Basedow-Augen. Beth kannte sie, wußte sie jedoch nicht unterzubringen. Sie hatte irgendwie die Vorstellung, daß die Frau hinter einem Tresen stand und ihr etwas gab. Sie begann zu überlegen, wo das sein konnte – beim Arzt, in der Bank, in der Bibliothek …

»Wir stellen uns immer die Frage …«

Beth schloß die Augen. Ein Knoten bildete sich in ihrer Brust, krampfte sich fest zusammen. Sie fing an, durch den Mund zu atmen, und als sie die Lippen öffnete, tauchte vor ihrem geistigen Auge abrupt das Bild von Davids Wagen auf, der zur Seite geschleudert wurde, der Kotflügel eingedrückt, die Windschutzscheibe zersplittert.

Rosie hatte sie gefragt, ob David tot war.

*Ja, hatte sie ihr gesagt, David ist …*

Der Gedanke an Rosie im Zusammenhang mit Davids Tod versetzte ihr einen Schock. Sie richtete sich auf, riß die Augen auf, der Knoten über ihrem Herzen würgte sie plötzlich, sofort dröhnte ihr das Blut in der Kehle.

*O Gott. GOTT …*

Alles, was auf dem Armaturenbrett gelegen hatte. Paß und Ticket für die Fähre ab Poole waren durch den schleudernden Wagen geflogen. Das Ticket für eine Fähre, die den Hafen verließ und sich zwischen den der Küste vorgelagerten Inseln durchschlängelte. Sie und David hatten Rosie einmal nach Brownsea mitgenommen, um die Vögel zu beobachten. Kabbelige braun-blaue See. Die Fähre …

*»Wir haben nur aufs Wasser geschaut. Stunden und Stunden … Wir sind dann zurückgefahren.«*

Wann?

Montag.

Sie versuchte sich zu erinnern, was Rosie am Montag in der Küche gesagt hatte, in den wenigen Sekunden bevor Julia hereingekommen war. Rosie war, Beths Namen rufend, durch den Flur gelaufen, hatte gelächelt und neben der Spüle in die Biskuitdose gegriffen, die gläserne, und Beth hatte den Kessel gefüllt, sie über die Schulter hinweg angesehen, wie betäubt und ungläubig, überzeugt, sie würde gleich erfahren, daß es irgendein Fehler gewesen war, irgendein Irrtum, hatte halb zugehört und sich im Kopf die Stunden vergegenwärtigt, das Bild des zerschmetterten Wagens, und Rosie sagte …

Rosie sagte …

»*Es* waren Stunden und Stunden. Wir haben stundenlang gewartet.«

Und gestern, in der Nähe von Ellys Haus.

*»Wir haben nur aufs Wasser geschaut … Wir sind dann zurückgefahren.«*

Sie hatten aufs Wasser geschaut. An einem Ort, den Beth kennen mußte, wie Rosie meinte. Das Meer bei Poole, an der Fähre.

*»Es waren Stunden und Stunden … Aber wir sind dann wieder zurückgefahren.«*

Am Montag. Hatten lange auf dem Dock gewartet.

Auf einen Wagen, der nie kam.

*Davids* Wagen.

Beth stand auf.

Das Seitenschiff wich zurück und schwebte frei in der Luft; die Gesichter der Chorsänger waren nur noch weiße Flecke. Nur die seitlich überhängenden Rosen tauchten bedrohlich dicht vor ihr auf und wurden auf geradezu obszöne Weise breiter, während ihr Blick sich über sie hinwegschleppte. Sie sah, daß der Pfarrer eine Hand ausstreckte, mit dem Handteller nach unten. Beth drehte sich um und sah Julia an.

Die andere hielt den Kopf gesenkt, hatte einen Arm über den Magen gelegt.

*Wir haben gewartet.*

*Verzeih mir.*

Julia am Montag. Aschgrau im Gesicht auf der Schwelle von Beths Küche. Julia bei einem Routinebesuch im Krankenhaus in einem brandneuen Kostüm. Julia, die in der Kapelle des Leichenschauhauses weinte. Julia, seit dem Todestag von David nicht mehr imstande, zu ihr zu kommen – nicht einmal heute morgen imstande, ihr zu begegnen. Julia, die jetzt ganz offen weinte. So verzweifelt und abhängig und zu Hause so unglücklich. Und diejenige, die über das *Sanctus*-Requiem Bescheid gewußt hatte, weil sie es gehört hatte, als sie bei David im Wagen saß ...

Gestern ... *Verzeih mir ...*

Julia blickte auf. Oliver beugte sich vor, einen Arm auf der Lehne von Beths verlassener Bank, öffnete den Mund, um etwas zu sagen. Im Hintergrund der Kirche standen mehrere Leute auf; einer trat in den Mittelgang. Überraschtes Stimmengemurmel. Der Pfarrer hatte aufgehört zu sprechen, und sie hörte ihn näher kommen, seine Schuhe tappten über den bloßen Stein.

»Du warst es«, sagte Beth.

Julias Hand fiel herab.

»Mein Gott, *du* warst es«, wiederholte Beth.

Gestern.

*»Verzeih mir.«*

Beth sah Oliver an; in seinem Gesicht war der gleiche furchtbare Ausdruck wie in Julias Gesicht; nicht Schuldbewußtsein, eher Furcht.

»Das alles«, sagte Beth.

Sie meinte, das alles – der Unfall, das Geld – sei Julias wegen gewesen. Und dann begriff sie noch etwas. All das *heute,* die Beerdigung, war überhaupt nicht für sie, sondern für Julia. Julia war hier die wahre Hinterbliebene, die Liebende, die Geliebte. *Der sehr geliebte Ehemann von ...*

Sie selbst war hier nicht die Ehefrau. Sie war am falschen Ort, spielte die falsche Rolle. Das hier hatte überhaupt nichts mit ihr zu tun.

»Mrs. March«, sagte der Pfarrer.

»Beth.« Olivers Stimme. Fast ein Befehl.

Sie legte ihr Gesangbuch auf den Rand der Kirchenbank.

Als sie aus der Kirche in die Sonne trat, rannte sie.

# 21

Rhys Owen kniete im entferntesten Ende von Alan Pritchards Baustelle. Seit drei Stunden arbeitete er hier, und ein hartnäckiger, heftiger Schmerz in der Mitte seines Rückens mahnte ihn, aufzuhören. Es war beinahe elf Uhr.

Seufzend hockte er sich hin.

Die geophysische Begutachtung hatte hier, dicht bei der Weißdornhecke, einen andersfarbigen Bereich ergeben. Als sie den Mutterboden abgehoben hatten, konnten sie sehen, daß diese Begräbnisstätte tiefer und von den anderen, die in einer Reihe lagen, abgesondert war. Während die anderen sehr flach in der Erde lagen – ein Grab nur zehn Zentimeter unter der Oberfläche –, war dieses fast dreißig Zentimeter tiefer. Und das lag nicht daran, daß es hier mehr Mutterboden gab oder der Hügel abzufallen begann. Es war tatsächlich tiefer gegraben worden.

Rhys kratzte sich mit einem grunzenden Seufzer am Kopf. »Es wird immer merkwürdiger«, sagte er vor sich hin.

Die Überreste waren die eines Mannes, und das Grab, in das der Leichnam gebettet worden war, eigentlich weniger ein Grab als eine Höhle. Und er schien auch nicht zeremoniell begraben worden zu sein. Die Beine waren an die Brust hochgezogen, der Körper lag auf der Seite, und die Arme und Hände waren merkwürdig nach innen verdreht. Das Knie des oben liegenden Beins – des linken – war beinahe auf gleicher Höhe mit der Hüfte, der Oberschenkel im rechten Winkel abgeknickt, und der Fuß war genauso nach einer Seite verdreht wie die Hände.

Dieser Mann war buchstäblich in die Erde hineingestopft worden.

Es gab keine Grabgeschenke. Die Grube war weder mit Holz ausgelegt noch gab es ein Kissen aus Stein, noch Feuersteinhügel zu Häupten oder bei den Füßen; da war nichts, was dieses Grab gekennzeichnet hätte, nichts, was an ein rituelles Hügelgrab erinnerte. Niemand hatte wissen wollen, wer er war. Er war im Tod von seiner Gemeinde ausgestoßen worden, das Gesicht von der aufgehenden Sonne abgewandt, die das Versprechen für ein Leben nach dem Tod war. Er blickte in die schimpfliche, kalte Ewigkeit des Nordens.

Der Leichnam lag jetzt fast völlig frei. Die Zähne waren abgenutzt; an den Schultern sah man Anzeichen von Osteoarthritis. Er war ein Mann, der älter geworden war als der Durchschnitt seiner Zeitgenossen, der die Unfälle und Schlachten seiner Jugend überlebt und unverletzt ein hohes Alter erreicht hatte. Er hätte respektiert und geehrt werden müssen. Er hätte neben der Prinzessin liegen sollen.

Rhys lächelte und pfiff zufrieden durch die Zähne.

Sich aus der Hocke aufzurichten war gar nicht so leicht. Sein Rücken verspannte sich und knackte; die Unterarme taten ihm weh.

Das übrige Team machte in den Autos Pause, die in der Nähe des Eingangs parkten; Rhys winkte ihnen zu, als er schnell vorbeiging. Aesculapius hatte sich auf dem Fahrersitz des Citroën zusammengerollt und beobachtete ihn mit einem erwartungsvoll gespitzten Ohr.

»Na, komm schon«, sagte Rhys und schlug sich auf den Oberschenkel.

Der Hund sauste durch die offene Tür, sprang selig vor Glück mit schrillem Gekläff um ihn herum und an ihm hinauf und hielt nur inne, um ab und zu nach dem Saum des Hosenbeins von Rhys zu schnappen, das ihm am nächsten war. »Laß das«, sagte Rhys. »Das ist eine gute Cordhose.« Er hob einen Stein auf und warf ihn in Richtung Straße. »Und jetzt lauf.«

Er selbst ging auch zur Straße, blieb stehen, schaute hinauf und hinunter. Er hatte eigentlich keine Lust, ins Dorf zu gehen, so hübsch es auch war. Er befürchtete, von einem der Dorfbewohner in ein langes, umständliches Gespräch verwickelt zu werden, die wartend auf der Lauer zu liegen schienen und ständig an ihren ohnehin schon zu weit zurückgeschnittenen Rosen herumschnipselten oder unsichtbare Blätter aus Hecken entfernten.

Er schüttelte leicht den Kopf und wandte sich nach rechts zu den Feldwegen und den leeren Feldern. Der Terrier schnüffelte ungefähr fünfzig Meter weiter vorn in den Hecken. Zu beiden Seiten der Straße war ein knapp ein Meter breiter Grünstreifen, und unter den Hecken verlief jeweils ein Graben. Aesculapius war in einem dieser Gräben, nur am Wedeln seines Stummelschwanzes zu erkennen.

Plötzlich hörte Rhys hinter sich ein Dröhnen. Er blieb stehen und drehte sich um; er wußte sofort, daß es ein Wagen war, wunderte sich aber über dessen Tempo. Doch erst als der Wagen über dem Kamm des Hügels auftauchte, wurde ihm klar, wie hoch die Geschwindigkeit tatsächlich war.

»Ace!« schrie er. »Aesculapius!«

Der Kopf des Terriers erschien; er kam aus dem Graben heraus und trottete auf die Fahrbahn.

Rhys begann zu rennen.

Der Van muß über hundert drauf haben, dachte er. Und das auf einer so schmalen Straße. Er griff im Laufen in die Tasche und angelte nach dem dünnen Strick, der ihm ab und zu als Leine diente.

»Steh!« rief er.

Der Hund gehorchte gewöhnlich, doch jetzt stand er zu nah am Grünstreifen, beobachtete ihn und überlegte, ob das ein Spiel war. Aesculapius hatte mit befahrenen Straßen überhaupt keine Erfahrung; er verbrachte die meiste Zeit auf Farmland oder wohl behütet bei Rhys im Wagen. Wo Rhys wohnte, gab es einen von Häusern umstandenen Innenhof und vor der Tür keinen Verkehr.

Er hörte den Van bremsen – die Reifen quietschten kurz auf – und schaute zurück: Das Auto war fast auf gleicher Höhe mit ihm und Ace. Hinter der Windschutzscheibe erkannte er ein weibliches Gesicht. Wieder quietschten die Bremsen.

Aesculapius war in die Straßenmitte gelaufen. Rhys schaute wieder nach vorn und begann zu fluchen. Der Van bremste wieder, scherte nach links aus, um dem Terrier auszuweichen, und fuhr auf den Grünstreifen, holperte durch den hüfthohen Wiesenkerbel mit den weißen Blütenschirmchen. Im letzten Moment bevor sie in den Graben geriet, riß die Fahrerin das Steuer herum und fuhr wieder geradeaus. Der Hund rannte zurück, dann verängstigt nach links. Direkt in die veränderte Fahrtrichtung des Vans.

Rhys konnte den Zusammenprall nicht sehen. Er hörte einen lauten Schlag, sah, daß der Van hielt. Die Vorderräder gruben sich in den Boden, und der Kopf der Frau fiel nach vorn, ihre Hände flogen nach oben, weg vom Steuer, um ihr Gesicht zu schützen. Dann wurde der Motor abgestellt.

»Ace ... Ace ...«

Rhys rannte. Er warf nur einen Blick auf die Fahrerin, trat dann vor die Motorhaube des Vans. Aesculapius lag im linken Graben auf der Seite, reglos.

Rhys hörte, daß die Tür des Vans geöffnet wurde.

»Verdammt! Sie haben ihn getötet, verdammt«, sagte er. Er kniete neben dem Hund nieder, tastete seinen Körper ab. Der Terrier lag locker und warm im Gras. Aber er atmete noch.

Rhys blickte zu der Frau auf, die vorn um den Wagen herumgekommen war und hinter ihm stand. »Warum sind Sie so gerast, verdammt?« fragte er. Das Gesicht der Frau war kalkweiß, die Augen rot umrandet, und sie zitterte heftig.

Er stand auf, zwischen ihr und dem Terrier hin- und hergerissen, zwischen einem Gefühl der Wut über ihre Unvorsichtigkeit und Mitleid mit ihrem Gesichtsausdruck.

»Haben Sie ein Handy?« fragte er.

»Ein was?«

»Handy! *Ein Funktelefon!*«

»Oh!« Sie sah sich um, als erwarte sie, es irgendwo auf dem Boden zu finden. »Nein, ich hab' keins.«

»Eine Decke?«

»Ich ...«

»Im Van. Haben Sie eine Decke im Van?«

Sie starrte ihn an, als versuche sie eine fremde Sprache zu entziffern. »Ich habe ein paar Säcke«, sagte sie.

»In Ordnung. Ich bring' ihn zum Tierarzt. Wenn Sie mir Säcke bringen, kann ich ihn hineinlegen.«

»Ja«, sagte sie. Aber sie rührte sich nicht.

Wütend riß er die Fahrertür des Vans auf, schaute nach hinten und fand die Säcke sofort. Sie hatte auch Sträucher geladen, kleine Sträucher, die bis vor ein paar Minuten wahrscheinlich in ihren schwarzen Plastiktöpfen gewesen waren. Jetzt war der Boden des Vans voller Erde.

»Hören Sie«, sagte er, neben dem Hund kniend, über die Schulter zu der Fahrerin, »können Sie mich nach Stourminster bringen?«

Sie nickte.

»Kennen Sie den Ware Walk, den Tierarzt an der Ecke? Beim Fußgängerübergang?«

Sie sah ihn völlig verständnislos an. Er trug Aesculapius auf den Armen, ein leichtes, schlaffes Bündel; sie starrte auf den Kopf des Hundes.

»Verdammte Scheiße«, murmelte Rhys. Dann sagte er lauter: »Hören Sie, Sie nehmen ihn, und ich fahre. Geben Sie mir den Schlüssel.«

Hilflos breitete sie die Hände aus.

»In Ordnung«, sagte er. »Setzen Sie sich auf den Beifahrersitz.« Mit der Hüfte stieß er sie auf die linke Seite des Vans. »Machen Sie die Tür auf«, befahl er. »Richtig. Steigen Sie ein.

Los, kommen Sie schon! Jetzt den Sicherheitsgurt. Jetzt nehmen Sie ihn.«

Sie gehorchte stumm, öffnete die Arme, damit er ihr den Hund in den Schoß legen konnte, und deckte das Tier dann rasch mit den Händen zu wie eine Mutter, die ein Baby festhielt, und massierte ihn.

»Drücken Sie ihn nicht. Halten Sie ihn nur leicht. Leicht.«

Er rannte auf die andere Seite. Der Schlüssel steckte noch. Er startete den Wagen, und der Motor stotterte protestierend. Das Steuer schien zu klemmen. »O mein Gott!« stieß Rhys hervor.

»Der Rückwärtsgang funktioniert nicht richtig«, flüsterte die Frau neben ihm.

Er versuchte es noch einmal, bekam den Wagen von der Böschung frei. Mit einem klappernden Geräusch stieß er auf den holprigen Asphalt zurück, haute den ersten Gang hinein und gab Gas.

Die Straße war einspurig und verlief parallel zur Hauptstraße tief unten über die Kämme der Hügelkette. Der Ausblick auf das Tal zur Linken war atemberaubend, die Wagen auf der Umgehungsstraße sahen aus wie eine auf ein graues Band aufgereihte bunte Kette. Es war eine Aussicht, die jeden Fahrer ablenkte. Sogar jetzt warf Rhys einen Blick hinunter, obwohl er so schnell wie möglich, aber wegen der vielen unübersichtlichen Kurven auch sehr vorsichtig fuhr. Zu seiner Bestürzung sah er, daß die Frau weinte.

»Hören Sie«, sagte er, »weinen Sie nicht. Das ist nicht nötig.« *Sie sind ja nicht verletzt,* hätte er gern hinzugefügt.

Sie brauchten zehn Minuten bis Stourminster. Rhys bog auf den Parkplatz des Tierärzte-Zentrums ein und sprang aus dem Wagen; durch die Glastür sah er die Aufnahme und eine Schwester, die am Tresen mit einem Mann sprach.

Er lief auf die Beifahrerseite des Vans, öffnete die Tür und nahm der Frau vorsichtig den Hund vom Schoß.

Er merkte nicht, daß sie ihm nicht folgte, als er zu den Tierarztpraxen lief.

Eine Stunde später verließ Rhys endlich das Sprechzimmer des Tierarztes. Er sah, daß der Van nicht mehr da war, hob mit zynischer Miene die Brauen und ging über den leeren Parkplatz auf die Straße, die er, den Verkehr aufhaltend, überquerte. Dann stieg er über die niedrige Kettenabsperrung auf den Gehsteig, der auf die Rückseite der Ladenreihe in der Hauptstraße führte.

Als er durch die schmale Gasse ging, die den Ware Walk mit dem Zentrum verband, entdeckte er, was er suchte: ein kleines Café, neben der Tür eine Schiefertafel, die als Speisekarte diente.

Er stieß die Tür auf, ging zu einem Tisch in einer Fensterecke und setzte sich, vor Müdigkeit tief aufseufzend.

»Was darf ich Ihnen bringen?« fragte die Kellnerin.

»Was gibt es?«

»Suppe? Fisch?«

Er fingerte an der handgeschriebenen Speisekarte herum.

Sie beugte sich über ihn und zeigte. »Die Fleischpastete ist sehr gut. Wir haben aber auch ein Curry ...«

»Curry«, sagte er. »Und etwas zu trinken bitte. Heiße Schokolade.«

Sie war eine mütterlich aussehende Frau von etwa fünfzig. Lächelnd nahm sie die Karte weg. »Ist Ihnen kalt?« fragte sie. »Von dem Kakao wird Ihnen schon warm werden.«

»Ja«, sagte er und merkte jetzt erst, daß er tatsächlich fror. Die Kälte war ihm in der vergangenen Stunde bis ins Mark gedrungen, ohne daß er sie gespürt hätte.

»Es dauert nicht lange«, sagte sie.

Rhys fischte ein Päckchen mit braunem Zucker aus der Zuckerdose, riß es auf und leerte es in den Dessertlöffel des Gedecks. Er schob den Zucker auf einmal in den Mund und zerkaute ihn knirschend.

Der Tierarzt hatte Aesculapius ruhiggestellt und ihn dann geröntgt. Er hatte den Terrier erst vor einem Monat bei der alljährlichen Auffrischimpfung gesehen; ebenso wie Rhys liebte er Terrier, zog er ihren querköpfigen Eigensinn der sanftäugigen Unterwürfigkeit anderer Rassen vor.

»Sie dürfen wieder atmen«, hatte der Tierarzt zu Rhys gesagt, als sie sich gemeinsam die Röntgenaufnahmen angesehen hatten. »Der hintere Lauf ist gebrochen – sehen Sie, hier?« Er hatte mit dem Bleistift auf die Stelle gezeigt. »Schock, Prellungen und der Bruch. Kann man alles behandeln. Der Schock ist das Schlimmste.« Er hatte sich zu dem Hund umgewandt, der auf dem Untersuchungstisch lag, sich leicht unter den Händen der Schwester wand, mit den Krallen über die Kunststoffbeschichtung scharrte, und hatte die obere Lefze des Tieres zurückgezogen. »Sehen Sie das Zahnfleisch? Es wird weiß. Wir hängen ihn an den Tropf, dann kommt das wieder in Ordnung.«

»Gott sei Dank«, hatte Rhys gesagt. Er hatte Aesculapius mit dem Finger über die Schnauze gestrichen und war zum Dank von einer kleinen, trockenen Zunge abgeleckt worden. »Ich könnte ohne den kleinen Kerl nicht leben.«

Der Tierarzt hatte gelächelt. »Wir behalten ihn ein, zwei Tage. Den Lauf richten wir morgen ein. Sie können Ace heut abend besuchen, wenn Sie wollen.«

Rhys hatte ihm dankbar die Hand geschüttelt. »Und ob ich will. Danke.«

Den Becher mit der heißen Schokolade mit beiden Händen umfassend, blickte er auf die schmale Gasse hinaus und betrachtete die mit Einkaufstüten beladenen Leute, die vorüberkamen. Er beobachtete eine Frau, die einen Kinderwagen an zwei Rentnern vorbeilavierte, das Gesicht spitz vor Ungeduld; als sie etwas zu ihr sagten, verzog sie die Mundwinkel nach unten. Sie hatte den älteren Mann mit einem Rad an der Ferse erwischt.

Das Gesicht der Mutter, blaß und mürrisch, erinnerte ihn an die Frau im Van. Er kannte sie von irgendwoher und überlegte, woher. Die *Geschwindigkeit,* mit der sie den Hügel heraufgerast war …

Das Essen kam; er lehnte sich zurück und setzte den Becher ab. »O Mist«, sagte er leise vor sich hin.

Die Kellnerin hob die Brauen. »Verzeihung?«

Er starrte auf den Teller.

»Was ist los?« fragte sie. »Das haben Sie bestellt.«

Er blickte zu ihr auf und blinzelte. Sie stand da und hatte eine Hand in die Hüfte gestützt. Er winkte um Entschuldigung bittend mit der Hand. »Nein, nein, es ist nicht das Essen, das ist in Ordnung. Wirklich in Ordnung. Großartig.«

Sie blieb noch einen Moment stehen und entschloß sich dann, es gut sein zu lassen. Sie ging zur Durchreiche zur Küche, lehnte sich an die Wand und blickte zu Rhys zurück. Er schaute noch immer verblüfft vor sich hin. Endlich nahm er das Besteck auf, stach mit der Gabel in das zunächstliegende Stück Fleisch und legte die Stirn an den Handrücken der anderen Hand, die das Messer in der Schwebe hielt.

»Mist, o Mist!« wiederholte er leise.

In seiner Sorge um den Hund hatte er nicht gemerkt, daß es die Frau war, die Alan Pritchard kannte. Die Frau, bei deren Haus sie vor ein paar Tagen gewesen waren.

Beth March, deren Ehemann am Montag ums Leben gekommen war.

# 22

An diesem Abend um neun stand Julia vor Beths Tür.

Das Haus war dunkel; sie zögerte in dem steinernen Windfang und starrte lange auf den Klingelzug, bevor sie merkte, daß die Tür nur angelehnt war.

Sie ging weiter, stieß sie auf und rief: »Beth?«

Im Haus war es völlig still. Unsicher blickte sie auf die Zufahrt zurück. Der Van parkte dort; von ihrem Schlafzimmerfenster aus hatte sie Beth am Nachmittag zurückkommen und mit gesenktem Kopf schnell ins Haus gehen sehen.

»Beth …«

Chaos kam aus der Küche und schritt mit hochmütiger Anmut durch die Schatten, den Schwanz bolzengerade aufgerichtet.

Julia ging in die Hocke und streckte die Hand aus. »Komm her«, flüsterte sie. »Sprich mit mir.«

Der Kater blieb stehen, setzte sich auf die Steinplatten, legte sich dann hin, rollte sich auf den Rücken und sah sie arrogant, gewissermaßen *von unten herab* an. Sie schob sich vorsichtig weiter, berührte ihn mit den Fingerspitzen, streichelte ihm den Bauch und kraulte ihm den Hals. Sie spürte den schwachen, schnellen Puls und preßte die Fingerkuppen fester in den Pelz.

»Wo ist sie?« fragte sie.

Sie richtete sich auf und ging ins Wohnzimmer. Es brannte kein Feuer. Der Raum wirkte völlig unbewohnt. Die Rosen vom Vormittag ließen symmetrisch die Köpfe hängen, weil sie den ganzen Tag in der Sonne gestanden hatten. Das Tablett mit den Sherrygläsern war noch auf dem Tisch.

Sie ging in die Küche, sah dort die gleiche Leere, warf einen Blick in den dunklen Garten und ging in den Flur zurück. Eine Weile stand sie unentschlossen am Fuß der Treppe, die

Hand auf dem Geländer und tastete mit den Blicken die Stufen ab. Dann stieg sie hinauf.

Beth lag im dunklen Gästezimmer auf dem Bett. Sie trug noch die Sachen, die sie am Morgen angehabt hatte, und schien zu schlafen; ein Arm hing über die Bettkante.

Schritt für Schritt schob Julia sich ins Zimmer. Als sie näher kam, sah sie, daß Beths Gesicht vom Weinen verquollen war. Den rechten Arm hatte sie seitlich weggestreckt; er berührte die Wand. Es sah so aus, als sei sie hier zusammengebrochen. Ihr Kopf lag am Fußende des Bettes.

Und Julia hörte sie nicht atmen.

Sie preßte die Hand auf den Mund und schlich sich nahe an die ausgestreckte, aus dem Bett hängende Hand heran.

»Beth?« sagte sie. »Beth?«

Plötzlich griff die Hand nach ihr und packte sie am Handgelenk. Julia erschrak so, daß sie aufschrie, zurückwich und Beth halb aus dem Bett zerrte.

Im nächsten Moment blickte sie in der Düsternis auf Beths Gesicht hinunter, ein Gesicht, das sie von unten her ansah wie das der Katze; die Hand umklammerte sie wie ein Schraubstock, die Fingernägel bohrten sich in ihre Haut. Sie beugte sich vor, um den Druck zu lockern, und sah Beth ganz dicht vor sich – eine Reihe sehr harter Linien, eine Dürerzeichnung, ein Gemälde von Munch im Zwielicht.

Dann zog Beth sie mit einem Ruck näher, Julia verlor das Gleichgewicht, kippte nach vorn und landete neben dem Bett auf den Knien. Beth ließ ihr Handgelenk los, stieg aus dem Bett, stellte sich hinter Julia und schob ihr die Hände unter die Achseln. Julia war verwirrt und konnte sich nicht vorstellen, was Beth vorhatte; dann begriff sie, daß die andere versuchte, sie aus dem Zimmer auf den Flur zu zerren.

Sie war so viel größer als Beth, daß es fast komisch war; wie ein Comic strip: als versuche ein kleiner quadratischer Schlepper einen Ozeanriesen zu ziehen, als wolle Hermia,

Lysanders Geliebte in Shakespeares *Sommernachtstraum,* Helena, die größere der beiden Heroinen, durch eine Mittsommernacht ziehen. Sie stand auf und versuchte sich umzudrehen, aber Beth packte sie beim Handgelenk und an der Schulter und stieß sie weiter. Einen Moment lang war sie erstaunt, wie kräftig Beth war; dann sah sie vor sich den dunklen Abgrund des Treppenhauses, während Beth noch immer erbarmungslos ihren Arm umklammerte.

»Beth!« rief sie. »Beth – bitte, bitte …«

Jetzt sprach Beth zum ersten Mal. »Verschwinde aus meinem Haus«, flüsterte sie heiser. »Raus mit dir! *Raus,* verflucht noch mal!«

Julia versuchte sich umzudrehen, so daß sie ihr direkt gegenüberstand. »Ich möchte mit dir reden«, sagte sie.

Beth stieß zu. Julia rutschte die ersten drei Stufen hinunter und schrie überrascht und angstvoll auf, bevor sie wieder festen Halt unter den Füßen hatte. Obwohl völlig unerwartet, war der Stoß nicht sehr kräftig gewesen. Sie schaute hinauf; Beth war jetzt über ihr, einige Zentimeter höher als sie.

»Ich muß mit dir reden«, wiederholte sie.

Beth verschluckte sich an ihrem eigenen Atem, und Julia dachte, sie habe leicht genickt, doch dann begriff sie, daß die Gewalt ihrer Gefühle Beths Kopf zurückwarf, als wolle sie mit der Kinnspitze einen unsichtbaren Punkt in der Luft antippen. Sie zitterte heftig.

»Bitte komm mit hinunter«, sagte Julia. »Ich weiß, was du fühlst. Ich weiß, du willst mich hier nicht haben. Aber ich *muß* mit dir reden, Beth. Ich muß alles erklären.«

Sie hörte jetzt die Katze schnurren, die sich, ohne etwas von der Szene zu ahnen, die sich über ihr abspielte, bei der untersten Stufe am Treppengeländer rieb.

Es schien Beth unendliche Mühe zu kosten, eine Hand auf die Stirn zu legen. »Mir ist egal, was du willst«, murmelte sie. »Es kommt mir so vor, als hättest du ohnehin seit langem gehabt, was du wolltest.« Ihre Hand kam an ihrem Hals zur Ruhe.

»Es war nicht geplant«, sagte Julia. »Es war für uns beide kein Vergnügen.«

»Ach, tatsächlich?«

»Ich meine, es hat uns keinen Spaß gemacht, dich zu hintergehen.«

»Ach! Wie reizend.«

»David hat dich immer gern gehabt.«

»Das kann ich mir vorstellen.«

»Beth …«

Beth lachte rauh auf. »Ja, ich kann mir gut vorstellen, wie ihr euch über meine Gefühle den Kopf zerbrochen habt.«

Julia lächelte. »Ich wollte nie, daß es geschah. Ich hatte David gebeten, mir mit dem Geld zu helfen. Mir zu raten, wie ich zu Geld kommen könnte, um Oliver verlassen zu können.«

Beth starrte sie an. »Du wolltest Oliver verlassen?«

»Ich habe versucht, mir eine Möglichkeit auszudenken«, sagte Julia. »David war so aufmerksam, er hörte immer zu.«

Beth fuhr sich mit der Hand über die Stirn. »Es interessiert mich nicht.« Sie ging vorwärts, und Julia wich die Treppe hinunter zurück. Als sie fast unten war, drehte sie sich um und stieg schnell ganz hinunter. Beth kam ihr nach. Anstatt zur Haustür zu gehen, lief Julia ins Wohnzimmer und ließ sich schwer auf die Couch fallen. Im nächsten Moment begann sie zu weinen, nachdem sie anscheinend vergeblich versucht hatte, sich zu beherrschen.

»Oh, um Himmels willen«, sagte Beth. »Geh nach Hause.«

»Es tut mir so leid.« Julia suchte nach einem Taschentuch, fand eins in der Tasche ihrer Jacke und trocknete sich die Augen. »Ich habe ihn auch geliebt«, sagte sie.

Beth beobachtete sie schweigend. Sie war angewidert, tot.

»Wir wollten nach Spanien«, flüsterte Julia. Sie sah zu Beth auf, die noch an der Tür stand. »Es war nicht meinetwegen«, fuhr sie fort. »Ich war nicht der Grund dafür, daß er wegwollte. Es ging in erster Linie nicht um mich. Es ging um das Geld.«

»Du hast mein Geld genommen«, sagte Beth. »Tausende und Abertausende.«

Julia hörte auf zu weinen, das Taschentuch auf halbem Weg zu ihrem Mund. »Was?«

»Der zweite Kredit – die zweite Hypothek. Mit *meinem* Geld nach Spanien gehen und erwarten, daß ich es Monat für Monat brav zurückzahle. *Und* den Treuhandfonds.«

Julia schüttelte den Kopf. »Du hast ihn nicht geliebt«, sagte sie. »Du hast ihn kein einziges Mal erwähnt. Er hat mir von dir erzählt, und ich habe es nie so richtig geglaubt. Er hat gesagt, es sei nur ... so etwas wie ein Abkommen zwischen euch, Liebe sei es nicht mehr ...«

»Was?«

»Ihr. Eure Ehe. Er hat gesagt ...«

»*Das* hat er gesagt?«

Julia verzog den Mund wie ein Kind, das geschlagen worden war. »Und er hatte recht«, sagte sie. »Du hast nicht eine einzige Träne um ihn geweint, armer David ...«

Beth sagte nichts. Seit sie denken konnte, war sie noch nie so wütend gewesen, und die Gewalt dieser Wut erschreckte sie. »Ich denke, du solltest lieber gehen«, sagte sie.

Aber Julia redete noch immer. »Er hat sich solche Sorgen wegen Geld gemacht, und alles, woran du denken kannst, ist dein ...«

»Unser«, korrigierte Beth. »Meines und Davids. Er hat eine zweite Hypothek aufgenommen. Ich wußte nichts davon. Er hat mir das Geld *gestohlen.*« Allmählich dämmerte es ihr. »Damit er es dir geben konnte.«

Julia sagte nichts. Sie blickte auf ihren Schoß hinunter, und im Schatten sah Beth ihren Gesichtsausdruck nicht.

»Ich hab' recht, nicht wahr?« sagte sie. »Ihr beide habt meine Unterschrift auf dem Antrag gefälscht, um euer spanisches Abenteuer zu finanzieren.« Die letzten Silben brachte sie nur erstickt hervor, noch immer mehr vor Wut außer sich als vor Kummer. Die Ungeheuerlichkeit des Betrugs, den ihr Mann an ihr begangen hatte, war erschütternd.

Endlich blickte Julia auf. Ihre Stimme war ganz dünn und sehr ruhig. »Ich weiß nicht, wovon du sprichst«, sagte sie. »Ich weiß nur von diesem Ding mit Oliver. Sie haben seit Monaten immer wieder Geld hineingebuttert, und es wurde immer schlimmer. Der Investmentfonds ...«

Beth öffnete den Mund, wiederholte lautlos Julias Worte. »Was für ein Fonds?«

»Olivers Deal.«

»*Was* für ein Deal?«

»Nun, diese Sache mit den Schiffen.«

»David – und Oliver?«

»David hat eine Unstimmigkeit in Olivers Konten entdeckt, und irgendwie hat Oliver ihn dann überredet, sein eigenes Geld zu investieren, weil er ihm sagte, sie brauchten nur noch ein paar Tausend.«

Beth winkte mit den Händen, als wollte sie Julias weitschweifiges Gerede wegwischen. »Wieviel?« fragte sie.

Julia starrte sie an. »Keine Ahnung.«

Das war mehr, als Beth ertragen konnte. Mit den Fäusten auf ihre Oberschenkel einschlagend, trat sie ein paar Schritte zurück und preßte dann die Fäuste auf die Augen. »O Gott«, flüsterte sie. Sie drehte sich um. »Du versuchst mir beizubringen, daß du mit David außer Landes gehen wolltest und selbst keinen Penny hattest? Und dieser ...« Hilflos suchten ihre Augen in der Luft nach einer Möglichkeit, es auszudrücken. »Dieser *Deal* hat Davids Treuhandfonds und alles übrige geschluckt? Und ich habe nie ein Wort davon erfahren.«

Julia zuckte mit den Schultern. Es war eine sehr beherrschte, sogar sorglose Geste.

Beth sah sie voller Verachtung an, wandte sich dann ab und ging in die Küche. An der Spüle drehte sie den Kaltwasserhahn auf, bückte sich und klatschte sich das eisige Wasser ins Gesicht. Dann füllte sie, während ihr die Tropfen noch an den Armen und am Hals hinunterliefen, ein Glas und trank es aus.

Julia kam hinter ihr herein. Beth knipste das Licht an und trocknete sich das Gesicht mit dem Taschentuch. Dann ließ sie die Hände sinken. Im Fenster sah Beth Julias Spiegelbild und ihr eigenes; zwei Statuen in einem weiß eingerahmten Kasten.

»Sag mir eins«, sagte Beth.

»Was?«

»Hat Oliver von dir und David gewußt?«

»Ja.«

Der Atem schien aus Beths Körper zu entweichen; das Blut dröhnte ihr im Kopf.

»Wie lange hat das schon gedauert?«

»Ein Jahr.«

»Und Oliver wußte es die ganze Zeit?«

»Nein. Er hat es vor ungefähr vier Monaten herausgefunden.«

»Wie?«

»Wie was?«

»Wie hat er es herausgefunden?«

Julia starrte Beths Rücken an. In der Fensterscheibe sah Beth sie nach einem Stuhl angeln, auf dem sie sich langsam niederließ. »Er ist eines Nachmittags früher als sonst nach Hause gekommen.«

Beth drehte sich um und sah sie an. »Ihr wart im Bett?«

»Ja. Beinahe.«

»In deinem Bett?«

»Ja.«

Beth schluckte hart. »Was hat er gesagt?«

»Nichts, eigentlich.«

*»Nichts?«*

Julia sah zu ihr auf. »Nichts. Er hat nichts dazu gesagt. Ich denke, er hatte gewußt, daß wir uns treffen, hat mich aber nie danach gefragt.« Ihr Blick glitt von Beth ab, und in ihre Augen trat ein zufriedener Ausdruck.

»Was hat er gesagt, als David tot war?«

»Er hat mich gefragt, ob ich mit ihm fortwollte.«

»Und du hast ihm gesagt ...«

»Nein, ich habe ihm gar nichts gesagt. Ich sagte, ich wisse nichts davon.« Ihr Mund zitterte heftig, und sie legte sich die Hand auf die Lippen.

»Aber du bist gekommen und sagst es mir. Herzlichen Dank.«

Julias Mund wurde schlaff – ihre Miene war fast eine Parodie der Trauer, ein kindlicher Ausdruck. »Oliver interessiert sich nur für sich selbst, für keinen sonst«, sagte sie.

Es wurde still zwischen ihnen. Die beiden Frauen rührten sich nicht. Beth blickte auf Julias Scheitel hinunter.

»Oliver«, sagte Beth endlich. »Oliver hat das Formular unterschrieben.«

»Was für ein Formular?«

»Den verdammten Antrag für die Hypothek. Den Antrag für den zweiten Kredit. *Oliver* hat ihn unterschrieben, um von David das Geld herauszuholen. *Deinetwegen.* Wegen eurer Affäre. Damit hatte er ihn in der Hand.«

Julia runzelte die Stirn. »Ich verstehe nicht«, sagte sie.

Beth hatte sie nicht gehört. Sie stieß einen leisen, erstickten Laut aus, einen Urlaut. »Auch er«, sagte sie. »Ihr alle habt mir das angetan.«

Julia sprang auf. »Ist das alles, worüber du jemals redest?« schrie sie. »Geld? Du bist genau wie er. *Du* solltest mit ihm leben. Ihr seid beide gleich. *Menschen* sind wichtig. Menschen wie ich – das zählt.«

Beth sah sich in der Küche um. Nach etwas Schwerem. Ihr Verstand schaltete sich aus – der Verstand, die Vernunft, die Beherrschung verließen sie. Sie wollte nur eines – diesen scheinheiligen, selbstmitleidigen Zug um Julias Mund auslöschen.

»*Ich* habe ihn geliebt«, sagte Julia und schlug sich mit der Hand auf die Brust. *Ich* habe ihn geliebt. *Ich.* Du nicht. Und *er* hat *mich* geliebt.«

Sie war in Reichweite.

Beth knallte Julia die geballte Hand ins Gesicht. Sobald sie sie berührt hatte, schien in ihr ein Damm zu brechen und ihre Wut freizusetzen. Sie drang auf die andere ein, schlug sie, stieß sie vor sich her.

Julia wehrte sich nicht. Sie fiel nach hinten, hielt die Hände über den Kopf, um ihn zu schützen. Sie prallte gegen den Tisch und ging in die Hocke, als wolle sie darunterkriechen. Beth traf mit einer Hand den Tisch, und das harte Holz, das mit ihrer Hand zusammenstieß und ihr die Knöchel aufschürfte, ließ sie innehalten, als sei sie in ein Kraftfeld geraten.

Zusammengerollt lag Julia auf dem Boden und winselte wie ein Hund.

Beth trat zurück. Sie atmete schwer; in dieser Sekunde wußte sie, daß sie durchaus fähig gewesen wäre zu töten. Eine Minute länger, und sie hätte Julia vielleicht mit bloßen Händen getötet. Einmal begonnen, war die Versuchung, weiterzumachen, überwältigend und merkwürdig befriedigend. Sie hätte gern gewußt, was sie am Ende der Tat empfunden hätte; es hätte ihr gefallen, über Julias Leiche zu stehen.

Sie sah das Bild im Kopf vor sich und betrachtete ihre Hände. »O Gott«, sagte sie.

Julia rührte sich einige Sekunden lang nicht, dann stand sie auf. Sie blutete nicht; dazu waren die Hiebe zu wild, zu ungezielt gewesen. Ihre Haltung war beinahe lässig, als habe sie Gewalttätigkeit erwartet. Dann betrachtete sie ihre Hände und Arme, fuhr sich mit den Fingern übers Gesicht. »Oh, was hast du mir nur angetan«, sagte sie.

»Es tut mir leid«, sagte Beth. Galle würgte sie in der Kehle, ihr war übel, weil sie sich entschuldigte. »Das hätte ich nicht tun dürfen. Es tut mir sehr leid.«

Julia sah sie an, ohne zu blinzeln. Dann fragte sie ruhig: »Wann hast du mit David geschlafen?«

»Was?« Es war die letzte Frage, die Beth erwartet hätte.

»David. Wann hast du das letzte Mal mit ihm geschlafen?«

Beth war zu überrascht, um zu protestieren. Sie hielt die Hände vor die Brust. »Ich erinnere mich nicht.«

Julia nickte. »Nein, natürlich nicht«, sagte sie. Sie machte einen Schritt näher und war nur noch etwas mehr als einen Viertelmeter von Beth entfernt. Sie begann zu lächeln. »Ich habe am Sonntag mit ihm geschlafen«, sagte sie. »Am Sonntag!«

Beth sah sie mit offenem Mund an. Julia strich sich über die Wange, wo Beth zuerst zugeschlagen hatte, und begann dann vorsichtig, ihr Gesicht um Mund und Augen herum abzutasten

Es gab nichts zu sagen. Nichts, was Beth sagen konnte. Sie wußte wirklich nicht mehr, wann sie und David sich zum letzten Mal geliebt hatten, aber es war schon länger her. Sie konnte nicht sagen, daß sie ihn begehrt hatte – ihn oder jemand anders –, wirklich begehrt hatte. Das Begehren war irgendwann in der Vergangenheit zu einer nicht mehr bestimmbaren Zeit gestorben. Sie hatten nie deshalb gestritten oder es erwähnt, hatten sich aber immer seltener geliebt. Sex war nur noch in Abständen vorgekommen, war unwichtig geworden. Sie hatte vermutet, wenn sie sich überhaupt jemals Gedanken darum gemacht hatte, daß es den meisten Ehen so erging, es waren Ermüdungserscheinungen, man kannte sich zu gut.

Sie trat zurück, lehnte sich an die Arbeitsplatte hinter ihr. Sie hatte das Gefühl, Julia habe sie nackt gesehen. In sie hineingeschaut. Von ihnen beiden war jetzt sie die am meisten bloßgestellte: in einer Sekunde als kaltes, selbstsüchtiges Miststück entlarvt, das seinem Ehemann verweigerte, was er sich woanders suchen mußte.

»So war es nicht«, murmelte sie.

Julia setzte sich wieder und fixierte sie weiterhin mit dem kalten, starren Blick. Sie wußte sehr gut, wie es schien, daß sie einen Punkt gemacht, einen Nerv getroffen hatte. »Du hast ihn überhaupt nicht geliebt«, sagte sie.

»O doch – das habe ich.«

»Nein. Du hast nur mit ihm gelebt. Ihr seid gut miteinander ausgekommen. Ihr hattet ein ruhiges Leben. Doch das ist nicht Liebe.«

»Es ist Liebe. Du redest von *Verliebtheit.* Lieben ist etwas anderes.«

»Du hast David nicht geliebt«, wiederholte Julia. »Und er dich nicht.« Sie beugte sich vor und legte den Zeigefinger an ihre Kehle. »Mich«, flüsterte sie. »Verstehst du? Mich!«

Beth wandte sich ab. Tränen schossen ihr in die Augen, und sie ließ sie laufen, gab sich nicht die Mühe, die Hände zu heben und sie abzuwischen.

Sehr langsam stand Julia auf. Sie blieb stehen, beobachtete Beth eine Weile und ging dann, ohne noch ein Wort zu sagen, zur Küchentür, durch den Flur und verließ das Haus.

# 23

Im Garten war es sehr dunkel.

Der Kater saß im Schutz der Mauer, tief im Unkraut versteckt, das die Sträucher säumte. Die Erde war hier noch warm, und der Kater rollte sich träge auf die Seite und wartete.

»Chaos«, sagte eine Stimme. »Chaos …«

Er hatte die Gestalt gesehen, bevor er sie hörte, zeigte aber kein Interesse. Er setzte die hoheitsvolle Miene auf, zu der nur Katzen fähig sind, und seine Augen glänzten wie gelbe Zwillingskreise im Dunkeln.

»Was hab' ich denn hier, Chaos?«

Sein Blick ruhte auf der ausgestreckten Hand. Endlich zeigte er einen Funken Interesse. Er streckte sich, machte einen Buckel, zog die Hinterläufe unter seinen Körper.

»Was sehr Schönes, nicht wahr, Chaos. Schau doch.«

Der Kater erhob sich. Durch feucht riechenden Ampfer und Löwenzahn kam er, gemächlich schwankend, näher, beobachtete, ohne zu blinzeln, von der Gestalt angezogen, die keine zwei Meter entfernt dastand.

Am Ende der Kante, wo die Wiese in einem Gesprenkel welkender, weil nicht gegossener Stiefmütterchen auslief, blieb der Kater stehen.

Der Vogel rührte sich nicht, doch das hieß nicht, daß er tot war. Chaos beäugte ihn hoffnungsvoll, wartete auf das Signal der Furcht, auf das nach oben strebende, verzweifelte Geflatter.

Die Hand kam näher.

»Komm, schöne Katze«, lockte die Stimme flüsternd. Tief und ruhig. »Was ich für dich habe? Schau doch!« Die Hand öffnete sich schräg und ließ den toten Vogel auf den Boden rollen.

»Was ist denn, Chaos?« murmelte die Stimme. »Willst du ihn nicht? Er ist für dich ...« Die Gestalt kam hinter den ausgestreckten Fingern näher.

»Für eine sehr, *sehr* liebe Katze ...«

## 24

Rhys erreichte den Fußsteg in Rekordzeit.

Er blieb dort stehen, schaute auf seine Uhr und versuchte auszurechnen, wie lange er heute morgen gebraucht hatte. Vierzehn Minuten; das war nicht schlecht. Vierzehn Minuten von seinem Haus bis zur Mitte seiner Trainingsstrecke bedeuteten, daß er fast zwei Minuten schneller war als letzten Monat um diese Zeit.

Um ein wenig zu Atem zu kommen, lehnte er sich mit dem Rücken an den Stein. Die frühe Morgensonne wärmte ihm das Gesicht. Er setzte sich ständig solche Limits – nicht, daß er ein besonders guter Sportler gewesen wäre, es machte ihm Spaß, sich selbst zu schlagen. Er tat es aus Gewohnheit; sich immer selbst schlagen – beim Duschen, beim Schreiben eines Berichts oder beim Computer-Golf auf seinem 486er in der Mansarde.

Er hatte es sich zur Pflicht gemacht, zweimal die Woche zu laufen. Er haßte Sport, und am Fluß entlangzurennen langweilte ihn, ebenso wie ihn Gewichtheben und Schwimmen langweilten; doch für ihn waren diese Dinge nur Gegenmittel, weil er stundenlang in der Hocke arbeiten mußte und sein Rücken inzwischen zu einer Folterzone geworden war.

Er schaute auf das Wasser hinunter, das durch eine Reihe niedriger Wehre rauschte und plätscherte. Helleres Licht fing sich jetzt in den Strömungen; die Gartenparzellen auf der anderen Seite des Weges sahen aus wie braune und grüne Streifen. Ein Mann stellte geduldig Bohnenstangen auf; in einem der Häuser bellte ein Hund.

Sofort mußte er an Ace in seinem kleinen Drahtkäfig beim Tierarzt und an den vorwurfsvollen Blick denken, mit dem der Hund ihn trotz der Beruhigungs- und Schmerzmittel nach der Operation gestern abend angesehen hatte; seine Miene hatte Bände gesprochen: *Du absoluter Idiot. Was soll denn das für ein Spiel sein?* Rhys hatte die Finger durch den Maschendraht gesteckt. »Du kommst bald wieder raus«, hatte er versprochen. Der Terrier hatte einmal gewedelt – ein schwaches, höfliches Zugeständnis – und dann die Augen geschlossen.

Rhys stieß sich von der Brücke ab und ging weiter. Der Weg führte um den unteren Rand der Stadt herum, rechter Hand drängte sich eine Ansammlung von Gebäuden zusammen: kleine Lagerhäuser, faulende Holzstapel, mehrere, seit langem geschlossene Läden, eine Autowerkstatt. Er begann zu laufen. Um zehn hatte er im Museum einen Termin mit Alison Warley, und er hatte ihr versprochen, vorher ihre Filme in einem Fotolabor abzuholen.

Er kam am unteren Ende der High Street heraus, schaute nach rechts und links und joggte auf die andere Seite. Er war jetzt fast zu Hause, am Ende seiner im Kreis verlaufenden Joggingstrecke.

Er bog in eine Straße ein, die sogar eine noch kuriosere Mischung war: Häuser aus der Zeit König Georgs, ein Lagerhaus für Antiquitäten, ein Tempel der Heilsarmee, die Klinik eines Chiropraktikers und das Prähistorische Museum, wo hinter dem Zaun ein lebensgroßer Tyrannosaurus aus rotem Stein mit zurückgeworfenem Kopf und gefletschten Zähnen immer und ewig eine Weißdornhecke anhimmelte. Er hatte diese Straße zum ersten Mal in einer dunklen Novembernacht gesehen, als er versuchte, das Haus zu finden, das im Brief eines Immobilienmaklers aufgeführt war. Der Anblick des Dinosauriers, der ihn drohend durch den Regen anfletschte, hatte ihn ganz schön erschreckt.

Aber der rote Riese hatte sich als gutes Omen erwiesen; er hatte den Kredit bekommen, den er beantragt hatte, um seine Firma zu gründen. Und die Stadt, viel kleiner als die City, in der er aufgewachsen war, war überall eine so kuriose Mischung. Eine Tyrannosaurus-Vergangenheit Hand in Hand mit einer Fußgängerzone und einer Parkplatz-Zukunft; Pflastersteine, unter denen sich Menschen aus der Jungsteinzeit verbargen.

Sogar als er in der Bank gewartet hatte, hatte er an der Wand hinter dem Kassenschalter eine Tafel entdeckt, deren Text besagte, daß an dieser Stelle ein römisches Tor gestanden hatte. Er hatte die Augen zusammengekniffen und gesehen, daß dort ein etwa neunzig Zentimeter im Quadrat großer, quadratischer gläserner Schaukasten stand, der ein Stück restaurierter römischer Mauer enthielt, von sanftem bernsteinfarbenem Licht angestrahlt, aber völlig fehl am Platz inmitten der Prozentposter und Bildschirmgeräte. Er hatte sich sofort für den Ort erwärmt und den Tyrannosaurus als eine Art steinernes »Grünes Licht« für sein Unternehmen betrachtet, hatte Visitenkarten bestellt und das Haus gekauft, das er sich an dem Regenabend angesehen hatte.

Vor zwölf Jahren. Frisch aus dem College. Einer dieser Sprünge ins Dunkel, bei denen man durch Zufall auf den Füßen landete. Er wischte sich mit dem Ärmel über die Stirn und nahm schnaufend das letzte, ungefähr hundert Meter lange Gefälle in Angriff. Die Klinik und das Museum und die Kapelle blieben zurück. Er lief automatisch weiter, Müdigkeit ließ ihn nur noch unzusammenhängend denken.

Das Bild des Skeletts im letzten Grab tauchte vor ihm auf; der alte Mann mit dem schmerzenden Rücken und den schmerzenden Schultern. Rhys konnte es kaum noch erwarten, Alisons Aufnahmen zu sehen; wollte wissen, wie das Museum sich zu dem Fund stellen würde. Wollte wissen, wohin der ausgestoßene alte Mann als nächstes gebracht werden würde, dessen an den Gelenken verbogene Hände und nach innen gedrehte Füße, von der Erde erdrückt, zu einem Abbild der Todesqual geworden waren ...

Dann sah Rhys Beth March.

Ungefähr dreißig Meter weiter schloß sie gerade ihren Van ab. Ohne richtig zu überlegen, winkte er ihr und rief: »Hallo! Hallo!«

Sie suchte in ihrem Geldbeutel nach Kleingeld für die Parkuhr.

»Hallo!« rief er noch einmal und überquerte die Straße.

Sie blickte auf. Erschrocken sah er, daß sie kalkweiß war und unter ihren Augen tiefe Schatten lagen. Sie fummelte mit den Münzen herum und ließ sie fallen.

Er war jetzt neben ihr und bückte sich, um zu helfen. »Das ist schon in Ordnung – lassen Sie mich mal«, sagte er. Er fand die Münzen, richtete sich auf und hielt sie ihr hin. »War das alles?« fragte er und sah sich noch einmal zu seinen Füßen um. »Vierzig Pence?«

»Ja.« Sie steckte das Geld in die Parkuhr. Ihre Hände zitterten, und zweimal rutschten ihr die Münzen ab und verfehlten den Schlitz. »Danke.« Sie schob sich das Haar aus der Stirn.

»Meinem Hund geht es gut«, sagte er.

Ein Lächeln verwandelte ihr Gesicht wie ein Zauber. »Wirklich?« fragte sie.

»Ein Lauf ist gebrochen.«

»Oh – ich bin froh. *Wirklich* froh.« Und sie meinte es aufrichtig, das sah er. Tatsächlich war es ihr so ernst damit, daß ihre Augen sich plötzlich mit Tränen füllten. »Ich dachte, ich hätte ihn umgebracht.«

Sie stützte sich plötzlich auf das Dach des Vans.

»Es ist nur sein Lauf«, wiederholte er.

Sie legte beide Hände zu Fäusten geballt auf den Van und begann nach Luft zu ringen wie eine Asthmatikerin. Panik stieg in ihm auf. »Haben Sie einen – so ein Ding, um Luft zu inhalieren – man steckt es in den Mund ...«

Sie lächelte wieder, und ihr Gesicht nahm eine noch schrecklichere Farbe an als das entsetzliche Weiß; es wurde grau und an den Mundwinkeln blau.

»O Gott«, sagte er.

»Ich bin okay. Das ist auch gestern passiert.«

»Können Sie atmen?«

»Ich habe kein Asthma.« Sie wechselte die Stellung, preßte eine Hand auf die Brust. »Es ist in Ordnung.«

Er sah ihr forschend ins Gesicht, überzeugt, daß sie gleich zusammenbrechen würde. »Ich finde, Sie sehen beschissen aus.«

»Danke.«

»Tun Sie wirklich.« Er faßte sie am Arm. »Sperren Sie den Wagen auf, und setzen Sie sich hinein.«

»Nein. Ich werde gehen.«

»Sind Sie sicher?«

»Absolut. Ich bin in Ordnung.« Sie schaute betont auf seine Hand hinunter, die noch ihren Arm festhielt.

*Das stimmt nicht,* dachte er. »Wohin wollen Sie?«

»Zu meiner Bausparkasse.«

»In welche?«

»In die in der Ryemall.«

»Dort hinauf können Sie nicht zu Fuß gehen. Es ist ein langer Anstieg.«

»Ich habe um neun einen Termin.«

»Die können warten. Kommen Sie.« Er umfaßte ihren Ellenbogen und zog sie weiter.

»Nein. Hören Sie, wohin gehen wir?«

»Irgendwohin, wo wir uns hinsetzen können.«

Sie murmelte etwas, doch es klang nicht nach einem Protest.

Sein Haus war zwei Minuten entfernt, es lag in einer Seitenstraße des Ware Walk. Eine gelbe Tür in einem viktorianischen Reihenhaus mit einem neun Quadratmeter großen betonierten Vorgarten. Die Tür führte in eine dunkle Diele und dann in einen überraschend hellen Raum mit Ausblick auf einen noch überraschenderen Garten.

Beth trat an die Tür, die in den Patio führte, sofort angezogen von den Tai-Haku-Kirschbäumen, dem Apfelbaum am Ende mit der hölzernen Bank darunter.

»Setzen Sie sich«, sagte er.

»Es geht mir besser.«

»*Mir* wird es erst bessergehen, wenn Sie sitzen.«

»Darf ich hinausgehen?«

Er schloß die Tür auf und schob beide Flügel zurück. »Aber gern, bitte.«

Sie ging den mit Steinplatten ausgelegten Weg entlang und setzte sich unter den Baum. Seine Blätter waren hell und grün und glatt, mit welken Blüten im Herzen jeder Knospe, wo sich auch die ersten kleinen Fruchtknoten zeigten. Sie blickte, kurz die Augen schließend, in die Äste hinauf, über sich selbst erstaunt, daß sie hergekommen war, obwohl sie woanders sein sollte.

»Ist es Burleigh and Country?« Rhys stand mit den Gelben Seiten vor ihr. »Das ist die einzige hier eingetragene Bausparkasse in der Ryemall.«

»Ja«, sagte sie.

»In Ordnung.« Er ging wieder hinein. Durch die offene Tür hörte sie seine Stimme und das einmalige Klingeln, als der Hörer aufgelegt wurde.

Gleich darauf kam er mit einem Tablett und einem zusammenlegbaren Picknicktisch wieder heraus. Sie half ihm beim Aufstellen des Tisches und stellte das Tablett darauf.

»Ich habe Ihren Termin auf zwölf Uhr verschoben. Sie waren einverstanden. Jetzt – Kaffee und Kuchen ... Biskuit ...«

Sie lächelte. »Gesund.

Er schenkte den Kaffee ein. »Kohlehydrate. Ich glaube, Sie sind nicht in der Lage zu widersprechen, so schlecht wie Sie auf den Beinen sind«, sagte er.

Er reichte ihr einen Teller mit ein paar Biskuits, und sie versuchte zu essen.

Nachdem sie seit fünf Tagen kaum etwas zu sich genommen hatte, schmeckte das Zeug widerlich süß; zu süß. Es fiel ihr schwer, zu kauen und zu schlucken. Kein Speichel. Sie war innerlich ausgetrocknet.

»Ich weiß es von Alan«, sagte Rhys. »Ich habe ihn gestern abend angerufen – wegen etwas anderem – und habe ihm von Ace erzählt ... Er hat mir gesagt, was bei der Beerdigung geschehen ist.«

Sie stellte die Tasse ab. »Was genau?«

»Daß Sie weggegangen sind.«

»Hat er auch gesagt, warum?«

»Nein.«

Sie beugte sich vor, legte die Ellenbogen auf ihre Knie. »Ich nehme nicht an, daß sie's ihm gesagt haben. Ihm oder sonst jemandem.«

»Warum erzählen Sie es nicht mir?« fragte Rhys.

Sie sah ihn an. »Warum sollte ich?«

»Und warum nicht?«

»Ich meine, warum sollten Sie es hören wollen?«

»Manchmal hilft es.«

Sie begann zu lachen – es war ein beißend scharfer Laut, ganz ohne Fröhlichkeit. »Ich bezweifle, daß Sie helfen könnten.«

»Das weiß man nie. Lassen Sie es mich versuchen.«

»Was sind Sie? Ein Heiliger?«

Er sagte nichts. Sie legte die Hände an die Wangen. »Entschuldigen Sie.«

Er gab ihr ihren Teller zurück. »Hier, essen Sie was anderes.«

»Ich kann nicht. Ich kann nicht schlucken – krieg' nichts runter.«

»Versuchen Sie den Schokoladekuchen.«

Höflich nahm sie ein Stück, sah es an, sah den Teller an, das Tablett und ihn. Dann begann sie zu weinen.

Sie hielt sich am Teller fest, und der Kuchen rutschte auf dem glatten Porzellan hin und her. Rhys schaute rasch von ihrem Gesicht auf ihren Teller. Verzweifelte Töne entrangen sich ihr; es klang, als werde sie bei jedem Laut mit der Peitsche traktiert.

Einen Augenblick blieb er wie hypnotisiert sitzen, dann sprang er auf, packte den Teller, stellte ihn weg, zog sie in die Höhe und nahm sie in die Arme.

Sie zitterte in seiner Umarmung; sie war sehr dünn. Das Schluchzen schwoll noch eine Weile an – *jemand wird denken, ich bring' sie um* – und verstummte dann schnell. Sie preßte das Gesicht in seine Schulter, ihre Hände hingen seitlich hinunter. Er tastete in seiner Hüfttasche nach einem Taschentuch, erinnerte sich dann, daß er noch den Trainingsanzug anhatte. Als sie sich noch ein bißchen mehr beruhigt hatte, schob er sie vorsichtig weg.

»Bleiben Sie hier«, sagte er.

Er kam mit einer Rolle Toilettenpapier zurück. »Tut mir leid«, sagte er. »Was anderes hab' ich nicht.«

Sie riß ein Stück ab und trocknete sich die Augen, dann setzte sie sich wieder.

»Erzählen Sie«, sagte er.

»Ich kann nicht. Ich weiß nicht mal, wo anfangen.«

»Am Montag.«

Sie sah auf, an ihm vorbei. »David ist am Montag gestorben. Am Dienstag habe ich erfahren, daß er Schulden hatte. Eine Menge Geld fehlt. Am Mittwoch …«

»Sprechen Sie weiter.«

»Ich kann mich nicht mehr erinnern.«

»Okay. Dann Freitag. Erzählen Sie mir von gestern.«

Sie seufzte, riß noch ein Stück von der Rolle ab und schneuzte sich. »Mein Mann wollte mit meiner Freundin ins Ausland gehen. Er hatte große Schulden. Ich glaube, daß mein Anwalt mich betrügt. Meine Freundin ist die Frau des Anwalts.« Sie ließ das benutzte Papier auf das Tablett fallen.

»Verdammte Scheiße!«

»Sie mögen das Wort, wie?«

»Gibt es ein anderes?«

Sie lächelte schwach. »Wahrscheinlich nicht.«

Er sah sie an, versuchte zu verdauen, was sie ihm erzählt hatte. »Was ist gestern außerdem noch passiert?«

»Ich habe das von David und Julia – der Freundin – erfahren.«

»Reizende kleine Freundin. Wann?«

»Bei der Beerdigung.«

»O Gott.« Er stand wieder auf und legte die Arme um sie, aus einfachem, ganz automatischem Mitleid; einem Mitleid, wie er es auch für ein weinendes Kind, sogar für einen Fremden auf der Straße empfunden hätte. Sie erstarrte – es war eine sehr unbeholfene Umarmung, er kniete halb neben ihr und preßte das Gesicht fest an das ihre –, und er ließ sie los.

»Ich kann nicht schlafen, kann nicht essen«, sagte sie.

»Das überrascht mich nicht besonders.«

»Ich kann das Bett nicht ansehen. Bleibe die ganze Nacht unten.«

Er sah sie nachdenklich an. »Was werden Sie tun?« fragte er.

»Verrückt werden. Das scheint mir angemessen.«

»Und danach?«

Zum ersten Mal lachte sie wirklich aufrichtig. »Nach meinem Zusammenbruch? Ich habe noch nicht in meinen Terminkalender geschaut.«

»Sollten Sie aber.« Er stand auf, zog seinen Stuhl neben den ihren, setzte sich dann und nahm ihre Hände. »Zuerst zu diesem Anwalt. Feuern Sie ihn, und nehmen Sie sich einen anderen. Die Bausparkasse ...«

»Deshalb wollte ich hin; sie haben mich gestern abend angerufen und gesagt, ich brauchte einen handfesten Beweis dafür, daß die Unterschrift auf dem Formular eine Fälschung ist.« Sie entzog ihm die Hände. »David hat Tausende von ihnen bekommen und meinen Namen gefälscht. Oder jemand anders.«

»Der Anwalt?«

»Ich kann nichts beweisen. Wie sollte ich das? Mein Wort steht gegen seins.« Sie hielt kurz inne. »Ich habe gedacht, er sei mein Freund«, sagte sie, jedes Wort von einer langen Pause unterbrochen.

»Die Handschrift. Jeder Schriftsachverständige könnte feststellen, daß es eine Fälschung ist.«

Sie schüttelte den Kopf. »Ich weiß nicht. Sie sieht meiner sehr ähnlich.«

»Hat das die Bausparkasse gesagt?«

»Sie versuchen, fair zu sein. Sie *versuchen* es.«

»Klingt ganz danach«, sagte er sarkastisch. »Was ist mit dieser Freundin?«

»Sie möchte, daß ich sie verstehe. David hat sie geliebt, sie hat ihn geliebt et cetera.«

»Ich hoffe, Sie haben ihr gesagt, sie soll sich verpissen.«

Beth seufzte quälend tief auf. »Ich kenne sie nicht. Ich kenne David nicht. Und ich weiß nicht, *was tun,* falls ich überhaupt etwas tun sollte.«

»Wie meinen Sie das?«

Sie breitete hilflos die Hände aus. »Was hat es denn für einen Sinn? David ist tot, und Julia könnte es genausogut sein. Ich besorge mir nur einen anderen Anwalt und ziehe weg. Verkaufe das Haus, verlasse das Dorf.«

»Warum sollten Sie?«

Sie wischte sich die Tränen vom nassen Gesicht. »Ich weine nicht«, sagte sie. »Ich habe nicht geweint, als meine Mutter starb. Ich weine nicht bei Filmen. Ich bin kein Mensch, der jemals weint.« Sie schüttelte den Kopf. »Ich finde Frauen unerträglich, die es tun«, sagte sie.

»Sie haben eine gute Entschuldigung«, sagte Rhys. »Und Sie sollten sich mal richtig ausweinen.«

Sie stand auf, ging los und stolperte leicht, weil ihr Fuß sich in einer Pflanze verfing, die sich über die Steine ausgebreitet hatte. Er sagte nichts, doch er nahm ihren Arm, ignorierte, daß sie vor seiner Berührung zurückschreckte, und führte sie ins Haus.

Der Raum war mit Sonnenlicht gesprenkelt. Er führte sie zur Couch und drückte sie an den Schultern nieder, so daß sie gezwungen war, sich zu setzen. »Ich werde jetzt duschen und mich umziehen«, sagte er, »dann muß ich in die Stadt. Ich habe etwas zu erledigen. Hinterher begleite ich Sie in die Ryemall.«

Sie sah ihn nicht an. Nachdem er sie noch einen Augenblick beobachtet hatte, ging er hinaus.

Beth zog die Beine auf die Couch. Sie war sehr weich, mit vielen Kissen, die aus irgendeinem plüschartigen Teppichmaterial gearbeitet waren. Sie legte den Kopf auf die Armlehne und ließ die Augen über Wände und Bücherregale wandern.

Als sie zum ersten Mal hier durchgegangen war, hatte sie die Einzelheiten nicht bemerkt; jetzt sprangen sie ihr förmlich ins Gesicht. Es war ein feminines Zimmer, kitschig, geradezu krampfhaft um Gemütlichkeit bemüht. An Stelle des Kamins stand da ein kleiner Herd, darauf ein Topf mit Trockenblumen und auf einem Dreifuß ein verzierter Messingkessel; es gab einen Satz Feuerzangen und Schürhaken aus Messing; rein dekorative Kinkerlitzchen, niemand würde sie je benutzen. Die Borde zu beiden Seiten schmückten eine Sammlung von Ziertellern mit Goldrand, zwei kupferne Pfauen, ein Aquarell, auf dem ein viel zu üppig bepflanzter Cottagegarten dargestellt war, ein Satz winziger Pillendöschen und zwei kleine Kerzenständer. An der Wand gegenüber hing ein Druck – ein Kind mit riesengroßen Augen, das eine Katze umklammerte.

Plötzlich steckte Rhys den Kopf durch den Türspalt. Sie hörte das Geräusch fließenden Wassers.

»Wollte nur mal nachsehen«, sagte er. »Dachte, Sie könnten abhauen. Aber das tun Sie nicht, oder?«

Sie antwortete nicht; fragte statt dessen: »Sind Sie verheiratet?«

»Ja«, sagte er.

Automatisch stellte sie die Beine auf den Boden, und Rhys begann zu lachen. »Nur keine Sorge, Sie brechen nicht in ihr Hoheitsgebiet ein«, sagte er. »Sie arbeitet in Afrika, in Burundi.«

»In Burundi! Und was tut sie dort?«

»Sie ist Krankenschwester«, sagte er. Er drehte sich zu einem Schränkchen um und nahm eine Fotografie herunter, die sie bisher nicht bemerkt hatte. Er reichte sie ihr.

Seine Frau hatte kurzes dunkles Haar, ein sehr rundes Gesicht und ein breites Lächeln. Sie schaute blinzelnd in grelles Sonnenlicht und trug ein T-Shirt mit dem Aufdruck einer Hilfsorganisation auf der linken Schulter.

»Sie sieht nett aus«, sagte Beth und reichte ihm das Foto zurück. »Wie heißt sie?«

Der liebenswürdige Ausdruck verschwand aus seinem Gesicht. »Heilige Sowieso«, sagte er, machte kehrt und ging hinaus.

# 25

Um die Mittagszeit saß Angela Naylor in ihrem Büro und starrte in die Luft.

Sie zeichnete sich sonst eigentlich nicht durch Untätigkeit aus; im Gegenteil, wie ein berühmter Premierminister vor ihr schlief sie nachts kaum vier Stunden und arbeitete zehn Stunden täglich; es bekam ihr sehr gut. In Tagträume versunken kannte man sie nicht.

Dieser besondere Tagtraum war jedoch produktiver, als er schien. Sie dachte über Oliver Woods nach. Er war bei ihr gewesen und hatte ihr, um eine lange Geschichte abzukürzen, rundheraus erklärt, Beth March habe den Verstand verloren.

Er war, ohne einen Termin zu haben, heute morgen fünf vor neun erschienen. Die Sparkasse war um diese Zeit für den Publikumsverkehr noch nicht geöffnet, aber er hatte so lange geklopft, bis jemand vom Schalterpersonal an die Eingangstür gegangen war, und dann hatte er sich gewissermaßen hereingeschmeichelt. Angela war darüber sehr verärgert gewesen.

»Ich werde Sie nur einen Moment behelligen«, hatte Oliver gesagt. Widerwillig hatte sie auf einen Stuhl gedeutet.

Er hatte sich hingesetzt, lässig und mit überlegener Autorität, in der Stimme die scheinheilige Ehrerbietung der Oberschicht. Sie hätte ihn – wenn sie ihn schon nicht mochte – zumindest respektieren sollen. Schließlich war er ein geachtetes Mitglied der Gemeinde und seit langem ein angesehener Anwalt. Doch irgend etwas an ihm reizte sie zur Weißglut.

Sie hatte versucht, dieses Gefühl zu verdrängen, objektiv zu bleiben; sie war ziemlich sicher, daß ihre Abneigung zur Hälfte daher rührte, daß sie aus Manchester kam, wo man Hinterhältigkeit schon von weitem roch und Männer wie Oliver verdammt kurz abgefertigt wurden. Sie hatte sich immer auf ihr persönliches Gefühl verlassen, das sie rechtzeitig warnte wenn man sie verarschen wollte. Das war sehr praktisch.

Als sie Oliver Woods an diesem Morgen gegenübersaß, war sie überzeugt, jede Lüge zu entdecken, bevor er sie noch halb ausgesprochen hatte.

»Ich komme direkt auf den Punkt, wenn ich darf«, hatte er gesagt.

»Ich bitte darum.«

»Es ist wegen Mrs. March. Elizabeth March.«

»O ja?«

»Ja ...« Er hatte gelächelt.

Angela hatte geschwiegen. Ihre Augen waren von seinen gelbfleckigen Fingern zu seinen makellos gestärkten Manschetten gewandert, verweilten dort eine Weile und wandten sich dann dem teuren Anzug zu, der aussah, als habe er darin geschlafen.

»Ich bin natürlich kein Arzt«, fuhr er fort. »Aber es ist, selbst für einen Laien, offensichtlich, daß sie unter einer furchtbaren Anspannung steht. Sie behauptet, daß ihr Mann sie auf jede erdenkliche Weise betrogen und sie von der zweiten Hypothek überhaupt nichts gewußt hat. Es gibt keinen Beweis, daß dieser ...«

Angela beugte sich vor. »Haben Sie etwas dagegen« – betont auffällig schaute sie auf ihre Uhr –, »wenn ich Ihnen eine Frage stelle?«

»Nur zu.«

»Waren Sie Zeuge, als sie unterschrieben hat?«

Oliver sagte eine Weile nichts; dann kroch ihm leichte Röte in den Hals. »Deshalb bin ich zu Ihnen gekommen«, antwortete er schließlich. »Ich bin überzeugt, daß Elizabeth Ihnen von ihren Befürchtungen erzählt hat, und möchte Sie mit den Tatsachen vertraut machen. Ich war *nicht* dabei, als sie unterschrieb.«

Angela lehnte sich zurück, betrachtete ihn. »Ich verstehe.«

Er spreizte die Hände. »Ich weiß nicht, ob Sie das weiterverfolgen wollen. Aber natürlich ist es absolut Ihr Vorrecht, zu entscheiden, welchen Weg Sie einschlagen werden ...«

»Das ist es in der Tat.«

»Richtig.« Er entfernte einen unsichtbaren Faden von seinem Ärmel. »David March ist auf mich zugekommen, weil er eine zweite Hypothek aufnehmen wollte. Das wurde völlig normal eingeleitet, nur daß zum festgesetzten Termin David ohne Elizabeth erschien. Er sagte, sie sei krank, habe die Grippe und liege im Bett.« Oliver lächelte bedächtig. »Er zeigte mir den Antrag, der bereits von ihr unterschrieben war, und sagte, sie habe die Unterschrift an diesem Morgen geleistet und lasse sich entschuldigen.« Er sah Angela direkt in die Augen. »Ich hatte keinen Anlaß, seine Worte anzuzweifeln. Soweit ich wußte – soweit wir damals *alle* wußten –, war David ein aufrechter, respektabler, ehrlicher Mann.«

Angela hatte einen Moment reglos dagesessen, nahm jetzt einen Kugelschreiber auf und begann auf einen Notizzettel neben ihrem Telefon eine Reihe ineinander verschlungener Kreise zu malen. »Ich habe gestern mit Mrs. March gesprochen«, sagte sie. »Sie hat mir erzählt, Sie hätten gewußt, daß David erklärt hatte, der Anbau solle eine Überraschung für sie sein. Fast das gleiche hat er zu seinem Baumeister gesagt – hat ihn zum Stillschweigen verpflichtet.« Sie hörte mit ihren Kritzeleien auf und sah ihn an. »Wie wäre das möglich gewesen, wenn Mrs. March den Antrag bereits unterschrieben hätte? Wenn Ihre Geschichte wasserdicht ist, muß sie schon vorher von dem Anbau *gewußt* haben.«

Das düstere Lächeln wich nicht aus Olivers Gesicht. Er hob einen Finger, als wolle er ihr verbieten, diesen Gedankengang weiterzuverfolgen. »Berichtigung«, sagte er. »David hat es seinem Baumeister Alan Pritchard erzählt. Und meine Sekretärin, die Alan Pritchards Frau ist, hat es von ihrem Mann erfahren. *Mir* hat es David nie gesagt. *Mir* hat David versichert, daß Elizabeth Bescheid weiß. Deshalb habe ich den Antrag als Zeuge unterschrieben, im guten Glauben, daß Elizabeth March einverstanden war.«

»Was nicht zutraf.«

Oliver seufzte. Ein Laut, bei dem sich Angela Naylors Nackenhaare sträubten – es war der müde Tonfall, den sie von älteren Männern her kannte, die mit – ihrer Meinung nach – allzu ehrgeizigen jungen Frauen sprachen. Der Seufzer überlegener Autorität. Sie biß die Zähne zusammen.

»Das behauptet sie«, stimmte er zu. »Doch ich weiß nicht, wieweit ich das akzeptieren kann.«

»Sie haben mir eben gesagt, daß David zugegeben hat, seinen Baumeister getäuscht zu haben.«

»Das behauptet der *Baumeister.*«

»Ach, dann hat der Baumeister die Geschichte wohl mißinterpretiert. Im besten Fall hat er David March falsch verstanden. Im schlimmsten hat er gelogen. Warum sollte er?«

»Ich sage doch gar nicht, daß Mr. Pritchard gelogen hat. Wahrscheinlich hat David gesagt, daß es eine Überraschung sein sollte, *was* er bauen wollte; vielleicht hat er Elizabeth gesagt, das Geld sei für etwas so Alltägliches wie neue sanitäre Installationen oder die Kanalisation bestimmt – und dabei sollte es von Anfang an eine Überraschung für sie sein. Die Werkstatt, das Treibhaus.«

Angela schüttelte den Kopf. »Mrs. March erklärt, sie habe von nichts gewußt. Und sie tut das sehr überzeugend.«

»Da gebe ich Ihnen absolut recht«, sagte Oliver glatt. »Sie behauptet hartnäckig, nichts gewußt zu haben. Und ich gebe zu, daß meine Unterschrift auf dem Antrag alles kompliziert. Aber«, und er legte eine Fingerspitze auf den Rand der Schreibtischplatte und begleitete jedes Wort mit einem leichten Klopfen, um seiner Rede mehr Nachdruck zu verleihen,

»sie hat einen Schock. Sie ist im Moment den schrecklichsten Ereignissen ausgesetzt, die man sich vorstellen kann. Sie verhält sich irrational, und ich bin überzeugt, daß sie demnächst von ihrer Behauptung, betrogen worden zu sein, Abstand nehmen wird. Ich glaube, daß sie das Formular unterschrieben hat. Keine Fälschung ist so gut. Es ist zweifellos ihre Unterschrift.«

»Oh?«

»Ja. Es schmerzt mich natürlich, das sagen zu müssen. Sie ist eine überaus geschätzte Klientin, und – Sie werden das verstehen – dieses Gespräch muß strikt unter uns bleiben …«

»Das ist wohl selbstverständlich.«

»Ich glaube, sie hat den Antrag unterschrieben und ist jetzt natürlich entsetzt über die Tatsache, daß David anscheinend heimlich das Land verlassen wollte. Sie will es nicht wahrhaben – nicht einmal vor sich selbst –, daß sie von ihrem Mann genarrt wurde, indem er ihr weismachte, das Geld sei für das Haus bestimmt, obwohl es für ihn selbst war. Sie wußte nicht, daß er fortgehen und das Geld mitnehmen wollte.«

»So – darf ich es offen aussprechen? – Sie denken also, daß Mrs. March uns belügt?«

Hastig hob er protestierend die Hände. »Nein, nein, nein, Mrs. March lügt nicht, Mrs. Naylor. Sie ist nur sehr verzweifelt. Sie ist verwirrt und sehr traurig. Es macht mir keine Freude, so über sie sprechen zu müssen. Sie ist eine absolut bewundernswerte Person, und ich habe großes Mitleid mit ihr. Nein – ich denke, daß Elizabeth im Moment an – sagen wir – selektiver Erinnerung leidet. Es ist nicht ihre Schuld. Ich denke, daß sie in ein, zwei Wochen alles widerrufen wird, was sie gesagt hat.«

»Wenn sie also behauptet, von der Unterschrift nichts gewußt zu haben und von Ihnen auf irgendeine Weise betrogen worden zu sein …«

»Das hat sie gesagt?«

Angela antwortete nicht.

»Tut mir leid, das hören zu müssen«, sagte Oliver. Und er sah tatsächlich gekränkt aus. Sogar beleidigt. »Während meiner ganzen Praxis habe ich noch nie einen Klienten oder sonst jemand betrogen«, sagte er leise. »Und ich hoffe, auch nie in die Versuchung zu kommen.« Es folgten ein paar Momente völligen Schweigens.

Angela Naylor war aufgestanden. Es war zehn Minuten nach neun. Der Tag hatte schlecht angefangen. Sie hatte Oliver Woods die kalte, trockene Hand geschüttelt. »Danke, daß Sie zu mir gekommen sind«, hatte sie gesagt. »Ich weiß zu schätzen, was Sie mir berichtet haben, und werde es berücksichtigen. Ich bin mit Ihnen der Meinung, daß Mrs. March im Moment vermutlich nicht sehr zuverlässig ist – obwohl ich nicht den Eindruck hatte«, hatte sie noch hinzugefügt, als Oliver sich zur Tür gewandt hatte. »Oh, und – Mr. Woods?«

Er drehte sich um. »Ja?«

»Ich werde melden müssen, daß Sie nicht persönlich anwesend waren, als das Antragsformular unterschrieben wurde.«

Sein Gesicht war immer länger geworden. »Sie werden es der Kammer melden?« fragte er.

»Ja. Tut mir leid, ich habe keine andere Wahl.«

»Ich verstehe.«

»Und ...« Sie hatte sich unterbrochen, verlegen, weil die Neugier nun doch bei ihr die Oberhand gewonnen hatte. »Sagen Sie, Sie haben David March sehr gut gekannt. Hat er Beth tatsächlich wegen einer anderen Frau verlassen?«

Olivers Miene hatte sich nicht verändert. »Nein«, sagte er. »Das glaube ich keine Sekunde.«

# 26

Lilian Davis stand mit verschränkten Armen da und betrachtete boshaft ihren Bruder.

»Du kannst es nicht, nicht wahr?« fragte sie.

Er sah sich um; blickte sie nur ganz kurz an, als sei sie nur ein Teil des bedeutungslosen Durcheinanders von Farben im Raum.

Er war nackt, kauerte in der Badewanne. Das Wasser war schon vor zwanzig Minuten abgelaufen, und er saß, die aufgestellen Knie mit den Armen umschlingend, da.

»Komm raus«, sagte Lilian. Sie machte einen Schritt auf ihn zu. »Los, mach schon, du verdammter alter Idiot. Komm raus!«

Arthur rührte sich nicht. Er schloß die Augen und begann zu pfeifen.

»Komm raus!« schrie Lilian.

Da er nicht reagierte, verlor sie völlig die Beherrschung. Sie zerrte das Handtuch herunter, das sie absichtlich außerhalb seiner Reichweite plaziert hatte – in der Hoffnung, er werde es zu erreichen versuchen und dabei stürzen –, und warf es in die Wanne. »Steh auf!« brüllte sie. »Ich hab's satt. Trockne dich ab.«

Das Handtuch landete auf Arthurs Knien. Er tat so, als wisse er gar nicht, daß es da war.

Lilian bückte sich. »Ich sorge schon dafür, daß man dich einsperrt«, zischte sie. »Hörst du mir zu, alter Idiot? Ich lasse dich für geisteskrank erklären, dann kannst du verfaulen, und ich kriege das Geld.«

Er hörte auf zu pfeifen.

»Oh, das Wort verstehst du, nicht wahr?« schrie sie. »Du warst immer knickerig, auch als ich es gebraucht, als ich dich angebettelt habe. Du hast mir nie einen Penny gegeben!«

Sie packte das Handtuch und warf es ihm roh ins Gesicht. Arthur schloß die Augen. Sie zitterte vor Wut.

»Du glaubst, du hast dich in jeder Richtung abgesichert, nicht wahr?« sagte sie, und ihre Stimme war nur noch ein gefährlich klingendes Flüstern. »Du denkst, du kannst den ganzen Tag rumsitzen wie ein Stein, nie ein Wort sagen und dich von mir von vorn und hinten bedienen lassen. Und wenn der Doktor kommt, *redest* du mit ihm und *lächelst* mit ihm, du alter Mistkerl.«

Sie kreuzte die Arme herausfordernd über der Brust. »Nun, damit kommst du nicht durch«, erklärte sie ihm. »Ich bekomme das Geld, und ich weiß auch, wie.

Arthur lächelte mit fest geschlossenen Augen.

»Lächle du nur«, sagte sie. »Aber Oliver Woods wird aussagen, daß du mich angegriffen hast. Oliver Woods wird mich unterstützen, und er kennt viele Leute, er kennt den Doktor, und er wird dafür sorgen, daß man dich einsperrt.«

Sie starrte ihn noch einen Moment an. »Er hat es mir versprochen«, sagte sie. »Hörst du? Er hat es mir versprochen!« Auf der Schwelle gab sie ihm den Gnadenstoß, ihre Augen nur noch Schlitze, ihre Stimme reine Bosheit. »Für Geld tun die Menschen alles«, sagte sie.

Sie ging und warf die Tür hinter sich zu.

Im Badezimmer öffnete Arthur die Augen. Er sah einen Moment lang wie betäubt aus. Dann hob er quälend langsam mit wackelndem Kopf zwei Finger in Richtung der geschlossenen Tür.

# 27

Der Nachmittag war schon halb vorüber, als Oliver zu Beth kam. Sie war im Garten, kniete am Bachrand und jätete mit unendlicher Sorgfalt. Nachdem sie aus der Stadt zurückgekommen war, hatte sie eine Matte zu den Bäumen in der Ecke mitgenommen und dort angefangen, die ersten Spuren von Löwenzahn und Distel auszurotten.

Als Oliver kam, hatte sie sich schon fast drei Meter nach hinten gearbeitet und einen peinlich ordentlichen braunen Fleck geschaffen.

»Hallo, Beth«, sagte er.

Sie setzte sich auf die Hacken, und als sie sah, wer es war, preßte sie die Lippen zu einem Strich zusammen.

»Kann ich mit Ihnen reden?«

Sie musterte ihn einen Moment. »Nein«, antwortete sie.

»Oh – wenn Sie meinen.«

Sie fing wieder an zu graben, krümmte die Schultern. Er blieb, wo er war, schaute von der höher gelegenen Terrasse auf sie hinunter. »Beth, ich muß wirklich mit Ihnen sprechen.«

So ähnlich hatte es auch Julia vor ein paar Tagen gesagt. *Wie dringend doch alle verdammten Verräter mit mir reden wollen.* »Ich habe Ihnen nichts zu sagen, Oliver«, sagte sie.

Er kam die Stufen herunter. »Ich will Ihnen nur berichten, was ich Burleigh and Country gesagt habe. Nämlich daß ich den Antrag für die Hypothek beglaubigt habe, ohne gesehen zu haben, wie Sie ihn unterschrieben.«

Sie blickte auf. Er sah nicht zu ihr hin, sondern betrachtete die Aussicht, miteinander verflochtene Schattierungen von Grün, die von der Straße unterbrochen wurden.

»Das weiß ich«, sagte sie eisig. »Aber warum, zum Teufel, haben Sie das nicht schon am Dienstag getan?«

»Ich hätte es tun sollen, aber ich bin von Davids Tod genauso geschockt wie Sie.«

»Und was ist ...« Zornig schlug sie mit dem Pflanzholz auf den Boden ein. ›Was ist mit dem Deal – Ihrem Deal mit den Schiffen?«

»Wie bitte?«

Sie holte tief Atem. »Bescheißen Sie mich ja nicht, verflucht«, sagte sie.

Er sah sie an, als hätte sie ihn ins Gesicht geschlagen; der Mund stand ihm sogar ein wenig offen. Wahrscheinlich hatte er sie noch nie fluchen gehört.

Sie fluchte auch nie, wenn sie sich's recht überlegte; David hatte es verabscheut. Er hatte immer gesagt, es sei ein Zeichen geistiger Trägheit. Sie hörte es ihn sogar jetzt sagen: *geistige Trägheit*, und seine Stimme hob die Konsonanten sehr präzise hervor, während er die Mundwinkel mit einem Anflug von Humor leicht nach oben verzog.

»Was für einen Deal meinen Sie?« fragte Oliver.

Sie machte einen Schritt auf ihn zu. »Julia hat mir alles über das Geld erzählt, das Sie und David dort investiert haben.«

Oliver nickte bedächtig. »Julia. Ich verstehe.«

»Es hat also keinen Sinn, wenn Sie versuchen, mich einzuwickeln, Oliver.«

Er lächelte kurz. »Und wir alle vertrauen Julia doch so sehr, nicht wahr?« stellte er fest.

Beth winkte mit der Hand ab. »Egal. Sie haben meine Frage nicht beantwortet.«

»David war an *keinem* wie immer gearteten Deal mit Schiffen beteiligt.«

Sie sah ihn fest an. Wußte sofort, daß er log. »O Oliver, um Himmels willen!«

»Es hat keinen Deal mit David gegeben.«

Beth geriet sofort in Wut. »Ich wünschte, irgend jemand

wäre aufrichtig zu mir, verdammt!« schrie sie. »Nur ein *einziger* von euch. Wo ist das Geld?«

»Welches? Der Treuhandfonds? Die Hypothek?«

»Beides. Wohin ist es verschwunden, wenn es dieser geheimnisvolle Deal nicht geschluckt hat?« Als sie seine verdutzte Miene sah, wandte sie sich ab. »Vergessen Sie's«, sagte sie. »Ich weiß gar nicht, warum ich überhaupt mit Ihnen rede, Sie intriganter Mistkerl.«

Sie betrachtete das gejätete Stück Boden vor sich und sah dann wieder ihn an. »Ich nehme mir einen anderen Anwalt«, sagte sie. »Jemand anders soll sich mit Davids Testament befassen.«

Er runzelte die Stirn. »Beth, ich habe wirklich nichts Unrechtes getan, nur Ihre Unterschrift beglaubigt, was ich zugebe – ganz freiwillig, ganz freiwillig. Das war ein Fehler. Aber ich hatte keinen Grund, David zu mißtrauen. Warum sollte ich? Haben Sie ihm mißtraut?«

Beth, die sich von ihm weggedreht hatte, zuckte zusammen.

»David hat mir nie gesagt, daß er finanzielle Schwierigkeiten hatte«, fuhr Oliver gelassen fort. »Und von den jüngsten Abhebungen abgesehen, waren seine Angelegenheiten immer tadellos in Ordnung. Andere Schulden hatte er nicht. Nicht einmal Kreditkartenschulden.«

Beth wandte sich ihm wieder zu. »Warum haben Sie ihn als Klienten behalten, nachdem Sie über ihn und Julia Bescheid wußten?«

Er schien sie nicht zu verstehen. »Warum sollte ich nicht?«

Sie atmete ganz tief ein vor Erstaunen, verschluckte sich fast an ihrem eigenen Atem. »›*Warum sollte ich nicht?*‹ fragt er. Mein Gott! Mein Mann hat Ihre Frau gevögelt.«

Da, dachte sie. Ich hab's wieder getan. Tut mir leid, David. Aber so war es nun mal, nicht wahr? Ordentlicher, vorsichtiger David. So war's, so war's …

»Nein«, sagte Oliver.

»Was?«

»Nein, das bezweifle ich.«

»Julia hat es mir am Abend nach der Beerdigung gesagt. Sprechen Sie nicht mit Ihrer Frau? *Sie wissen es ...*«, Sie legte eine Hand an den Kopf, kniff sich leicht in die Schläfe. »Sagen Sie mir nur nicht, Sie wüßten es nicht. Ich weiß, daß Sie's wissen.«

Er betrachtete den Boden, den Bach, den Garten. Endlich sah er auch sie an. »Hat David es Ihnen gesagt?« fragte er.

»Nein. David hat mir nichts gesagt. Überhaupt nichts.«

»Dann ...« Er unterbrach sich. »Dann haben Sie das alles von Julia. Nur von Julia?« Er seufzte laut auf. »O Beth.«

Er wandte sich ab, ging zu den Stufen zurück und auf die Rückseite des Hauses. Dort, im Mauerschatten, setzte er sich auf die Bank. Er nahm eine Packung Zigaretten heraus, steckte sich eine an und drehte sie zwischen den Fingern. Sie beobachtete ihn mißtrauisch; dann sah sie, daß er anfing zu lachen. Er lehnte sich zurück, und sein Gelächter wogte auf und ab.

Zornig lief sie die Stufen hinauf und über den Rasen, bis sie vor ihm stand. »Was, zum Teufel, ist so komisch?«

Er beugte sich vor und klopfte sich auf die Brust, als wolle er den Rauch daraus vertreiben; er strömte ihm aus Nase und Mund. »Wir«, sagte er.

Sie musterte ihn von Kopf bis Fuß; sie hatte ihn nie so offen lachen gehört. Olivers Stil war mehr das sarkastische Lächeln. Endlich setzte sie sich auch auf die Bank, aber ans andere Ende. »Erzählen Sie«, sagte sie. »Erzählen Sie mir, was so witzig ist.«

Er seufzte. »Beth, ich bin mit Julia seit zehn Jahren verheiratet«, begann er langsam. »Sie war in London meine Sekretärin. Sie war damals – oder schien es wenigstens zu sein – ein sehr leicht zu beeindruckendes junges Mädchen von zwanzig

Jahren ...« Er zog an der Zigarette, betrachtete die glühende Spitze. »... Und ich, Gott helfe mir, war ein sehr, sehr leicht zu beeindruckender sechsundvierzigjähriger Mann.«

»Das weiß ich alles«, sagte Beth.

Er zuckte mit den Schultern. »Zweifellos. Zweifellos hat Julia Ihnen diese Zeit in vielen reißerischen Bildern geschildert.«

»Sie hat mir gar nichts erzählt.«

Oliver sah zu Beth hinüber. »Julia hat ein großes Talent für dramatische Fiktion. Haben Sie das nie bemerkt?«

»Nein.«

»Sie hat auch einen großen Ehrgeiz – sie ist, sagen wir, gewissermaßen ein Faß ohne Boden.«

»Und was wäre das für ein Ehrgeiz?«

Er legte den Kopf auf die Seite. »Nicht Liebe. Weder meine noch Davids Liebe. Aber – im Mittelpunkt stehen, Aufmerksamkeit erregen, das will sie.«

»Ich habe genug gehört.« Beth stand auf.

Doch nachdem er einmal begonnen hatte, ließ Oliver sich nicht mehr ablenken. Er blieb, wo er war. »Ich frage mich, wie Julia diese Zeit in London beschreiben würde.«

»Es interessiert mich wirklich nicht, Oliver.«

»Julia war eine sehr gute Sekretärin. Ich hatte unter einigen ihrer entsetzlichen Vorgängerinnen gelitten und war ihr sehr dankbar. Wir machten Fortschritte – vom gemeinsamen Lunch zum Abendessen – und dem Rest, natürlich. Ich war die Beute, obwohl mir der Gedanke nie kam. Julia sah damals nämlich noch zerbrechlicher aus als jetzt. Der Gegensatz zwischen dem tüchtigen Mädchen im Büro und der hilflosen, kindlichen Abhängigen am Abend war unglaublich verlockend.«

Beth setzte sich langsam.

»Ich vermute, es begann ungefähr, als unsere Beziehung drei Monate dauerte. Vielleicht auch früher. Eines Tages beklagte sich Julia bei mir, daß sie ein größeres Büro brauche. Sie teilte es sich mit der Sekretärin des Seniorpartners und behauptete, die andere könne sie nicht leiden. Natürlich versuchte ich, sie anderweitig einzuquartieren. Und natürlich bekam ich Schwierigkeiten mit dem betreffenden Mann – seine Sekretärin war viel älter als Julia –, doch schließlich bekam sie einen kleinen Raum, der früher als Lager gedient hatte. Sie bat mich, ihn neu einrichten zu lassen, und ich arrangierte auch das. Sie suchte sich den modernsten Computer und die teuerste Ausstattung aus und behauptete, ich wollte es so. Bei der nächsten Besprechung der Partner gab es deswegen eine heftige Auseinandersetzung; das brachte mich in große Verlegenheit, denn ich war erst ein Jahr zuvor als Partner aufgenommen worden. Mein älterer Kollege«, Oliver lächelte grimmig bei der Erinnerung, »mein älterer Kollege sagte, ich solle Julia heiraten und die Firma von ihr befreien. Sie hatte sich dort nicht sehr beliebt gemacht.«

Beth legte den Kopf in ihre auf der Armlehne der Bank aufgestützte Hand. Olivers Worte flossen über sie hinweg wie ein langsamer Strom, der sie hinunterzog.

»Sechs Monate später heirateten wir. Die Flitterwochen verbrachten wir in Antigua – Julia hatte gebucht, ohne mit mir Rücksprache zu nehmen. Ich konnte sie nicht davon überzeugen, daß ich nicht genug Geld hatte, um eine so kostspielige Reise zu bezahlen. Für sie mußte es nur das Beste sein und immer das Beste.«

Er streckte die Beine aus, schaute auf seine Schuhe hinunter. »Die Situation in der Firma spitzte sich zu. Julia hatte es geschafft, sich das gesamte Personal zum Feind zu machen. Man schlug mir vor zu kündigen. Die Stellung zu kündigen, die ich mir so hart erarbeitet hatte, und man gab mir sehr deutlich zu verstehen, daß keine andere Londoner Anwaltsfirma an mir interessiert sein würde. Also beschloß ich, ganz aus London wegzuziehen und eine eigene Praxis zu gründen.« Er hielt inne. »Nun, und das geschah durch Zufall hier.«

»Warum hier?«

Er hob die Brauen. »Ein Londoner Immobilienmakler hat die Lodge zum Verkauf angeboten.«

»Aber wie konnten Sie sich das leisten – vorausgesetzt, es stimmt, was Sie mir erzählen?«

»Mein Vater starb genau zum richtigen Zeitpunkt.« Er schwieg einen Augenblick; dann: »Möchten Sie gern wissen, warum man mich so unter Druck gesetzt hat, London zu verlassen?«

»Das haben Sie mir eben erzählt.«

»Es war nur die Hälfte der Geschichte.«

»Und der Rest?«

»Wir mußten weg, weil Julia eine Affäre mit dem Seniorpartner hatte. Seine Frau war damit einverstanden, sich nicht scheiden zu lassen; Bedingung war, daß ich aus der Firma ausscheide.«

Beth starrte ihn an. Sie versuchte das Bild, das Oliver von Julia zeichnete, mit der Frau in Einklang zu bringen, die sie kannte.

»Sehen Sie, er war besser als ich: Viel reicher und viel angesehener. Er hatte einen Landsitz in Sussex, eine Wohnung in London und Landbesitz in Irland. Er fuhr einen größeren Wagen und war kostspieliger angezogen. Natürlich – er war dreiundsechzig gegen Julias einundzwanzig und körperlich nicht besonders begehrenswert. Doch darum ging es nicht. Julia sehnte sich nach Aufmerksamkeit. Mittelpunkt sein, das wollte sie. Mittelpunkt eines jeden sich entfaltenden Dramas.« Traurig schüttelte er den Kopf. »Doch in diesem Fall hatte sie die Rechnung ohne die Ehefrau gemacht, die praktisch vom selben Kaliber war; ich habe nie eine Frau getroffen, die ihr ähnlicher gewesen wäre.« Er nahm die nächste Zigarette heraus und klopfte sie auf der Packung ab.

»Warum haben Sie sie nicht verlassen?«

»Weil ich genauso ein Narr war wie er. Noch immer der verdammte Narr bin, Gott helfe mir. Ich habe sie geliebt.« Er betrachtete seine Hände. »Julia liebt ältere Männer«, stellte er tonlos fest. »Deshalb hätte David kaum etwas Verlockendes für sie gehabt.« Er zeigte mit der noch nicht brennenden Zigarette auf Beth. »Deshalb hätte sie sich auf keine längere Affäre mit ihm eingelassen. Eine Nacht, vielleicht. Durchaus möglich. Aber keine Affäre. David hatte ihr nichts zu bieten – jedenfalls nicht mehr, als sie schon hat.«

Beth holte lange und tief Atem. »Unabhängigkeit«, murmelte sie.

»Verzeihung?«

Sie warf ihm einen harten Blick zu. »Unabhängigkeit«, wiederholte sie. »Mit Geld kann man sich sehr viel Unabhängigkeit erkaufen.«

Oliver lachte kurz auf. »Julia will nicht unabhängig sein«, sagte er. »Selbst wenn David ihr das Geld besorgt hätte, hätte sie es nicht genommen. Ihr ging es nur um das Drama, es zu *fordern.* Wenn das Geld da war – was sollte es ihr noch nützen? Sie wäre nirgendwo *allein* hingegangen. Wie sollte sie auch? Dort hätte sie kein Publikum gehabt.«

»Aber ...«

»Julia braucht ein Publikum, und sie muß ...« Er hob die Hände, verschränkte die Finger. »Sie muß klammern«, sagte er. »Sich anklammern und weinen.«

Kopfschüttelnd rückte Beth von ihm ab.

»Beth, ich denke, Julia ist krank ...«

»Ich will das nicht hören. Ich will nur, daß Sie endlich verschwinden.«

»Und Sie hier allein lassen? Allein mit den Lügen, die Julia Ihnen erzählt hat und die Sie ihr glauben? Glauben, daß ich David irgendwie um sein ganzes Geld gebracht habe ... Denn das hat sie Ihnen doch erzählt, nehme ich an?«

Beth schaute weg. »Julia wollte mit David fortgehen«, sagte sie. »*Und ganz ohne Geld.* Das hat sie mir gesagt.«

Es blieb lange still zwischen ihnen. Als Beth aufblickte, sah Oliver sie völlig ausdruckslos an. »Wir werden es nie erfahren. Denn der einzige Mensch, der es uns sagen könnte, ist tot.«

Endlich stand er auf.

Auch sie stand auf und nutzte die Gelegenheit, noch ein paar Schritte zurückzuweichen; dann wandte sie sich wieder dem Gartenstück unterhalb der Terrasse zu, auf dem sie gearbeitet hatte.

»Beth.«

»Ja?« Sie blickte über die Schulter zurück.

Unerwartet ging er rasch auf sie zu, nahm ihre linke Hand und hielt sie zwischen seinen Händen fest. »Ich weiß, es ist alles schrecklich schwer für Sie, Beth«, sagte er, »und es tut mir so leid, daß ich dazu beigetragen habe. Wir alle machen Fehler, und ich ...«

Sie versuchte ihm die Hand zu entziehen, doch er hielt sie noch fester.

»Wir machen Fehler, das ist nur menschlich«, erklärte er.

Beth schloß die Augen, denn sie war nahe daran, in Tränen auszubrechen. Sie kniff die Lider ganz fest zu, um sie zurückzuhalten. Oliver senkte die Stimme, sprach freundlicher, bedächtiger.

»Wir beide sitzen in einem Boot, Beth«, sagte er leise. »Beide von unseren Partnern betrogen ...«

Er hob ihre Hand und drückte sie an die Lippen. Sie sah ihn eisig an; doch anstatt sie loszulassen, nachdem sie den Kopf gehoben hatte, zog er ihren Arm um seine Taille und kam näher, als wolle er sie in die Arme nehmen. Sie wurde ganz steif, versuchte ihren Arm herauszuwinden. »Mein liebes Mädchen ...«, sagte er.

»Oliver ...«

Er stand nur wenige Zentimeter von ihr entfernt, sein Arm lag um ihre Schultern.

»Wenn Sie und ich ... uns zusammentun würden ... zu einem Team ...«

Sie lachte beinahe. »Zu einem Team – wir beide?«

Er winkte mit der Hand. »Nun ja, sagen wir zu einer Partnerschaft. Nur wir beide.« Er lächelte. »Ich habe Sie sehr gern, Beth.«

Endlich gelang es ihr, ihren Arm zu befreien und sich von ihm loszureißen. Die Berührung seines Arms, der schwer auf ihren Schultern gelegen hatte, hatte sie angewidert. Sie sah ihn voller Abscheu an. »Es ist wegen des Geldes, nicht wahr?« sagte sie. »Damit ich die Sache nicht weiterverfolge. Damit ich nicht herausfinde, was Sie getan haben!«

»Nein, nein ...«

»Ich *werde* es herausfinden. Und Sie werden mich nicht daran hindern. Sie können mir erzählen, was Sie wollen. Mein Vertrauen haben Sie verloren.«

Er zögerte noch einmal einen Moment. »Ich habe Ihr Vertrauen nicht getäuscht«, sagte er. »Von uns dreien bin ich der einzige, der es nicht getan hat.«

Die Hände kurz an die Wangen drückend, wandte Beth sich ab. Sie ging durch den Garten zur Treppe und flüchtete in den Schatten der Bäume.

Oliver sah ihr von seinem höheren Standplatz auf dem Rasen nach, stand da mit leer und nutzlos herabhängenden Händen.

Dann wandte er sich abrupt ab.

# 28

Um zehn Uhr klingelte das Telefon.

Beth war eben aus der Dusche gekommen. Das Telefon stand im Flur auf der Fensterbank.

»Hallo?«

»Hallo. Hier spricht Rhys Owen.«

»O Rhys ...«

»Wie geht es Ihnen?«

»Gut«, sagte sie automatisch. Sie setzte sich auf die oberste Treppenstufe und legte sich den zusammengefalteten Frotteemantel fest um die Knie.

»Mich interessiert nur, wie es bei der Bausparkasse war.«

»Nun, ich habe gesagt, daß ich den Anwalt wechseln werde ...«

»Gut.«

»Er war heute nachmittag hier.«

»Wer?«

»Oliver Woods.«

Eine kurze Pause; dann: »Wozu?«

Sie schüttelte den Kopf, blickte in die schwach beleuchtete Diele hinunter und zur Haustür, wo vor fünf Tagen David gestanden hatte. »Er hat zugegeben, daß er den Antrag beglaubigt hat. David sei mit dem schon unterschriebenen Formular zu ihm gekommen. Er behauptet, völlig unschuldig zu sein.« Sie seufzte. »Und Julia hat mich vor einer Stunde angerufen.«

Am anderen Ende der Leitung runzelte Rhys Owen die Stirn. »Was hat sie gesagt?«

Beth lächelte. »Es war verrückt. Ein total verrücktes Gespräch. Sie erzählte mir, daß Rosie krank ist. Ein Gespräch, wie man es führt, wenn zwischen zwei Menschen alles in Ordnung ist.«

»Krank? Was hat sie denn?«
»Es klang nach Grippe.«
»Warum hat sie nicht einfach den Arzt angerufen?«
»Oh, das hatte sie getan. Sie rief mich nur an, um mich zu informieren.« Beth zwang sich zu etwas, das wie ein Lachen klang.
»Das ist sehr seltsam.«
»Ich weiß. Aber es ist nett, wenn ein anderer es bestätigt.«
»Gibt es jemanden im Dorf, mit dem Sie reden können?«
Beth strich mit der freien Hand über das Treppengeländer und wischte den Staub weg, der sich zwischen den Stäben angesammelt hatte. »Ich kenne niemanden besonders gut«, sagte sie. »Da ich immer gearbeitet habe, hatte ich keine Zeit, tagsüber Freundschaften zu schließen ...«
»Machen Sie ihnen ja nicht auf. Julia und Oliver.«
»Nein.« Ihr Blick fiel auf den Dielenboden, und sie sah, daß hinter der Haustür etwas lag. Sie stand auf, ging, das Telefon noch in der Hand, die Treppe hinunter. »Jemand hat etwas gebracht«, sagte sie. »Bleiben Sie einen Moment am Apparat.«
Am Fuß der Treppe schaltete sie das Dielenlicht ein und sah erstaunt, daß es ein kleines Lederhalsband war. Sie hob es auf.
»Es ist das Halsband meines Katers«, sagte sie.
»Hat er es verloren?«
»Nein.« Und dann, das Halsband in der Hand hin und her drehend, mehr zu sich selbst: »Wie ist er da nur rausgekommen?«
»Vermissen Sie ihn?« fragte Rhys.
Sie dachte nach, versuchte sich zu erinnern, wann sie ihn das letzte Mal gesehen hatte. »Er war heute morgen hier, denke ich ...«
»Haben Sie ihn heute abend gesehen?«
»Nein, doch das ist nicht ungewöhnlich.« Sie seufzte, legte das Halsband auf den Dielentisch. »Merkwürdig ...«

»Tja, ich will Sie nicht aufhalten.«

»Ja. Natürlich ...«

»Aber Sie sind in Ordnung? Deshalb habe ich nämlich angerufen.«

Sie biß sich auf die Lippe und wandte sich vom Telefon ab, als könne er sie sehen. »Ja, vielen Dank.«

»Dann gute Nacht.«

»Gute Nacht, Rhys. Und ...«

»Ja?«

»Nichts. Nur einfach danke.«

Er legte auf.

Sie ging in die Küche, öffnete den Kühlschrank und musterte müde den Inhalt. Sie hatte seit heute morgen bei Rhys nichts mehr gegessen und wußte, daß sie essen mußte. Es klang wie eine komplizierte mathematische Aufgabe. Sie zwang sich, Käse und Salat aus den Fächern zu nehmen, und schnitt sich zwei Scheiben Brot ab; dabei hielt sie sich die ganze Zeit über sehr aufrecht, zwang sich zur Konzentration.

Ihre Gedanken bewegten sich im freien Fall durch unwichtigste Erinnerungen. David, der sich mit der methodischen Langsamkeit, die sie verrückt machen konnte, die Krawatte band. Davids ständig wiederholte Phrasen ... Immer wenn sie ihn fragte, ob er irgend etwas wolle, hatte er gesagt: »Nur ein bißchen.« Ganz gleich, was es gewesen war: ein Sandwich, Sahne auf sein Obst, Zucker in seinen Kaffee, ob er am Abend arbeiten oder im Garten sitzen wolle oder ... Egal was, egal was. Es hieß stets *nur ein bißchen.* Es hätte sein zweiter Vorname sein sollen. Mister Nureinbißchen. Sie lachte heiser auf, hielt abrupt inne und klammerte sich mit einer Miene, die der Verzweiflung nahe war, an die Kante der Arbeitsplatte.

Es war einfach so ...

Es sah ihm nicht ähnlich. Alles. Es sah ihm ganz und gar nicht ähnlich.

»O Gott«, stieß sie hervor. Sie zwang sich, das Sandwich in zwei Hälften zu schneiden, und legte es auf einen Teller. Als sie die Krümel zum Abfalleimer trug, sah sie, daß Chaos' Futternapf noch voll war.

Sie sah ihn unverwandt an. Chaos ging nie, ohne gefressen zu haben; dazu war er zu gierig, zu faul. Seine ganze Welt drehte sich um den Augenblick, in dem sie die Büchse öffnete und seinen Napf auf den Boden stellte.

Sie ging in die Diele zurück, um das Halsband zu holen.

Erst jetzt merkte sie, daß die Tür zu dem Raum, in dem Waschmaschine, Trockner etc. standen, offen war. Es war ein kleiner Raum, ursprünglich eine Spülküche; als sie und David das Haus bezogen hatten, war es ein Abstellraum gewesen, mit einem steinernen Spülbecken und einem Berg alter Kartons. Sie hatten ihn ausgeräumt, eine Toilette einbauen, Waschmaschine, Trockner und ein kleines dreieckiges Spülbecken installieren lassen. Dann hatten auch sie des Lebens Überfluß darin verstaut, so viel, daß sie die Tür immer geschlossen hielten.

Immer ...

Sie stieß sie weiter auf und schaltete das Licht ein. Die Waschmaschine war direkt gegenüber, Toilette und Spüle hinter der Tür. Sie sah sich um, betrat stirnrunzelnd den Raum.

Sie hatte das Gefühl, daß etwas anders war: irgend etwas, das sie nicht benennen konnte. Sie ließ die Augen durch den Raum wandern. Nichts schien verschoben worden zu sein, nichts zu fehlen. Sie nahm ein Tuch von der Fensterbank und begann zerstreut, auf der Fensterbank und in den Regalen Staub zu wischen. Auf dem Boden neben der Toilette war der Stapel Fachzeitschriften und Saatkataloge umgefallen. Sie bückte sich, richtete ihn wieder auf und staubte den geschlossenen Toilettendeckel ab. Ihr fiel ein, daß sie im Haus fast vierzehn Tage nicht mehr saubergemacht hatte.

Sie drückte auf den Knopf der Wasserspülung und polierte das Spülbecken.

Die Spülung funktionierte, das Wasser kam, lief aber nicht ab. Sie hörte es rauschen, hörte, wie die Schüssel sich füllte.

Sie ging zurück und hob den Deckel. Zuerst dachte sie, in der Toilette stecke eine schwarze Plastiktüte; der Boden schimmerte bräunlich-schwarz unter dem Wasser. Doch nur in den ersten Sekunden. Sie bückte sich verblüfft und sah, daß es kein Plastik war, sondern irgendein Stoff, etwas Dickes, Kompaktes. Samt oder Filz.

Das Wasser reichte fast bis zum Rand, und gerade als Beth sich nach etwas umsah, womit sie das dunkle Bündel herausholen konnte, schwamm es an die Oberfläche, befreite sich ein bißchen, und drei starke dunkle Stränge wurden sichtbar. Das Wasser rauschte jetzt ungehindert hinunter. Einen Augenblick hüpfte das Ding geradezu obszön auf der spiralenförmig abfließenden Wassersäule. Im selben Moment begriff Beth, was es war.

»Nein!« schrie sie auf.

Sie sprang von der Toilette zurück, und als das Wasser verschwand, kippte die Gestalt in der weißen Schüssel plötzlich.

»O Gott, o Gott«, flüsterte Beth.

Eine Weile stand sie stocksteif da, von Abscheu und Schock wie gelähmt. Dann wurde sie von Mitleid übermannt. Sie stürzte vorwärts, tauchte beide Hände in die Toilettenschüssel und zog den toten Kater heraus. Die Stränge waren seine Hinterläufe und der Schwanz, leblos und durchnäßt und schlaff, im Wasser gewichtslos. Sie schluchzte, als sie an seinem Körper zog, Wasser wie ein Sturzbach von ihm ablief. Es war qualvoll zu sehen, wie dünn er mit durchnäßtem Fell war.

Als sie zog, rutschte der Leichnam in ihren Händen, und sie mußte die Finger in ihn hineinbohren, um ein wenig Halt zu haben. Endlich hatte sie ihn draußen und legte ihn vorsichtig auf den Teppich. Da lag er nun – Mäulchen offen, Augen offen, die Zähne bloß.

Beth kniete neben ihm nieder, ihr Atem klang wie leises, ruckartiges Stöhnen. Hilflos blickte sie von der Toilette zum Fußboden.

Freiwillig war Chaos nie in Wassernähe gegangen. Von Badezimmern und Spülbecken hatte er sich stets ferngehalten. Hatte nie in der Nähe des Baches gesessen. Er hatte sogar den Rasensprenger verabscheut, seine Schwanzspitze hatte gekränkt und zornig gezuckt, wenn er eingeschaltet war. Es war unmöglich, einfach absolut unmöglich, daß er durch Zufall in die Toilettenschüssel geraten war.

Beth schaute in die Diele hinaus. Sie erhob sich taumelnd und ging nach Luft ringend hinaus. Das Halsband lag noch auf dem Dielentisch. Sie nahm es auf. Der Dorn steckte wie üblich im dritten Loch. Auch bei einem Kampf hätte er es nicht über den Kopf streifen können. Jemand hatte es ihm abgenommen, dann wieder geschlossen und durch den Briefschlitz geworfen.

Oder vielleicht auch nicht.

Wenn jemand ... Jesus, der Gedanke! Allein der Gedanke, daß jemand ins Haus gekommen war und Chaos das angetan hatte ... Er hätte das Halsband mitnehmen können, aber – warum?

Warum hatte er es in der Diele liegenlassen?

Dann schaute sie in den Wirtschaftsraum zurück und wieder auf das Halsband in ihrer Hand – und sie verstand. Es sollte ihre Aufmerksamkeit erregen, sie zur Tür des Wirtschaftsraums führen. Es war ein Hinweis, ein Signal; wer es auch getan haben mochte, er hatte genau gewußt, daß der Raum selten benutzt wurde. Sie hätte Chaos tage-, eine Woche lang nicht gefunden ...

Und man hatte gewollt, daß sie ihn fand.

Unwillkürlich mußte sie wieder an die Vögel denken.

Sie hatte gedacht, er habe sie ins Haus gebracht. Aber …

Sie preßte beide Hände an den Kopf, versuchte Vernunft, eine Form, einen Hinweis in ihre verworrenen Gedanken zu zwängen.

Niemand, gewiß konnte niemand auf der ganzen Welt in ihr Haus kommen; niemand aus dem Dorf, niemand, den sie kannte, konnte so etwas tun – im Heim eines anderen, in *ihrem* Heim … Und jetzt …

Warum *jetzt* …

Abrupt hockte sie sich in der Diele auf die Fersen. Sie war viel zu verängstigt, um in den Wirtschaftsraum zurückzugehen, viel zu verängstigt, um Chaos auch nur anzusehen. Sie fürchtete sich zu sehr, und ihr war zu übel. Wieder diese hochgezogene Lippe sehen müssen; ihn aufheben.

Sie würde ihn anfassen, ihn hinausbringen müssen. Sie würde ihn begraben müssen.

Sie kreuzte die Arme über den Knien und vor ihrem Gesicht. Sofort tauchte vor ihrem geistigen Auge ein Bild von Oliver, Julia und Rosie auf.

»O Gott«, flüsterte sie. »O gnädiger Herrgott.«

## 29

Als Rhys am Sonntagmorgen die Gartenpforte öffnete, hörte er irgendwo in Beths Haus Musik. Alle Fenster waren offen – im ersten Stock schmiegten sich die hellen Vorhänge an die maisgelbe Mauer –, und die Tür und das kleine Oberlicht in der Dachschräge waren ebenfalls geöffnet, entweder um Licht hinein- oder die Töne herauszulassen.

Als er weiterging, begann er zu lächeln, denn er erkannte plötzlich die Melodie. Dinah Washington sang *Come Rain Or Come Shine.* Genußvoll lauschte er eine Weile der prachtvollen Stimme. Der Gegensatz zwischen dem Lied und dem Haus vor ihm, dem verschlafenen Dorf und der grünen Aussicht hätte nicht größer sein können.

Im Garten flatterte, leuchtend weiß in der Morgensonne, Wäsche an der Leine: Laken, Kissenbezüge, Handtücher. Darunter blühten scharlachrote Pelargonien in langen Rabatten. Die Wege waren gekehrt, der Rasen gemäht, der Birnbaum fächerte steif an der Südwand des Hauses aus. Es war ein typisch englischer Sonntagmorgen. Und Dinah Washington sang den Blues von 1954.

Er ging seitlich ums Haus herum und fand die Küchentür weit offen, und als er hineinschaute, wehte ihm der kühle Luftzug ins Gesicht. Im Raum duftete es frisch nach Zitrone und Seife; die Arbeitsflächen waren sauber, nur auf dem Abtropfbrett stapelte sich gespültes Porzellan, ein Berg ineinander verschachtelter Teller, Tassen, Untertassen und Terrinen.

Beth kniete, ihm den Rücken zukehrend, auf dem Boden, einen Eimer neben sich, eine Matte unter den Knien, und wischte das Linoleum energisch mit einem Scheuerlappen.

»Hallo«, sagte er.

Sie hörte ihn nicht. Er wartete noch ein paar Sekunden, bis Dinah zu Ende gesungen hatte. »Hallo«, wiederholte er.

Beth fuhr zusammen. Sie schaute über die Schulter. Die Platte zitterte, wie er jetzt sah, auf einem uralten Plattenteller unter einer zerkratzten Plexiglasabdeckung, knackte und begann *Teach Me Tonight* zu spielen.

Beth stand auf, schaltete das Gerät ab. »Habe ich gefunden«, sagte sie.

»Eine meiner Lieblingsplatten.«

»Tatsächlich?« Sie betrachtete die Plattenhülle, legte sie weg und blätterte mit feuchten Fingerspitzen durch den Rest ihrer Sammlung. »Ich hab' sie auf dem Speicher gefunden«, sagte sie. »Gekauft habe ich sie, als ich noch auf dem College war. Als wir heirateten, sagte David, sie seien zu zerkratzt, um auf der guten Anlage gespielt zu werden. Ich habe sie weggeräumt ...« Sie nahm eine Hülle nach der anderen in die Hand und zeigte sie ihm. Don MacLeans *American Pie;* Menuhin und Grapellis *Fascinating Rhythms;* Bachs *Toccata und Fuge in d-Moll;* Rod Stewarts *Blondes Have More Fun.*

»Eine schöne Mischung«, sagte Rhys.

»Ja«, antwortete sie. »Damals habe ich alles gemocht.« Verlegen band sie die Plattenhüllen wieder zusammen. »Ich hatte vergessen, wie viele Dinge ich damals sehr mochte«, murmelte sie.

Mit einem Nicken sah er sich in der Küche um. »Frühjahrsputz?«

»So was ...«

»So was Ähnliches?«

»Ja.«

Er sah sie eindringlich an. Es ging ihr nicht besser; er hatte gehofft, als er die Musik hörte und sah, wie hart sie arbeitete, daß sie sich vielleicht wohler fühlte. Aber die Zeit, die verstrichen war, war zu kurz. Nein – nicht einmal das. Es war noch immer das Ödland. Sie sah ihn mit spröder Miene an, einer Art Weigerung, etwas an sich heranzulassen.

»Ich habe eine Überraschung für Sie«, sagte er.

»Oh?«

»Im Wagen.«

Sie rührte sich nicht.

»Was ist los?« fragte er.

»Ich hatte schon eine Überraschung«, sagte sie. Sie ging ihm in die Diele voraus. »Schauen Sie.«

Er sah einen schwarzen, in der Mitte gefalteten Müllsack.

»Schauen Sie hinein.«

Er tat es. Es war Chaos' noch immer nasser Leichnam.

»O Gott!« rief er und trat rasch zurück. Blickte zu ihr auf.

»Ich habe ihn gestern abend gefunden. In der Toilette.«

»In der *Toilette?*«

Sie verschränkte die Arme, lehnte sich an die Wand.

»Was ist passiert, zum Teufel?«

»Sagen Sie es mir.«

Er schaute zu der Katze zurück. »Aber Katzen gehen nicht ...« Er sah in ihr Gesicht. »Jemand hat es getan? Ist es das?«

»Mir fällt keine andere Erklärung ein.«

Sie sahen sich lange wie erstarrt an.

»Wer war im Haus? Wer hat einen Schlüssel?«

»Ich habe Helen Pritchard einen gegeben.«

»Die ...«

»Nein, nein. Nicht Helen.«

»Wer dann?«

»Es kann jeder gewesen sein. Ich lasse die Türen oft unverschlossen.«

Rhys sah sie beschwörend an, machte einen Schritt auf sie zu. »Das dürfen Sie nicht mehr«, sagte er. »Wer immer das getan hat ...« Sie blickte auf ihre Füße. »Wissen Sie, wer es war?« fragte er.

»Nein, ich ...«

»Es war doch nicht etwa Julia?«

»Julia. Oliver. Vielleicht.« Ihre Stimme klang tonlos, kalt.

*»Warum?«*

Sie schob sich das Haar aus der Stirn. »Warum das alles? Warum *das alles?* David ... Das Geld ... Als ob die Welt verrückt geworden wäre, *verrückt.* Dauernd denke ich, daß ich bald aufwachen muß. Ich muß aufwachen.«

Er hielt ihre Handgelenke fest, die wild gestikulierenden Hände. »Haben Sie die Polizei verständigt?«

»Um was zu melden? Daß meine Katze ertrunken ist? Sie würden denken, ich sei übergeschnappt.«

»Um zu melden, daß jemand bei Ihnen eingedrungen ist und Ihre Katze getötet hat.«

»Klingt das wahrscheinlich? Ich meine, würden *Sie* mir glauben?«

»Selbstverständlich glaube ich Ihnen.«

Sie lächelte schwach. »Es wurde nichts beschädigt, nichts gestohlen. Wer würde denn in ein Haus einbrechen, um eine Katze zu töten? Ich würde mich nur zum Gespött machen.«

Sie war totenblaß. Er nahm ihren Arm und führte sie ins Wohnzimmer, drückte sie auf die Couch.

»Beth, das gefällt mir nicht. Es gefällt mir ganz und gar nicht«, sagte er.

Sie lehnte sich zurück und schloß einen Moment müde die Augen.

»Sie denken wirklich, Julia oder Oliver könnten so etwas tun?« fragte er.

»Ich weiß nicht, was ich denken soll. Hab' deshalb die halbe Nacht wach gelegen.«

»Es ist doch früher nichts dergleichen passiert, oder?«

Beth zögerte. »Nun ja, nicht genau ...«

»Nicht *genau?* Wie meinen Sie das?«

Sie seufzte. »An dem Morgen, an dem David starb, war ein toter Vogel auf der Veranda. Und vorgestern abend war ein Vogel in der Küche. Ein lebendiger Vogel.«

»War die Tür zu?«

»Ja.«

»Mein Gott!«

»Die Sache ist nur die – ich hasse Vögel. Ich habe sie im Haus und in der Nähe des Hauses gehaßt, schon immer.«

»Wer hat das gewußt?«

»Ich überlege grade. Kann mich aber nicht erinnern, es außer David noch jemandem erzählt zu haben.«

»Julia?«

»Nein, ich glaube nicht. Aber vielleicht hat David es ihr erzählt.« Sie sah ihn an. »Ich frage mich, ob Oliver ...«

»Aber warum?«

»Wegen des Geldes. Um mich so verrückt zu machen, daß ich seinen Schwindel mit dem Geld nicht weiterverfolge.«

Rhys runzelte die Stirn. »Nach dem, was Sie mir sagen, kommt er mir nicht so vor. Zu kalt, zu glatt. So etwas ist – zu fiebrig, zu überhitzt, wissen Sie. Ein Mensch, der völlig überdreht ist. Rachsüchtig.«

Beth schüttelte den Kopf. »Kommt mir wie das Gegenteil vor.«

Rhys wandte den Blick ab. »Rosie könnte es nicht sein?«

»Rosie!«

»Nun. Manche Kinder …«

»Rosie liebt Katzen. Liebt Tiere. Sie ist ein nettes kleines Mädchen. Sie würde nicht im Traum daran denken …«

»Na gut, na gut«, sagte er und hob die Hände.

Sie sah ihn entgeistert an. »Sie hätte ihn nicht festhalten können, sie ist doch erst sechs. Er hätte sich gewehrt …« Sie dachte an Chaos, an seine Trägheit. Seine Bereitschaft, sich aufheben zu lassen, sein Alter. Er hätte sich gewehrt, aber wahrscheinlich nicht sehr.

Längere Zeit blieb es still zwischen ihnen. Beth beugte sich vor, stützte die Ellenbogen auf die Knie und den Kopf in die Hände. Dann blickte sie mit einem tiefen Seufzer zu ihm auf.

»Erzählen Sie mir von Ihrer Überraschung«, sagte sie. »Hoffentlich ist es eine angenehme.«

»Sie ist im Wagen.«

Sie ging in die Küche zurück, nahm den Eimer mit dem Schmutzwasser, trug ihn hinaus und leerte ihn in die Kanalisation.

»Soll ich sie hereinbringen?« fragte Rhys.

»Wenn Sie wollen.«

Sie war dabei, den Kessel mit Wasser zu füllen. Er sah ihr zu, wie sie ihn zum Kochen aufsetzte und dann ein Geschirrtuch nahm, um die Teller abzutrocknen, und merkte, daß sie alles ganz automatisch tat, mit den Gedanken woanders war.

Sie stellte eben zwei Tassen und zwei Teller auf den Tisch, als er vom Wagen zurückkam.

»Schauen Sie, wer da ist«, sagte er.

Sie blickte auf. Er trug Aesculapius auf den Armen. Der Hund nahm heftig Anstoß daran, daß er getragen wurde, und knurrte vor Empörung wie ein kleiner Generator. Sein Abscheu war um so schlimmer, weil er in eine Decke eingepackt war, eine wild gemusterte, mit einem pinkfarbenen Band eingefaßte, wie Frauen sie liebten.

»Er haßt mich wegen der Decke«, sagte Rhys, »aber etwas anderes habe ich gestern im Laden nicht gefunden. Sie würde zu einer trächtigen Yorkshirehündin passen.«

Beth ging zu ihnen und streichelte dem Hund den Kopf. »Armer kleiner Kerl«, sagte sie.

Rhys fühlte, wie sich ihm langsam das Herz umdrehte. Es war eine überaus unangenehme Empfindung – nicht die leichtherzig tänzelnde Erwartung, die angeblich zu Liebe oder Lust gehört. Es fühlte sich an, als werde auf dem Hackblock eines Fleischers ein Stück Fleisch umgedreht.

»Übrigens«, sagte er, »ich muß mich bei Ihnen entschuldigen. Aesculapius war ein griechischer Gott. Die Römer haben sich ihn nur ausgeliehen. Das beweist wieder einmal, wieviel ich weiß.«

Sie lächelte. »Möchte er etwas trinken?«

Rhys verdrängte das Bild eines Herzens unter einem scharfen Messer. Er war von seiner Phantasie überrascht; den genauen Details des Bildes. Die blutlosen Herzklappen und Arterien. Widerwillig betrachtete er Beths Gesicht; als sei sie für die Übelkeit erregende Darstellung verantwortlich. Es bereitete ihm große Mühe, ihr zu antworten.

»Wahrscheinlich.«

»Darf er essen und trinken?‹

»Ja. Er hat die Narkose gut vertragen.

Sie zupfte an der Decke. »Zeigen Sie mir sein Bein.«

Es war mitleiderregend; der Verband sah größer aus als der Hund. Um Liebe bettelnd verdrehte Ace die Augen, und Beth streichelte ihm den Kopf.

»Es tut mir so leid.« Sie schlug die Decke wieder zurück. »Ich möchte den Tierarzt bezahlen. Es war meine Schuld.«

»Nein. Das ist schon in Ordnung.«

»Es ist nicht in Ordnung. Ich bezahle.« Ihr Ton duldete keinen Widerspruch.

Rhys stellte den Hund auf den Boden. Sie brachten ihm eine Schüssel, Ace schlabberte gnädig ein paarmal.

Beth lächelte, als sie aufstand. »Tee oder Kaffee?«

»Kaffee.« Rhys hätte sie um ein Haar geküßt, als sie mit seinen Schultern auf gleicher Höhe war, und wandte sich, im stillen über sich selbst entsetzt, ab. »Ich habe mir überlegt, ob Sie vielleicht gern irgendwohin gehen würden«, sagte er und betrachtete aufmerksam Beths Pinnwand, die Notizen, die Milchrechnung und die Öffnungszeiten der Bibliothek.

Sie schenkte ein. »Wohin?«

»Irgendwohin. Spazieren.«

»Aber Ace kann nicht laufen.«

»Ich kann ihn tragen. Ich habe an Attledene oder Mabberton Park gedacht ...«

»An die See.« Sie hielt ihm eine Tasse hin, und endlich bemerkte er in ihrem Gesicht eine Spur von Interesse, spontanem Interesse. Sie reichte ihm einen Löffel, und als sie sah, daß er untätig blieb, rührte sie ihm wortlos den Zucker in den Kaffee. »Ja, ich denke, ich möchte an die See«, sagte sie.

Gott sei Dank, dachte er.

Sie fuhren nach Abbots Sands. Ein merkwürdig wenig anschaulicher Name für diesen Teil der Küste, zehn Meilen vom Haus entfernt, wo es kaum Sand, aber eine riesige schräg abfallende Kiesbank gab, die sich ein paar Meilen weit erstreckte.

Die Route führte durch welliges Farmland mit tief eingeschnittenen Senken und mit Adlerfarn bedeckten Hügeln. Rechts umrundete die Küste eine weite Bucht, grün und golden über dem Blau.

»Ich denke, das muß eine der schönsten Straßen in ganz England sein«, sagte Beth. »Manchmal komme ich allein hier herauf, nur um zu schauen.«

»Ohne David?« fragte Rhys.

»Er geht – er ist nicht gern spazierengegangen«, sagte sie leise. »Er war kein Freiluftmensch.«

Sie parkten in der schmalen Straße vor dem leeren Strand.

Familien traf man hier kaum, nur Fischer, die von der höchsten, dem Wasser am nächsten liegenden Kiesplattform ihre Angeln auswarfen. Das Land fiel unter den Brechern dramatisch steil ab, so daß ein unvorsichtiger Schwimmer schon anderthalb Meter vom Strand entfernt sofort in tiefes, aufgewühltes Wasser geriet.

Die See war blendend blau, die Luft beinahe kalt, die Brandung makellos weiß. Schweigend wanderten sie mehr als eine Meile am Strand entlang. Schließlich setzte sich Beth und schaute, die Augen gegen das grelle Licht zusammenkneifend, aufs Wasser; dann legte sie sich zurück auf die Steine, schloß die Augen, breitete die Arme aus und vergrub die Hände tief in den kleinen, schimmernden Kieseln.

Rhys setzte sich neben sie.

Der Strand war noch menschenleer; es war erst zehn Uhr.

Rhys legte Ace auf die Decke und sah zu, wie der Hund sich bemühte, aufzustehen, einen Schritt hinkte und dann energisch an den Rand des Wassers pinkelte. Der Lärm der Brandung war ohrenbetäubend; Rhys fühlte, wie der Boden unter ihm vibrierte.

Er schaute zu Beth hinüber und merkte, daß sie ihn beobachtete.

»Wie geht es Ihnen?« fragte er..

Sie setzte sich auf, preßte die Faust an den Hals. »Ich bin zornig«, sagte sie. »Ich wache zornig auf – es *steckt* hier drin.«

Er lächelte, sie tat ihm leid, und er fühlte sich hilflos. Sie seufzte tief und zitternd und ließ die Hände in den Schoß fallen.

»Waren Sie glücklich – vorher?« fragte er.

Er erwartete, daß sie ja sagen, vielleicht ein bißchen weinen würde, um den würgenden Zorn zu demonstrieren, den sie mit sich herumschleppte, wie sie sagte. Statt dessen antwortete sie zu seiner Überraschung: »Ich glaube nicht.« Und dann noch leiser: »Und David war es auch nicht, glaube ich. Mit oder ohne Julia.«

»Wie lange waren Sie verheiratet?«

»Elf Jahre.«

»Eine lange Zeit, um unglücklich zu sein.«

Sie runzelte die Stirn. »Nicht *bewußt* unglücklich.« Sie schüttelte den Kopf, als wiege der Gedanke zu schwer. »Erzählen Sie mir von Ihrer Frau«, sagte sie.

»Chris? Da gibt es nicht viel zu erzählen.«

»Erzählen Sie trotzdem.«

»Nun ...«

»Wie haben Sie sich kennengelernt?«

»Bei einer Tanzveranstaltung im Krankenhaus.«

»Und?«

»Und – wir haben sehr schnell geheiratet. Und das Haus gekauft. Und sie ging ins Ausland. Sehr schnell.«

»Wann?

»Vor zwei Jahren.«

»Warum ist sie ins Ausland gegangen?«

»Sie hatte es satt, für den Staatlichen Gesundheitsdienst zu arbeiten, und wollte in keine Privatklinik, und sie war immer ...« Beth wartete eine Weile, während er nach den richtigen Worten suchte. »... altruistisch, idealistisch. Sie wollte mehr helfen, helfen, wo es wirklich wichtig war.«

»Wie oft kommt sie nach Hause?«

»Nie.«

Beth beugte sich vor, legte die Arme auf die Knie. Rhys ließ Steine aus einer Hand in die andere rieseln und sah sich selbst dabei zu.

»Sie ist noch nie nach Hause gekommen – in zwei Jahren?«

Er blickte zu ihr auf. »O doch, einmal, nach sechs Monaten. Aber nur, um mir zu sagen, sie könne sich nicht vorstellen, je wieder in England zu leben, sehe ihre Zukunft bei ihrer Arbeit in Afrika. Sie hatte jemanden kennengelernt, der auch im Gesundheitswesen arbeitet und sehr«, er zuckte mit den Schultern, »großen Eindruck auf sie gemacht hatte, sehr charismatisch war.«

»Einen Mann?«

»Ja.«

»Ich verstehe.

Rhys begann die Kieselsteine einen nach dem anderen zum Wasser zu werfen; Ace sah aufmerksam zu und winselte bei jedem Stein. »Es ist keine Affäre. Ich denke nicht, daß es eine Affäre ist. Übrigens war er ungefähr vor einem Monat im Fernsehen. In einer Sendung über das Gesundheitswesen in der Dritten Welt, und man hat ihn interviewt ...«

»Ich kann mich nicht erinnern.«

»An ihn würden Sie sich erinnern. Groß, dünn, mit Brille ... Er sieht wie Ihr archetypisches Unkraut aus. Ich fing an zu lachen, als er auf dem Bildschirm erschien. Seinetwegen das ganze Theater, dachte ich, als sie ihn zeigten. Teigig blaß, mit Panamahut, immer wieder den Bund seiner Shorts hochziehend – und ich dachte, nun, Scheiße. Das also ist Jesus Christus, der wundertätige.«

Beth beobachtete Rhys. Er sprach ganz beiläufig.

»Dann fing er an zu reden. Er ist wie einer jener Evangelisten, die Feuer und Schwefel herabbeschwören. Irische Redegewandtheit und eine Stimme wie Richard Burton ...« Er unterbrach sich und begann zu lachen. Neben ihm wedelte Aesculapius mit dem Schwanz. »Am Ende habe ich ihn richtiggehend bewundert«, sagte er leise. »Ich wollte ihn verachten und begann ihn statt dessen zu bewundern, während ich ihm zuhörte. Er war zornig. Kochte vor Zorn, was wir alle tun sollten. Er sorgte dafür, daß etwas getan wurde. Da habe ich verstanden, was es war. Warum Chris zurückgegangen war.«

»Seinetwegen?«

»Nein, nicht nur seinetwegen. Wegen des Unterschieds.« Er hielt inne, preßte die Lippen zusammen.

»Sie wird wiederkommen«, sagte Beth.

»Nein. Sie liebt den Ort. Es ist nicht nur dieser Typ. Sie mag die Menschen da draußen, alle. Sie kommt nicht zurück.«

»Und was ist mit Ihnen?«

»Was soll mit mir sein?«

»Was wird aus Ihrer Ehe?«

Er zuckte mit den Schultern. »Die interessiert sie nicht.«

»Hat sie das gesagt?«

»Nein. Sie ist nur ein zufälliges Nebenprodukt, irrelevant.«

Beth dachte einen Augenblick nach. »War das immer so?«

Er schüttelte den Kopf. »Nein. Nicht am Anfang.« Er blickte auf den Ozean, machte eine weit ausholende Geste. »Ich habe das Gefühl, daß sie fortgerissen wurde. Eben war sie noch da, und im nächsten Moment ist sie, wie durch Zufall, weg.«

»Hören Sie etwas von ihr?«

»Ständig. Sie schreibt jede Woche.«

»Nun, das ist ...«

»Sie schreibt über das Dorf und über das Wetter.«

»Aber sie hält den Kontakt aufrecht. Das muß etwas zu bedeuten haben.«

Rhys hatte angefangen, die Steine über das Wasser hüpfen

zu lassen, anstatt sie hineinzuwerfen, und das war zuviel für Ace. Er stand auf, schleppte sich wie betrunken zum Wasser und hechelte hinter jedem vorbeifliegenden Stein her.

»Kleine Lügen«, murmelte Rhys.

»Wie bitte?«

Er lächelte halbherzig. »Kleine fromme Lügen«, sagte er. »Das Wetter. Die Arbeit. Wie gut es ihr geht. Und wie sehr sie hoffe, daß es auch *mir* gutgeht. Fragen nach den Nachbarn und nach meiner Arbeit. Aber es hat nichts mit ihr zu tun. Es ist nicht *hier* drin.« Er faßte sich kurz an die Brust.

»Tun wir das nicht alle?« fragte Beth. »Das ist doch nur Öl ins Getriebe. Man ist höflich. Es hat nichts zu bedeuten. Es tut nicht weh. Da ist nichts Böses dabei.«

»Nein?«

»Ach, kommen Sie schon. Chris belügt Sie nicht. Sie will nett sein – doch sie lügt nicht.«

Er sah fast verärgert aus. »Aber das ist die schlimmste Art«, sagte er. »Die höfliche Lüge. Die kleine, die einem so schnell über die Lippen geht, die nicht *wichtig* zu sein scheint.«

»Nein …«

*»Ja«,* sagte er eigensinnig. »Wenn ich mit ihr streiten könnte, so richtig streiten, dann wüßte ich wenigstens, woran ich bin. Wenn ich Dampf ablassen könnte. Wenn sie mir in die Augen sehen oder die Wahrheit schreiben würde.«

Beth schwieg eine Weile. Sie dachte an Oliver, dachte daran, daß er ihr in die Augen gesehen, aber alles andere als die Wahrheit gesagt hatte.

Sie sah wieder Rhys an. »Was wird aus dem Haus?« fragte sie. »Wollen Sie es behalten?«

»Keine Ahnung.«

»Warum verkaufen Sie es nicht?« Beth dachte an das Zimmer, in dem sie erst vor kurzem gesessen hatte, und an die Einrichtung, die Rhys' Charakter völlig zuwiderlief.

»Das will ich nicht«, sagte er.

»Sie denken also, daß sie *vielleicht* doch zurückkommt?«

»Nein. Ich will nur ihre Sachen nicht anfassen. Weiß nicht, was ich damit tun soll.«

»Sie lieben sie noch.«

Er antwortete nicht.

Sie legte sich wieder zurück und schaute in den Himmel.

»Es ist, *weil* sie so höflich ist«, sagte Rhys. »Am liebsten würde ich ihr eine runterhauen, offen gesagt. Aber das kann ich nicht, nicht wahr? Das hat nichts damit zu tun, daß man eine Frau nicht schlägt – aber ich kann niemanden schlagen, der recht hat. Kann nicht auf jemanden losgehen, der nie die Beherrschung verliert.«

»Es ist nicht richtig, daß sie Sie verläßt.«

»Aber alles andere, was sie tut, ist richtig. Sie ist ehrgeizig, und sie hat Mut ... Ich käme mir wie Scheiße vor, wenn ich verlangen würde, daß sie zurückkommt.«

Beth blickte noch immer in den ungeheuer weiten, wolkenlosen Himmel. »Dann bitten Sie sie nicht mehr darum«, sagte sie. Sie glaubte, Chris' Gefühle erraten zu können; das Mädchen litt Qualen unter seiner höflichen Schuld. Sie hatte zu einer Lebensform gefunden, die schon immer auf sie gewartet hatte, und erkannte jetzt die Sackgasse, in der sie gesteckt hatte, als sie versuchte, das Richtige zu tun und eine gute Ehefrau zu sein. Jetzt tat sie, was sie wollte. Sie war sogar so weit gegangen, ihn zu heiraten. Und jetzt schrieb sie ihm Briefe.

»Sie glauben nicht, daß es sich überhaupt lohnt?« fragte Rhys.

Beth rieb sich die Augen, ließ dann die Hände sinken und sah, daß er dicht über ihr war. Sie hob die Hand und berührte sanft seine Wange. Er tat ihr unendlich leid.

»Und ...«

Er begann etwas zu sagen, unterbrach sich jedoch und küßte sie plötzlich. Ob es ein flüchtiger Kuß der Anteilnahme oder der Zuneigung sein sollte, war sehr bald nicht mehr wichtig. In dem Moment, in dem sie seinen Atem und seine Haut spürte, schlang Beth ihm die Arme um den Hals, und er preßte sich mit der ganzen Länge seines Körpers an sie. Sie wurde von einer Art blindem Verlangen gepackt, nicht einmal so sehr nach Sex oder Berührung, sie wollte nur diesen Tag hinter sich lassen, herausgeholt werden aus dem tiefen Loch, durch das sie taumelte. Sie war so müde, und sie fror, und sein Gesicht und sein Körper waren so warm ...

Während er sie küßte, glitten seine Hände nach unten, und sie nahm und führte sie; gleich darauf strich seine Hand über ihre Brust. Sie berührte ihn, suchte nach seiner Gürtelspange. Er versuchte ihre Hand wegzunehmen, um ihr zu helfen, um es selbst zu tun, und war dabei gezwungen, den Kopf zu heben. Sie starrten einander sekundenlang an, und plötzlich löste er sich von ihr, rückte von ihr ab auf die Steine.

»Gott, es tut mir leid«, sagte er.

»Ist schon gut ...«

»Es tut mir wirklich so leid.«

»Nein, ich ...« Sie konnte es nicht sagen. Sie konnte nicht sagen, daß sie ihn gewollt hatte. Es war so grotesk, so bald nach David. Über Rhys' Schulter hinweg sah sie, daß jemand den Strand entlangkam; ein Mann und eine Frau, vor denen zwei Golden Retriever herliefen. Die Hunde waren klatschnaß, ihr Fell dunkel und strähnig.

Rhys stand auf.

»Ich will nicht zurück«, sagte Beth, und ihre Stimme verlor sich fast im Donnern des Ozeans.

»Wir sollten aber, denke ich«, antwortete Rhys.

Er nahm Ace vorsichtig auf die Arme und entfernte sich langsam auf dem schmalen, festen Sandstreifen.

Sie sah ihm nach, außer Atem und erstaunt über ihr eigenes Verlangen – und fühlte sich bis auf den Grund ihres Herzens enttäuschend schuldig.

Um elf waren sie wieder vor ihrem Haus.

Als Rhys' Citroën in die Zufahrt einbog, entdeckten sie beide gleichzeitig Rosie, die im steinernen Windfang saß.

Beth stieg aus und rief ihren Namen.

»Hallo«, antwortete Rosie.

Sie gingen beide zur Haustür. »Bist du allein?« fragte Beth.

»Ja. Ich möchte Chaos besuchen.«

Beth und Rhys wechselten einen Blick. »Er ist gerade nicht da«, sagte Beth. »Wo ist Mummy?«

»Zu Hause. Sie ist müde.«

»Ist Daddy auch da?«

»Nein.«

Beth setzte sich auf die steinerne Brüstung, streckte die Hand aus und streichelte Rosies Schulter. »Wie geht es dir heute?« fragte sie.

»Gut.« Rosie blickte nicht auf. »Ich hab' mir gedacht, du hast vielleicht Tee«, sagte sie. »Es ist elf und Zeit fürs zweite Frühstück. Und Chaos ...«

»Oh, und du hättest gern eine Tasse Tee? Oder Orangensaft?«

»Und ein Biskuit.«

»Du hast recht«, sagte Beth und stand lächelnd auf. »Um elf muß man irgend etwas trinken. Und – du weißt nicht, ob dein Daddy zu Hause ist?«

Keine Antwort.

Beth biß sich auf die Lippe. Sie hatte nicht das geringste Verlangen, in die Lodge hinüberzugehen. Zwar hatte sie nichts dagegen, daß Rosie bei ihr war, aber daß die Kleine unangemeldet und so früh am Morgen aufgetaucht war, kam ihr merkwürdig vor. Das hatte Rosie noch nie getan.

»Was macht Mummy?« fragte Beth.

»Sie ist im Bett. Hat sich hingelegt.«

»Ich verstehe.«

Rosie grinste. »Ich hab' mich ganz allein angezogen. Ich hab' mir selber Frühstück gemacht.«

»Nun, du wirst ja wirklich erwachsen. Und Daddy ist nicht da?«

»Ich denke, er ist fort.«

»Heute morgen?«

»Mit dem Wagen.«

»Und ...«

»Ihr war schlecht.«

»Wem? Mummy?«

»Ihr war auf der Toilette schlecht.«

In derselben Sekunde erschien Julia, ging rasch die Straße entlang, schaute ängstlich von einer Seite auf die andere. Ihr Gesicht war vergrämt und blaß, ihre Augen waren müde und hatten dunkle Ringe. Sie sah erschöpft aus. Dann entdeckte sie die kleine Gruppe vor Beths Haus und blieb stehen.

»Rosie!« schrie sie.

Rosie blickte nicht auf.

»Rosie – komm her!«

Julia stand an der Gartentür, versuchte sie zu öffnen und schaffte es nicht, ihre Hand rutschte ab. Sie verlor fast das Gleichgewicht und hielt sich an der Gartenmauer fest.

Sie gingen zur Pforte, und Beth roch schon aus einem Meter Entfernung, daß Julia getrunken hatte.

»Weißt du nicht, daß ich dich überall gesucht habe?« sagte Julia. »Einfach überall.«

»Ich will hierbleiben«, murmelte Rosie.

Julia versuchte sie zu packen. »Du kommst sofort nach Hause. Sofort!«

»Nein!« brüllte Rosie.

Julia starrte Beth böse an. »Wir sind eben erst nach Hause gekommen. Sie hat im Windfang gesessen.«

Julias Blick irrte flackernd von Beth zu Rhys und wieder zurück zu Beth.

Beth wurde rot, sie merkte es selbst. »Das ist Rhys Owen«, sagte sie. »Rhys, das ist ...«

Doch Julia ignorierte sie. Sie hatte Rosies Handgelenk erwischt und zog sie zu sich. »Nein«, wiederholte Rosie. »Nein, nein, nein!«

»Sie kann ein bißchen hierbleiben, wenn du willst«, bot Beth ihr an, zwischen Mutter und Kind hin- und hergerissen.

Julias Miene erstarrte. »Das würde dir so passen, nicht wahr?« sagte sie giftig.

Sie zerrte Rosie von der Pforte weg und auf die Straße. Rosie begann ernsthaft zu schreien. »Du tust mir weh! Du tust mir weh!«

Der Griff um ihren Arm wurde, wenn möglich, noch fester. Beth sah, daß sich um Julias Fingerspitzen herum auf Rosies Haut weiße Ringe bildeten.

»Warte du nur«, sagte Julia in Rosies emporgewandtes Gesichtchen. Dann straffte sie sich, machte kehrt und ging, ihr Kind hinter sich herzerrend.

Anstatt Widerstand zu leisten, trabte Rosie neben ihr her, jammerte und quietschte abwechselnd, das Gesichtchen fragend ihrer Mutter zugewandt. Sie bettelte auf dem ganzen Weg bis zu ihrer Haustür: »Mummy, o Mummy ...«

Rhys stellte sich neben Beth. »Was hätten wir tun sollen?« fragte er.

Beth sah zu ihm auf, verschränkte dann die Arme und blickte den Gartenweg entlang.

»Ich weiß es wirklich nicht«, sagte sie.

# 30

Am Montag kam Helen Pritchard früh zur Arbeit. Vor einem Jahr hatte sie mit Oliver besprochen, daß sie später kommen und länger arbeiten würde und die Stenotypistin den Frühdienst übernehmen sollte. Diese Vereinbarung paßte Helen sehr gut, denn sie konnte, wenn sie um elf kam, sofort mit der Arbeit beginnen, anstatt eine Stunde mit dem Füllen der Kaffeemaschine und dem Sortieren von Post zu vertun.

Doch heute war es anders; Christina hatte Schwierigkeiten in der Familie, und Helen mußte sie vertreten. Schon im ersten Moment, in dem sie von der um acht Uhr morgens noch stillen High Street aus das Büro betrat, wußte sie, daß etwas nicht stimmte.

Eine Sekunde lang glaubte sie, es sei eingebrochen worden. Die Aktenschränke hinter der Rezeption standen alle offen, und der Schreibtisch war mit Papieren übersät. Sie stellte ihre Tasche ab und ging stirnrunzelnd um den Tresen herum. Soweit sie sehen konnte, stammten die Papiere aus den unterschiedlichsten Akten; sie schaute zu den Telefonen hinüber und sah, daß sie ausgehängt waren. Sie zögerte, fragte sich, ob sie sofort wieder hinausgehen und aus der öffentlichen Telefonzelle die Polizei anrufen sollte. Dann tauchte Oliver Woods im Korridor auf.

»Mein Gott, Oliver«, sagte sie, die Hand auf die Brust pressend. Ihr Herz schlug hart. »Sie haben mich zu Tode erschreckt. Ich habe gedacht, man hätte bei uns eingebrochen.«

Er machte ein paar Schritte.

»Doch das ist nicht der Fall, oder?« fragte sie.

»Nein. Nein.« Er kam in die Rezeption. Sie fand, daß er gespenstisch aussah, aber das überraschte sie nicht. Oliver sah oft gespenstisch aus.

»Suchen Sie etwas?« fragte sie. »Kann ich helfen?« Sie griff nach den Papieren, um sie wieder richtig abzulegen, verärgert, daß er ihre tadellos ordentliche Ablage durchwühlt und durcheinandergebracht hatte.

»Bitte lassen Sie alles liegen«, sagte Oliver. Er schob die Papiere zu einem Haufen zusammen. Er roch ranzig und ungewaschen. Sie wich vom Geruch seiner Haut zurück. In der Hand hatte er eine halb abgebrannte Zigarette mit einer langen Asche und schien sich dessen nicht bewußt. Lächelnd drehte er sich um. »Ich suche eine bestimmte Rechnung«, sagte er. »Ich selber habe sie abgelegt, aber wahrscheinlich falsch.«

»Was ist das für eine Rechnung?« fragte sie.

Er antwortete nicht direkt. »Ich finde sie schon noch.«

»Wenn Sie mir sagen, um was es dabei geht, und mir den Empfänger nennen ...«

»Es ist nicht wichtig«, sagte er. Inzwischen hatte er jedes Blatt Papier in der Hand gehabt und schloß die Türen der Aktenschränke.

Sie sah ihn an, unentschlossen, ob sie sein Verhalten ignorieren oder ihn nach dem Grund fragen sollte. Was wußte sie denn, vielleicht war das im letzten Jahr Olivers tägliche Gewohnheit gewesen? Vielleicht traute er ihr nicht und schaute die Akten durch, bevor er mit der Arbeit anfing, überprüfte, was sie getan hatte. Es würde ihm ähnlich sehen.

»Ich setze Kaffee auf«, sagte sie, als sie den Mantel auszog.

Oliver blieb am Rand des Tresens stehen. Er drückte die Zigarette in einem Aschenbecher aus und sie sah, daß seine Hand zitterte.

»Geht es Ihnen nicht gut?« fragte sie.

Er antwortete nicht. Er stützte sich auf seine freie Hand und preßte mit der anderen die Papiere an die Brust. Seine breiten, gelbfleckigen Finger lagen gespreizt auf der Platte aus Kunstleder. Sie hatte den Eindruck, daß er nach Atem rang oder Schmerzen hatte; dann sah sie zu ihrer Bestürzung, daß seine Augen voller Tränen standen. Im ersten Moment fühlte sie sich peinlich berührt. Sie hätte alles darum gegeben, nicht da, nicht nur etwa zwei Meter von ihm entfernt und nicht gezwungen zu sein, auf ihn zuzugehen und ihre Hand auf die seine zu legen. Sie war sich der Intimität dieser Situation nur allzu peinlich bewußt.

»Oliver ...«

Er ließ den Kopf sinken. Sie hatte jetzt die wenigen dünnen Haarsträhnen hinter seinen Ohren vor Augen. Es war, als habe er den Kopf gebeugt, um sich segnen zu lassen; auf der ganzen Welt gab es keine wehrlosere Haltung.

»Oliver«, wiederholte sie, »kann ich irgend etwas tun?«

Zuerst sagte er nichts. Dann hob er den Kopf, sah zu ihr auf. »Ich habe nichts Unrechtes getan, das ist die Ironie des Ganzen«, sagte er vage. »Es sei denn, daß es ein Verbrechen ist, sich wie ein Idiot zu benehmen.« Er bedeckte die Augen mit der Hand.

»Ich verstehe nicht«, sagte Helen, seinen Arm drückend.

Sofort fuhr er in die Höhe, als sei er über die Zärtlichkeit ihrer Berührung entsetzt.

»Es ist nichts, vergessen Sie's«, sagte er und wandte sich abrupt von ihr ab.

## 31

Als Beth am nächsten Morgen aufwachte, war es schon nach acht.

Sie lag da und betrachtete das Fenster, von dem der Vorhang zurückgezogen war. Eine Weile begriff sie nicht, was an der Szenerie draußen so anders war; dann setzte sie sich auf und stellte fest, daß es heller Tag war und nicht das graue Licht der Morgendämmerung, an das sie sich seit Davids Tod gewöhnt hatte. Sie schaute auf die Uhr und rieb sich das Gesicht mit der Hand.

Sie hatte fast zehn Stunden geschlafen, und das war höchst ungewöhnlich. Sie erinnerte sich, am vergangenen Abend in einer Art Betäubung zu Bett gegangen zu sein, sich nackt aufs Bett gelegt und die Decke von Davids Seite über sich geworfen zu haben.

Sie hatte geträumt. Zerfallende Wände und rutschende Fußböden. Zeitungsartikel über Häuser an der Südküste, die sie im Frühling des vergangenen Jahres gesehen hatte; Häuser, die am Rand bröckelnder Klippen schwankten – Gärten und Wege, die sich auflösten, wenn ihre Besitzer sie betraten oder berührten, waren in ihren Schlaf eingedrungen.

Sie war auf einen ihr vertrauten Tisch zugegangen, hatte eine vertraute Tür geöffnet, und sie waren sofort in ihren Händen geschmolzen. Holz und Stein und Ziegel hatten sich in unmögliche flüssige Formen verwandelt. Sie hatte auf einer einzigen kleinen Insel aus festem Boden gestanden, während alles um sie herum zu Vergangenheit wurde, in den Boden schrumpfte, wo das Gras es bedeckte wie eine dicke grüne Fondantschicht, unbeschreiblich glatt. Sie hatte im Gras gelegen und versucht, die Hände in das Grün einzutauchen. Doch es hatte wie grüner Gummi reagiert, hatte nachgegeben, wenn sie drückte, und war zurückgesprungen, wenn ihr Druck nachließ.

Sie beugte sich vor, stützte die Arme auf die hochgezogenen Beine und legte den Kopf auf die Arme. In diesem automatischen, roboterartigen Zustand war sie in ihr gemeinsames Bett zurückgekehrt. Als sie das letzte Mal hier aufgewacht war, hatte sie David beobachtet, der sich am Fenster anzog, sorgfältig das Hemd in die Hose steckte und dabei, mit der Handfläche nach außen, den Hemdzipfel in flache Falten legte.

Sie stand auf und ging langsam in die Dusche.

Nach dem Frühstück setzte sie sich mit ihrem Auftragsbuch, ihrem Terminkalender und dem Telefon ins Wohnzimmer. Ein paar von denen, die sie anrief, hatten von Davids Unfall gehört, sie ließ ein halbes Dutzend Beileidsbezeugungen über sich ergehen und sagte zwischendurch immer wieder: »Vielen Dank.«

»Aber arbeiten werden Sie jetzt nicht, oder?« fragte eine Frau.

»Aber ja, ich arbeite noch. Vielleicht kann ich am Mittwoch zu Ihnen kommen ...« Sie sah den Garten vor sich, eine sehr kleine Parzelle mit einem aufgeschütteten Beet unter dem Fenster, das abgetragen und durch einen Ring aus Steinplatten ersetzt werden sollte; es war ein sonniges Plätzchen, auf dem man im Sommer gemütlich sitzen wollte.

»Aber das kann ich doch nicht verlangen, meine Liebe. Ich habe alles über den Unfall in der Zeitung gelesen und war um Ihretwillen zutiefst erschüttert. Sie müssen sich ausruhen, Kräfte sammeln. Brauchen absolute Ruhe und Frieden.«

»Mrs. Latimer, Sie würden mir einen Gefallen tun.«

»Sie sollten verreisen. Wüßten Sie denn wohin? Irgendwohin, weit weg.«

Beth biß kurz die Zähne zusammen. »Das könnte ich nicht«, sagte sie dann. »Ich würde nach zwei Tagen überschnappen. Ich muß arbeiten.«

»Nun, wenn Sie sicher sind ...«

»Ich komme um neun. Die Steine werden wahrscheinlich etwas früher am selben Morgen oder am Abend vorher geliefert.«

»Sie sollten wirklich nicht ...

»Ist Ihnen neun Uhr recht?«

»Ja, wenn Sie ganz, ganz sicher sind ...«

»Gut.«

»Was werden nur die Leute von mir denken? Sie werden glauben, ich hätte von Ihnen verlangt zu kommen, wie besprochen. Es wäre mir unangenehm, wenn man denken würde ...«

Das also war es. Ihre Sorge galt weniger Beth als dem, was die Nachbarn über sie reden würden. »Ich bin sicher, man kennt Sie besser«, warf Beth ein, wobei sie sich bemühte, mit ruhiger Stimme zu sprechen.

»Nun, meine Liebe ...« Die Stimme der Frau war voller böser Ahnungen, einer Art unterdrückter Angst, daß sie gezwungen sein würde, Beth besonders rücksichtsvoll zu behandeln – wahrscheinlich zu beschwichtigen; mit einem hysterischen Anfall fertig zu werden. Als ob Kummer ansteckend wäre; als ob Trauernde ihren Schmerz überall verstreuten, wohin sie auch gingen. Als zögen sie ihn hinter sich her wie eine Blutspur, ließen ihn auf Sitzen, Tassenrändern und Bestecken zurück, gäben ihn durch die Berührung ihrer Hände weiter.

Kopfschüttelnd legte Beth auf. Am liebsten hätte sie sich eine Tafel mit der Aufschrift SIE KÖNNEN SICH BEI MIR NICHT ANSTECKEN um den Hals gehängt.

Nach einer Stunde hatte sie ihren Terminkalender neu organisiert. Bis zur nächsten Woche waren es zum Glück lauter Jobs, die nicht lange dauerten; dann mußte sie um das Verwaltungsgebäude einer Druckerei am Stadtrand einen Garten gestalten.

Dann war da nur noch eines. Sie würde, beschloß sie, ins Dorf zu der Eiche gehen, die bis zur vergangenen Woche in ihren Gedanken einen großen Raum eingenommen hatte. Sie mußte mit dem Vorsitzenden des Gemeinderats sprechen, einem Oberst im Ruhestand, der auf dem Dorfanger wohnte. In seinem Arbeitszimmer mit den gemütlichen, aber schäbigen Polstermöbeln und den Regalen voller Militaria und Fotografien seines Regiments würde er ihr einen Sherry und eine Tasse Tee anbieten, zusammen mit einer Scheibe frischen Klatsches überzuckert mit Schmähungen anderer Gemeinderäte – und David würde überhaupt nicht erwähnt werden.

Als sie eben gehen wollte, klingelte das Telefon erneut. Seufzend hob sie ab.

»Ja, hallo.«

»Beth ...« Es war Julia.

»Was willst du?«

Es folgte ein ausgiebiges Schweigen. Im Hintergrund glaubte Beth jemanden weinen zu hören – ob es Julia selbst war oder vielleicht Rosie, war schwer zu sagen.

»Beth, ich wollte nur ...« Wieder Stille, wieder ein langer Atemzug.

Beth hielt den Telefonhörer weit vom Ohr ab.

»Leg nicht auf. Beth ...«

»Julia, ich will weggehen.«

»Beth, bitte. Ich wollte nur sagen – wie leid es mir tut – wie ...«

Beth legte auf. Gut fünf Minuten lief sie wütend im Erdgeschoß herum. Dann erhaschte sie im Spiegel einen Blick auf sich selbst. Sie sah völlig außer sich aus, blieb stehen, preßte die Hände auf die Wangen, strich sich das Haar glatt. Denk nicht dran, sagte sie sich. Denk einfach nicht dran.

Langsam ging sie die Dorfstraße entlang, genoß die frische Luft und den leuchtend blauen Himmel, über den weiße Wolken jagten. Fast gelang es ihr, Julia zu vergessen, bis sie, an der Lodge vorbeikommend, auf der Zufahrt einen parkenden Wagen und auf den Eingangsstufen eine Frau sah.

Die Frau drehte sich um und entdeckte sie. »Hallo!« rief sie. »Können Sie mir helfen?«

Beth ging ein paar Schritte die Zufahrt hinauf. Die Frau kam ihr entgegen; sie trug eine Bluse mit Rüschenausschnitt, einen marineblauen Rock und marineblaue Pumps. Beth hatte sie noch nie gesehen.

»Kennen Sie Mrs. Woods?«

»O ja, ich wohne gegenüber.«

»Haben Sie sie heute schon gesehen?«

»Nein.«

Die Frau schnalzte mit der Zunge. »Ich versteh' das nicht«, sagte sie. »Ich bin diese Woche an der Reihe, Rosie abzuholen, und als ich um halb neun hier war, war ich sicher, Rosies Stimme im Haus zu hören, und der Wagen stand auf der Zufahrt, aber niemand öffnete mir. *Sehr* unhöflich. Denn es *war* jemand zu Hause.«

Beth schaute zum Haus. »Jetzt steht kein Wagen da«, sagte sie. »Aber sie muß zu Hause sein.«

»Oh?«

»Nun, ich nehme an, sie ist da. Ich ...«

»Julia sollte um halb elf mit mir in den Club der Ehefrauen kommen.«

Beth seufzte. »Tut mir leid.«

»Das ist sehr ärgerlich«, sagte die Frau.

»Das glaube ich Ihnen.«

»Aber jemand hat das Telefon abgenommen.«

»Wann?«

»Jemand nahm ab, als ich anrief, nachdem ich die Kinder vor der Schule abgesetzt hatte.«

»Nun, sie ...«

»Es wurde abgenommen«, sagte die Frau verärgert, »und ich glaubte Julias Stimme zu hören. Aber als ich mich meldete, sagte keiner was.«

Beth runzelte die Stirn. Woher hatte Julia angerufen, wenn nicht von zu Hause? Die Frau stieg in ihren Wagen und knallte die Tür zu. Als sie den Motor anließ, kurbelte sie das Fenster herunter. »Es ist wirklich sehr ungezogen«, sagte sie und fuhr ab.

Beth sah dem Volvo nach und schaute dann zum Haus hinauf. Obwohl die Vorhänge im obersten Stock geschlossen waren, standen die Fenster weit offen. Unsicher nagte sie an der Unterlippe; dann ging sie seitlich um das Haus herum und sah, daß auch die Tür offen war.

»Julia?« rief sie.

Sie ging weiter und schaute durch das Fenster ins Arbeitszimmer. Es war ungepflegt, mit welkenden Pflanzen auf den Regalen.

»Julia!«

Nichts.

»Rosie.« Sie glaubte, ein Geräusch gehört zu haben. Die Hintertür stand einen Spalt offen. Beth blieb auf der Schwelle stehen und drehte den Kopf hin und her. Es war schwierig, festzustellen, woher das Geräusch gekommen war. Irgendwo lief eine Wasch- oder eine Spülmaschine; sehr schwach glaubte sie das dumpfe Mahlen zu hören.

Sie zögerte wieder, wollte Julia nicht sehen, machte sich aber Sorgen, daß Rosie vielleicht allein war, während Julia wie gestern unpäßlich im Bett lag.

»Rosie ...«

Die Küche war leer; hier war kein Geräusch zu hören; alles war abgeschaltet. Beths Augen schweiften über das ungewaschene Geschirr, die auf dem Tisch unordentlich ausgebreitete Zeitung, die abstoßenden grell pinkfarbenen Fliesen.

Das Geräusch war verstummt. Im Arbeitszimmer und im Flur hatte man es deutlicher gehört. Sie ging zurück und blieb am Fuß der Treppe stehen.

»Rosie!« rief sie.

Nichts von oben. Gewiß würde Rosie ihr antworten, selbst wenn sie krank war. Sie stand völlig reglos da, hielt sogar kurz den Atem an. Das merkwürdige Geräusch war jetzt wieder deutlicher zu hören.

Mit gerunzelter Stirn ging Beth den Weg zurück, den sie gekommen war. Draußen stellte sie fest, daß das Geräusch von der Rückseite des Hauses herkam, aber mehr von einer Seite, aus der Nähe der Garage. Sie rannte los, erste Vorläufer der Angst meldeten sich mit einem Kribbeln in ihrem Sonnengeflecht. Sie bückte sich, um dem tiefhängenden Flieder auszuweichen, der ihre Schultern streifte, während sie zu der kleinen Hintertür des steinernen Anbaus lief, der vor Jahren zu einer Garage umgebaut worden war. Hier war das Geräusch sehr deutlich.

Ein laufender Motor.

Sie wollte die Tür öffnen, doch sie war abgeschlossen. »Julia!« rief sie.

Neben der Tür war ein innen mit Spinnweben überzogenes, sehr schmutziges Fenster. »Julia! Julia!« schrie sie und hämmerte gegen die Scheibe.

Die Bedeutung des laufenden Motors traf sie jetzt wie ein elektrischer Schlag. Sie rannte nach vorn zu dem braun gestrichenen Tor und zerrte an der alten Stahlklinke. Auch das Tor war verschlossen. »O Gott«, flüsterte sie.

Mit vor Angst dröhnendem Kopf rannte sie ins Haus zurück, wählte 999.

»Leitstelle des Notfalldienstes. Wen brauchen Sie?«

»Notärzte. Ich weiß nicht. Feuerwehr. Jemand ist in einer Garage eingeschlossen. Ich höre, daß der Motor läuft.«

»Ihr Name bitte?«

»Mrs. March.«

»Und die Adresse?«

»The Lodge, Girton Marshall. Es ist ungefähr hundert ... Gott ... hundert ... ungefähr hundert Meter von dem großen Baum entfernt. Das Haus hat zwei steinerne Säulen mit steinernen Löwen drauf, die Schilde in den Pranken halten. Es blickt über den Fluß zur Hauptstraße, zur Yeovil Road.«

*Auf der Yeovil Road. Heute morgen bei Stag's Fall, auf der Yeovil Road ...*

»O Gott«, flüsterte Beth wieder. Dann zu dem Fremden am anderen Ende der Leitung: »Ich kann nicht hinein. Alles ist abgeschlossen. Bitte beeilen Sie sich. Das Tor ...«

»Jemand wird sehr schnell bei Ihnen sein.«

Beth ließ das Telefon fallen und lief wieder hinaus. Diesmal ging sie gleich nach vorn zur Garage; von hier führten ein paar Steinstufen in einen Gemüsegarten; neben den Stufen war ein Steingarten. Mit im Hals brennendem Atem riß Beth einen Portland-Stein aus der Terrasse und rannte damit zurück. Der Stein war schwer; im Laufen überlegte sie, ob er vielleicht zu schwer war und sie ihn nicht würde hochheben können.

Sie lief zu dem kleinen Garagenfenster, hob den Stein und schleuderte ihn gegen das Glas. Es zerbrach mit ohrenbetäubendem Lärm, und sofort drang ein Schwall ekelerregender Auspuffdämpfe heraus.

»Julia.«

Beth steckte die Hand durch die zerbrochene Scheibe und tastete nach dem Türschloß. Sie hatte es schnell gefunden und schob den schweren Riegel zurück, doch die Tür ließ sich nicht öffnen. Sie schloß die Augen und versuchte verzweifelt, sich vorzustellen, wie das Schloß funktionierte. Ein viereckiges Metallstück mit dem Bolzen und einem Sicherungshebel, den man hinunterzog, damit der Bolzen sich nicht drehte. Das Glas zerschnitt Beth die Hand, als sie herumtastete, und die Dämpfe hüllten sie ein. Sie fand den Hebel, schob ihn hinauf, drehte den Bolzen und verkrümmte zugleich ihren Körper so, daß sie die Tür aufdrücken konnte. Es gelang.

Sie zog den Arm zurück und stürmte hinein. Der Mercedes war geschickt in einen sehr engen Raum manövriert worden. Wenn überhaupt, benutzte Julia die Garage sehr selten für den Wagen, daher war sie mit allen möglichen brauchbaren und unbrauchbaren Dingen aus Haus und Garten vollgestopft: Eimern, Farbtöpfen, Schachteln, Zeitungsstapeln, Feuerholz, einem Stapel Plastikkästchen, mit denen Rosie einmal gespielt hatte – rot, grün, blau. Beth preßte die Hand auf den Mund und schob sich seitlich zur Fahrertür vor. Der Lärm des Motors in dem engen Raum war so laut, daß ihr fast der Kopf platzte. Sie bückte sich zu dem geschlossenen Fenster auf der Fahrerseite.

Julia saß zurückgelehnt da, den Kopf auf der Lehne des Sitzes, die Hände am Steuer. Sie hatte die Augen geschlossen. Es sah aus, als schlafe sie ganz ruhig. Das Fenster war mit cremefarbenem Isolierband luftdicht verklebt.

Im selben Moment wurde Beth auf etwas Farbiges auf den Rücksitzen aufmerksam. Die Augen zusammenkneifend, würgend und keuchend schaute sie genauer hin. Auf den Rücksitzen lag Rosie, die Füße hochgezogen, ein weißes Plüschkaninchen an die Brust pressend; ihr Mund hing schlaff herunter, die Augen waren halb offen. Sie schien, das sah Beth sofort, tot zu sein.

Verzweifelte Angst schnürte Beth fast die Kehle zu; das Herz hämmerte ihr in der Brust. »O nein«, murmelte sie. »Nein, nein ...«

Sie versuchte die vordere Tür. Verschlossen. Und die hintere. Verschlossen. So schnell sie konnte schob sie sich am Kofferraum vorbei auf die andere Seite. Verschlossen – verschlossen. Vom Auspuff führte ein Schlauch, wie man ihn bei Wäschetrocknern findet, herauf und durch das halb geöffnete hintere Fenster auf ihrer Seite. Beth stand einen Augenblick da und fragte sich, warum die anderen Fenster mit Isolierband verklebt waren, wenn dieses hier weit offen war. Dahinter sah sie Rosies Kopf. Sie versuchte die Hand durchzustecken, aber der Spalt war doch zu schmal, so daß sie den Arm nur bis unterhalb des Ellenbogens hineinzwängen konnte. Ihre Fingerspitzen zuckten hilflos ungefähr dreißig Zentimeter von Rosies Kopf entfernt, der knapp unterhalb der Fensterkurbel lag.

Inzwischen begann auch sie die Wirkung der Auspuffgase zu spüren; ihre Konzentration ließ nach; einen Augenblick lehnte sie sich an die glänzende Wagentür und dachte absurderweise: was für ein wunderschöner Farbton. Ein tiefes Meeresblau. Das Blau tiefen Wassers. Die Beine taten ihr weh, und in ihren Fingern kribbelte es ungefähr so wie am Morgen, wenn man sich nach dem Aufwachen zum ersten Mal streckt. Ihr Herz hämmerte so schwer wie Blei.

Von weit her hörte sie eine Sirene, dann Stimmen auf der Zufahrt. Sie hörte sich eine selbst erdachte Litanei murmeln: »Gott, Gott, Gott ...« Worte, die sich ihr auf die Lippen drängten, ohne daß sie sich dessen bewußt war, während sie sich an der Beifahrertür und um die Motorhaube herumtastete. Das Licht in der Garage war nicht ganz klar, grau, spärlich durchdrungen von den schwachen Lichtstreifen einer Sonne, die aus einer anderen Welt kam – der Welt draußen vor der Tür. Die Motorhaube war heiß und vibrierte. Beth versuchte vorwärtszukommen und sah sich von einem Stapel Pappkartons eingesperrt.

»Bitte«, bettelte sie und wiederholte leise Rosies Namen, die kleinen weißen Finger vor Augen, die sich an den Plüschhasen klammerten.

Ihre Beine gehorchten ihr wie zwei dicke Steinstelzen. In ihrer Oberlippe stach es, als fielen ihr heiße Ascheflocken auf das Gesicht.

Als sie eben anfing, im Zeitlupentempo den Kartonstapel zu überklettern, eine Marionette, die sich durch verdrehte Schnüre hindurchmühte, tauchte der erste Feuerwehrmann auf.

## 32

Die Treppe zum Krankenzimmer war schmal; es war ein altes Krankenhaus mit Anbauten aus den sechziger Jahren, die den viktorianischen Kern umgaben.

Den Arm in einer Schlinge, stieg Beth die Treppe sehr langsam hinauf. Die Schnittwunden in ihrer Hand hatten mit zehn Stichen genäht werden müssen; sie hatte sie nicht gespürt, als sie das Fenster einschlug. Der Verband, den man ihr angelegt hatte, gab ihr das Gefühl, daß der Arm viel größer war als der andere.

Im zweiten Stock wandte sie sich nach links und kam in einen auf Hochglanz polierten, kahlen Korridor mit weißgetünchten Wänden. Ein blaues Schild auf halbem Weg wies den Weg zur Intensivstation.

In der Nähe des Schwesternzimmers sah sie Julia, die noch dieselbe Kleidung trug wie im Wagen – zerdrückten Rock und zerknitterte Bluse. Sie stand stocksteif da und blickte in das Krankenzimmer.

Beth blieb stehen. Sie hatte Rosie sehen wollen, nicht ihre Mutter. Soviel sie wußte, hatte man Julia in einer anderen Abteilung untergebracht. Sie empfand nichts, wenn sie Julia ansah, außer vielleicht staunende Überraschung, daß sie so hart gekämpft hatte, um sie aus dem Wagen zu holen. Es war reiner Instinkt gewesen.

Sie hatte die Frau gerettet, die sie belogen, die ihr Leben gestohlen hatte. Während sie beobachtete, wie das letzte Stück des Verbandes an ihrem Arm befestigt wurde, hatte sie sich ein feines ironisches Lächeln gestattet.

Jetzt stand sie neben Julia. Ein Geräusch zu ihrer Linken lenkte sie ab, sie folgte Julias Blick in das Krankenzimmer.

Völlig reglos lag Rosie im Bett; zwei Schwestern und ein Arzt waren bei ihr. Auf ihrem Gesicht lag eine Sauerstoffmaske und verhüllte ihre Züge bis auf das helle Haar, das auf dem Kissen ausgebreitet war.

Julia begann zu weinen; das Schluchzen schüttelte ihren ganzen Körper. Anstatt das Gesicht mit den Händen zu bedecken, ließ sie die Arme seitlich hinunterhängen und zupfte mit zitternden Fingern an ihrem Rock.

Beth sah sie kalt an. »Wie konntest du nur so etwas tun?« flüsterte sie.

Julia machte sich nicht die Mühe, die Tränen wegzuwischen; sie schien von Medikamenten halb betäubt, nicht ganz bei sich und hielt den Kopf in einem seltsamen Winkel – wahrscheinlich die Haltung, in der sie ihn im Wagen an die Kopfstütze gelehnt hatte, leicht nach hinten geneigt.

»Ich hab' das nie gewollt«, sagte Julia.

»Du hast das *nicht gewollt?*« fragte Beth. »Aber du hast es getan, also mußt du es auch gewollt haben.«

Julia drehte sich um und sah sie an. »O Beth«, murmelte sie. »Du weißt ja nicht – du weißt nicht ...«

Beth ließ sie stehen und ging zur Tür des Intensivraums. Die Patienten waren an ganze Batterien von Apparaten angeschlossen. Rosie teilte ihre Zelle mit einem sehr alten Mann und einer Frau in den Zwanzigern. Die Stille, die von diesen lebenden Menschen ausging, war unheimlich.

Beth machte einen Schritt zur Seite, weil sie fürchtete, im Weg zu stehen.

»Bleib bei mir«, sagte Julia.

Sie legte Beth die Hand auf den Arm, und Beth verzog bei der Berührung vor Widerwillen das Gesicht.

»Bitte ...« In Julias Wange zuckte ein Muskel; Beths Blick fiel darauf und blieb darauf haften. »Er hat gedroht, mir Rosie wegzunehmen«, sagte Julia.

»Was?«

»Er wollte sie mir wegnehmen. Deshalb ...«

»Wer?«

»Oliver.«

Beth schüttelte ungläubig den Kopf. »Wohin wollte er sie bringen?«

»Weg von mir. Er hat gesagt, daß er mich einweisen lassen wird. Ich konnte nicht ... Das verstehst du doch, nicht wahr? Das konnte ich nicht zulassen.«

»Oliver hat das gesagt? Warum?«

Julia nickte. Dann packte sie Beths Handgelenk und sah mit einem mitleiderregenden Blick zu ihr auf. »Rosie ist alles, was ich noch habe«, sagte sie. »Verstehst du? Du – *du* verstehst es ...«

Beth versuchte sie abzuschütteln. »Nein!« rief sie. Ihre Stimmen klangen in dem Korridor wie lautes Kreischen.

»Ich weiß nicht, was ich tun soll«, sagte Julia. »Niemand glaubt mir. Alle glauben ihm.« Sie begann zu lachen. Es war ein schreckliches Lachen. »Doch nicht Oliver Woods, denken alle, er doch nicht, sie ist es, seine Frau, die ist psychisch labil, das erzählt er allen, erzählt ihnen Lügen über mich, und dabei ist es immer er, er ist derjenige.« Julia begann zu klagen wie ein Tier. »*Er* ist der Kranke, *er* ist der Kranke ...«

Leute, die ungefähr dreißig Meter entfernt im Korridor standen, drehten sich nach ihnen um.

»Sprich leise, um Himmels willen«, sagte Beth.

Julia beachtete sie nicht. »Er wird sie mir nicht wegnehmen.« Sie schaute Beth direkt in die Augen. Eine Sekunde lang sah Beth in diesem Blick etwas aufblitzen, das tatsächlich wie Wahnsinn aussah.

Julias klammernde Finger flatterten und zupften an Beths Ärmel und an ihrer Schulter. »Ich weiß nicht, was ich tun soll«, sagte sie, und ihre Stimme brach; sie stotterte bei den einzelnen Buchstaben der nächsten Worte. »Er sagt, ich tauge nicht zur Mutter.«

Beth packte Julias Arme und stieß sie vor sich her zur Wand, wo ein Plastikstuhl stand, der sehr unbequem aussah, aber die einzige sichtbare Sitzgelegenheit war. Sie zwang Julia, sich zu setzen. Eine Krankenschwester war stirnrunzelnd an die Tür des Intensivraums getreten und schien herauskommen zu wollen, um mit Julia zu sprechen, wurde aber wieder hineingerufen. Sie warf Beth einen warnenden Blick zu, als sei es ihre Aufgabe allein, Julia zu beschwichtigen.

»Um Himmels willen, halt den Mund«, zischte Beth. Julias Schluchzen ließ nach, wurde aber zu einem eintönigen Wimmern, das noch viel schlimmer war als ihr Geschrei. »Halt den Mund. Wenn es zwischen dir und Oliver so schlimm steht, warum, verdammt, verläßt du ihn dann nicht? Du hast doch eine Schwester, nicht wahr? Irgendwo in Schottland. Warum gehst du nicht zu ihr?«

»Ich kann nicht, ich kann nicht ...«

»Warum kannst du nicht? Wenn dein Leben so furchtbar ist?«

Julia hörte nicht zu. Sie stützte den Kopf in die Hände und begann im Stuhl vor und zurück zu schaukeln. »Ich weiß nicht, was ich tun soll«, stöhnte sie.

Beth entfernte sich sieben oder acht Schritte. Als sie an der Tür des Intensivraums vorüberkam, erhaschte sie einen Blick auf die rührende kleine Gestalt im Bett und blieb stehen.

Im selben Moment wurde die Feuerschutztür am anderen Ende des Korridors geöffnet, Beth warf einen Blick zurück und sah Rhys. Als er sie erblickte, fing er an zu laufen. Sie schüttelte den Kopf; nicht weil sie ihn nicht sehen wollte, sondern weil sie sich in dieser Situation verloren fühlte und keine Ahnung hatte, was sie als nächstes tun oder sagen sollte – oder ob sie überhaupt sprechen konnte. Immer wieder wallte Zorn in ihr auf. Es war, als sei im Laufe der letzten beiden Tage jeder kleinste Ärger in ihr zu einem einzigen Groll erstarrt.

Sie ging Rhys rasch entgegen.

»Was ist das?« fragte er, ihren verbundenen Arm berührend.

»Ach, nur ein Schnitt.«

»Wir haben oben bei den Ausgrabungen die Sirenen gehört«, erklärte er. »Und wir haben gehört, daß sie ins Dorf fuhren.«

Beth schaute zu Julia hinüber. Sie brachte es nicht über sich zu sagen, was passiert war, und war erleichtert, als Rhys hinzufügte: »Alan Pritchard ist auf den Rise gekommen. Seine Frau ...«

Er unterbrach sich, sah Julia an.

»Ich verstehe nicht, wieso sie ihr erlaubt haben, heraufzukommen«, sagte Beth.

»Wo ist das kleine Mädchen?«

»Im Intensivraum.«

»Wie geht es ihr?«

»Ich weiß nicht ... Sie ist bewußtlos.«

Rhys runzelte die Stirn. »Sie sind so weiß wie ein Laken«, sagte er. »Setzen Sie sich, ich hole Ihnen etwas.«

Beth hielt ihn am Ärmel fest, um ihn am Weggehen zu hindern. »Nein«, sagte sie. »Es geht mir gut. Ich denke, Sie sollten wegen Julia etwas unternehmen. Mit jemandem sprechen. Sie schimpft ununterbrochen auf Oliver und ...«

»Was ist mit ihm?«

»Sie sagt, er hat sie dazu getrieben.«

Rhys hob eine Braue. »Glauben Sie das?«

Sie sahen beide Julia an. Von Kopf bis Fuß zitternd, stand sie in der Nähe der Tür zum Intensivraum und starrte zu Boden.

»Das weiß nur der Himmel«, sagte Beth. »Warum sollte er?«

»Wegen der Sache mit David?«

Beth schloß einen Moment lang die Augen.

»Tut mir leid«, sagte Rhys.

»Es macht nichts.«

»Wollen Sie nach Hause gehen?«

Sie lächelte leicht. »Ich wollte nur nachsehen, wie's Rosie geht. Aber da ist noch Julia, und ich weiß nicht ...«

»Sie sind nicht verantwortlich für sie«, sagte er. »Ich bin überrascht, daß Sie auch nur einen Gedanken an sie verschwenden. Um Himmels willen, haben Sie doch kein Mitleid mit ihr.« Rhys hatte nicht den Eindruck, daß Beth sich noch lange auf den Beinen halten konnte, geschweige denn im Krankenhaus bleiben sollte. Er hätte sie gern am Arm genommen und wäre mit ihr hinausspaziert, doch sie sollte nicht glauben, er wolle sie bevormunden.

Er riß seine Augen von Beth los. Julia kam auf sie zu.

»Helen versucht, Oliver für dich zu finden«, sagte Beth.

Julia erstarrte. »Kommt er her?«

»Helen hat gesagt, daß ...«

»Er kommt her«, sagte Julia und schaute an ihnen vorbei.

»Er ist außer Haus. Sie suchen ihn«, sagte Beth.

Julia packte Beth beim Handgelenk. »Er wird Rosie wegholen«, sagte sie. »Laß es nicht zu, daß er herkommt.«

»Niemand wird Rosie wegholen«, sagte Beth. Und zum ersten Mal an diesem Tag hatte sie Mitleid mit der Frau vor sich, die vor Sorge außer sich war. Julia schien ihre Gedanken zu lesen. Sie bemühte sich unverkennbar, Haltung anzunehmen und sich zu beherrschen. Wieder schossen ihr Tränen in die Augen, doch diesmal wischte sie sie hastig weg. Der Schatten eines Ausdrucks, der nicht ganz ein Lächeln war, huschte über ihr Gesicht.

»Beth«, sagte sie, »ich weiß, du hältst mich für eine schlechte Person. Aber ich weiß nicht, wie man um etwas bittet. Verstehst du? Ich möchte um Hilfe bitten und weiß nicht, wen ...«

Rhys wandte verlegen den Blick ab.

Der Doktor kam heraus zu ihnen. Die Oberschwester folgte ihm, sah einen Moment lang Beth und Julia und Rhys an und begann sich dann auf ihrem Klemmbrett hastig Notizen zu machen.

Der Arzt wandte sich an Julia. »Mrs. Woods«, sagte er, »Sie dürften nicht hiersein. Ich habe Ihnen erklärt ...«

»Ich möchte Rosie sehen«, sagte Julia.

»Mr. Reynolds kommt herauf, um mit Ihnen zu sprechen.«

»Ich will nicht mit dem verdammten Chefarzt reden«, sagte Julia. Ihre Stimme klang nun nicht mehr schwach. Sie versuchte sich vorbeizudrängen. »Ich will mein Baby sehen.«

»Ihre Tochter ist sehr krank.«

Die Oberschwester kam hinzu und hielt Julias Arm fest.

»Könnte sie nicht eine Sekunde hineinschauen?« fragte Beth. »Ich gehe mit.«

Der Doktor zögerte, sah dann die Oberschwester an. »Eine Minute, nicht mehr«, sagte er.

Beth und die Oberschwester nahmen Julia in die Mitte. Sie betraten die Intensivstation und gingen zu Rosies Bett. Rhys blieb an der Tür zurück.

Rosies Haut sah gesund und leicht rötlich aus. Sie wirkte unberührt, wie aus rosigem Glas gemacht. Erstaunlicherweise schien Julia jetzt ganz ruhig zu sein. Ihre Schritte zwischen Tür und Bett waren beinahe munter. Sie beugte sich über ihre Tochter, die Lippen leicht geöffnet, als bewundere sie ein Kunstwerk.

»Wie lange hat es gedauert?« fragte sie Beth.

»Was?«

»Bis du uns gefunden hast.«

»Das weiß ich nicht. Wann seid ihr hineingegangen?«

»Gegen neun.« Ihre Stimme klang gelassen, fast lebhaft.

»Dann waren es zehn Minuten.«

»Nach fünfzehn Minuten wären Sie beide tot gewesen«, sagte die Oberschwester.

Julia sah sie nicht an. »Ich mußte die Fenster verkleben – den Auspuff ...«

Beth sah Rosie an. »Hat sie nicht protestiert? Hat sie gar nichts gesagt?«

»Nein«, antwortete Julia. Sie schaute zu der Schwester und zu Beth hinüber. Plötzlich sackte sie zusammen, bis sie mit dem Bett auf gleicher Höhe war.

Eine Sekunde lang dachte Beth, sie werde auf das Kind fallen. Die Oberschwester dachte offenbar dasselbe; sie riß an Julias Arm, um sie nach hinten zu zerren. Julia hing in ihren Armen, die Knie gaben unter ihr nach.

»Ich hab's nicht so gemeint«, sagte sie. »Es tut mir so leid, Rosie, Rosie!« Es gab einen Moment – eigentlich nur den Bruchteil eines Moments –, in dem die Stimme sich theatralisch hob. Eine Schau, eine Nachahmung von Gefühlen. Aber ihre Tränen waren echt.

»Bringen Sie sie raus«, sagte die Oberschwester.

Beth konnte Julia mit ihrer verbundenen Hand nicht beim Arm nehmen, also warf sie einen bittenden Blick zu Rhys hinüber. Er kam sofort, nahm Julia unter den Armen und versuchte sie aufzurichten, damit sie stehen konnte.

Julias Kopf hing haltlos hinunter. »Erlaubt Oliver nicht, sie mir wegzunehmen«, flüsterte sie.

## 33

Rosie schwebte.

Sie war ein Vogel mit ausgebreiteten Flügeln und schaute auf eine leere See hinunter. Tief unter sich sah sie die Strömung des Wassers so deutlich wie die Umrisse auf einer Landkarte.

Zuerst glaubte sie, es herrsche Stille; dann hörte sie ganz allmählich die auf und ab schwellenden Töne des Windes. Versuchsweise dehnte sie ihre Flügel, entzückt über die neu entdeckte Kraft. Sie liebte Vögel; liebte es, ihre Federn zu berühren. Liebte die seidige Konsistenz von Federn und Fell. Wenn sie die Dinge nicht bekam, die sie mochte, nahm sie sich sie heimlich. Drückte sie ganz fest an sich.

Wenn sie die Höhe änderte, höher oder tiefer flog, veränderten sich die Töne. Luft rauschte an ihr vorbei, als sie sich fallen ließ; während sie wieder hinaufschoß, drängte sie sich innen zu leuchtendem Blau zusammen. Der Raum zwischen Ozean und Himmel flüsterte und wogte.

Sie schaute auf ihre Fingerspitzen und sah ihre Flügel. Sie waren sehr schwarz, von einem schillernden, öligen Schwarz. Sie flog mit langgestrecktem Hals und zog ihren Körper hinter sich her. Füße schien sie keine mehr zu haben, denn sie fühlte sie nicht, fühlte nichts unterhalb ihrer Taille. Sie wurde zu einer geschwungenen Form, nur Brust und Flügel und langer Hals. Sie hatte das Gefühl, meilenweit fliegen zu können. Für immer. Für immer in diesem weinfarbenen Raum mit den leisen, leichten Stimmen und dem sich kräuselnden Wasser tief unten.

Und dann begannen ihre Flügel, sie im Stich zu lassen.

Zuerst war es nicht schlimm; nur die warme Thermik, die sie trug, wurde geringer. Sie drückte mit ihren Flügelspitzenfingern fest zu und spürte, wie ihre Rückenmuskeln sich wölbten. Sie wandte den Kopf nach oben und öffnete den Mund.

Doch die kalte Luft wurde stärker, öffnete sich wie eine Kluft. Jetzt waren es Schatten, die unter ihr hinwegglitten und die See sekundenlang schwarz färbten. Als sie nach vorn schaute, sah sie einen Wirbelwind auf sich zukommen, und ihr Herz schrumpfte und begann in ihrer Brust zu flattern. Sie wußte daß sie früher oder später an den Rand der Spirale kommen würde.

Sie kämpfte, bemühte sich, die Richtung zu ändern, schlug schwach um sich, versuchte den Kopf von den Schatten abzuwenden.

Doch es nützte nichts. Der Strudel war größer und viel stärker als sie. Er machte ein Geräusch. Es war nicht die leise, tröstliche Stimme der warmen Luft, sondern ein hallender, dröhnender Ton. Er war zornig. Er war eisig.

Es war dunkel.

Sie geriet in Panik und versuchte ihre untere Hälfte zu finden, ihren Körper einzusetzen, um sich an dem schmelzenden, sich drehenden Himmel halten zu können. Aber nichts half. Sie wurde eingesaugt und hinuntergezogen.

Sie versuchte sich von einer Seite auf die andere zu winden.

Als sie Atem holen wollte, bekam sie keine Luft; die Dunkelheit hatte sie weggenommen. Sie öffnete den Mund so weit sie konnte, versuchte verzweifelt einen Mundvoll Sauerstoff aus der erstickenden Wolke zu ziehen.

Aber die Dunkelheit schwärmte herein, legte sich ihr auf die Zunge, füllte ihren Hals und ihre Lungen. Ihre Brust brannte. Sie fühlte, wie sich ihr Körper rasch veränderte, die Freiheit der Flügel sich in die Unbeholfenheit von Fleisch und Blut zurückverwandelte.

Sie war sehr schwer, stürzte zur Erde ab. Und sie konnte jetzt das Wasser hören, im Sturm gefangen, brüllte und dröhnte es unter ihr. Sie stürzte direkt in den Abgrund, den der Wirbelwind in die See gegraben hatte. Würde direkt in den eine Meile tiefen Canyon stürzen, den sonst der Ozean bedeckte. Sie würde durch die Wasserröhre stürzen, und wenn sie auf dem Meeresgrund ankam und nicht mehr tiefer fallen konnte, würde der Strudel sich über ihr schließen.

»Rosie«, sagte eine Stimme.

Eine Stimme, die sie nicht kannte.

»Sie hat sich bewegt«, sagte eine andere.

Sie legte sich zurück, und plötzlich rauschte die segensreiche Luft durch sie hindurch. Sie begann zu zittern, hielt aber die Augen geschlossen.

Jemand hatte die See versiegelt und den Wind abgestellt. Sie konnte wieder atmen, und sie war sehr klein.

Aber sie war noch nicht wach.

Sie lag auf dem Rücken und ließ sich tragen, und die Stimmen, die vor ein paar Sekunden so klar gewesen waren, wichen zurück und überließen sie dem Schlaf.

# 34

Es war neun Uhr abends.

Beth saß im Patio und blickte auf die schattigen Felder. Sie saß schon eine Zeitlang so, reglos, den Brief noch in der Hand.

Sie hatte ihn ein paarmal gelesen. Konnte ihn wahrscheinlich inzwischen auswendig. Jetzt betrachtete sie ihn wieder, faltete ihn sorgfältig zusammen und schob ihn in die Tasche ihres Frotteebademantels. Sie war nach ihrer Dusche vor einer Stunde noch barfuß und hatte kalte Füße. Seufzend stand sie auf. Im selben Moment hörte sie, wie jemand die Gartenpforte öffnete.

Schritte näherten sich der Haustür, es wurde geklingelt und dann laut und hartnäckig geklopft.

»Beth!« rief Oliver.

Sekundenlang rührte sie sich nicht; dann ging sie ins Haus und schloß schnell die Tür zum Patio hinter sich ab. Doch sie war nicht schnell genug für ihn. Er kam hinters Haus und öffnete schon die Tür zur Küche, als sie hineinkam.

Er musterte ihre bloßen Füße und den Bademantel. Warf einen Blick auf seine Hand, die auf der Klinke lag, hielt inne, trat dann doch ein und schloß die Tür hinter sich. Beth stellte sich hinter einen Sessel.

»Rosie ist bei Bewußtsein«, sagte er.

»Das freut mich.«

Er sah sie eindringlich an. »Hätten Sie für möglich gehalten, daß sie so etwas tun könnte?« fragte er. »Daß Julia das tun konnte?« Er fuhr sich mit der Hand übers Gesicht. Beth antwortete nicht.

»Darf ich mich setzen?«

»Ich will ins Bett. Mir wäre lieber, wenn Sie gingen.«

Er setzte sich trotzdem. Seine übliche Art müden Sarkasmus' war deutlicher ausgeprägt denn je. Er spreizte die Hände auf der leeren Tischplatte und ballte sie gleich darauf zu lockeren Fäusten. Einen Augenblick später nahm er eine Packung Zigaretten heraus.

»Ich möchte nicht, daß Sie hier drin rauchen«, sagte Beth. Er sah sie durchdringend an, runzelte die Stirn und steckte die Packung wieder in die Jackentasche. Sie wandte sich ab; in ihrer Tasche raschelte der Brief. Sie schaute hinunter und drückte den Handteller darauf.

»Ich habe mir immer gesagt, daß ich mich von Julia nie scheiden lassen werde«, sagte Oliver zu ihrem Rücken. »Doch gegen diese Krankheit kann ich nicht ankämpfen.«

Beth drehte sich um und schaute betont auf die Tür, durch die er hereingekommen war.

»Ich wollte Sie warnen«, fuhr er mit dieser unangenehm monotonen Upper-class-Stimme fort. »Ich habe das Sorgerecht für Rosie beantragt.« Beth war jetzt ungefähr dreißig Zentimeter von ihm entfernt, und er berührte ihren Arm.

Sie sprang zurück, als habe er sie gestochen. Sie schaute ihn an, ging an ihm vorbei und öffnete wieder die Tür. Dann trat sie beiseite. »Ich will, daß Sie gehen.«

Er stand auf. »Aber Sie sehen doch wohl ein, warum ich es tun mußte?« sagte er. »Sie glauben doch bestimmt nicht, daß mir etwas anderes übrigbleibt? Daß ich eine andere Wahl habe?«

»Mir ist egal, was für eine Wahl Sie haben«, entgegnete sie.

»Sie verstehen nicht, was ich gesagt habe. Ich tue es, um Rosie zu schützen. Verstehen Sie? Um Rosie zu schützen.«

Beths Gesichtsausdruck hatte sich überhaupt nicht verändert. »Sie scheren sich einen Dreck um Rosie«, sagte sie. »Und sehen Sie mich nicht so an. Was Sie auch tun, Sie tun es für sich. Ich habe nie erlebt, daß Sie mit Rosie etwas unternommen haben; Sie sind nie zu einem Schulfest mitgegangen;

Sie kennen wahrscheinlich nicht einmal ihr Geburtsdatum genau. Kennen ihre Freunde nicht. Sie sind ein Fremder für sie.«

»Das ist nicht wahr.«

»Ach, wirklich nicht?«

Er starrte einen Moment auf den Fußboden, und seine Augen schweiften über das Muster des Bodenbelags, als müsse er sich orientieren. Dann sah er auf und begegnete Beths gelassen feindseligem Blick. »Ich liebe Rosie sehr«, sagte er.

»Genauso wie Sie Julia lieben? Das haben Sie mir nämlich vor ein, zwei Tagen gesagt. Jetzt lassen Sie sich von ihr scheiden.«

»Das war vor dieser ...«

»Sie werden auf jeden Fall mehr brauchen als das«, sagte sie.

»Mehr? Mehr als was?«

Beths Stimme wurde lauter. »Mehr als Ihren verdammten Sorgerechtsantrag. Woher wissen Sie, daß Rosie zu Ihnen will, wenn sie wieder gesund ist?«

Oliver verschlug es für einen Moment die Sprache. »Ihre Mutter hat versucht, sie zu töten.«

»Das weiß sie nicht«, antwortete Beth. »Wollen Sie es ihr sagen? Wird es ihr helfen, wenn sie es weiß? Das einzige, was sie weiß, ist, daß sie mit ihrer Mummy ins Auto gestiegen und dann eingeschlafen ist.«

»Sie muß die Wahrheit erfahren.«

»Warum? Warum muß sie das? Wird ihr das irgendwie helfen?«

Oliver stand nun ganz nah bei Beth. Sie roch ihn deutlich, roch die Stärke seines Hemdes, vermischt mit dem Schweiß des Tages. Er sah sehr alt aus; alt und ungerührt, sogar jetzt.

»Die Anhörung ist morgen«, sagte er. Beth winkte mit den Händen, um ihn hinauszuscheuchen. Er faßte sie am Arm. »Ich versuche nur, Sie vorzubereiten«, sagte er. »Sie wird herkommen. Der Sozialdienst war bei ihr. Man hat ihr einen Anwalt zugeteilt. Sie wird Hausverbot bekommen.«

»Wieso?«

»Ich möchte, daß Sie vorbereitet sind, weil ...«

»In Ordnung. Soll sie doch.«

»Was?« Vor Überraschung ließ er ihren Arm los.

»Soll sie. Soll sie.«

Einen Augenblick noch stand Oliver aufrecht da, das versteinerte Gesicht unangenehm dicht vor dem ihren. Im nächsten klappte er in der Taille zusammen und schlang die Arme um sich selbst. Es sah aus, als habe ihm jemand einen Faustschlag in den Magen versetzt. Beth trat zurück, erwartete, daß er fiel; dann sah sie, daß das nicht der Fall war, biß die Zähne zusammen und nahm seinen Arm.

»Raus!« sagte sie.

Er weinte.

Sie holte tief Atem. »Ich schere mich einen feuchten Kehricht um Sie«, sagte sie. »Ich will Ihnen nicht zuhören, und ich will nicht wissen, wie oder was Sie über Julia denken. Es ist mir verdammt egal, ob sie sich noch einmal hier zeigt oder ob sie vom Antlitz dieser verfluchten Erde ganz verschwindet.«

Oliver antwortete nicht. Plötzlich faßte sie einen blitzartigen Entschluß und verzog dramatisch das Gesicht. Sie hatte in dieser Sekunde einen Weg gefunden, es ihm heimzuzahlen.

»Falls Julia herkommen und um Hilfe gegen Sie bitten sollte, Oliver, dann werde ich ihr helfen.«

Er strich sich mit der Hand übers Gesicht, seine Finger zupften, als er sich aufrichtete, an der schlaffen Haut unter seinen Augen. »Sie würden Julia unterstützen – gegen mich? Nach dem, was heute war?«

»Genau das habe ich gesagt.«

»Das kann nicht Ihr Ernst sein«, sagte er. »Ich habe Ihnen das Schlimmste noch nicht erzählt.«

»Ich will es nicht hören.«

»Sie will nur auf sich aufmerksam machen. Nur darum geht es.« Sie waren jetzt nur noch wenige Zentimeter voneinander entfernt. Er blickte ihr starr in die Augen. »Ich kann es nicht riskieren, sie je wieder in Rosies Nähe zu lassen«, sagte er. »So ernst ist die Situation. Verstehen Sie? Darum geht es bei dem Verfahren.«

Beth schloß kurz die Augen. »Sie ist krank«, sagte sie leise. »Sie ist ganz offensichtlich krank. Und Sie haben sie da hineingetrieben.«

»Wohin?«

»In ihren Zustand.«

Er sah sie finster an. »Aber genau das sag' ich doch!« rief er. »Genau das versuche ich Ihnen zu erklären. Sie dürfen sich von ihr nicht einreden lassen, daß sie an alldem schuldlos ist. Sie wird sagen, es sei meine Schuld. Aber das ist *nicht wahr* ...«

Beth begann zu lachen. »Sie denken, Julia hat versucht Selbstmord zu begehen, nur um auf sich aufmerksam zu machen? Sie hat versucht Rosie zu töten, um auf sich *aufmerksam zu machen?*« Sie schüttelte den Kopf. »Sie sind genauso verrückt wie sie. Darin steht ihr euch nicht nach. Sie denken wirklich, daß das jemand seiner eigenen Tochter antun würde – aus Geltungsbedürfnis?« Sie wich von ihm zurück. »Ihnen ist einfach nicht klar, wie unglücklich Sie die Menschen machen. Es ist nicht nur so, daß Sie es nicht sehen. Sie können es nicht einschätzen.«

»Aber ich habe Julia nie unglücklich gemacht«, widersprach er. »Es ist eher andersherum.«

Beth machte ein angewidertes Gesicht. »O Gott!«

»Das ist genau das, worüber ich hier die ganze Zeit spreche. Sie hat Sie überzeugt, daß sie das Opfer ist, während ...«

Beth hob die Hand, um ihn zum Schweigen zu bringen. »Julia hat mich gar nicht überzeugt«, sagte sie. »Das haben Sie selbst getan.«

Er sah sie völlig verblüfft an. »Ich verstehe nicht«, sagte er.

»Nein – wie sollten Sie auch? Sie haben von anderen keine sehr hohe Meinung, nicht wahr, Oliver? Sie denken, der Rest der menschlichen Rasse kriecht auf dem Bauch herum, während Sie, der einzige verdammte Primat, aufrecht gehen.«

»Beth!«

Sie nahm den Brief aus der Tasche, riß ihn aus dem Umschlag heraus und fuchtelte damit vor seinem Gesicht herum. »Wissen Sie, von wem der ist?«

»Wie sollte ich?« sagte er. »Woher kommt er?«

»Von Burleigh and Country.«

Seine Augen irrten flackernd zu dem Brief ab und dann zu ihr zurück.

»Ich habe darum gebeten, Davids Konten einzusehen. Die Privatkonten, die nur auf seinen Namen laufen. Es hat nur eine kleine Gebühr gekostet.«

»Das würden sie nicht erlauben.«

»O doch, sie erlauben es. Ich bin seine nächste und einzige Verwandte.« Sie starrte ihn anklagend an, wartete auf eine Antwort. »Sie hatten mir versprochen, Sie würden sich für mich um Davids Finanzen kümmern, nicht wahr?« sagte sie.

»Ja, aber …«

»Haben Sie es versprochen oder nicht?«

»Ja, ich habe es versprochen.«

»Und haben Sie es getan?«

Oliver zuckte zusammen. »Nein.«

Sie nickte heftig. »Nein, natürlich haben Sie es nicht getan«, sagte sie. »Weil Sie es nicht zu tun brauchten, nicht wahr? Warum sollten Sie sich die Mühe machen, etwas herauszufinden, was Sie schon wissen? Und um ganz genau zu sein, Oliver, warum sollten Sie sich die Mühe machen, etwas herauszufinden, das Sie überführen würde?«

Er versuchte nach dem Brief zu greifen; sie wich zurück, damit er ihn nicht erreichen konnte.

»Sie haben doch nicht wirklich geglaubt, daß ich es nie herausfinden würde, oder?« fragte sie. Sie konnte die Tränen der Wut nicht aus ihrer Stimme heraushalten. »Sie ertragen es nicht, nicht wahr, wenn eine Frau einen eigenen Verstand hat? Sie tun alles, um uns schwach zu halten, uns an die Kandare zu nehmen.« Und vor ihrem inneren Auge erschien ein Bild von Chaos, schlaff und hilflos ausgeliefert.

»Beth, das ist reine Hysterie.«

»Ich habe allen Grund, hysterisch zu sein!« schrie sie. »Sie haben Glück, daß ich Sie nicht auf der Stelle umbringe!«

Sie sah ihn mit tiefster Verachtung an, hielt dann den Brief zwischen sich und ihn. »David hatte ein Privatkonto«, sagte sie langsam. »Und er bekam für den Verkauf seiner Aktien 11 223 Pfund. Vor einem Monat, am selben Tag, an dem er Ihnen schrieb, Sie sollten die Aktien aus seinem Testament herausnehmen – den Brief haben Sie mir gezeigt, Oliver –, an *diesem* Tag hat er 11 223 Pfund auf *Ihr* Konto überwiesen.«

Es folgte eine tiefe Stille. Weder Oliver noch Beth rührten sich einen Augenblick. Dann öffnete Oliver den Mund, um zu sprechen. Beth zog hastig den Brief zurück und schüttelte den Kopf.

»Das Geld war David mir schuldig«, sagte Oliver.

Sie schien ihn nicht gehört zu haben; und falls sie es doch getan hatte, verwarf sie die Bemerkung sofort. Sie zeigte schon auf einen anderen Eintrag auf dem Kontoblatt der Bank.

»Sehen Sie das?« sagte sie. »Das ist die Vorauszahlung auf die Hypothek. Das Geld, für das Sie meine Unterschrift fälschten.«

»Nicht *ich* habe sie gefälscht. David ...«

»Hier steht alles schwarz auf weiß. Alle Ihre verfluchten Lügen von dieser Woche.«

»Diesen zweiten Betrag hat er nicht an *mich* ausbezahlt.« Olivers Gesicht schrumpfte plötzlich vor Verzweiflung.

»Hören Sie, wegen dieser elftausend«, murmelte er. »Nun gut. Ich war nicht aufrichtig zu ihnen. David hat mir das Geld aus freien Stücken gegeben; er dachte, er könnte es verdoppeln. Und ich dachte das auch. Wir hatten einen Plan, aber der ist schiefgegangen. Und was Ihr anderes Geld anbelangt, davon weiß ich nichts. David hat mir den unterschriebenen Antrag gebracht, aber er wollte mir nicht sagen, wofür das Geld war.«

Beth verzog ungläubig und empört die Lippen. »Es wurde auf ein ausländisches Konto überwiesen. Nur eine Nummer, kein Name.«

»Das beweist ...

»Es beweist nichts. Außer daß Sie irgendwo im Ausland ein Scheißkonto haben.«

»Ich habe nichts«, sagte Oliver. »Ich bin völlig unschuldig. Ich schwöre es.«

Sie schob ihn beiseite, öffnete die schon geöffnete Tür mit einem Fußtritt noch weiter und blieb auf der Schwelle stehen. »Raus!« sagte sie.

Oliver stand in der Mitte der Küche. Sie sah, daß er zitterte, und packte die Klinke hinter ihrem Rücken fester.

»Zeigen Sie mir wenigstens den Auszug«, sagte er.

»Raus!«

»Ich nehme ihn Ihnen nicht weg. Aber vielleicht erkenne ich die Auslandsnummer, wenn ich sie sehe.«

»Raus!«

Er gab sich geschlagen, kam mit gesenktem Kopf auf sie zu. Als er auf gleicher Höhe mit ihr war und sie sich schon darauf vorbereitete, die Tür hinter ihm zuzuknallen, stürzte er sich auf ihre Hand, die den Brief hielt.

Sie stolperte, brachte aber den Brief hinter ihrem Rücken in Sicherheit. »O nein«, sagte sie.

Sie mußte die Tür loslassen und taumelte, bis sie sich an der Arbeitsplatte neben dem Spülbecken festhalten konnte.

Oliver kam hinter ihr her, versuchte noch immer den Brief zu erhaschen, flüsterte: »Bitte, Beth, bitte ...«

»Nein«, sagte sie. Auf ihrem Gesicht war ein Ausdruck tiefsten Abscheus.

Olivers Entschluß geriet ins Wanken. Er sah ihr in die Augen. »Wenn Sie nur wüßten, wie gern ich Sie habe«, sagte er.

Dann begann wie aus weiter Ferne im Wohnzimmer das Telefon zu läuten.

Es schien einen Bann zu brechen. Oliver straffte sich und trat zurück.

Er ging zur Küchentür und schaute in den Garten, nahm eine Zigarette aus der Packung und steckte sie bedächtig an. Das Tageslicht war fast verschwunden, in den Häusern an der Straße waren schon die Fenster erleuchtet.

In der Dorfmitte hatte jemand im Freien ein Feuer gemacht, und Beth sah die Funken, leuchtende bernsteingelbe Punkte in das drückende Dunkel der Nacht schießen.

»Ich sehe Sie morgen«, sagte Oliver. »Es war David, der Sie betrogen hat, nicht ich«, fügte er hinzu, als er aus dem Haus ins Freie trat.

## 35

»Beth! Beth!«

Es war Dienstagmorgen, Markttag. In Stourminster drängten sich die Leute schon um neun Uhr in der High Street, und Helen Pritchard hatte in der Menge nur einen flüchtigen Blick auf Beth erhascht.

»Beth!«

Die schmächtige Gestalt vor ihr blieb stehen und drehte sich um. Als Helen näher kam, sah sie bestürzt, daß Beth March stark abgenommen hatte, mindestens zwanzig Pfund, schätzte sie. Sie umarmte Beth, während die Leute sich an ihnen vorbeidrängten.

»Ich bin froh, daß ich Sie gesehen habe. Wie geht es Ihnen?«

Beth lächelte. »Ich arbeite.«

»Hier in der Nähe?«

»In der Richmond Avenue.«

»Hören Sie ...«

»Helen, ich bin nicht mehr Olivers Mandantin. Also ...«

»Wissen Sie zufällig, wo er ist?«

»Wieso sollte ich?«

Helen sah sie verblüfft an. »Er war seit voriger Woche nicht mehr im Büro. Und der Buchprüfer war da und hat mich schonungslos ausgefragt.« Ihre Hand griff nervös nach dem Bügel ihrer Handtasche.

Beth sah sie prüfend an. »Ich will nicht unhöflich sein, Helen. Aber ich kann mit Ihnen nicht über Oliver sprechen. Es geht nicht nur um mich. Es geht auch um Julia.«

»Genau.« Helen sah sich um. »Zehn Minuten. Haben Sie zehn Minuten Zeit?«

»Nun ...«

»Trinken wir doch einen Kaffee.«

Gebieterisch nahm sie Beths Arm und führte sie die Straße entlang. Sie gingen in ein Kaufhaus mit einem winzigen Café im zweiten Stock, isoliert zwischen einem Meer von Hüten und teurer Kleidung. Ohne zu fragen, was Beth wollte, bestellte Helen vier kleine Teekuchen, Butter, einen kleinen Berg Marmelade, dazu zwei große Becher Kaffee mit viel Milch, und trug das Tablett zu dem Tisch in der entferntesten Ecke.

»Ich will nicht lange herumreden«, sagte sie, als sie sich setzten. »Schuldet Oliver Ihnen Geld?«

Beth rührte langsam in ihrem Kaffee. »Ja.«

»Ist es viel?«

Beth blickte auf. »Ja.«

Helen schien aufrichtig geschockt. Sie nahm ein Messer, teilte einen Teekuchen und ließ beide Hälften auf den Teller zurückfallen. »Wann haben Sie das erfahren?«

»Helen …«

»Ich spioniere nicht für ihn, Beth. Ich möchte ganz einfach wissen, wo ich stehe.«

Beth trank einen Schluck Kaffee. »Sie müssen wissen, was er getan hat.«

»Aber ich weiß es nicht.« Sie nahm Beths Hand in die ihre. »Ich weiß nichts über Ihr Geld, meine Liebe.«

»Sie sind seine Sekretärin.«

»Seine Teilzeit-Sekretärin«, korrigierte Helen. »Und genau das ist der Punkt. Er vertraut weder mir noch Christina irgendwelche Details an.«

Beth seufzte und schaute auf ihren Teller. »Sofern Sie ihm keine Loyalität schulden, kann ich Ihnen nur raten, kündigen Sie. Und zwar schnell.«

»Ist es so schlimm?«

»Ich denke, ja.«

Helen lehnte sich im Sessel zurück. Sie trug eine sportliche blaue Bluse mit Schleife, die zitterte, als Helen empört Atem holte. Sie war außer sich. »Also ich muß schon sagen, man hat mich, wie es scheint, für eine Idiotin gehalten«, sagte sie.

»Willkommen im Club.«

»Ich dachte immer, daß er, wenn schon nichts anderes, so wenigstens doch ein Gentleman ist.«

Beth lachte zynisch auf. Sie bestrich ihren Kuchen mit Butter und fing an zu essen. Sie nahm das als Frühstück, weil sie vor zwei Stunden keinen Bissen hinuntergebracht hatte.

»Julia war gestern im Büro«, sagte Helen.

Beth schwieg.

»Glauben Sie …« Helen hielt inne. »Ich weiß nicht, ob ich

das sagen sollte«, gab sie zu, »aber denken Sie wirklich, Sie müssen sich da einmischen?«

»Ja.«

Helen musterte Beth sehr sorgfältig. »Ist das klug?«

Jetzt legte Beth ihr Messer aus der Hand; beinahe aufsässig erwiderte sie Helens Blick. »Sie wissen, daß er das Sorgerecht beantragt hat?«

»Nein, das weiß ich ...«

»Also wirklich, Helen!«

»Ich weiß es wirklich nicht. Oliver hat mir nie etwas Persönliches anvertraut, auch früher nicht, als alles noch normal war. Sie glauben, er will das Sorgerecht für Rosie?«

»So nennt man es heute nicht mehr. Es heißt ›Aufenthaltsbestimmungsrecht und Personensorge‹.« Beth schnitt eine Grimasse.

Helen schaute in ihren Kaffee. »Sie ist gestern nach dem Lunch ins Büro gekommen, wollte ihn sprechen. Was konnte ich tun? Sie ist in sein Büro gegangen und hat angefangen, mit Büchern zu werfen; sie war völlig hysterisch. Rosie ist aus dem Krankenhaus abgeholt worden ...«

Beth sah sie einen Augenblick an, preßte die Lippen zusammen und fuhr fort, den Kuchen mit Butter zu bestreichen.

»Wissen Sie, wo Rosie ist?« fragte Helen.

»Das weiß keiner außer Oliver, glaube ich.«

»Wie absolut schrecklich«, sagte Helen. »Wie entsetzlich grausam von ihm.« Gedankenverloren saß sie einen Augenblick da. »Aber ich finde trotzdem, daß Julia selbst ... Nun ja, daß Julia in Behandlung gehört.«

»Man hat den Sozialdienst informiert und ihr einen Ansprechpartner genannt.«

»Das meine ich nicht. Ich meine in stationäre Pflege.«

»In ein psychiatrisches Krankenhaus?«

»Ja, so ungefähr. Sie geben mir doch recht?«

Beth schüttelte den Kopf. »Nein, das glaube ich eigentlich nicht.«

»Aber ...«

»Julia ist nicht verrückt, Helen.«

»Aber Rosie. Sie können doch nicht der Meinung sein, daß man ihr Rosie zurückgeben sollte? Daß Julia sie richtig versorgen würde?«

Beth runzelte besorgt die Stirn. »Nein, wahrscheinlich nicht. Ich bin der Meinung, daß Rosie im Moment bei jemand anders am besten aufgehoben wäre. Bei Großeltern zum Beispiel. Was für ein Jammer, daß beide Großelternpaare nicht mehr leben.«

»Wenn Oliver und Julia zu einer Übereinkunft kämen – vielleicht ein Kindermädchen ins Haus holen würden ...«

Beth lachte. »Das ist kaum wahrscheinlich. Wenn es nach Oliver geht, darf Julia Rosie nie wiedersehen.«

»Aber woher wissen Sie das?«

»Heute vormittag findet eine Anhörung statt.«

»Mein Gott ...«

Beth beugte sich vor. »Es ist eine Sache, zu behaupten, daß Julia derzeit nicht imstande ist, Rosie zu versorgen«, sagte sie. »Und das mag zutreffen. Sehen Sie – ich weiß sehr gut, daß sie nicht Englands Superhirn ist. Sie war *nie* besonders klug.« Sie verzog das Gesicht. »Aber dieses ganze Getue um das, was sie tun würde, besonders das Theater mit Rosie, würde jedermanns Geduld auf eine harte Probe stellen. Aber ... dafür kann man sie nicht bestrafen. Man kann sie nicht dafür bestrafen, daß sie schwach ist, unterdrückt und seelisch mißhandelt von Oliver. Nicht Julia, *Oliver* ist hier die treibende Kraft ... *Oliver* hat sie zu diesem Selbstmordversuch getrieben. Oliver, der sie auch in die Affäre mit David hineintrieb. Und nun, da sie halb übergeschnappt ist, nimmt *Oliver* ihr Rosie weg. Julia einmal außer acht lassend – finden Sie es richtig, daß Rosie ihre Mutter nie wiedersehen soll?«

»Nun – natürlich nicht.«

»Das will er aber.« Beth lehnte sich zurück, nach ihrer Tirade ein wenig außer Atem. »Verfluchter, verdammter Oliver! Er denkt, er ist der einzige Mensch, der zählt. Der einzige Mensch von Wert, der einzige, der vor allen anderen den Vorrang hat.« Sie bedeckte einen Moment lang die Augen mit den Händen und trank dann ihren Kaffee aus.

Helen betrachtete sie eine Zeitlang. Es dauerte, bis sie wieder sprach. »Sie müssen sehr vorsichtig sein«, sagte sie.

Beth hob die Brauen.

»Sie müssen sehr vorsichtig sein, weil Sie selbst sehr verletzlich sind.«

»Ich bin in Ordnung.«

»Nein«' sagte Helen leise. »Sie haben erst vor kurzem Ihren Mann verloren. Sie mögen glauben, daß Sie sich völlig normal verhalten, obwohl Sie in Wahrheit ...«

»Sie halten *mein* Benehmen für irrational?« Beth begann zu lachen. »Mein Gott, Helen ...«

»Hören Sie mir erst mal zu. Ich sage nur, man kann von Ihnen nicht erwarten, daß Sie Davids Tod schon verarbeitet haben, von allem anderen ganz zu schweigen. Ihr Urteilsvermögen ist noch gestört. Sie sollten sich in diese Sache zwischen Oliver und Julia nicht einmischen. Ganz besonders nicht auf Julias Seite.«

Beth dachte eine Weile nach. Dann stand sie auf. »Danke für den Kaffee«, sagte sie.

»Beth, ich versuche nur zu helfen.«

»Ich weiß.«

Helen nahm liebevoll ihren Arm. »Sollen die beiden allein damit fertig werden«, sagte sie. »Halten Sie sich heraus. Ich selbst werde kündigen. Es ist deren Streit, nicht der Ihre.«

Sie waren bei der Treppe angelangt. Beth schaute einen Augenblick hinunter auf die Kauflustigen in den einzelnen Abteilungen und das kleine Stückchen Straße, das man sah.

Sie blickte zu Helen zurück. »Julia ertrinkt«, sagte sie.

»Und Sie wollen mit ihr ertrinken?«

»Das werde ich nicht.«

»Das ist die Gefahr. Genau das ist es, wovor ich Sie so eindringlich warne, die Gefahr ...«

Beth wandte sich ab. »Die einzige Gefahr ist Oliver Woods«, sagte sie. Sie ging weiter. »Und er kommt mir nicht mehr ungeschoren davon – mit nichts.«

## 36

Das im georgianischen Stil erbaute Gerichtsgebäude stand auf einem ruhigen Platz südlich des Stadtzentrums.

Julia kam früh; sie stieg aus dem Taxi, stand länger als eine Minute da und starrte auf die elegante Fassade mit dem Portikus und seinen weißen Säulen. Sie trug ein marineblaues Kostüm, und ihr Gesicht war aschgrau.

Ihr Anwalt John Merrit kam zu Fuß; sein Büro war nur fünf Minuten entfernt, Olivers Büro entgegengesetzt, am anderen Ende der High Street. Sie hob die Hand, und Merrit ging auf sie zu.

Er war ihr vom Sozialdienst zugeteilt worden, doch sie hatten sich schon vorher gekannt; waren sich vor dem gestrigen Tag zweimal bei gesellschaftlichen Anlässen begegnet, und sie erinnerte sich sehr genau an ihn, an seine helle Haut, die hellen Haare und die blaßblauen Augen. Sie erinnerte sich, daß er über die breite Dinnertafel hinweg einen Witz erzählt hatte, aber die Pointe, das Wichtigste, war ihr entgangen.

Er reichte ihr die Hand. »Wie geht es Ihnen?«

»Wie spät ist es?« fragte sie.

Er schaute auf seine Uhr. »Viertel vor.« Er bedachte sie mit einem professionell beschwichtigenden Lächeln. »Haben Sie im Queens ein Zimmer bekommen?«

»Ja«, sagte sie.

»Und haben Sie geschlafen?«

»Ja.«

»Gut.«

Sie wandte den Blick ab, schaute zu Boden.

»Sollen wir hineingehen?« fragte er.

Sie sah ihn an, zog den Schulterriemen ihrer Tasche durch die Finger, hin und her, hin und her, rührte sich jedoch nicht von der Stelle. Merrit nahm sanft ihren Arm und schob sie ein bißchen vorwärts.

Sie gehorchte.

Das Gebäude war innen so schön wie außen. Sie kamen in ein großes rundes Foyer mit einem auf Hochglanz polierten dunklen Boden. Unmittelbar vor ihnen verzweigte sich eine mit einem tiefroten Teppich belegte, breite Treppe auf der Höhe des ersten Stockwerks nach links und rechts. Darunter führten zwei Korridore an luxuriös gepolsterten und mit tiefrotem Stoff bezogenen, breiten Sitzbänken vorbei. Es sah aus wie in einem diskreten Nobelhotel. Sie hätten ein Liebespaar sein können, das sich heimlich hier traf.

»Es ist oben«, murmelte er.

Liebende, die ins Bett stiegen, durch Blut wateten. Sie hatte das Gefühl, man presse ihr die Luft aus den Lungen. Sie klammerte sich an seinen Arm, voller Furcht vor dem Augenblick, in dem sie oben ankamen.

»Raum vier«, sagte er.

Sie blieb stehen. »Ist es kein Gerichtssaal?«

»Nun schön, Sitzungssaal vier. Aber ganz formlos. Keine Perücken oder Talare.«

Sie wünschte, er hätte ihr das schon gestern gesagt; es war nicht so beunruhigend. Sie entspannte sich ein bißchen, nahm sich die Zeit, sich in einem hohen Spiegel zu betrachten, zu denken, daß sie recht gut aussah. Zurückhaltend und ruhig. Sie hatte das Beruhigungsmittel genommen, zu dem John Merrit ihr geraten hatte, und die Welt hatte weiche Ränder und ein glänzendes, klares Zentrum. Die vorbeiziehenden Gesichter sahen aus wie mit dem Fischaugenobjektiv aufgenommen.

Vor der Tür schloß sie die Augen, um diesen Eindruck zu verdrängen.

Oliver war schon im Gerichtssaal, er kehrte ihr den Rükken zu. Neben ihm saß sein Anwalt und hinter ihnen die Frau vom Sozialdienst, an die Julia sich aus dem Krankenhaus erinnerte. Als Julia eintrat, drehte sich die Frau um, und ein Mann an ihrer Seite, den Julia noch nie gesehen hatte, legte ihr die Hand auf den Arm. Sie sah wieder nach vorn.

Sie gingen zu dem Tisch gegenüber und setzten sich. Merrit nahm Papiere aus seinem Aktenkoffer. Seine Bewegungen waren entspannt, sogar munter. Er hatte dem Gerichtsdiener zugelächelt und die Gruppe auf der anderen Seite des Saales mit einem leichten Hochziehen der Brauen begrüßt. An seinem kleinen Finger blitzte ein Siegelring, als er in den Akten blätterte, die er auf den Tisch gelegt hatte. Jetzt neigte er den Kopf und flüsterte Julia zu: »Sie wissen, daß das ein Bezirksrichter ist.«

Wie gestern versuchte er ihr zu erklären, was passieren würde. Auch sie neigte den Kopf ganz dicht zu ihm, und das Gefühl wurde stärker, daß sie beide Verschwörer waren, die einen Betrug ausheckten. Über seinem Kragen – einem gestärkten Kragen mit einer Krawatte in grellem Pink und Blau – pulsierte leicht das Blut. Dicht über dem Kragen hatte er einen winzigen Schnitt vom Rasieren. Sie hatte das Gefühl, daß sie ihn im geheimen intim kannte. Sie blickte auf, an ihm vorbei und Oliver direkt ins Gesicht.

Ihr Mann sah sie an.

Sie öffnete den Mund; er wandte sich ab.

Sie schaute an den beiden Gerichtsdienern vorbei und dachte daran, wie er vor zehn Jahren gewesen war. Und bei Rosies Geburt. Im Urlaub, mit einem tief in die Augen gezogenen Khakihut. Sie dachte an seinen Schreibtisch und an ihr gemeinsames Schlafzimmer.

Hinter ihnen wurde die Tür zum Korridor geschlossen.

Der Richter kam herein.

Es war eine Frau; ungefähr fünfzig; dunkles Haar mit grauen Strähnen, straff zurückgekämmt und am Hinterkopf zu einem Knoten geschlungen. Dankbar ruhte Julias Blick auf ihr. Hier war eine andere Frau. Vielleicht eine Mutter. Hier war der Hafen im Sturm.

Olivers Anwalt begann: »Madam, wir beantragen ...«

Ruhe durchflutete Julia plötzlich; ihre Wärme löste den Knoten in ihrem Magen und rieselte ihr durch die Arme. Sie beugte sich vor, legte den Kopf in die Hand und stützte erleichtert den Ellenbogen auf. Sie war überzeugt, daß es nun, da die Zeit gekommen war, kein wie auch immer geartetes Argument gab, das sie von Rosie fernhalten konnte. Die Gewißheit schien in ihrem Kopf zu summen. Lächelnd strich sie sich mit der Hand über die Stirn.

»Ist das ein einvernehmliches Verfahren?«

»Nein«, sagte John Merrit.

»Wie ist die Position des Sozialdienstes?«

»Wir haben bisher noch nicht ausreichend recherchieren können. Der Selbstmordversuch hat erst gestern morgen stattgefunden. Wir haben eine einstweilige Verfügung zum Schutz des Kindes in Erwägung gezogen ...«

»Niemand braucht sie zu schützen«, sagte Julia.

Merrit griff nach ihrer Hand. »Sprechen Sie jetzt nicht«, sagte er.

»Es ist nicht nötig mein Kind zu schützen«, sagte sie lauter.

Oliver sagte leise etwas zu dem Mann an seiner Seite. Julia

erhob sich halb von ihrem Platz. »Es ist nicht nötig, meine Tochter zu schützen«, sagte sie. »Ich bin eine gute Mutter, ich ...«

»Setzen Sie sich«, sagte ihr Anwalt.

»Setzen Sie sich, Mrs. Woods«, sagte die Richterin.

Es war eine laute, sogar schroffe Zurechtweisung, und Julia sah sie zornig an. Sie sank auf ihren Stuhl zurück.

»Ich vertage und verweise den Fall an ein ordentliches Gericht«, sagte die Richterin.

Der Gerichtsdiener stand auf.

»Was hat sie gesagt?« wandte Julia sich an John Merrit.

»Einen Moment bitte«, murmelte er.

»Was hat sie gesagt?«

»Ich habe es Ihnen erklärt, nachdem wir hereingekommen waren.«

»Sie haben gesagt ...«

Die Frau vom Sozialdienst sah sie hart an.

»Bitte warten Sie einen Moment«, wiederholte Merrit beharrlich.

Julia starrte Oliver an. Sie dachte daran, aufzustehen, zu ihm zu gehen und seinen Arm zu nehmen. Aber er saß zurückgelehnt auf seinem Stuhl, die Hände über dem Bauch gefaltet, den Kopf leicht zurückgelegt, die Augen geschlossen, als schlafe er. Absolut beherrscht. In sich ruhend.

»O mein Gott«, murmelte sie, und seine Sorglosigkeit und das Entsetzliche der ganzen Situation kamen ihr erneut zum Bewußtsein. »Ich halte es hier nicht aus«, flüsterte sie.

»Wir müssen heute nachmittag wiederkommen«, sagte John Merrit.

Ihr Kopf fuhr herum. »Was?«

»Heute nachmittag. Der Fall wird an ein ordentliches Gericht verwiesen. Wir müssen um halb vier im Landgericht sein.« Die Leute standen auf; als die Frau vom Sozialdienst vorbeiging, wich Julia absichtlich ihrem Blick aus.

Ein anderer Fall wurde aufgerufen, und die anderen kamen schon herein, als sie hinausgingen. Julia fand sich hinter Oliver wieder. John Merrit ergriff ihren Ellenbogen und führte sie hinaus.

»Halb vier?« fragte sie verwirrt. »Aber warum?«

»Heute nachmittag«, sagte er.

Sie kamen an die Tür, durch die sie vor kaum fünf Minuten eingetreten waren. Julia blieb stocksteif stehen, runzelte die Stirn, griff sich an die Kehle. Verwirrung überkam sie, drohte sie zu ersticken.

»Heute um halb vier?« fragte sie.

Gegen Mittag fuhr Beth ins Dorf zurück. Auf dem Kamm des Hügels mußte sie an einer breiteren Stelle der Straße einen entgegenkommenden Wagen abwarten. Sie ließ die Augen über die Landschaft schweifen und hielt bei der eine Viertelmeile entfernten Ausgrabungsstätte auf der anderen Seite des Hügels inne. Dann legte sie den Gang ein.

Als sie in die Ausgrabungsstätte einbog, sah sie Rhys im ersten Moment nicht. Der ihr inzwischen vertraute weiße Citroën parkte quer vor dem Eingang. Sie stieg aus und sah, daß am entgegengesetzten Ende der Absperrung eine Gruppe von Leuten sich offensichtlich nach einer Besprechung auflöste. Alan Pritchard war unter ihnen; mit rotem Gesicht kam er auf Beth zu.

»Möglicherweise können wir schon nächste Woche anfangen«, sagte er. »Es gibt doch noch Wunder.«

»Gut ...«

»Dann habe ich die Bank auch nicht mehr am Hals.« Er lächelte. »Wie geht es Ihnen?«

»Ich bin okay.«

»Helen hat gesagt ...«

Sie hob abwehrend die Hand. »Ich weiß, was Helen gesagt hat. Sie hat mich heute morgen in der Stadt abgefangen.«

Aus den Augenwinkeln beobachtete sie Rhys, der, ihr den Rücken zukehrend, auf das Feld blickte, das an die Ausgrabungsstätte grenzte.

»Sie passen auf sich auf?« sagte Alan.

Sie drückte seinen Arm. »Ja. Danke.«

»Passen Sie jetzt auf, wohin Sie treten. Die schießen, wenn Sie auch nur an der falschen Stelle atmen.«

Sie gehorchte. Rhys schaute sich um, als sie sich um die letzte der freigelegten Grabstätten herumschlängelte.

»Sind Sie fertig?« fragte sie.

»Meinen Sie heute oder hier?«

»Heute.«

»Nein. Ich mache nur eine Lunchpause.« Er lächelte und drehte sich ganz herum, um sie anzusehen. »Wie geht es dem kleinen Mädchen?«

»Das weiß ich nicht.« Sie schaute auf ihre Füße und dann wieder ihn an. »Heute ist eine Anhörung. Oliver versucht das Sorgerecht für Rosie zu bekommen und Julia das Haus zu verbieten. Ich kann mir nicht vorstellen, daß sie überhaupt begreift, was vorgeht.«

Rhys pfiff leise vor sich hin.

Beth trat neben ihn, lehnte sich an den Zaun und schaute auf die weite Fläche grünen Getreides vor ihnen. Es war Gerste, die langen Grannen begannen sich allmählich gelb zu färben und bewegten sich fast wie hypnotisiert in der leichten Brise, eine halbe Meile üppiger, wogender Haare.

»Ich muß dauernd an David denken«, murmelte sie.

»Nun, das ist nur natürlich ...«

Sie unterbrach ihn: »Ich frage mich, was er mit Julia tun würde.«

»Warum etwas tun?«

Sie sah ihn eindringlich an. »Weil er sie geliebt hat, genug geliebt, um alles zu verlassen und mit ihr wegzugehen.«

»Nun ...«

»Und er würde nicht ...« Sie unterbrach sich und zupfte an einem Splitter in der obersten Latte der Umzäunung. »Er würde sie nicht leiden sehen wollen«, sagte sie.

Rhys antwortete nicht. Als sie zu ihm aufblickte, starrte er sie ungläubig an. »Habe ich richtig gehört?«

Sie wartete einen Moment, sagte dann: »Oliver war gestern abend bei mir und wollte mich davor warnen, Julia zu helfen.«

»Sie *warnen?*«

»Die alte Holzhammermethode.«

»Hat er Ihnen etwa gedroht?« fragte Rhys jetzt besorgt.

»Nein – nicht direkt. Obwohl ich ihm gesagt habe, daß ich, wenn es hart auf hart kommt, Julia gegen ihn unterstützen werde.«

»Warum?«

Sie lächelte schwach. »Weil ich gestern einen Brief von der Bausparkasse bekommen und erfahren habe, wohin ein Teil von Davids Geld gewandert ist.«

»Und?«

»Auf Olivers Konto.«

»Mein Gott!«

»Sie sehen also ...«

»Können Sie es zurückbekommen?«

»Ich werde tun, was ich kann. Doch das ist nicht alles. Der Rest wurde auf ein ausländisches Konto überwiesen.«

»Auf Olivers?«

»Wollen Sie wetten?«

Er schüttelte den Kopf. »Nein. O Gott!« Er überlegte kurz. »Aber warum?«

»Warum was?«

»Warum hat Ihr Mann Oliver so viel Geld gegeben?«

»Oliver behauptet, David hätte es freiwillig getan«, sagte Beth. »Doch wer weiß, was wahr ist? Oliver hat David wahrscheinlich gedroht, ihn in seinen eigenen Betrug zu verwickeln, weil er die Konten überprüfte. Vielleicht auch, um Oliver daran zu hindern, mir von seiner Affäre mit Julia zu erzählen.«

»Sie denken, David hatte solche Angst davor gehabt, daß Sie davon erfahren?«

»Ich glaube«, sagte sie nach einer Weile, »daß David zwischen die beiden geriet und sie ihn zerquetscht haben.«

»Julia auch?«

»Julia, weil sie so verdammt hilflos ist. Ich kann mir vorstellen, daß David dafür sehr empfänglich war.«

»Aber so viel Geld!«

Sie seufzte. »Ich denke, Oliver hat ihn so weit getrieben, bis er mit seiner Weisheit am Ende war und nur noch einen Ausweg wußte – mit Julia wegzugehen. Bis er überhaupt nicht mehr rational handeln konnte. Das denke ich.«

Beth drehte sich wieder zur Ausgrabungsstätte um. Flüsternd stieß sie Olivers Namen hervor, wie einen Fluch; ein einziges Mal.

Sie blickte auf eine Stelle in der Nähe des Zauns hinunter, wo gegraben worden und der Mutterboden tiefer war als sonst und die Steigung des Hügels in Gefälle überging. Sie holte tief Atem, versuchte den Gedanken an Oliver abzuschütteln, den Zorn, der allmählich ein Loch in ihr Inneres brannte. »Ich habe ihn bei seinem Berufsverband angezeigt«, flüsterte sie. »Also werden wir was erfahren.«

Sie streckte sich und konzentrierte sich auf den Graben vor sich, atmete tief ein und füllte sich die Lunge mit der reinen Luft.

»Was ist das?« fragte sie und zeigte auf die aufgewühlte Erde.

Seine Neugier zügelnd, wandte Rhys zögernd den Blick von ihr ab und der Ausgrabung zu. »Wir haben heute einen kleinen Versuch unternommen«, sagte er. »Einen nutzlosen, wie ich hinzufügen muß.«

»Und wozu?«

»Wir haben nach irgendeinem Zeichen von Besiedlung gesucht.«

»Nach einem Haus, meinen Sie?«

»Ja.« Er schob die Hände in die Taschen. »Wir haben uns eigentlich an einen Strohhalm geklammert. Aber ich bekomme keine Erlaubnis, im Feld zu graben, also ...«

»Warum wollen Sie denn in dem Feld graben?«

»Wir hatten ein paar Hinweise darauf, daß es hier eine Siedlung gab«, antwortete er. »Da ist so 'n alter Knabe bei uns aufgetaucht, der früher auf der Farm gearbeitet hat. Er hat uns erzählt, er habe Spuren in der Erde entdeckt.«

»Wann?«

Er schnitt eine Grimasse. »Nun ja, nach dem letzten Krieg. Vor ungefähr fünfzig Jahren, als er hier ein Wäldchen rodete und umpflügte. Er sagt, er hat Keramikscherben und Tierknochen gesehen.«

»Ist das gut?«

»Ja, wenn man nicht weiterpflügt. Haben Sie eine Ahnung, wie kostbar und selten angelsächsische Töpferwaren sind? Sie zerfallen in gepflügter Erde. Sie haben sie nicht bei hohen Temperaturen gebrannt, wenn Sie also ...«

»Hier, in diesem Feld?«

»Er hat es nicht für wichtig gehalten. Hat nie jemandem davon erzählt.«

»Was für ein Jammer«, sagte sie.

Als Antwort verzog Rhys leicht seine Lippen.

»Wo sind jetzt Ihre Skelette? Die Gräber sind leer.«

»Bei uns und im Museum. Dort fängt erst die richtige Arbeit an.«

»Wie viele waren es am Ende?«

»Sieben.« Er kickte einen kleinen Stein vor sich her. »Wie viele Häuser will Alan hier bauen?«

»Acht.«

Rhys stieß einen Laut aus, der irgendwo zwischen Empörung und Resignation lag.

»Sie mögen das zwanzigste Jahrhundert nicht besonders, wie?«

»Oh, ich weiß nicht. Aber ganz bestimmt werden wir keine so imponierenden Knochen hinterlassen.«

»Wieso nicht?«

»Was wird man finden, wenn man Sie ausgräbt?«

»Mich?«

»Ich sage es Ihnen. Weniger als nichts, weil wir nicht daran glauben, daß wir irgendwohin gehen. Vielleicht findet man Ihre Zahnfüllungen, das Amalgam. Vielleicht ein paar Plastikgelenke? Eine Menge Degenerationskrankheiten und – wenn noch Mageninhalte zu finden sind – eine dicke Schicht aus Zucker und Fett.«

»Oh.«

»Und wenn hier die Häuser verfallen, einen unbezahlbaren Schatz an PVC-Fensterrahmen und eine Million ebensolcher PVC-Fensterrahmen von den Shetlands bis zu den Scilly-Inseln.«

»Vergessen Sie nicht die hundert Milliarden Einkaufstüten aus dem Supermarkt.«

»Die auch. Und in tausend Jahren wird in dem herrlich klaren und sauberen Wasser in Wookey Hole pures Nitrat sprudeln.«

Er wischte sich die Hände an der Hose ab, holte seine Schlüssel aus der Tasche und reinigte sie von der weißlichen Erde, die an ihnen klebte.

Beth wandte den Kopf zum ersten Grab. »Aber so absolut großartig war es auch nicht, oder?« fragte sie. »Das edle angelsächsische Erbe. Was war mit dem Mann mit der Axt im Kopf?«

Rhys nickte zustimmend. ›Das ist es ja, was an dieser Ausgrabungsstätte so interessant ist«, sagte er. »Bis jetzt hat man die meisten gewaltsam Getöteten auf ehemaligen Schlachtfeldern gefunden. Ascheschichten und viele tote Männer. Einen einzelnen Mann zu finden, der mit der Axt erschlagen wurde …«

»Woran wohl die Frau gestorben sein mag?«

»Vielleicht finden wir es heraus. Man weiß nie, wann man Glück hat.« Er lehnte sich an den Wagen und lächelte ihr zu. »Seit einer Stunde träume ich von Fisch und Chips«, sagte er. »Fisch und Chips und einem eingelegten Ei.«

»O nein!«

»Ein Ei in einem Pint Bitterbier eingelegt. Haben Sie das schon mal gemacht?«

»Warum sollte ich? Warum sollte das irgend jemand tun?«

»Eingelegtes Ei, Fisch und Chips, zwei Gürkchen und hinterher – drei Ananaskrapfen.«

Beth zog ein Gesicht, das deutlich sagte: *jetzt reicht's.*

»Ach, übrigens«, fügte Rhys plötzlich hinzu, »Wollten Sie heute nicht arbeiten? Machen Sie blau?«

»Als ich eben die ersten Platten legen wollte, erklärte mir Mrs. Latimer, sie wolle doch eine andere Form und müsse das mit ihrem Mann besprechen.« Beth spreizte die Hände. »Also bin ich nach Hause gefahren.« Sie begann zu lächeln. »Auf einen Salat.«

»Was ist mit den Chips?«

»Kartoffeln. Vielleicht.«

»Doch nicht kalt?«

»Ganz kalt.«

»Brr.«

»Das ist sehr gesund.«

»Es ist verdammt ungesund. Wieviel Salat?«

Sie deutete eine große, gehäufte Schüssel an. Er rümpfte die Nase.

»Hören Sie«, sagte sie, »wollen Sie etwas zu essen oder nicht?«

Er grinste, öffnete seine Wagentür.

»Ich fahre hinter Ihnen her.«

Als sie vor dem Haus hielten, klingelte drinnen das Telefon.

»Mrs. Latimer hat es sich wieder anders überlegt«, sagte Beth, ging in die Diele und deutete an, daß Rhys den Kessel aufsetzen sollte. Sie nahm ab. »Hallo.«

Einen Moment lang meldete sich niemand. Dann kam eine Frauenstimme.

»Beth – ich bin's, Julia.«

Beth lehnte sich mit dem Rücken an die Wand, hielt den Telefonhörer zwischen Ohr und Schulter eingeklemmt und schloß die Augen.

»Er hat Rosie geholt.«

Beth sagte noch immer nichts.

»Ich bin im Krankenhaus. Wollte sie besuchen. Er hat mit keinem Wort gesagt, was er getan hat, obwohl er im Gericht war.«

Beth hatte sich auf die Lippen gebissen, antwortete aber noch immer nicht.

»Wir müssen heute nachmittag noch einmal hin. Ich versteh' es nicht, ich ...« Julia brach die Stimme. »Ich bin vor einer Stunde hergekommen und in ihr Zimmer gegangen, und sie haben mir gesagt, daß sie sich erholt hat, aber – sie haben sie nicht hierbehalten. Sie haben sie entlassen.«

Beth hatte jetzt die Augen geöffnet. Rhys kam an die Tür und fragte lautlos: *Wer ist es?*

»Weißt du, wo sie ist?« fragte Beth. »Hat man es dir im Krankenhaus gesagt?«

Julias Stimme wurde zum Schrei. »Ich weiß es nicht. Ist sie dort?«

»Was, hier?«

»Im Dorf? Im Haus?«

»In meinem Haus?«

»Nein, in meinem.«

»Das weiß ich wirklich nicht. Wieso sollte ich? Warum kommst du nicht her und schaust nach?«

»Weil sie versuchen, mich vom Haus fernzuhalten. Mein Anwalt sagt, es ist für mich das beste, nicht ins Haus zu gehen. O Gott ...« Beth hörte sie weinen.

Beth nahm kurz den Hörer vom Ohr, um einen klaren Kopf zu behalten, um der Hysterie zu entgehen, die durch die Leitung auf sie einstürmte.

»Hör zu, ich bin sicher.

»Gehst du und siehst nach?«

»Tut mir leid.«

»O Beth, bitte – ich flehe dich an! Bitte geh hin und schau nach, ob sie im Haus ist. Ich muß wissen, wo sie ist.«

»Aber ...«

»Du brauchst nur zu klopfen und zu fragen. Könntest du nachsehen, ob Oliver da ist?«

»Ich bin nicht besonders scharf drauf, Oliver zu sehen, Julia.«

»Ich weiß.« Stoßweises, hilfloses Atmen. »Beth – ich will dich nie wieder um etwas bitten. Werde nie wieder mit dir sprechen, wenn du nicht willst. Ich werde tun, was immer du willst, aber bitte, nur heute, nur dieses eine Mal, *bitte* ...«

»Na schön, na schön.«

Rhys stand dicht neben ihr und versuchte mitzuhören. Beth legte die Hand auf das Mundstück. »Was kann ich tun?«

Er zuckte mit den Schultern.

Sie legte den Hörer wieder ans Ohr. »Also gut, ich gehe.«

»O danke! Oh, ich danke dir so sehr!«

»Ich rufe zurück. Wo bist du?«

»Im Krankenhaus, in einer Telefonzelle ...« Sie gab Beth die Nummer.

»Es wird zehn Minuten dauern.«

»In Ordnung. Danke, ich danke dir, Beth ...«

»Warte dort.«

Beth legte auf und schnitt eine Grimasse. »Tja, was sollte ich tun? Sie haben sie gehört.«

»Soll ich mitkommen?«

»Würden Sie?«

Er nahm ihren Ellenbogen. »Kommen Sie, bringen wir's hinter uns.«

Sie gingen zur Lodge und sahen schon im ersten Augenblick, daß niemand da war. Sie klopften an die Haustür, und dann schaute Rhys durch ein Fenster im Erdgeschoß.

Beth ging seitlich um das Haus herum und kämpfte mit Mühe die Erinnerung an den gestrigen Tag nieder. Wieder klopfte sie an die Seitentür. Keine Antwort. Alles still.

Als sie wieder nach vorn kam, sagte Rhys: »Kein Wagen in der Garage oder auf der Zufahrt.«

Sie stützte die Hände in die Hüften.

»Er hat seine Tochter wirklich aus dem Krankenhaus geholt, und man hat es zugelassen?« fragte Rhys.

Beth zuckte mit den Schultern. »Er muß sie davon überzeugt haben, daß Rosie bei ihm sicherer ist als in Julias Reichweite.«

»Vielleicht stimmt das sogar.«

Beth legte den Kopf schief. »Sicherer bei Oliver?« Verzweifelt fuhr sie sich mit den Fingern durch das Haar. »Mein Gott, ich muß Julia zurückrufen. Muß ihr sagen, daß Rosie nicht hier ist.« Sie stöhnte leicht auf. »Sie wird völlig durchdrehen.« Sie seufzte. »Es hat vorhin schon schlimm genug geklungen.«

»Das ist nicht Ihr Problem.«

»Nein, ich weiß ...«

»Es ist *wirklich* nicht Ihres.«

Sie wandten sich von dem stillen Haus ab.

»Sie müssen Oliver für absolut zuverlässig gehalten haben«, sagte Rhys.

Beth schnaubte verächtlich.

»Ich meine zuverlässig, wenn es sich um Rosie handelt«, fuhr er fort. »Das Krankenhaus, die Polizei, die Leute vom Sozialdienst ... Glauben Sie nicht?«

Sie blickte zu Boden, versuchte nicht einmal zu antworten.

Rosies Gesicht verfolgte sie.

## 37

Eines der Hauptprobleme war, stellte die Polizei hinterher fest, daß sie Lilian Davis nicht dazu bringen konnten, stillzusitzen.

Auf einen Stuhl verfrachtet, sprang sie schon einen Augenblick später wieder auf; sie zitterte nicht und war auch nicht aufgeregt, wie man es eigentlich erwarten konnte. Sie war voller Energie. Als habe der Tod ihres Bruders sie mit Leben erfüllt.

Ihr Lächeln verriet tiefste Zufriedenheit. Sie stolzierte durch das schäbige Wohnzimmer, nahm Dinge in die Hand, stellte sie wieder ab; die Nippessachen, die Kissen, die Zeitschriften. In einem Winkel lag Arthurs Brille, ein Metallbügel verdreht, ein Glas zerbrochen. Neben dem Brillengestell waren zwei kleine runde Blutstropfen.

Lilian gefiel der jüngste Polizeibeamte; der Detective Constable, der kaum ein Wort sprach. Sie packte ihn am Arm, zerrte ihn mit sich herum, widersetzte sich seinen Bemühungen, sie aufzuhalten und zum Sitzen zu bewegen.

»Ich werde es verkaufen«, erklärte sie ihm gerade, als der Doktor eintraf. »Wieviel, denken Sie, krieg' ich dafür?«

»Wo ist er?« fragte der Doktor an der Tür.

Die Beamten im Flur und im Wohnzimmer zeigten in die Küche. Lilian hielt in ihrem erregten Monolog kaum inne. »Ich schätze achtzig«, sagte sie. »Vielleicht neunzig. Ich will nicht viel. Wer es kauft, kann es renovieren.« Sie grinste. »Ich will keine solche Bruchbude«, erklärte sie ihrem unwilligen Begleiter. »Er wollte sie, seine Doreen wollte sie, vor Jahren. Ich war das Hausmädchen, die Krankenschwester, wissen Sie, ich wurde nicht gefragt. Mein Stil ...« Sie strich sich das Kleid mit dem geradezu grotesken Muster, rot auf grünem Grund und aus Nylon, glatt. »... ich hätte lieber ein Cottage, wissen Sie? Ich wollte schon immer ein Cottage.«

»Und Jesus hat geweint«, sagte der Doktor.

Lilian umfaßte den jungen Mann fester. »Ich hätte es ohne Hilfe nicht tun können«, sagte sie.

»Hilfe?« Es wurde sofort still im Raum.

»Oliver. Mein Anwalt.« Sie seufzte, als habe sie den Namen eines Liebhabers ausgesprochen. »Er hat mir immer mit Arthurs Angelegenheiten geholfen.« Sie sah sich um. »Er hat gewußt, daß es nicht richtig war. Der einzige, der es *sehen* konnte.«

Sie schaute an sich hinunter, ihr Blick ruhte auf ihren Händen, als sei sie von dem leuchtenden Muster darauf fasziniert.

»O ja«, murmelte sie anerkennend. »Er hat mich ermutigt, wissen Sie? Mir bei allem geholfen ...«

Die beiden Männer in der Diele, die müde an der Tür lehnten, wechselten einen Blick.

»Gibt es ihn wirklich?« fragte einer. »Diesen Oliver?«

»Ruf an und finde es heraus«, sagte der andere.

# 38

Die Anhörung um halb vier war in einem ganz anderen Gebäude. In einem Kasten aus den sechziger Jahren am Stadtrand, einem Dschungel aus staatlichen und lokalen Behörden. Auf dem Schild mit dem Verzeichnis der Büros hätte man den Titel der Gerichte leicht übersehen können.

Auch die Atmosphäre im Gerichtssaal war anders. Julia spürte die Spannung fast wie eine körperliche Barriere, als sie wartend in einem hohen weißen Raum saß, in den der Verkehrslärm von draußen kaum gedämpft hereindrang.

Sie blickte zu Olivers Anwalt hinüber, der jetzt aufstand, um zu sprechen, verabscheute ihn und verabscheute seinen Upper-class-Akzent. Olivers Gruppe strahlte verhaltene Überlegenheit aus, eine Art kolonialer Mentalität von alten Schulen und Fair play. Sie hatte das Gefühl, verloren zu haben, bevor es überhaupt angefangen hatte; verloren, weil sie nicht aus der richtigen Kaste stammte.

Olivers Anwalt schilderte die Ereignisse vom Tag vorher.

Diesmal war der Richter ein Mann: ein großer Mann von etwa sechzig Jahren, mit vorstehenden Brauen und dunklen Haaren. Er trug eine Brille mit halbmondförmigen Gläsern, sah jedoch nicht den Anwalt an; er schaute nach unten.

»Mutter und Kind wurden um neun Uhr vierzig ins Krankenhaus eingeliefert; Mrs. Woods erlangte das Bewußtsein bereits in der Notaufnahme wieder, und ihre Tochter wurde nach gründlicher Untersuchung und ersten medizinischen Maßnahmen auf die Intensivstation verlegt. Inzwischen ist aber auch das Kind wieder bei Bewußtsein.«

Nur für einen Moment hob der Richter den flackernden Blick, der auf Julia haften blieb. Sie begann zu lächeln, zögerte, wurde rot und senkte dann den Blick auf den Tisch vor ihr.

»Wir beantragen eine einstweilige Verfügung zum Wohle des Kindes und ersuchen das Gericht anzuordnen, daß Mrs. Woods keinen Kontakt haben und das eheliche Heim nicht mehr betreten darf.«

»Erklären Sie Ihr Einverständnis?«

»Nein«, sagte John Merrit.

Julia kämpfte gegen den instinktiven Drang zu schreien an.

Der Sozialdienst meldete sich zu Wort. Er hatte seinen eigenen Anwalt, der sprunghaft und schwer verständlich sprach.

»... Nach Rücksprache mit dem zuständigen Krankenhausarzt sollten die Mutter und der Vater in diesem Fall ...«

Julia begann zu zittern. Sie konnte es nicht verhindern. Ihre Hand zitterte auf der Schreibtischplatte. Sie ballte sie zur Faust. John Merrit legte kurz seine Hand auf die ihre.

»... ein Hinweis darauf, daß ein Beruhigungsmittel ...«

Sie hob den Kopf.

»... erhebliche Zweifel an der Fähigkeit der Mutter aufkommen läßt, das Kind in diesem Stadium richtig zu versorgen. Nicht zu vergessen, daß es um die geistige Gesundheit der Mutter derzeit nicht gut bestellt ist. Wenn keine Übereinkunft erzielt werden kann, empfehlen wir, das Kind dem Schutz der Jugendbehörde zu unterstellen ...«

Julia packte Merrits Arm. »Was sagt er?«

»Schutz der Jugendbehörde. Pflegeeltern. Fürsorge. Wenn Sie sich heute mit Oliver nicht einigen können.«

»O Gott!« stieß sie hervor.

Der Richter lehnte sich zurück, hob endlich die Augen. »Es ist unmöglich, den Fall heute abzuschließen«, sagte er bedächtig. »Der Sozialdienst muß noch weitere Untersuchungen durchführen.« Über seine halbmondförmigen Brillengläser hinweg sah er den Anwalt des Sozialdienstes an. »Ich nehme an, Sie können innerhalb von sieben Tagen eine Stellungnahme fertigstellen und zu einer weiteren Anhörung erscheinen?«

Sie erklärten sich einverstanden.

Der Richter schaute zu Julia hinüber und scheinbar durch sie hindurch. »Sie haben gehört, was der Sozialdienst zu sagen hatte«, begann er.

»Ich will sie nicht in Pflege geben«, erwiderte Julia. »Sie haben überhaupt kein Recht. Sie ist noch so klein. Sie braucht ihre Mutter.«

Totenstille folgte ihren Worten.

»Ich bin nicht damit einverstanden, daß sie in Pflege kommt«, wiederholte Julia, lauter diesmal.

Der Richter seufzte. »Mrs. Woods, Sie haben einen Vertreter«, sagte er. »Ich schlage vor, daß Sie ihn sprechen lassen.«

»Hört denn hier keiner auf mich?« rief sie.

»Wir bedauern, Euer Ehren«, sagte John Merrit. Julia warf ihm einen wütenden Blick zu. »Warten Sie«, flüsterte er.

»Entweder erklärt Mrs. Woods sich einverstanden, daß der Fall in sieben Tagen wieder zur Verhandlung kommt, oder ich ordne an, das Kind zu seinem eigenen Schutz zu Pflegeeltern zu geben«, sagte der Richter.

»Was?« fragte Julia fieberhaft flüsternd und zupfte Merrit am Arm.

»Sie müssen sich damit einverstanden erklären, Rosie sieben Tage nicht zu sehen und das Haus nicht zu betreten, damit der Sozialdienst seine Stellungnahme abfassen kann ...«

Julia sprang auf. »Nein!« schrie sie.

»Mrs. Woods ...«

»Nein! Nein!«

»Julia«, sagte Merrit.

Sie riß sich von ihm los und rannte zum Richtertisch. »Sie verstehen nicht«, sagte sie. »Er hat sie weggeholt. Hat er Ihnen das gesagt? Wissen Sie das?« Sie gestikulierte wild hinter sich, um die Vertreter des Sozialdienstes einzubeziehen.

»Wissen *sie* es? Sie wissen es nicht! Er hat sie aus dem Krankenhaus geholt, er wird mir nie erlauben, sie zu sehen, und ...« Sie fuhr herum und zeigte auf Oliver, der, wie sie ungläubig feststellte, leicht verlegen lächelte und zugleich hochmütig triumphierte. »Es ist nicht meine Schuld, *er* war es, der mich dazu gezwungen hat.«

Sie wandte sich wieder an den Richter. »Sie verstehen«, sagte sie. »Er hat mich gezwungen, und jetzt erlauben Sie *ihm* – lassen Sie es zu, daß *er* sie mir wegnimmt.«

John Merrit war aufgestanden und zu ihr gekommen. »Julia, bitte«, murmelte er.

»Ich muß sie sehen«, sagte sie und fing an zu weinen. »Ich muß sie sehen. Das ist mein gutes Recht. Sie ist mein Baby. Ich muß sie sehen ... Ich bin ihre Mutter. *Ihre Mutter!*«

Merrit legte den Arm um sie; sie leistete einen Augenblick Widerstand, sackte dann zusammen, tastete nach dem Tisch, nach ihrem Stuhl.

»Wenn Euer Ehren uns nur eine Minute bewilligen würden ...«

»Bringen Sie Ihre Klientin hinaus, Mr. Merrit.«

»Ich danke Ihnen, Euer Ehren.«

Im Korridor begann Julia laut zu weinen.

»Sie müssen sich beherrschen«, sagte Merrit.

*»Beherrschen?«* sagte sie. »Sie wollen, daß ich den Mund halte und still dabeisitze, obwohl alles nur darauf hinausläuft, sie mir wegzunehmen?« Sie hob den Kopf und brüllte fast, so daß sich die Leute, die in dem langen Korridor auf den Bänken saßen, nach ihr umdrehten. »Sie nehmen mir meine Tochter weg!« schrie sie.

Merrit packte ihren Arm und zog sie beiseite; sie rutschte aus und verlor auf dem glatten Boden beinahe das Gleichgewicht. »Hören Sie zu«, sagte er. »Wenn Sie nicht endlich still sind, dann *werden* Sie Rosie verlieren.«

Julia hörte auf zu weinen und starrte ihn an.

»Ich meine es ernst«, sagte er.

»Sie ist kränklich. Sie war schon immer kränklich, sie braucht mich ...«

»Ich weiß.«

»Sie wird sich ohne mich fürchten. Sie wissen ja nicht, wie sie ist, wenn sie mich nicht sieht. Sie ist sehr sensibel, *sehr* sensibel, wie ich. Genau wie ich. Sie haben sie nicht an ihrem ersten Schultag gesehen, wie sie sich an mich klammerte, man hätte glauben können, ihr kleines Herz muß brechen. Nichts ist wichtig für sie – nur ich.«

»Schön und gut«, sagte er. »Das ist ein Grund mehr, sie so schnell wie möglich zurückzubekommen. Was Sie nicht erreichen werden, wenn Sie sich vor Gericht hysterisch benehmen.« Er senkte die Stimme und sah ihr fest in die Augen. »Sie müssen sich anpassen, flexibel sein. Sie müssen es zulassen, daß der Sozialdienst alles genau überprüft, müssen so ruhig sein, wie Sie können – jetzt und wenn sie zu Ihnen kommen. Sie müssen sich einfach unter Kontrolle haben.«

Sie stand schwer atmend da. Nichts in ihrem Gesicht verriet, daß sie auch nur ein Wort von dem verstand, was er sagte.

»Haben Sie Ihre Tabletten?« fragte er.

»Ich habe eine genommen – heute morgen.«

»Nehmen Sie noch eine.«

»Ich will nicht ...« Sie schluckte hart. »Ich möchte nicht so – so benebelt sein wie heute morgen. Ich war schläfrig. Ich will nicht schläfrig sein ...«

»Nehmen Sie sie.«

Er hatte sie zur Toilettentür geführt. Sie sah die Tür an, dann ihn. Er nickte.

»Und waschen Sie sich das Gesicht«, sagte er.

Sie ging hinein.

Im Spiegel sah sie eine Fremde. Eine Frau, die sich den mittleren Jahren näherte, mit deutlich ausgeprägten Falten.

Im grellen Licht der Leuchtstofflampe über dem Spiegel und überrascht, so plötzlich dem eigenen Spiegelbild gegenüberzustehen, entdeckte sie die Enttäuschung in ihrem Gesicht, den Ausdruck eines Menschen, der um alles betrogen worden war.

Sie beugte sich über das Waschbecken und brachte das Gesicht dicht an das Glas heran. Bald legte sich ihr Atem wie Dunst über das Bild, und sie sah das jüngere Gesicht, den glatten, faltenfreien Hals, den Mund, die Stirn.

Früher hätte sie jeden überzeugen können.

Jetzt stahl sich diese Fähigkeit mit dem nicht verlockenden Fortschreiten der Zeit weg. Je älter sie wurde, um so schwieriger wurde es, das Bild zu bewahren. Das Bild des makellosen Gesichts. Das Bild schmeichelnder Hilflosigkeit. Sie verlor es – hatte es vielleicht schon verloren. Vielleicht sahen die Leute, wenn sie mit ihr sprachen, nicht mehr das Kind in ihr, das imstande war zu überzeugen. Sie sahen nur die Frau mit den Linien der Enttäuschung um den Mund, die Falten am Hals. Irgendwann mußte ja der Augenblick kommen, in dem der Zauber nicht mehr wirkte.

Vielleicht war dies der Augenblick.

»Vielleicht auch nicht«, flüsterte sie.

Sie öffnete ihre Tasche, kippte den Inhalt heraus, kramte nach den Papiertaschentüchern, machte mehrere zugleich naß und rieb sich das Gesicht ab. Als sie Grundierungscreme und Lippenstift entfernt hatte, sah sie einen Moment lang wie das Mädchen aus, das unsichere Mädchen, das sie einst gewesen war. Sie nahm die Tube mit dem Make-up und schmierte es sich dick ins Gesicht, trug Rouge auf die Wangen auf und zog mit einem Konturstift in Babyrosa, das Hilflosigkeit andeuten sollte, die Lippen nach. Dann nahm sie einen Kamm und zerrte unbarmherzig an ihren Haaren.

Als sie fertig war, musterte sie sich kritisch. »Versuch's noch einmal«, flüsterte sie.

Merrit sah sie prüfend an, als sie aus dem Waschraum kam. Er war im Korridor auf und ab gegangen.

»In Ordnung?«

»Ja.«

»Den Tranquilizer genommen?«

»Ja«, log sie.

»Gut.«

Sie gingen zur Tür des Gerichtssaals.

»Wir waren sechs Minuten weg«, sagte Merrit leise. »Entschuldigen Sie sich beim Richter.«

Sie betraten den Sitzungssaal, und Julia tat, was Merrit ihr aufgetragen hatte.

»Hat sich Ihre Klientin erholt, Mr. Merrit?«

»Ja, Euer Ehren.«

»Dann können wir ja fortfahren.«

Julia setzte sich. Sie merkte, daß man sie ansah, doch sie blickte nicht auf. Sie faltete die Hände und behielt sie energisch im Auge, biß sich in die Mundwinkel.

»Euer Ehren«, begann John Merrit, »meine Klientin ist mit der Siebentagefrist einverstanden.«

Der Anwalt des Sozialdienstes erhob sich. »In diesem Fall sind wir nicht dagegen, daß die Mutter das Kind nächste Woche unter Aufsicht sehen darf«, sagte er. »Wir weisen jedoch schon jetzt darauf hin, daß jeder Besuch an einem Wochentag stattfinden muß, da wir personell unterbesetzt sind.«

Es folgte eine Pause. Oliver sah sich um. Der Anwalt fuhr fort: »Wir sind über Mrs. Woods derzeitigen Zustand informiert, und das Wohl des Kindes ist wichtiger als alles andere.«

Olivers Anwalt stand auf.

Endlich sah Julia ihn an.

»Euer Ehren, Mr. Woods möchte mit Nachdruck erklären, daß er um die körperliche und geistig-seelische Gesundheit seiner Tochter überaus besorgt ist. Er ist der Meinung, daß es im Interesse des Kindes am besten wäre, es nicht im ehelichen Heim, sondern andernorts unterzubringen, um es vor unerwünschten Aufmerksamkeiten von Presse und lokalem Klatsch und so weiter zu schützen, bis über die Angelegenheit nächste Woche endgültig entschieden ist. Mr. Woods wünscht nicht, daß Mrs. Woods das Kind sieht, ehe sie nicht völlig gesund ist ...«

»Ich bin nicht krank«, flüsterte Julia. »Und er hat sie ja schon weggebracht.«

John Merrit sagte über sie hinweg: »Meine Klientin wünscht ihre Tochter unter Aufsicht einer Begleitperson zu sehen, Euer Ehren.«

Julias Kopf rollte leicht zur Seite, als habe man sie geschlagen.

»Ich akzeptiere die Meinung von Mr. Woods«, sagte der Richter. »Ich bestimme einen zeitweiligen Vormund. Der Sozialdienst wird eine Stellungnahme vor der nächsten Anhörung abgeben, die wir festsetzen für den ...«

»Was für einen Vormund?« fragte Julia Merrit.

»Das ist eine Gruppe von Leuten«, flüsterte er. »Sie vertreten die Interessen des Kindes ...«

»Aber was ist mit mir?«

»Es sind nur sieben Tage«, sagte er.

Der Richter sprach noch immer; ärgerlich blickte er zu ihnen herüber.

»Aber wann kann ich sie sehen? Heute? Morgen?«

»Kein Besuch bis übernächste Woche.« Er hob die Hand wie ein Haltesignal, um sie zu hindern, noch etwas zu sagen. »Ich erkläre Ihnen alles, sobald wir hier fertig sind«, sagte er.

»Aber ich habe ein Recht, sie zu sehen.«

»Nein. Hören Sie zu ...«

Julia stand auf. »Erlaubt man mir nicht, sie zu sehen?« fragte sie fast beiläufig.

Niemand beachtete sie.

»Hören Sie«, sagte sie, »Rosie ist sehr krank, und ich muß sie sehen – ich *muß* sie sehen!«

Oliver schien plötzlich mit seiner Geduld am Ende. Auch er stand auf. »Es geht ihr sehr gut ohne dich«, sagte er. »Tatsächlich sogar besser.«

Julia starrte ihn mit offenem Mund an. Sichtbar zitternd und mit geballten Händen stand sie da. Als sie sprach, war ihre Stimme kaum zu hören.

»Sie ist ein sehr krankes Mädchen«, flüsterte sie.

»Aber nicht so krank wie du«, sagte er. »Ich weiß, was du getan hast. Ich weiß es, bei Gott.«

Mit erhobenen Fäusten lief sie auf ihn zu, ein dünner Schrei entrang sich ihr, quälend wie ein Geigenbogen, der über eine tiefe Saite knirschte. Olivers Anwalt ließ sich, von ihr überrumpelt, zurückstoßen und stolperte über seinen Stuhl.

Sie erreichte Oliver, der sich nicht gerührt hatte, außer daß er beide Arme hob, um sein Gesicht zu schützen. Es sah wie eine häufig geübte Reaktion aus. Sie schlug ihn auf die Arme und begann dann zum Erstaunen der Zuschauer an ihrer eigenen Haut zu zerren, als wolle sie sich das Fleisch von der Kehle reißen.

Merrit kam von hinten, packte ihre Hände und drückte ihre Arme herunter, bis sie Ruhe gab.

»Gib sie mir zurück«, stieß sie stöhnend hervor.

»Setzen Sie sich«, sagte Merrit.

»Und damit mußte ich leben«, stellte Oliver fest und nahm die Arme herunter.

»Julia«, sagte Merrit, »setzen Sie sich.«

Sie drehte den Kopf von einer Seite zur anderen, umfaßte den ganzen Raum. Dann machte sie kehrt und begann zu rennen.

Sie riß die Tür des Gerichtssaals auf, lief durch den Korridor und die breite Treppe hinunter. Das vom Boden bis zur Decke reichende Fenster im Zwischenstock gewährte einen

Blick auf die Straße, und Julia stürzte an der Treppenbiegung fast durch das Glas.

Am Ende der Treppe rannte sie noch immer, die Laute, die sie von sich gab – ein Schluchzen tief in der Kehle –, folgten ihr wie eine Blutspur.

Im Freien blieb sie abrupt auf dem Gehsteig stehen, und eine Hand packte sie am Arm.

»Julia«, sagte Beth March. »Julia – was ist denn?«

## 39

Beth fuhr Julia in ihr Hotel zurück.

Es war ein ruhiges Haus am Stadtrand, ein Stück von der Straße zurückgesetzt. Julia stieg wie ein Automat aus dem Wagen; ihre Hysterie hatte sich gelegt, sie war jetzt geradezu entnervend ruhig. Sie ging neben Beth her, folgte ihr die Treppe hinauf und durch die Tür.

»Welches Zimmer hast du?« fragte Beth.

Julia schüttelte den Kopf. »Kein Zimmer – nicht ins Zimmer.«

»Du bist nicht hier abgestiegen?«

»Doch, aber – in dieses Zimmer will ich nicht. Es ist so klein.«

Beth warf ihr einen fragenden und verwirrten Blick zu. »Sollen wir uns hier unten irgendwohin setzen?«

»Ja, ja.«

Doch in der Lounge saßen schon ein paar Leute, daher führte Beth Julia in die verlassene Bar, einen mit dunklem Holz getäfelten Raum. »Ist es hier richtig?«

»Ja.«

Beth machte sich auf die Suche nach Tee, bestellte eine Kanne und kam zurück.

»Hör zu«, sagte Julia, als Beth den Raum betrat, »ich ertrage es nicht, weißt du?«

»Nun – das Gericht ...«

»Ja. Aber ich *kann* nicht.« Sie packte Beths Handgelenk.

»Wir könnten uns mit Oliver treffen, oder soll ich ihn anrufen? Würde er herkommen?«

»Ich weiß, wo er ist.«

»Fein. Wenn ich ihn dort anrufen würde ...«

»Wohin er Rosie gebracht hat.«

Beth runzelte die Stirn. »Das weißt du? Wohin denn?«

Der Tee wurde gebracht; sie schwiegen, während die Kellnerin servierte, und warteten, bis sie gegangen war. Beide ließen die Tassen unberührt stehen.

Julia beugte sich vor. »Mir ist es eben erst eingefallen. Es ist ein Hotel, in dem wir gewohnt haben, bevor wir hierhergezogen sind. Er war immer gern dort.«

»Er würde Rosie doch nicht ins Hotel bringen.«

»Warum nicht?«

»Wie könnte er sie dort allein lassen?«

»Er muß jemanden eingestellt haben. Eine Schwester. Ein Kindermädchen.«

»Julia, ich glaube nicht ...«

»Begreifst du denn nicht? Rosie weiß nur, daß es dort immer sehr hübsch war; wir haben sie manchmal zum Tee dorthin mitgenommen. Es liegt in einer Bucht, hat einen Strand. Ein Privathotel, wie ein Landhaus, an einer Privatstraße. Abgelegen. Einfach perfekt ...«

»Und du denkst, er hat sie dort untergebracht, nachdem sie so krank war?«

»Aber sie erholen sich schnell, wenn sie wieder zu sich gekommen sind.«

Beth verstand nicht. »Wer – sie?«

»Die Leute. Leute, die eine Kohlenmonoxydvergiftung hatten. Sie erholen sich.«

Beth starrte sie an. »Woher weißt du das?«

Julia winkte ab, als sei das völlig nebensächlich. »Könnten wir gehen?«

»Nur noch einen Moment. Die Leute erholen sich nicht, Julia. Sie sterben. Rosie wäre fast gestorben.«

Julia wandte den Blick ab, griff nach einer Serviette und begann sie in Falten zu legen. »Im Krankenhaus haben sie gesagt, sie sei einfach überempfindlich dagegen. Sie hat nur geschlafen. Es war nur ein Schlaf.«

Beth blickte scharf in Julias abgewandtes Gesicht. Ihr wurde klar, daß sie totalen Unsinn redete. Fast als wolle sie glauben, daß Rosie nichts Schlimmes widerfahren war. Vielleicht war es ein Abwehrmechanismus; ein Weg, die eigene Schwäche zu bemänteln; ein So-Tun, als sei es nicht geschehen. Die Einbildung, daß Rosie völlig gesund war.

»Sie braucht nur mich«, sagte Julia. »Das ist alles, was sie braucht.«

»Ja, ich weiß«, sagte Beth. Um sie zu beschwichtigen.

Julia blickte sofort auf. »Du glaubst das auch?«

Beth zögerte, ihr war bewußt, daß dies ein Eiertanz war. Bevor er sie nach dem Lunch verließ, hatte Rhys zu ihr gesagt: »Gehen Sie ja nicht in die Nähe dieses Gerichts!« Sie hatte gelächelt, aber je weiter der Nachmittag fortgeschritten war, um so weniger war sie imstande gewesen, Julias verzweifelte Stimme aus ihrem Kopf zu verdrängen. Am Küchentisch sitzend, eine unberührte Tasse kalten Kaffees mit beiden Händen umfassend, hatte sie überlegt, wie es sein mußte, ihre eigenen Gefühle vervielfacht über sich hereinbrechen zu sehen. Nicht nur den Ehemann zu verlieren wie sie, sondern wie Julia auch noch einen Liebhaber und ein Kind – und das alles in einer Woche. Das eigene Heim nicht mehr betreten zu dürfen, den einzigen Fixpunkt, den man hatte.

Beth hatte die Ellenbogen auf den Tisch gestützt und den Kopf in die Hände gelegt. Sie hätte Julia nicht bemitleiden dürfen, doch sie tat es. David hatte sie lange vor vergangenem Montag verlassen. Unvernünftig, irregeleitet, dumm mochte sie in so manchen Dingen sein – doch darin hatte Julia recht. Ihre Ehe war nicht in einer Feuersbrunst des Zorns gestorben, sondern allmählich erstickt.

Sie hatte gehört, daß Leute ihre toten Partner geradezu heiligsprachen. Ihre nervtötenden, selbstsüchtigen Ehemänner und treulosen Ehefrauen wurden über Nacht zu Idolen, die nie etwas Unrechtes getan hatten. Es waren fleckenlose Gipsheilige, die gerühmt und beweint wurden, und ihre Fehler fielen auf wundersame Weise von ihnen ab, als sie auf ihr Podest erhoben wurden.

Aber sie war nicht so. Es gab etwas, das wichtiger war als alles andere – wichtiger sogar, als von Davids Betrügereien mit dem Geld und dem Ehebruch mit Julia zu erfahren. Sie wollte David nicht noch mehr verlieren, indem sie aus ihm einen anderen Mann machte als den, der er gewesen war. Sie wollte ihrem Verlust die Stirn bieten. David war ein durchschnittlicher Ehemann, ihre Ehe durchschnittlich gewesen. Nicht mehr und nicht weniger.

Sie hatte die Finger gekrümmt und die Knöchel in die Augen gedrückt. *Geliebter Ehemann.* Bald würde sie sich einen Text für Davids Grabstein einfallen lassen müssen. *Geliebter Ehemann.* Es war nicht wahr. Sie hatte David nicht genug geliebt, um die Öde, die Gefühlsleere zwischen ihnen zu spüren. Sie hatte sie ignoriert, darüber hinweggesehen. Sie hatten nicht gestritten. Hatten konsequent nebeneinander hergelebt. Es hätte schlimmer sein können, viel schlimmer, und sie hatten Zufriedenheit vorgetäuscht. Zufriedenheit machte keine Mühe. Zufriedenheit trug Scheuklappen. Und was das *Geliebtsein* anging …

Sie wurde nicht geliebt.

Nicht geliebt, keiner sorgte sich um sie, für sie wurden keine Opfer gebracht, um sie wurde nicht gekämpft – keinen

Streit, keine Süße, kein Verlust, kein Schmerz im Mittelpunkt ihrer Ehe. Sie wurde nicht geliebt. Und David ebensowenig – außer, vielleicht, von Julia.

Beth hatte die Hände sinken lassen und ihre Habe betrachtet: die vertrauten Teller, die Möbel, Farben, Umrisse. All die Dinge, die versuchten, Normalität wiederherzustellen. Vergangene Woche hatte sie Trost darin gefunden, den Stoff ihres Lieblingssessels oder den krummen Griff eines alten Messers zu berühren. Es waren vertraute, zuverlässige Dinge. Während die Welt im Fluß war und sich änderte, veränderten sie sich überhaupt nicht. Und wenn man sie ihr gewaltsam wegnehmen würde, wäre das schrecklich hart.

Julia durfte nicht mehr in die Lodge zurück, hatte sie Beth erzählt. Sie war psychisch zu labil, um ihr Kind zu sehen. Als sie Julia auf der Fahrt zum Hotel zugehört hatte, hatten sich Beths hoffnungslos ambivalente Gefühle für Julia endgültig in Mitleid verwandelt.

Und sie konnte sich gut vorstellen, wie Oliver sie bis zum letzten manipuliert hatte. »Er sieht mich ganz einfach nicht«, hatte Julia mit tonloser Stimme gesagt, als sie am Hotel vorfuhren. »Er ist der Meinung, daß meine Gefühle wertlos sind. Er ist der Meinung, daß ich tun müßte, was er sagt – und das kann ich nicht. Ich werde es nicht tun. Nicht mehr.«

Das konnte Beth verstehen.

Es hat mit Oliver angefangen, dachte sie. Alles.

Julia sah sie an, wartete auf ihre Antwort. Beth versuchte ihr auszuweichen, wandte den Blick ab, nahm die Kanne und schenkte zwei Tassen ein. Sie wollte Julia eine reichen, doch die andere schien sie nicht zu sehen. Sie wartete noch immer auf eine Antwort.

»Schau mal«, sagte Beth, bemüht, ihre Stimme leichter klingen zu lassen. »Gibt es jemanden, den ich für dich anrufen könnte? Familie? Freunde? Du solltest jemanden bei dir haben, weißt du.«

Julia sah sie unverwandt an. »Ich habe niemanden«, sagte sie leise.

»Es muß doch jemanden geben ...«

»Es gibt niemanden.« Julia nahm die Tasse, stellte sie aber sofort wieder ab, ohne zu trinken. »Meine Eltern sind tot; mit meiner Schwester habe ich seit Jahren nicht mehr gesprochen ...«

»Jemand im Dorf?«

»Wer?«

»Nun, ich weiß nicht ... Du mußt Leute aus deinen Clubs und Kaffeetreffen kennen ...«

»Meine Clubs?« Julia lächelte schwach. »Aus meinem Ehefrauen-Club?«

»Ja. Soll ich anrufen ...«

»Oh – soll ich sie anrufen und fragen, wie das letzte Treffen verlaufen ist?« sagte sie. »Und wer die – egal was –, die Kuchen für den Feststand macht oder so, und sollte ich ganz nebenbei erwähnen, daß mein Mann versucht ...« Ihre Stimme brach, und sie ließ die Hand sinken, so daß die Tasse in der Untertasse klapperte, der Tee überschwappte, auf der polierten Tischplatte eine Pfütze bildete und zu Boden tropfte. »Niemand würde mir glauben«, sagte sie. »Niemand – außer dir.«

Beth schloß kurz die Augen. Als sie sie wieder öffnete, war Julia bis auf etwa zehn Zentimeter an sie herangerückt, und ihr blumiges Parfüm überrollte Beth wie eine Welle.

»Wir beide sitzen im selben Boot«, flüsterte sie. »Hilf mir.«

Die Fahrt zum Hotel Aubyn dauerte fast eine Stunde.

Das baumlose Hügelland von Dorset ging in eine Landschaft kleiner Täler, Flußmündungen und Wälder über. Das Dorfschild war beinahe hinter Bäumen versteckt, und Beth hätte es vermutlich übersehen, wenn Julia sie nicht darauf aufmerksam gemacht hätte.

Schmale, von hohen Hecken gesäumte Landsträßchen mündeten unvermittelt in eine steile Straße; an einer breiteren Stelle entfaltete sich die Aussicht über ein grünes Tal und eine weite Flußmündung mit einem Kiesstrand.

»Von hier kannst du es noch nicht sehen«, sagte Julia. »Wir müssen ins Dorf hinunter und dann links abbiegen. Ich sage dir, wo.«

Beth mußte am Anfang der Steigung anhalten. Ein Cottage an der Kurve bekam ein neues Strohdach, und der Wagen des Dachdeckers fuhr gerade im Rückwärtsgang in den kleinen Garten und versperrte zwei Drittel der Fahrbahn. Stroh lag auf der Straße; über ihnen plärrte laut ein Radio.

Einer der Männer, der den Laster lotste, kam grinsend ans Wagenfenster. »Ich hoffe, die Damen sind nicht in Eile?«

»Nein«, sagte Beth. »Es ist okay.«

»Mist, diese Kurve.«

»Kommt mir auch so vor.«

Er klopfte auf das Wagendach. »Ich winke Ihnen, wenn wir drin sind.«

»Danke.«

Sie warteten ein paar Minuten, während hinter der Kurve derselbe Mann gutmütig die Autofahrer aus der anderen Richtung beschwichtigte.

»Wir hätten anrufen und überprüfen sollen, ob Oliver da ist«, sagte Beth.

»Und ihn warnen?«

»Er wäre nicht weggelaufen.«

»Wirklich nicht?« sagte Julia.

Beth drehte sich halb um und sah sie an. »Julia«, fragte sie, »warum hast du ihn geheiratet?«

»Ich war einsam«, sagte Julia. »Außer Oliver hat mich niemand beachtet.«

»Du hast ihn nicht geliebt?«

»Er hat mich beachtet«, wiederholte sie.

»Ist das alles?«

Julia verschränkte die Arme, wandte das Gesicht ab und schaute aus dem Seitenfenster. »Er war reich«, murmelte sie.

Der Mann rief, sie könnten weiterfahren. Beth legte den Gang ein.

Nach ungefähr einer Meile bogen sie links in eine Allee ein, die fast ganz von hohen Bäumen überdacht wurde; sie führte um den Hügel herum und fiel auf den letzten dreißig Metern sanft zu dem tiefer gelegenen, ebenen Weideland ab, das dann in Rasenflächen überging. Das große viktorianische Hotel stand mit der Rückfront zum Hügel und blickte mit der Vorderfront aufs Meer.

»Was für ein Ort«, sagte Beth, hinter dem Lenkrad hervorspähend. »Es muß unglaublich teuer sein.«

»Das ist es«, sagte Julia. »Fahr weiter.«

Beth hob bei diesem Befehl eine Braue, sagte aber nichts. Die Reifen knirschten auf dem dick gestreuten Kies. Sie stiegen aus. Ihre Rollen waren jetzt vertauscht – Julia bestimmte, Beth bildete die Nachhut.

Als sie den Eingang passierten, flüsterte Beth beim Anblick der beiden Löwen, die die kunstvollen schwarzen Fußabstreifer flankierten: »Mein Gott!« Jemand hatte Zungen und Klauen rot angemalt, die Augen braun.

In der Halle gab es keine Rezeption; nur am Fuß der Treppe einen viereckigen freien Raum mit einer offenen Tür, die in einen Speisesaal führte. Die Stühle waren immer zu zweit angeordnet. Sie hatten hohe Lehnen und waren dick gepolstert; die Bezüge dunkelblau und golden. Auf jedem mit silbernen Bestecken gedeckten Tisch standen Kerzen und kleine Vasen mit Frührosen. Die mit Goldbrokat bezogene Chaiselongue stand im Schatten eines riesigen Gestecks aus getrockneten Hortensien und künstlichen Früchten – Birnen und Äpfeln mit Grün und Silber besprüht – inmitten von Pfauen- und Straußenfedern.

»Kann ich Ihnen helfen?« fragte jemand.

Es war ein kleiner dunkelhaariger Mann. Er schien aus dem Nichts aufgetaucht zu sein, bis Beth unter der Treppe eine offene Tür entdeckte.

»Wir suchen Mr. Woods«, sagte Julia.

»Bitte wen?«

»Woods«, wiederholte Beth. »Oliver Woods. Er ist hier Gast.«

Der Mann runzelte die Stirn. »Einen Moment«, sagte er. Er stieß die niedrige Tür auf, und sie hörten seine Schritte auf dem Steinboden des Korridors.

»Was für ein Ort!« sagte Beth. »Sieht aus wie ein Bordell.«

Julias Miene veränderte sich nicht. Sie starrte auf die halb geschlossene Tür, durch die der Mann verschwunden war. »Sie nennen es in ihrem Prospekt ›theatralisch‹. Ich glaube, sie waren früher Designer.«

Beth lächelte. »Was für ein Sinn fürs Groteske. Gott, würdest du ein Kind herbringen?«

Der Mann kam zurück. Er lächelte. »Ich wollte es nur nachprüfen«, sagte er. »Mich vergewissern, daß mein Gedächtnis mich nicht wieder im Stich läßt.«

»Wo ist er?« fragte Julia.

»Leider ist ein Mr. Woods bei uns nicht registriert«, antwortete der Mann.

»O doch, das ist er«, sagte Julia. »Ein großer Mann von etwa sechzig, mit einem kleinen Mädchen ...«

Der Mann faltete die Hände. »Das wäre unmöglich«, sagte er. »Sehen Sie, wir nehmen hier keine Kinder auf.«

Julia machte einen Schritt vorwärts. »Sie erinnern sich doch an mich, nicht wahr?« fragte sie. »Wir haben unsere Flitterwochen hier verbracht. Seither sind wir ...«

»Tut mir leid. Wir haben so viele Gäste.«

»Aber ...« Julia unterbrach sich. »Ich verstehe. In Ordnung. Tut mir leid, ich muß mich geirrt haben.«

»Das ist schon in Ordnung.«

Julia wandte sich an Beth. »Komm«, sagte sie.

Beth folgte ihr ins Freie. Der Mann sah ihnen von den Stufen aus nach und schloß dann die Eichentür hinter ihnen. Beth öffnete die Fahrertür des Vans; das Herz wurde ihr schwer. Es war ein albernes Unterfangen gewesen. Sie erwartete halb und halb, daß Julia ihr ein anderes Hotel nennen würde – irgendeines, das ebenfalls in ihrer und Olivers Vergangenheit eine Rolle gespielt hatte. Sie würde sich weigern.

Sie stiegen ein.

»Fahr nach hinten«, sagte Julia.

»Was?«

»Fahr hinters Haus. Schau mal, die Zufahrt zurück, dann den kleinen Pfad entlang …«

»Julia!«

Julia packte ihre Hände. »Er ist hier.«

»Aber der Mann hat gesagt …«

»*Bitte,* Beth!«

Grollend setzte Beth zurück. Fast wieder am Einfahrtstor bog sie nach rechts ab in einen grasüberwachsenen Weg.

»Das ist die Zufahrt für Lieferanten«, sagte Julia.

»Woher weißt du das?«

»Ich erinnere mich. Komm schon, Beth.«

Der Weg führte tatsächlich zur Rückseite des Hotels, zu Stallungen und Nebengebäuden, die vom Hauptgebäude durch eine Baumreihe getrennt waren.

Julia stieg aus und winkte Beth, ihr zu folgen. Sie gingen um die Stallungen herum, einen hügeligen Rasen entlang, der leicht abfiel, vorbei an vom Wind gebleichten Sträuchern, zu einem Strand, zur Hälfte Gras und zur Hälfte Kieselsteine. In einer Ecke des Rasens lag ein Tennisplatz und, wieder unter Bäumen, eine Reihe Sitze. Alle waren leer.

»Hier rüber«, sagte Julia.

Sie waren an der Ecke des Hauses und gingen nach vorn.

Die See war unglaublich still, das Geräusch der ungefähr zweihundert Meter entfernt ans Ufer schlagenden Wellen kaum hörbar. Julia hielt Beth am Arm fest und zeigte auf einen Wintergarten; ursprünglich ein Teil des Hauses, wie es schien, mit einem grauen Metalldach und einem Pier aus Ziegelsteinen. Das Dach mußte mindestens zehn Meter hoch sein, und das Innere war voller Palmen.

»Es sieht aus wie Kew Gardens«, sagte Beth leise.

Aber Julia hörte nicht zu. Ihr Blick war auf die weit entfernte Tür gerichtet. An einem Tisch saß ein Mann und blickte aufs Meer. Es war Oliver, und neben ihm saß Rosie.

»Ich hab's gewußt«, sagte Julia. Sie begann zu rennen.

»Julia!« Beth lief hinter ihr her.

Aber Julia hörte nicht auf sie.

Oliver wandte den Kopf, sah seine Frau und stand auf. Rosie sprang auch auf. Oliver versuchte sie zurückzuhalten, als sie sich an die Türklinke hängte.

»Rosie!« rief Julia.

Die Tür ging auf. Rosie schoß heraus und katapultierte sich förmlich in Julias Arme. »Mummy!« rief sie. »Mummy! Mummy!«

Julia kniete im Gras und preßte ihre Tochter an sich. Das Kind wand sich leicht, um der Mutter ins Gesicht sehen und ihr die Arme um den Hals schlingen zu können. »Bist du geflogen?« fragte sie.

»Ich versteh' nicht, Liebling?«

»Bist du mit dem Flugzeug geflogen?«

Julia weinte. »Nein, Liebling. Ein Flugzeug? Warum hätte ich fliegen sollen?«

Oliver war an die Tür gekommen.

»Daddy hat gesagt, du bist in den Ferien, weit, weit weg«, sagte Rosie.

Julia sah vorwurfsvoll zu Oliver auf, dann wieder ihr Kind an. »Ja, ich bin zurückgeflogen«, sagte sie. »Von weit, weit her. Um dich zu sehen.« Sie stand auf, wischte sich das Gesicht ab, nahm Rosies Hand. »Was für ein nobler Ort«, sagte sie.

»Das sind unsere Ferien«, sagte Rosie. »In einem großen Hotel.«

»Es ist wunderschön.«

Mutter und Vater sahen sich über den Kopf des Kindes hinweg an.

Oliver schaute zu Beth hinüber und sah dann wieder Julia an.

»Wir trinken Tee«, sagte er.

Beth streckte die Hand aus und berührte Rosies Arm. »Willst du mir nicht den Garten zeigen, damit Mummy und Daddy eine Weile allein miteinander reden können?«

»Nein«, sagte Oliver.

Beth starrte ihn an. »Ich dachte ...«

»Nein.«

Beth begriff, was er meinte. Er dachte, sie habe mit Julia verabredet, Rosie zu entführen, während er abgelenkt war. Sie errötete bis an die Haarwurzeln vor Zorn.

»Hier gibt es Pfauen«, sagte Rosie, die von der spannungsgeladenen Atmosphäre um sie herum nichts merkte. »Sie sind weiß und wohnen auf den Bäumen.«

»Rosie«, sagte Oliver, »komm her und setz dich wieder.«

»Aber ich möchte Beth die Pfauen zeigen.«

»Komm her und setz dich.«

Rosie blickte von einem Erwachsenen zum anderen, und schließlich blieben ihre Augen auf Beth haften.

»Geh nur«, sagte Beth.

Oliver trat zurück. Er nahm eine kleine Glocke vom Tisch und begann zu klingeln.

»Nein«, sagte Julia.

Er klingelte weiter, einen Ausdruck tiefster Verachtung für seine Frau im Gesicht.

Eine Frau erschien mit einem leeren Tablett in der Hand. Sie schaute von Beth zu Julia, sah dann Oliver an. »Oh, Mr. Woods«, sagte sie. »Es tut mir sehr leid.«

»Siehst du«, flüsterte Julia Beth zu. »Siehst du, was er tut?«

»Wir haben gedacht, sie sind weg«, fuhr die Frau fort.

»Es macht nichts«, sagte Oliver. Rauh packte er Rosies Arm. »Ich will, daß du mit Mrs. Spencer gehst, Rosie.«

»Nein!« rief Julia.

Oliver riß seine Tochter fast von den Füßen. »Mit Mrs. Spencer, Rosie!«

»Aber ich will nicht«, sagte Rosie.

»Komm, Liebling«, sagte die Frau und zog an Rosies freiem Arm.

»Gehorch endlich«, sagte Oliver.

Julia stürzte vor. »Kommandier sie nicht herum!« rief sie. Sie schlug der Fremden auf die Hand. »Lassen Sie sie los! Lassen Sie sie los!«

Die Frau reagierte prompt, hob Rosie hoch und nahm sie fest um die Taille.

»Mummy!« schrie Rosie.

Julia versuchte die Finger der Frau aufzubrechen.

»Bitte, Mrs. Woods«, sagte die Frau keuchend.

Julia drehte sich zu Oliver um. »Wie kannst du nur?« sagte sie.

»Schon gut, Mrs. Spencer«, sagte Oliver und nickte in Richtung Tür.

»Neieiein!« jammerte Rosie.

Die Frau drehte sich um; über ihre Schulter hinweg streckte Rosie hilflos die Hände nach ihrer Mutter aus.

Beth packte Oliver am Ärmel. »Lassen Sie sie doch nur ein paar Minuten zusammensein«, sagte sie.

Oliver blickte auf sie hinunter. »Ist Ihnen nicht klar, daß ich die Polizei rufen könnte?« fragte er kalt. »Ich habe einen Gerichtsbeschluß in dieser Sache.«

Die Szene hinter ihnen entwickelte sich zu einem Handgemenge. Rosie klammerte sich an Julias Hände; die Frau vom Hotel bemühte sich vergeblich, ihre Last zur Tür zu schleppen. Oliver fluchte leise. Rasch ging er auf die Gruppe zu, zerrte Julias Hände weg und stieß sie zur Seite.

»Beeilen Sie sich!« zischte er.

Mrs. Spencer gehorchte. Sie hatte Julia verstört angesehen, offensichtlich hatte sie große Angst vor ihr. Beth fragte sich, was Oliver ihr erzählt haben mochte. Sie war offensichtlich sehr erleichtert, daß Oliver sich einmischte. Sie rannte mit der sich noch immer heftig wehrenden und um sich schlagenden Rosie auf den Armen zur Tür.

»Mummy!« rief Rosie. »O Mummy, bitte ...«

Laut fiel die Tür hinter ihnen ins Schloß.

Oliver wandte sich zu Julia um. Sie lehnte am Tisch und rieb sich ein Handgelenk.

»Raus!« sagte er.

»Oliver!« sagte Beth.

»Beide! Raus!«

»Wie kannst du nur so verdammt gefühllos sein?« sagte Julia leise.

Oliver wandte sich an Beth. »Über Ihre Rolle in dieser Sache bin ich überrascht«, sagte er. »Überrascht und, offen gesagt, enttäuscht.«

»Julia wollte nur sehen, ob es Rosie gutgeht«, wehrte sie sich gegen den Vorwurf. »Ich begreife nicht, was daran so schrecklich ist.«

»Was daran so schrecklich ist«, erwiderte Oliver und ahmte sie nach. »Schrecklich ist, daß Rosie absolute Ruhe braucht. Das wurde alles bei Gericht besprochen und vereinbart.«

»Besprochen!« mischte Julia sich ein. »Ihr entscheidet alles untereinander, und dann sagt ihr mir, was ich zu tun habe, ihr befehlt mir!« sagte sie. »Das ist eine verdammt einseitige Diskussion, findest du nicht?«

»Julia«, sagte Oliver voller Abscheu, »du bist hysterisch.«

Beth begann zu lachen. »Überrascht Sie das?« fragte sie.

Oliver beachtete sie nicht. Er starrte noch immer seine Frau an. »Du hast Rosie Kummer gemacht«, sagte er. »Das siehst du doch.«

»Kummer«, sagte Julia. »Und was ist mit meinem Kummer?«

Oliver winkte gereizt ab. »Es geht hier nicht um dich«, sagte er. »Aber das kannst du nicht verstehen, nicht wahr? Genau darum ist es bei der Anhörung gegangen. Um Rosies Schutz. Sie hätte das nie mit ansehen, nie wissen dürfen.«

»Man braucht sie nicht vor mir zu beschützen«, sagte Julia.

Olivers Gesicht wurde dunkel. Er kam näher, blieb, Julia weit überragend, dicht vor ihr stehen, und sein Hals bekam vor Zorn rote Flecken. Als er sprach, entblößte er die feuchte rötliche Unterseite seiner Lippe; der Mund eines alten Mannes. Beth wandte den Kopf ab, damit sie nicht hinsehen mußte.

»O doch, man muß sie vor dir schützen«, sagte er zu Julia. »Und das weißt du ganz genau.«

»Ich weiß es nicht. Ich weiß es nicht …« Sie begann laut zu weinen.

»Oh, um Himmels willen!« fauchte Oliver. Er hob die Hand; Beth schaute auf einen Punkt auf dem Fußboden zwischen den beiden; Oliver schien nahe daran, seine Frau zu schlagen. Doch dann blieb seine Faust in der Luft hängen.

»Das Krankenhaus hat die Laborberichte geschickt«, sagte er.

»Was für Berichte?«

Oliver lachte kurz auf; es war ein eiskalter Ton. »Du bist wirklich eine ungewöhnlich dumme Frau«, sagte er.

Er wandte sich an Beth. »Sie denken, sie wäre das Opfer, aber lassen Sie sich sagen, wer es wirklich ist.« Er ging zur Außentür zurück, als brauche er frische Luft oder versuche seinen wachsenden Zorn zu beherrschen. »In den Berichten steht, daß man Temazepan gefunden hat«, sagte er.

»Temazepan?« fragte Beth. »Was ist das?«

»Ein Sedativ.«

»Ein Sedativ?« Beth sah Julia und dann wieder Oliver an. »In Rosies Blut, meinen Sie?«

»Genau.«

»Aber wie hat man es ihr verabreicht?«

Oliver zeigte auf seine Frau. »Fragen Sie doch sie.«

Julia wurde feuerrot. »Ich weiß nicht, wovon du sprichst, verdammt«, sagte sie.

»Wirklich nicht?« erwiderte Oliver.

»Einen Moment«, sagte Beth. »Sie meinen, Julia hat Rosie ein Sedativ gegeben? Ist es das, was Sie denken?«

»Genau.«

»Aber warum?«

»Das hab' ich nicht getan«, mischte Julia sich ein.

»Sie hat Rosie ein Sedativ gegeben, damit sie einschlief und sie sie in den Wagen legen konnte.«

»Hab' ich nicht!« schrie Julia.

»Sie hat ihr ein Sedativ gegeben, um sie ruhigzustellen.«

»Nein, nein ...«

»Oliver«, sagte Beth, »wissen Sie, wie lächerlich das klingt? Vielleicht hat man Rosie das Sedativ im Krankenhaus verabreicht.«

Oliver winkte ab. »Im Krankenhaus haben sie versucht, sie aus der Bewußtlosigkeit zurückzuholen«, sagte er.

»Es waren die Abgasdämpfe!« rief Julia.

»Nein«, sagte er. »Das haben sie zuerst auch gedacht. Dann habe ich ihnen gesagt, sie sollen nach Temazepan suchen.«

Schweigen.

Dann: »Das hast du getan? Warum?«

»Es ist nicht wahr«, sagte Julia.

»Weil Rosie ständig krank war.«

Julia schrie gequält auf – es klang wie der Schrei eines verwundeten Tieres.

Die Hintertür ging auf. Der Mann, der erschien, war derselbe, der ihnen gesagt hatte, Oliver sei nicht im Hotel abgestiegen.

»Mr. Woods?« fragte er.

Oliver hob die Hand. »Alles in Ordnung, Michael.«

»Soll ich ...« Sein Blick fiel auf die völlig aufgelöste Julia. »Soll ich jemanden rufen?«

»Nein, nein«, sagte Oliver.

Beth drehte sich zu Julia um und reichte ihr dann ein zerknittertes Taschentuch aus ihrer Tasche.

»Es tut mir leid, Michael«, sagte Oliver.

»Es ist ja nur, weil die anderen Gäste zum Tee wieder da sind ...«

»Wir gehen hinaus«, sagte Oliver. Er hielt die Tür auf.

Nacheinander traten sie hinaus ins Licht des schwindenden Tages.

## 40

Es war schon fast fünf, als Helen Pritchard der Wagen auffiel, der vor dem Büro in der High Street hielt.

Sie wischte in der kleinen Küche die Arbeitsplatte ab, auf der sie und Christina am frühen Nachmittag Christinas Geburtstag gefeiert hatten.

»Schade, daß der alte Satan sich nicht gezeigt hat«, hatte Christina gesagt, während sie genußvoll das letzte Eclair vernichtete. »Voriges Jahr hat er mir fünfzig Pfund geschenkt. Ich konnte es kaum glauben.«

Helen lächelte. »Großzügig, wenn man es am wenigsten erwartet«, hatte sie zugestimmt.

»Wo er wohl ist?«

Helen zuckte mit den Schultern. »Er hat mir nichts gesagt. Aber du hast doch von dem Gerichtsverfahren gehört.«

Nein, Christina hatte nichts davon gehört. Und Helen wußte die Einzelheiten nur von Rhys und Alan. Die beiden Frauen unterhielten sich länger über Julia und die Tochter, die zwischen den beiden sich bekriegenden Erwachsenen stand.

»Er muß sie dazu getrieben haben«, hatte Christina gesagt. »Das kannst du dir doch auch vorstellen, oder? Dir vorstellen, daß er nach Hause kommt und seine Frau sofort auf die Palme bringt.«

Helen war nicht so sicher. »Ich weiß, wie er uns hier behandelt«, stimmte sie nachdenklich zu. »Aber ich weiß auch, daß er das Kind vergöttert.«

Christina hatte das Gesicht verzogen. »Trotzdem«, hatte sie gesagt und anzüglich gegrinst. »Stell dir vor daß diese gräßliche alte Fast-Leiche zu dir ins Bett steigt. Brrr!« Und sie war in lautes Gelächter ausgebrochen.

Helen hatte nur gelächelt. Sie war zwanzig Jahre älter als Christina. »Dennoch, ich wäre überrascht, wenn wir ihn vor nächster Woche zu sehen bekämen«, sagte sie leise.

Christina seufzte tief auf. »Was bedeutet, daß wir die Festung halten müssen.«

»Sieht so aus.«

»Reizend«, hatte das Mädchen gesagt. »Das ist er. Absolut verflucht reizend.«

Helen kam aus der Küche zurück und runzelte die Stirn beim Anblick des vor den Fenstern parkenden Wagens. Dort galt absolutes Parkverbot. Zwei Männer stiegen aus, redeten einen Moment miteinander und öffneten dann die Tür zum Empfang.

»Ist Mr. Woods hier?« fragte der erste. Er hatte eine kultivierte, tiefe, angenehme Stimme.

»Nein«, antwortete Helen. »Kann ich ihnen helfen?«

Die beiden sahen sich gegenseitig an. »Sie sind ...«

»Mrs. Pritchard, die Sekretärin von Mr. Woods.«

»Haben Sie die Schlüssel zu den Aktenschränken und so weiter? Zu den Safes?«

Helens Herz schlug ein wenig schneller. »Ja, wer sind Sie denn?« fragte sie.

Der erste Mann lächelte und griff in die Innentasche seines Jacketts. »Ich muß mich entschuldigen«, sagte er leise und reichte ihr eine Karte. »Ich bin Matthew Keller von Keller, Wright and Porteous.«

Sie warf einen Blick auf die Karte und dann in den Terminkalender, der aufgeschlagen vor ihr lag. »Ich sehe hier leider keine vorgemerkte Verabredung«, sagte sie. »Ich erwarte auch nicht, daß Mr. Woods heut noch kommt – und auch nicht in den nächsten Tagen.«

Das Lächeln des Mannes war einfach nur charmant. »Und er hat Ihnen nicht zufällig gesagt, wohin er wollte?« fragte er.

»Nein, das hat er nicht«, sagte Helen. »Ich glaube, er hat im Moment einige familiäre Probleme.«

»Ja«, sagte er, »einige Probleme, die hat er allerdings.« Eine Braue hochziehend, sah er seinen Begleiter an, stellte seinen Aktenkoffer auf den Boden, lehnte sich an das Pult und sagte: »Sie wollten eben nach Hause gehen, wie ich sehe. Dürfte ich Sie bitten, noch eine Weile zu bleiben?«

»Warum ... Wozu?«

»Wir müssen die Akten durchsuchen und alle laufenden Vorgänge versiegeln. Für den Anfang.«

»Ich verstehe nicht«, sagte Helen.

Der Begleiter des Mannes meldete sich zum ersten Mal zu Wort. »Wir haben den Auftrag, verschiedene Unregelmäßigkeiten in Mr. Woods' Firma zu überprüfen.«

# 41

Als sie vom Hotel weg über den Rasen ans Meer gingen, blieb Oliver plötzlich stehen und nahm Beths Hand.

Beth, die den Schluß der kleinen Gruppe bildete, warf einen Blick von seinen Fingern auf Julia, die mit verschränkten Armen und gesenktem Kopf weiterging.

»Beth«, sagte er.

Sie hob die Hand. »Damit wir uns gleich richtig verstehen«, sagte sie. »Ich bin nur hier, weil Julia mich darum gebeten hat. Sprechen Sie mit ihr, treffen Sie irgendeine Übereinkunft. Dann lassen Sie uns nach Hause fahren.«

»Ja«, sagte er vage. Dann: »Beth, ich muß Ihnen ein Geständnis machen.«

»Noch eins?« sagte sie erbittert und beobachtete Julia, die auf dem feinen Kies stehengeblieben war und ins Wasser starrte.

»Ich bin fast bankrott.«

Sie sagte nichts.

»Ich habe in den letzten Tagen versucht, einen Ausweg zu finden, versucht, Sie nicht hineinzuziehen; ich habe gedacht, ich könnte es in Ordnung bringen, und Sie brauchten nie etwas davon zu erfahren. Ich dachte sogar, ich könnte Ihnen das Geld zurückzahlen, das David mir gegeben hat, das Geld aus dem Treuhandfonds.« Seine Stimme erstarb, als sein Blick zu Julia schweifte. Dann wandte er sich wieder Beth zu. Sie sah, wie müde er war; in einem Auge war das Weiße von kleinen Blutergüssen durchzogen. Wenn er sprach, nickte er leicht mit dem Kopf, Erschöpfung sprach aus jedem Wort.

»Vor zwei Monaten habe ich David von einer lohnenden Investition erzählt. Ich hatte schon eine Menge Geld hineingesteckt. Angeblich eine todsichere Sache, fünfzig Prozent Gewinn in zwölf Monaten, vorausgesetzt, der Betrag, den man investierte, war groß genug. Ich erwartete, David werde mir sagen, ich sei ein Narr, ließe mich auf windige Geschäfte ein – aber er sagte es nicht. Er schlug mir vor, noch mehr Geld zu investieren, und gab mir seine elftausend Pfund. Ich beteiligte mich mit allem, was ich hatte. Die Gesellschaft war bekannt, stand in hohem Ansehen …« Ein gespenstisches Lächeln umspielte seine Lippen. »Nun, wie Sie wissen«, fügte er leise hinzu, »wurde ich enttäuscht.« Seine Miene verriet ihr, wie ungeheuerlich dieses Understatement war. »Wie es scheint, kann man sich auch auf todsichere Firmen nicht mehr verlassen.«

»Und sie reißen die Gierigen mit«, stellte sie fest.

Er sah ihre Verachtung und blickte wieder zu seiner Frau hinüber. Julia hatte sich von neuem in Bewegung gesetzt, ging ungewöhnlich langsam vor ihnen den Strand entlang.

»Und da war natürlich auch noch die Hypothek«, sagte Beth sarkastisch. »Vergessen Sie die nicht.«

Oliver straffte sich, wandte sich ihr zu. »Ich schwöre Ihnen jetzt, Beth, bei meiner Ehre …«

Sie lachte. Er kam nicht bei ihr an.

»Bei meiner Ehre«, wiederholte er, »davon weiß ich nichts. Ich habe Ihre Unterschrift beglaubigt, weil David mich darum gebeten hatte. Er schien so darauf erpicht, den Kredit schnell bewilligt zu bekommen. Ich habe keine Ahnung, wo das Geld ist oder warum er es wollte. Sie müssen mir glauben.«

Beth sah ihm direkt in die Augen. »Ich habe Sie bei der Anwaltskammer angezeigt«, sagte sie. »Von ihr werde ich zweifellos sehr bald erfahren, ob Sie die Wahrheit gesagt haben oder nicht.«

Oliver schien nicht einmal verärgert; er lächelte sie sogar fast freundlich an. Sie spürte, daß er endgültig resigniert hatte. »Das macht nichts, sie werden nichts finden«, sagte er. »Weil es nichts zu finden gibt.«

Er unterbrach sich, und sein Blick haftete traurig auf ihrem Gesicht.

»Es gibt etwas noch Wichtigeres«, sagte er.

»Himmel, das will ich doch nicht hoffen.«

»Es geht um Julia.«

»Oliver, ziehen Sie mich nicht noch mehr hinein.«

»Beth, ich muß Sie bitten, mir zuzuhören. Ich versuche – das heißt, wir versuchen, Julia in ein Krankenhaus einweisen zu lassen.«

»In ein Krankenhaus? In was für ein Krankenhaus?«

»In die psychiatrische Abteilung.«

»Wegen – nicht wegen dieser Woche ...«

»Nicht wegen dieser Woche. Nicht nur wegen dieser Woche.« Oliver legte Beth die Hände auf die Schultern. »Beth, Sie müssen mich jetzt anhören«, sagte er. »Im Krankenhaus ist man der Meinung, daß Julia krank ist. Sie haben sich mit unserem Hausarzt beraten und mit dem Sozialdienst, und wir glauben, daß sie etwas hat, das man ...«, er unterbrach sich und beobachtete aufmerksam Beths Gesicht, »... das man Münchhausen-Syndrom nennt.«

Beth trat zurück und befreite sich so von seinen Händen; sie hatten sich wie tote Gewichte angefühlt. »Davon hab' ich noch nie etwas gehört«, sagte sie.

»Nein – es ist eine Störung ...«

»Was für eine Störung?«

»Man weiß noch nicht, wie es dazu kommt. Die Person will durch eine Reihe eingebildeter Krankheiten auf sich aufmerksam machen ...«

»Meinen Sie Hypochondrie?«

»Viel ernster.«

»Julia hat aber nie erwähnt, daß sie krank ist.«

»Münchhausen-Syndrom ist auch nur ein Vergleich zum besseren Verständnis.« Oliver machte eine Pause, als wolle er seinen nächsten Worten besondere Bedeutung verleihen.

»Julia macht nicht sich selbst krank«, sagte er. »Julia macht *Rosie* krank.«

Beth trat entsetzt zurück. »Das ist doch ein Witz«, sagte sie.

»Deshalb ist Rosie im Krankenhaus nicht zu sich gekommen. Es war nicht das Kohlenmonoxyd, es war das Sedativ. Der Arzt hat Julia nach Rebeccas Tod Temazepan verschrieben. Sie hat es seit einiger Zeit Rosie verabreicht. Das denken sie wenigstens.«

»Aber der Hausarzt hätte es doch erkannt.«

»Nein. Leute, die am Münchhausen-Syndrom leiden, sind sehr überzeugend. Es wird nur dann offensichtlich, wenn mehrere Dinge zusammenkommen und man einige Zeit zurückverfolgen kann und dann das Bindeglied sieht ...«

»Nein«, sagte Beth, sich abwendend, »nein, das ist nicht möglich. Wie können Sie so etwas sagen? Julia *liebt* Rosie. Betet sie an.« Sie zeigte zum Hotel, das jetzt hinter den Bäumen des Gartens verborgen war. »Sie haben gesehen, wie sehr sie sich lieben.« Sie fuhr wieder zu Oliver herum. »Wie können Sie so etwas über Ihre Frau sagen?«

»Weil es die Wahrheit ist«, antwortete er. »Leute mit dieser Krankheit bleiben oft unentdeckt, gerade weil sie so liebevoll zu den Kindern sind, die sie langsam zerstören ...«

Sie blieben stehen und starrten einander an. »Bitte versuchen Sie zu verstehen«, sagte er. »Nicht um meinet-, um Rosies willen. Ich muß sie beschützen, und jetzt ...« Er legte die Hand an den Kopf. »Vielleicht werde ich nicht immer bei ihr sein können. Und Rosie kennt Sie, Beth. Sie braucht jemanden, der sich um sie kümmert, wenn ich es nicht kann ...«

Beth sah ihn noch einen Moment an, dann schob sie sich an ihm vorbei und begann zu rennen.

»Beth!« rief Oliver.

Sie rannte, bis sie Julia eingeholt hatte, die auf dem höchsten Punkt eines kleinen Kieshangs stand; hinter ihr fiel der

Strand sanft in eine Senke ab, wo Gras und Kreidedünen mit dem Ufer zusammenstießen. Vor ihnen senkte sich der Strand zu einem schmalen Sandstreifen.

»Julia«, sagte Beth und nahm ihren Arm, »komm mit. Gehen wir.«

Julia reagierte kaum. Die Arme resolut und eng vor dem Körper verschränkt, stand sie da. Sie wich Beths Augen aus. »Er wird gewinnen«, murmelte sie. »Es war sinnlos, daß wir hergekommen sind, nicht wahr?«

Beth schaute zu Oliver zurück, der sich mühte, sie einzuholen. »Komm«, sagte sie. »Du kannst hier nichts erreichen. Du mußt unbedingt zu einem Arzt.«

Julia sah sie an.

Beth versuchte noch immer, sie am Arm mitzuziehen. »Oliver hat da so eine wilde medizinische Theorie«, sagte sie. »Wenn du nicht eine andere Meinung einholst, und das verdammt schnell, wirst du den Fall verlieren.«

»Was für eine medizinische Theorie?«

Oliver hatte sie endlich erreicht.

Julia drehte sich um. »Was hast du gesagt?« fragte sie leise.

Oliver sah Beth an.

»Was hast du gesagt?« wiederholte Julia fordernd.

Er versuchte sie festzuhalten. Beth ließ sie los. Julia hob die Hand, um ihn abzuwehren, wie Beth glaubte. Dann nahm sie die Hand herunter, zur Faust geballt, neigte sich leicht zur Seite und versetzte Oliver einen Hieb auf die Wange.

Der Schlag traf jedoch auch die Schläfe. Einen Augenblick weiteten sich Olivers Augen; dann fiel sein Kopf zurück, sein Kinn sackte herunter, und er kippte nach hinten, ohne auch nur einen Arm zur Verteidigung zu heben. Eine Sekunde lang sah Beth ihn zwischen Himmel und Erde hängen, mit offenem Mund nach oben starren. Dann verlor er völlig das Gleichgewicht und stürzte, prallte auf den rutschenden Kies auf. Seine Knie knickten ein, verdrehten sich.

Er lag auf dem Boden, den Kopf auf den Schultern abgewinkelt, die Arme halb ausgestreckt, die untere Hälfte seines Körpers verkrümmt. Der Abhang und der schwere Oberkörper drückten auf seinen Unterkörper, bis er, die Beine unter sich, zusammengerollt auf der Seite lag.

Sekundenlang noch prasselten Steine den Abhang hinunter. Es war das einzige Geräusch.

Beth starrte den Steinen völlig verständnislos nach. Ihr erster Gedanke war, daß er irgendeinen Anfall gehabt haben mußte. Einen Anfall genau in der Sekunde, in der Julia ihn schlug. Sie sah ihn noch einmal kurz an und schaute dann zu Julia hinüber.

Und jetzt erst sah sie den Stein in Julias Hand. Es war ein Felsstück, ungefähr zehn Zentimeter im Quadrat, das Julia versteckt in der Hand gehalten hatte.

»Mein Gott«, sagte Beth. »Was hast du getan?«

Julia sagte nichts. Mit völlig ausdruckslosem Gesicht stand sie über Oliver.

Beth kniete nieder. Ihre Finger zögerten über seinem Gesicht, dann drückte sie seitlich auf seinen Hals. »Ich kann nichts fühlen«, flüsterte sie.

Sie legte ihm die Hand auf die Brust.

Noch immer nichts.

An seiner Schläfe war eine breite blutige Wunde. Seine Augen waren offen.

Beth fingerte an seinem Handgelenk herum. Sie hatte nie einen Erste-Hilfe-Kurs mitgemacht und keine Ahnung, was zu tun war. Sie fühlte nichts, keinen Pulsschlag, keine Bewegung. Sie hielt die Hand mit dem Handteller nach unten über seinen Mund, ob vielleicht sein Atem zu spüren war, der Hauch eines Atemzugs.

Nichts.

»Julia«, sagte sie.

Der Stein lag auf Julias flacher Hand. Einen Augenblick

betrachtete sie ihn mit stummem Interesse; dann warf sie ihn, so beiläufig wie ein Junge, der Steine über das Wasser hüpfen läßt, mit einem Armschwung in die Wellen, wo er etwa drei Meter entfernt im sanft wirbelnden Wasser versank.

Beth stand auf. »Julia«, wiederholte sie.

Julia sah sie an. »Wir sollten ihn zudecken.«

»Was?«

»Wir sollten ihn mit Steinen zudecken, damit niemand ihn findet.«

Beths flackernder Blick irrte von Julia zu Olivers Leichnam und dann wieder zurück zu Julia. »Weißt du, was du getan hast?« sagte sie wieder. »Julia!«

»Niemand wird ihn finden«, antwortete Julia. Und sie packte den schlaffen Leichnam.

»Nein, nein!« rief Beth.

Julia zog an Olivers Arm, und der Leichnam rutschte seitlich über das Kiesufer. Dann ließ sie seinen Arm los und fing an an seinen Füßen zu zerren. Sie zog ihm die Schuhe aus und warf sie hinter sich den Abhang hinunter. Ihre Hände umfaßten seine Fußknöchel. »Zieh«, sagte sie.

»Nein, ich ...«

»Zieh!«

Beth sah Julia an. Sie wirkte munter, beinahe sorglos vergnügt. Furcht überrieselte Beth; sie warf einen Blick über den langen, leeren Strand, fürchtete sich davor loszulaufen. Fürchtete sich vor dem Wahnsinn hinter sich. Sie tat, was Julia ihr befohlen hatte, nahm Oliver unter den Armen, dann stolperten sie die letzten Zentimeter des Abhangs hinauf. Oben jedoch traf die Erkenntnis dessen, was sie tat, Beth wie ein Blitzschlag; sie ließ ihre Last mit einem Schrei des Entsetzens fallen.

Julia ließ ihn auch los. Den Kopf zur Seite geneigt, stand sie da, als überlege sie etwas; dann trat sie hinter Oliver und schob ihn mit den Füßen vor sich her.

Der Leichnam rollte vorwärts, den Abhang hinunter, und der Kies rollte wie eine langsame Lawine hinter ihm her. Unten angekommen, lag er mit dem Gesicht nach unten in einem Durcheinander aus Sand, Steinen und Gras. Hinter ihm staute sich ein Sickerwasser und durchweichte rasch seine Kleidung. Die Nässe kroch schnell vorwärts, und sein Jackett wurde dunkel. Ein Bein lag verkrümmt und in einem schrecklichen Winkel verdreht unter ihm, ein Arm merkwürdig zusammengeschoben neben seiner Schulter; die Finger zeigten nach oben.

Plötzlich rutschte Julia den Kies hinunter, schaufelte mit den Händen Kiesel auf und warf sie auf den Toten.

»Hilf mir«, sagte sie.

Beth stand zitternd oben auf dem Abhang. »Nein«, flüsterte sie. »O nein.«

Julia schaufelte weiter. Es war hoffnungslos. Sie kletterte bis zu halber Höhe hinauf, begann mit den Füßen zu schieben und eine kleine Lawine an der Unterseite feuchter Kieselsteine geriet ins Rutschen.

»Man wird ihn finden«, sagte Beth mit einer weit entfernt klingenden Stimme, die sie kaum als die ihre erkannte.

»Das wird man nicht«, sagte Julia.

Seine dunkle Kleidung verschwand, nur die grotesken Umrisse seines Kopfes, seiner Hände und seiner bloßen Füße blieben sichtbar. Julia arbeitete schneller, stieß vor Anstrengung seltsame gutturale Laute aus. Beth konnte die Augen nicht von Olivers Kopf abwenden, von der halb an seinen Hals gepreßten Hand. Seine wenigen, dünnen Haarbüschel wehten im Wind. Nach einer Weile waren auch sie zugedeckt.

Es dauerte vielleicht drei oder vier Minuten.

Julia blickte zu Beth auf.

»Das Wasser wird alle Steine wieder wegspülen«, murmelte Beth.

Ohne Beth aus den Augen zu lassen, kletterte Julia auf allen vieren den Hügel hinauf, wobei ihre Füße jeweils nach zwei Schritten einen zurückrutschten. Es war, als wolle der tote Mann dort unten sie gewaltsam zu sich holen.

Endlich oben angekommen, richtete sie sich auf. Beth dachte an die Grabpyramiden aus gebleichten Steinen auf den Hügelkämmen; die Hügelgräber, die den Horizont an dieser Küste markierten. Sie dachte an Rhys. Wollte zu Rhys.

Julia nahm ihre Hand. »Komm mit«, sagte sie. »Beth! Hörst du? Komm mit.«

## 42

Julia rannte durch den Wintergarten des Hotels und rief nach Rosie.

Im schattigen Speisesaal saß eine Vierergruppe an einem Tisch, auf dem ein Nachmittagstee von geradezu königlicher Üppigkeit serviert worden war. Eine Frau von etwa sechzig Jahren hatte Tee eingeschenkt und setzte sich jetzt, die Teekanne noch in der Hand. Alle vier wandten jetzt den Kopf.

Julia blieb an der Tür stehen. »Haben Sie meine Tochter gesehen?« fragte sie.

»Tut mir leid ...«

»Meine Tochter. Meine Tochter.« Ungeduldig kam Julia näher. »Sie ist ungefähr so groß ...« Sie hielt die Hand in Taillenhöhe. »Blondes Haar.«

Die Gäste sahen einander an, Überraschung mischte sich mit Mißtrauen wegen Julias unordentlicher Erscheinung. Einer der Männer musterte sie von Kopf bis Fuß, und sein Blick blieb an ihren abgewetzten Schuhen haften.

»Nein ...«

Julia ballte die Hände. »Ich muß sie finden«, sagte sie.

Eine der Frauen meldete sich zu Wort: »War da nicht eben ein kleines Mädchen auf der Treppe?«

Julia rannte hinaus in die Halle. Wild schaute sie von links nach rechts. Die Treppe dehnte sich zu einer langen Kurve und teilte sich am Ende. Das Hotel hatte mindestens zwanzig Zimmer. Rosie konnte überall sein.

Julia hob den Kopf und schrie.

»Rosie! Rosie!«

Die beiden Frauen kamen aus dem Speisesaal.

*»Rosie!«* schrie Julia wieder.

»Ach, du meine Güte«, sagte eine Frau. »Hat sie sich verlaufen?«

Julia begann zu weinen. »Sie ist erst sechs. Erst sechs ...«

»Haben Sie ein Zimmer? Ist sie vielleicht dort?«

»Rosie!«

Die ältere Frau legte Julia die Hand auf den Arm. »Sie dürfen nicht in Panik geraten«, sagte sie. »Sie ist bestimmt irgendwo. Weit kann sie doch nicht sein, oder?«

»Warum sehen Sie nicht in Ihrem Zimmer nach? Ich bin sicher, ich habe sie auf der Treppe gesehen.«

»O Gott.« Julia weinte.

Kleine Füße trappelten über den Treppenabsatz über ihnen. Alle drei blickten auf. Rosies strahlendes Gesicht erschien über dem hölzernen Treppengeländer.

»Mummy!«

Julia rannte, immer zwei Stufen auf einmal nehmend, die Treppe hinauf, riß ihre Tochter in die Arme und hob sie auf.

»Na also«, sagte die Frau hinter ihr. »Da sehen Sie's. Sie war nicht weit.«

Mrs. Spencer kam auf dem Treppenabsatz hinter Rosie hergelaufen. Mit einem Ausdruck unverhohlenen Entsetzens tauchte sie auf und sah Julia mit Rosie auf den Armen die Treppe hinunterlaufen; das Gesicht des Kindes war nach oben gewandt, eine bleiche Fläche, die immer undeutlicher wurde, je näher sie der düsteren Halle kamen.

»Mrs. Woods!« rief der Hotelbesitzer. »Bitte!«

Julia war unten angekommen. »Kommen Sie uns ja nicht in die Quere!« schrie sie.

Mrs. Spencer rannte, eine Hand ausgestreckt, die lange Treppe hinunter, so schnell sie konnte. Julia hatte Rosie auf ihre linke Hüfte gesetzt, und das Kind legte fast beiläufig den Kopf auf ihre Schulter und beobachtete mit großen Augen, was vorging.

»Ist Mr. Woods hier?« fragte der Besitzer.

»Ich sollte Sie verhaften lassen«, sagte Julia.

»Wie bitte?«

»Wissen Sie überhaupt, was Sie getan haben?« fragte Julia. Sie blickte zu den beiden weiblichen Gästen zurück. »Sie haben mit meinem Mann konspiriert, um mir mein Kind wegzunehmen«, sagte sie. »Nur das! Mir!«

Der Protest blieb Mrs. Spencer im Hals stecken. Sie hatte nur noch Zeit, Julias ersten Schlag in ihre Richtung zu sehen; sie wich zurück, stolperte auf der Treppe und fühlte den Schlag haarscharf an sich vorbeizischen. Julia taumelte.

»Also wirklich! Ach, du meine Güte«, sagte eine der beiden Frauen, als sei ein ungehöriges Wort gefallen – nicht mehr.

Rosie hatte die Augen geschlossen und klammerte sich, ihr Gesicht verbergend, an Julias Hals.

»Mischen Sie sich ja nie wieder in mein Leben ein«, sagte Julia.

Sie machte kehrt, lief zur Hoteltür und riß sie auf.

# 43

Draußen war Beth zu ihrem Van gelaufen.

Sie stieg ein, wobei ihr wie aus weiter Ferne bewußt wurde, daß sie zitterte. Der Schock hatte alles in ihr abgetötet. Sie bekam den Schlüssel nur mit größter Mühe ins Zündschloß, wie ein Invalide, der versucht, nach etwas zu greifen, um das Gleichgewicht nicht zu verlieren. Sie wollte weg; nur das. Das war alles. So schnell wie möglich weg. Zur Polizei fahren. Sie hatte keinen anderen Gedanken.

Sie trat auf die Kupplung und legte den Rückwärtsgang ein. Die bogenförmige Zufahrt hinter ihr war frei. Der Motor heulte auf.

»Komm schon«, flüsterte sie. »Du verdammtes Mistding, komm schon!«

Der Van machte einen Satz nach hinten, Kies prasselte gegen die Unterseite. Ihre Finger rutschten über das Steuerrad. Als sie um die Kurve wollte, hörte sie ein mahlendes Geräusch. Sie schlug mit der Hand auf den Schalthebel, der widerspenstig im Rückwärtsgang steckenblieb.

Aus den Augenwinkeln sah sie Julia aus dem Hoteleingang kommen. Erstaunt sah sie, daß Rosie in den Armen ihrer Mutter lag. Bis zu diesem Moment war Beth entschlossen gewesen, wegzufahren; sie hätte es riskiert, Julia zu überfahren, um sie daran zu hindern, noch einmal bei ihr einzusteigen. Aber als sie Rosie sah, die Hände um Julias Hals gelegt, das Gesicht spitz und blaß, dem einer alten kranken Frau ähnlicher als dem eines gesunden Kindes, drehte sich ihr das Herz um.

Sie hielt hin- und hergerissen inne, nahm den Fuß vom Gaspedal, sah ihnen entgegen.

Julia öffnete die Tür.

Rosie kam zuerst herein, von ihrer Mutter kopfüber gestoßen.

Beth streckte die Arme aus. »Hallo, Schätzchen«, sagte sie. Doch ihre Stimme gehörte einer Fremden – war hoch und flach.

Rosie rutschte auf ihren Sitz.

»Fahr los«, sagte Julia.

»Ich kann nicht. Die Gänge ...«

Julia legte die Hand um den Schalthebel. »Tritt auf die Kupplung.«

Beth starrte sie an. »Ich kann nicht, Julia.«

Eine Sekunde lang erwiderte Julia den Blick völlig gelassen. Dann beugte sie sich vor und zog in aller Ruhe den Zündschlüssel heraus. »Steig aus.«

»Nein, ich ...« Beth sah Rosie an. Das Kind hatte zu seinem alten Trostmittel zurückgefunden, lutschte am Daumen und ließ die Augen zwischen Julia und Beth hin- und herwandern. Über Rosies Kopf hinweg sah Beth Julia an: die blaßblauen Augen, die blasse Haut, das helle Haar. Ein Gesicht von ätherischer Ruhe. Während Beth noch hinsah, huschte ein Lächeln über Julias Gesicht: Licht, das die Dunkelheit jagte. Es war gruselig anzusehen.

Beth hatte instinktiv Rosies Schultern umfaßt. »Das ist nicht richtig«, sagte sie. »Wir müssen ...« Sie wollte vor dem Kind das Wort Polizei nicht aussprechen.

Julia achtete nicht auf das, was Beth sagte. »Entweder du fährst«, sagte sie. »Oder ich tu's.«

»Wo ist Daddy?« fragte Rosie.

Beth warf Julia einen bittenden Blick zu. »Du kannst nicht weglaufen«, sagte sie. Julia erwiderte den Blick mit glasigen Augen, ein Lächeln zuckte um ihren Mund wie eine Parodie von Heiterkeit, die Schlüssel schaukelten zwischen Daumen und Zeigefinger.

»Ich steige nicht aus«, sagte Beth.

»Dann fahr.«

Beth hatte eine Vision von Rosie, die auf dem Beifahrersitz kauerte und sie in dem gleichen verängstigten Ton anflehte wie vor ein paar Tagen, als Julia sie die Straße entlang nach Hause gezerrt hatte. Langsam nahm Beth die Schlüssel an sich, startete den Motor.

»Jetzt fahren wir heim«, sagte Rosie und schlug sich mit aufgeregter Vorfreude auf die Knie.

»Wir verreisen«, sagte Julia.

Endlich ließ der Van sich herbei, den ersten Gang einrasten zu lassen. Beth fuhr los, die Zufahrt entlang, hinaus auf die schmale Landstraße und vorbei am Cottage des Dachdeckers. An der Kreuzung zeigte Julia nach links.

Der Verkehr auf der Hauptstraße floß ruhig dahin. Nach ungefähr einer Meile schaute Beth zu Julia hinüber.

»Wohin willst du?« fragte sie.

»Ich denke nach.«

»Du ...«

»Ich denke nach.«

Rosie streckte den Arm aus und fuhr mit dem Finger über die Windschutzscheibe. Julia schlug ihr die Hand herunter.

»Julia«, sagte Beth, »wir müssen nach Wynfirth Newley.« In Newley war das Polizeihauptquartier des Bezirks, nach dem nächsten Verkehrskreisel ein Umweg von etwa fünf Meilen.

»Wir fahren nach Poole.«

»Julia, um Himmels willen!«

»Wo ist Daddy?« fragte Rosie. »Kommt er mit?«

»Julia«, blieb Beth hartnäckig, »es ist im Affekt passiert. Wenn du jetzt mit ihnen redest ...« Sie senkte die Stimme. »Sie werden ihn finden. Du könntest sagen – die angespannte Situation ...«

»Halt dein verdammtes Maul!« sagte Julia.

Rosie fuhr in die Höhe. »Sag bloß dieses Wort nicht schon wieder!«

»Ich biege bei Wynfirth ab«, sagte Beth.

Julia griff ihr ins Steuer.

Beth versuchte ihre Finger zu lösen. Der Van zog auf die Gegenfahrbahn. »Um Himmels willen!« schrie sie. Rosie kreischte.

Ein Milchtankwagen kam ihnen mit sechzig Meilen pro Stunde entgegen. Beth erkannte die weiße und blaue Lackierung, den fröhlichen Milchmann auf dem Kühler. Seine Lichthupe blinkte. Im letzten Moment riß sie das Steuer nach links, und er raste mit plärrender Hupe vorüber. Im Rückspiegel sah sie, daß der Fahrer hinter ihr sich an die Stirn tippte.

»O Gott!« flüsterte Beth. Das Herz schlug ihr merkwürdig hohl in der Brust. »O Gott.«

Julia blickte auf die Straße. »Fahr zu mir nach Hause«, sagte sie. »Ich brauche meinen Paß.«

Der Verkehr vor ihnen wurde langsamer. Sie kamen an eine Steigung. Vor ihnen vier Fahrzeuge und ein Wohnwagengespann.

»Spiel mit mir ›Ich war einkaufen‹«, sagte Rosie.

»Nicht jetzt«, sagte Julia.

Aber Rosie ließ sich nicht von diesem Gedächtnisspiel abbringen, bei dem zunehmend, schwierigere Dinge einer imaginären Einkaufsliste hinzugefügt werden. »Ich ging in den Laden und kaufte ein – ein ...«

Die Steigung wurde steiler, und Beth schaltete in den dritten.

»... einen Hund.«

Julia antwortete nicht.

»Mummy, ich habe gesagt ›einen Hund‹. Jetzt bist du dran.«

»Ich spiele mit dir«, sagte Beth. »Ich ging in den Laden und kaufte einen netten Hund ...«

»Es ist ein Corgi.«

»Ein …« Beth erstarrte innerlich, als ihr Blick auf die weiße Linie in der Straßenmitte fiel. Panik packte sie. Unverfälschte Panik und Angst, schnell und namenlos.

»Einen kleinen Corgi.«

»Einen – Corgi und …« Beths Worte kamen mühsam und dünn wie ein verzweifeltes Gebet. »Eine Dose – eine große Dose Pfirsichscheiben.«

Rosie beugte sich lächelnd vor. »Ich ging in den Laden und kaufte einen Corgi …« Sie hielt die Finger in die Höhe und hakte die Gegenstände ab, an die sie sich erinnerte. »… eine große Dose Pfirsichscheiben und eine große, große Decke.«

»Ich habe auf dich gezählt«, sagte Julia. Beth schaute zu ihr hinüber. »Polizei. Glaubst du, ich bin so verdammt blöd?« fuhr Julia fort, als denke sie laut. »Dasselbe, dasselbe. Und immer mehr davon.«

Der Verkehr bewegte sich nur noch mit zwanzig Meilen pro Stunde, Beth ging in den zweiten Gang. Die Steigung führte hier in eine Linkskurve. Das Wohnwagengespann vor ihnen hatte Schwierigkeiten.

»Eine *Decke*«, sagte Rosie.

»Eine Decke«, sagte Beth. Sie wandte sich an Julia. »Ich verstehe nicht.«

»Du hast es vergessen! Du hast es vergessen!« jubelte Rosie. »Zuerst kommt der Corgi.«

»Ihr wendet euch alle gegen mich«, sagte Julia vor sich hin.

Beth riß einen Moment lang die Augen von der Straße los. »Was?«

»Ihr alle. Er und Oliver und jetzt du.«

»Wer?«

»Ihr ignoriert mich. Alle ignoriert ihr mich.« Julia kniff sich heftig in die Stirn, so daß sich eine bös aussehende senkrechte Falte bildete, grub die Nägel fest ins Fleisch und spannte die Haut am Haaransatz so stark an, daß sie weiß wurde. »Du und er.«

»David? David?«

Gerade noch rechtzeitig blickte Beth wieder auf die Straße. Der gesamte Verkehr hatte angehalten. Sie trat voll auf die Bremse und kam nur wenige Zentimeter vor dem blauen Escort zum Stehen. Hinter sich hörte sie andere Bremsen kreischen, spürte plötzlich einen Schlag, Metall prallte auf Metall. »O Scheiße!« flüsterte sie.

»Liebe sie, liebe sie, liebe sie«, sang Julia leise und monoton vor sich hin. »Liebe sie, liebe sie ...«

»Julia ...«

»Das kann ich nicht tun. *Lieb' sie zu sehr. Sie ist meine Frau.*« Sie ahmte Davids Stimme nach. Ein ganz leichter Dorset-Akzent, der abgehackte Ton.

Vor ihnen heulte der Motor des Wagens auf, der den Wohnwagen zog. Plötzlich stellte der Wohnwagen sich quer zum Auto. Die Warnleuchten begannen zu blinken. Die Kronen der Eichenbäume an der Ecke hingen über ihnen und schwankten, als wollten sie die Fahrzeugkette streicheln.

Der Fahrer des Escort stieg aus. Sie hörten ihn brüllen. Gleichzeitig hörte Beth Türenknallen hinter ihnen.

»Versuch's noch einmal«, sagte Rosie und zupfte Beth am Arm. »Versuch was anderes.«

»Du hast mir gesagt, daß er mich verlassen wollte«, sagte sie.

Julia schnitt eine Grimasse. »Das hast *du* mir gesagt ... *Du* hast dir das ausgedacht. Hast es dir bei der Beerdigung ausgedacht.«

»Ich habe es mir ausgedacht? Um Himmels willen, du hast mir erzählt, ihr hättet eine Affäre gehabt!« rief Beth.

»Es wäre dazu gekommen«, sagte Julia.

*»Wäre?«*

»Früher oder später.«

»Aber ...« Beth war wie erstarrt vor Ungläubigkeit. »Und wolltet ihr nicht nach Spanien?«

Julia blickte auf ihren Schoß hinunter. »Ich habe es ihm gesagt. Es wäre passiert. Früher oder später. Man kann mich nicht für immer ignorieren.«

»Aber …« Beths Atem ging stoßweise. »Du hast mir gesagt, du hättest mit ihm geschlafen – erst zehn Tage vorher das letzte Mal mit ihm geschlafen …«

Julia schaute aus dem Fenster, wandte sich von Beth ab, so daß ihr Gesicht nur im Profil zu sehen war. »Ich habe ihm gesagt, ich würde ihm folgen«, murmelte sie. »Man kann es mit einem Menschen nicht nur einmal tun und ihn dann fallenlassen. Man kann ihn hinterher links liegenlassen.«

Beth starrte sie an. Draußen hämmerte jemand an das Fenster auf der Fahrerseite. Ein Mann schrie etwas. Beth nahm ihn kaum wahr. »Oliver hat mir die Wahrheit gesagt. Du und David – es war nur einmal. Nur einmal, vor langer Zeit.« Das Blut dröhnte in ihrem Kopf. »Du hattest nie eine Affäre mit ihm«, flüsterte sie. »Er hat mich gar nicht verlassen.«

Julias Kopf fuhr herum. »Oh, er wollte fort«, antwortete sie. »Wollte uns beide verlassen. Ich bin zum Hafen gefahren und habe auf ihn gewartet. Ich hätte ihn zurückgehalten«, fügte sie tief zufrieden hinzu. »Doch er hat es vorgezogen, sich vorher umzubringen.«

»Sich umzubringen?«

»Was sonst?«

»Es hieß, es sei ein Unfall gewesen.«

»Frontal mit einem Laster zusammenzustoßen – ein Unfall?«

Beth starrte sie an. »Das denkst du?« sagte sie. »Du denkst, er hat Selbstmord begangen?«

Julia zuckte mit den Schultern. »Wahrscheinlich.«

»Aber warum?«

»Wegen des Geldes. Wegen dieses Geldgeschäfts mit Oliver.«

»Was für Geldgeschäfte?«

Julia winkte ab. »Oh, sein guter Ruf«, äffte sie David nach. Seine Stimme kam aus Julias Mund. »Die Schande, der gute Ruf, nie wieder den Kopf hoch tragen, dir nie mehr in die Augen sehen können ...«

Zwischen ihnen hatte Rosie zu zittern begonnen, an ihren Wimpern glänzten Tränen, gleich würde sie anfangen zu weinen. Sie starrte den Mann vor dem Fahrerfenster an. »Sag ihm, er soll aufhören«, sagte sie. »Sag dem Mann, er soll aufhören ...«

Beth öffnete ihre Tür.

»Steig nicht aus«, warnte Julia.

»Sind Sie verrückt oder was, verdammt?« brüllte der Mann.

Kaum war die Tür offen, war er schon halb im Wagen. Ungefähr fünfzig, mit rotem Gesicht, bekleidet mit einem grell pinkfarben gestreiften Hemd, und mit einem über den Hosenbund hängenden Bauch. Er schob das Gesicht dicht an Beths Gesicht heran. »Du hast nicht auf die Straße geachtet, du blöde Kuh!« brüllte er. »Schau, was du angerichtet hast!«

Beth schaute. Hinter ihr waren drei Wagen aufeinandergefahren. Der zweite Fahrer hatte auf der Fahrerseite den Kotflügel des Mannes gerammt.

»Es tut mir leid«, sagte Beth.

»Steig wieder ein!« befahl Julia.

»Geben Sie mir Namen und Adresse, verflucht, das war Ihre Schuld«, sagte der Mann.

Beth schaute zum Wagen zurück. Julia beugte sich herüber. »Steig ein!« wiederholte sie.

Der Mann schnaufte. »Sie halten sich da raus!«

Beth blickte zwischen ihnen hin und her. Dann sah sie, wie Rosie auf den Fahrersitz rutschte. Glücklich umfaßte sie das Steuer, und ihre Beinchen baumelten über den Pedalen hin und her.

Die Beifahrertür ging auf. Julia stieg aus.

Der Mann funkelte sie wütend an, als sie um den Wagen herum auf die Fahrerseite kam.

»Beth«, sagte sie leise, »wir müssen jetzt weiter.«

Der Fahrer lachte. »Oh, müßt ihr?« entgegnete er. »Das ist doch zu schade. Frauen! Gebt mir eine Chance.«

Julia nicht aus den Augen lassend, wandte Beth sich an ihn. »Das ist ein Notfall«, sagte sie. »Verstehen Sie?«

»Ich verstehe sehr gut.«

»Er versteht überhaupt nichts«, sagte Julia.

Der Mann zeigte mit dem Finger auf sie. »Richtig. Ich rufe die Polizei«, sagte er.

»Das tun Sie nicht«, entgegnete Julia.

Rosie schwang sich vom Fahrersitz herunter. Unsicher lächelnd stand sie auf der Fahrbahn.

»Komm zu mir, Rosie«, sagte Beth und streckte die Hand aus.

Der Mann nahm ein Mobiltelefon von seinem Armaturenbrett. »Wir werden sehen«, sagte er warnend zu beiden.

»Rufen Sie Wynfirth an«, sagte Beth, griff nach Rosies kleinen, klebrigen Fingern und umfaßte schnell das Handgelenk der Kleinen.

Der Mann zog eine Braue hoch.

»Schnell«, sagte Beth.

Neben sich hörte Beth einen erstickten Laut. Sie blickte auf und sah, daß Julia sie anstarrte, den Betrug begriff. Blitzschnell ging Julia in die Hocke, hob Rosie vom Boden auf und legte ihr den Arm um die Taille.

Beth umfaßte Rosies Handgelenk fester. Um keinen Preis würde sie das Kind jetzt loslassen.

»Gib sie mir.«

Beth schob ihren freien Arm hinter Rosies Rücken zwischen sie und ihre Mutter. Sie ballte die Hand, ließ die Faust zurückschnellen und traf Julia dicht unter den Rippen. Julia schrie auf – es war ein kleiner erstickter Protest – und machte einen Schritt zurück. Inzwischen hatte Beth sich geschickt zwischen Mutter und Kind gezwängt. Sie kehrte Julia den Rücken zu und hielt Rosie mit beiden Armen fest. Julia ließ los und schlug auf Beths Rücken ein.

»Gib sie mir!« schrie sie.

Beth rannte los, die zappelnde und schreiende Rosie auf den Armen.

Der Mann hatte das Telefon vom Ohr genommen. Beth rannte hinter ihn, auf die anderen Wagen zu und rief über die Schulter: »Um Himmels willen, rufen Sie die Polizei!«

»Was ist da los?« sagte er.

»Nein!« schrie Rosie. »Will Daddy! Daddy!«

Eine Frau in einem teuren Kostüm, die Verkörperung echter Eleganz, die eben aus dem dritten Wagen gestiegen war, vertrat Beth den Weg.

»Was machen Sie da eigentlich?« fragte sie. Es klang, als erkundige sie sich nach der Zeit.

Beth blieb nach Atem ringend stehen.

Hinter ihnen kreischten Bremsen.

Der Van mit Julia am Steuer wendete auf der Straße. Der Fahrer in dem pinkfarbenen Hemd stolzierte vor dem Van auf und ab, wollte ihn am Weiterfahren hindern. »He!« sagte er. »Heda, Sie ...« Wie ein Vater, der einen schwierigen Jungen beruhigen wollte. »Das dürfen Sie nicht!« rief er.

Er schlurfte zurück, als sie den Wagen geradeaus steuerte und auf ihn zufuhr. Einen Augenblick vollführte das pinkfarbene Hemd einen kleinen Ritualtanz. Erst in der allerletzten Sekunde sprang der Mann beiseite und hieb mit der Faust auf die Motorhaube des Vans, der ihn nur um Haaresbreite verfehlt hatte.

»Du verfluchte Idiotin!«

Der Van fuhr schneller.

»Mummy!« schrie Rosie. Sie gab Beth einen festen Tritt, zerkratzte ihr die Hände, drehte und wand sich.

»Rosie – nicht – nicht …

Aber Rosie entglitt ihr, warf sich mit ausgebreiteten Armen dem Van entgegen.

Er war nur noch drei oder vier Meter entfernt.

»Rosie!« schrie Beth.

»Passen Sie auf!« Die Frau neben Beth keuchte vor Schreck.

Einen Moment konnte man Julias Gesicht durch die Windschutzscheibe sehen. Ihr Blick war auf ihre Tochter fixiert, auf das helle Haar vor dem Durcheinander von Farben.

Durch die näher kommende Windschutzscheibe sah Beth Julias Augen starr werden, leer und nach innen gewendet. Sie spitzte den Mund, hatte die Unterlippe vorgeschoben. Sie hatte sich in eine innere Landschaft zurückgezogen, sah geistesabwesend aus, hielt den Kopf leicht abgewandt, das Kinn erhoben. Als ob sie für einen Fotografen posiere, den Blick für die Kamera verändere, Bildern zulächle, die nur sie entstehen lassen konnte. Beth stürmte vorwärts. »Nein, nein«, flüsterte sie. Eine schwache, kleine Kette aus Worten in Richtung des Kindes.

Sie rannte mit ausgestreckten Armen, die Handflächen nach oben. Ich kann vor Julia bei Rosie sein, dachte sie. Sie konnte in diesem engen Raum fliegen, in diesem Quadrat heißer Straße, der schwarzen Oberfläche, in der sich Teerspiralen spiegelten. Ihre Hände berührten jetzt Rosies Schultern. Jede Fingerspitze ausgestreckt.

Ein Zentimeter, eine Meile.

Es war egal; wenn Julia sie verfehlte.

Wenn sie sie nur verfehlte.

# 44

Die kleine Gruppe wartete am Strand.

Langsam und vorsichtig kamen die beiden Polizisten näher. Neben den vier Männern in T-Shirts, Leinenhosen und Shorts, jeder mit einem Rucksack auf dem Rücken, denen sie sich näherten, sahen sie in ihren dunklen Uniformen fehl am Platz aus. Den Polizisten folgte der Besitzer des Hotels.

»Mr. Hinton?«

»Das bin ich«, sagte der, der einen Hund am Halsband festhielt – einen Collie, der sich bemühte freizukommen; die rosa Zunge hing ihm seitlich aus dem Maul.

»Zeigen Sie uns die Stelle, Mr. Hinton.«

»Hier entlang.«

Die zusammengewürfelte Gesellschaft ging über den Strand zurück, glitt auf den Steinen aus. Es war sechs Uhr abends, und der feuchte Nachmittag war drückend, Boden und Ozean mit einem niedrighängenden grauen Himmel verschmolzen. »Wann haben Sie's gefunden?«

Der Mann sah auf seine Uhr. »Vor einer halben Stunde? Aber das war nicht ich. Es war Rufus.« Der Hund tänzelte und bellte, freute sich über das Spiel, zerrte am Halsband.

»Haben Sie es sich angesehen?« fragte der Sergeant den Hotelbesitzer.

»Ja.«

»Und Sie sind sicher, daß er es ist?«

Das Gesicht des Hotelbesitzers wurde noch weißer, wenn das überhaupt möglich war. »Er ist erst vor zwei Stunden aus dem Haus gegangen«, antwortete er leise. »Mit seiner Frau und der anderen Lady.« Er rang die Hände. »So etwas ist bei mir noch nie vorgekommen«, sagte er. »Nie ist im Hotel jemand gestorben, nicht einmal eines natürlichen Todes. Nie, in fünfzehn Jahren …«

Sie hatten den Abhang erreicht. »Es ist nicht gut fürs Geschäft«, murmelte er vor sich hin.

Sie standen auf dem steinernen Uferdamm und schauten in die Senke hinunter. Hand und Schulter waren jetzt deutlich zu sehen.

»Er ist zurückgelaufen«, sagte der Hundebesitzer. »Tut mir leid. Hat gegraben und so. Tut mir leid.«

Die Polizeibeamten rutschten den Abhang hinunter, von Geröll begleitet, kleinen Steinen, die zu ihren Füßen übereinanderrollten.

Der Sergeant bückte sich und nahm einen Stein nach dem anderen von der Leiche, stapelte sie sorgfältig neben sich auf. Oliver Woods' Gesicht kam zum Vorschein, der Mund offen, die Augen offen, die Haut gelblich. Der Polizist tastete seinen Hals ab und fühlte den Puls. »Er ist tot«, sagte er zu seinem Kollegen. »Das ist nicht zu bezweifeln.«

Sie betrachteten die deutlich sichtbare Quetschung an seiner Schläfe, das bräunliche Rinnsal aus Blut, das fast getrocknet war; und die neueren Verletzungen, die ihm von dem wild grabenden und scharrenden Hund beigebracht worden waren.

Der Sergeant seufzte schwer. »Ich kann die Identifizierung bestätigen«, sagte er zu seinem Kollegen. »Habe Woods gelegentlich bei Gericht gesehen. Anständiger Kerl.«

Der Constable senkte die Stimme: »Ist das derselbe Mann, der im Zusammenhang mit dem Davis-Mord gesucht wird?«

Der Ältere nickte. »Ja, doch das ist reine Routine. Die Frau hat eine Reihe von Wahnideen – anscheinend hat Woods in der letzten Woche versucht, Hilfe für sie zu besorgen. Hat mit dem Hausarzt wegen einer Pflege für beide gesprochen. Und der erste Bericht aus der Gerichtsmedizin ist klar – sie hat ihren Bruder allein umgebracht. Ohne Hilfe.« Er wandte den Blick von der Leiche ab. »Wir wollten ihm nur mitteilen, daß er sich keine Sorgen zu machen braucht.«

Die Polizisten überlegten einen Augenblick.

»Könnte es nicht Selbstmord gewesen sein?« fragte der Hotelbesitzer.

Der Sergeant lächelte grimmig. »Habe noch keinen Selbstmörder erlebt, der sich mit Steinen zudeckte, nachdem er sich umgebracht hat. Sichern wir den Tatort, bevor wir etwas anderes tun.«

»Dann war es also die Ehefrau?«

»Sie hat die Tochter mitgenommen.«

»Oder die andere Frau?«

Der ältere Mann zuckte mit den Schultern, klopfte sich Salz und Sand von den Knien seiner Hose. Der Collie winselte, wollte sich losreißen, wollte zurück zu seinem köstlich riechenden Fund.

»Da werden Weiber zu Hyänen ...«, sagte der Sergeant.

## 45

Es war dunkel, als der Citroën in Beths Zufahrt einbog. Die Schwüle des Tages lastete noch immer auf allem; die Luft war drückend, klamm auf der Haut.

Eine Weile blieben Beth und Rhys schweigend im Wagen sitzen und blickten in den schattigen Garten. Dann stiegen sie aus. Rhys kam um den Wagen herum auf Beths Seite.

»Schaffen Sie's?« fragte er.

»Mir geht es gut. Es ist nur das Knie, auf das ich gefallen bin.«

»Nun, lassen Sie sich Zeit. Geben Sie mir die Schlüssel. Ich setze gleich Wasser auf.«

Lächelnd legte sie ihm die Hand auf den Arm. »Ich möchte nur eine Weile im Garten sitzen. Macht es Ihnen was aus?«

»Natürlich nicht.«

Sie gingen den Weg entlang und die Steinstufen hinunter. Am jenseitigen Flußufer sahen sie hinter dem Feldrain Kühe von der Tränke zurückwandern, die Vorderfüße mit dunklem Schlamm bedeckt, die schwarzweißen Leiber geisterhaft schimmernd.

Beth und Rhys setzten sich. Wortlos nahm er ihre Hand, dann küßte er sie. Es war eine sanfte Umarmung. Beth schloß nicht einmal die Augen; einen Moment lang hob sich sein Gesicht weiß von der Dunkelheit ab, dann löste er sich von ihr.

»Du brauchst überhaupt nicht hineinzugehen«, sagte er. »Du könntest dir ein Hotelzimmer nehmen.«

»Es ist nicht das Haus«, sagte sie. »Ich wollte nur hier draußen ein bißchen Luft schnappen. Es ist kühler.«

Er schüttelte den Kopf, schaute auf ihre ineinander verschränkten Finger hinunter. »Ist es jetzt vorbei?« fragte er. »Ich denke nicht, daß ich noch mehr aushalte. Und der Wagen auch nicht. Ich bin die ganze Strecke bis Wynfirth mit hundertzwanzig gerast. Auf dem Kreisel in Warmborough sind sogar ein paar Kleinteile abgefallen.«

Beth lachte. Es war ein seltsamer Laut, völlig verzerrt. Doch schließlich stellten sich alle Stunden dieses Tages auf dieselbe Weise verzerrt dar; blickte man auf sie zurück, war es, als bewege man sich auf dem Jahrmarkt durch ein Spiegelkabinett.

Am schwierigsten war es gewesen, Rosie zu beruhigen. In einem anderen Zimmer hatte die Kleine unaufhörlich geschrien, während Beth versuchte, der Polizei ihre Seite der Geschichte zu erzählen. Es war ihr so vorgekommen, als habe Rosie stundenlang nach ihrer Mutter geschrien.

Der Sozialdienst war um sieben Uhr eingetroffen. Eine lebhafte, intelligente junge Frau Mitte Zwanzig namens Maggie. Sie war sehr gut. Unerschütterlich und ruhig.

Beth war allein befragt worden. In der Lounge mit den Blumendrucken an den Wänden, dem üblichen grünen Sofa, den minzgrünen Kissen und der Spielzeugkiste sitzend, hatte sie um Worte gekämpft. Immer wieder sah sie den Schlag vor sich, den Julia gegen Olivers Gesicht geführt hatte; und dieselbe Hand, die versucht hatte, ihr ins Steuer zu greifen. Sie hatte sich vorgebeugt und die Ellenbogen auf die Knie gestützt.

»Waren Sie beim Arzt?« hatte die Frau gefragt.

»Ich brauche keinen.«

»Wegen des Schocks.«

Beth hatte sie schief angelächelt. »Allmählich glaube ich, ich bin immun.«

»Das ist niemand. Denken Sie in den nächsten Tagen und Wochen daran. Der Schock wird Sie einholen.«

Eine unvorstellbare Müdigkeit, die ihr bis ins Mark zu dringen schien, hatte sie überwältigt. »Was geschieht jetzt mit Rosie?« hatte sie gefragt.

»Sie kommt noch heute abend zu einer sehr netten Familie. Sie haben ein kleines Mädchen von vier oder fünf Jahren und noch zwei ältere Kinder.«

»War der Arzt bei ihr? Hat er ihr etwas gegeben? Sie war wirklich außer sich. Ein Beruhigungsmittel?«

Es folgte eine lastende Pause.

»Da gibt es eine Schwierigkeit«, sagte Maggie. »Sie ist wahrscheinlich abhängig.«

»Mein Gott!« stieß Beth hervor. »Das hat Oliver mir heute nachmittag gesagt, unmittelbar bevor …« Sie wandte den Blick ab, schaute auf die Legoschachteln hinunter, die zu ihren Füßen aufgestapelt waren. »Er hat mir die Wahrheit gesagt, und ich habe ihm nicht geglaubt. Er war in jeder Beziehung unschuldig, wie er immer wieder gesagt hat. Und ich habe geglaubt, er wollte sich mit allen möglichen und unmöglichen Geschichten dafür rechtfertigen, daß er Rosie mitgenommen hatte.«

»Es ist auch schwer zu glauben.«

»Und Rosies häufige Grippeanfälle, ihre Lethargie, das häufige Fehlen in der Schule ...«

»Wahrscheinlich Nebenwirkungen oder reine Dichtung.«

»Aber der Hausarzt ...«

»Es ist unglaublich schwierig, so etwas festzustellen«, sagte Maggie. »Wie wollen Sie bestreiten, daß ein Kind Schmerzen hat? Das Kind ist bedrückt, niedergeschlagen, die Mutter verängstigt. Man will sichergehen. Vielleicht zeigt das Röntgenbild keinen Schatten auf der Lunge, aber die Mutter behauptet, das Kind huste die ganze Nacht ...« Maggie seufzte. »Und so weiter und so weiter, bis ins Unendliche. Das Münchhausen-Syndrom tritt angeblich immer häufiger auf, besonders bei Frauen, die sich allein gelassen fühlen. Niemand weiß, warum.«

Beth schüttelte den Kopf. »Julia hat es an nichts gefehlt. Sie kann sich nicht einmal auf eine unglückliche Kindheit berufen. Es gibt keine Entschuldigung. Sie hat mir einmal erzählt, ihre Eltern hätten sie abgöttisch geliebt.«

Maggie zuckte mit den Schultern. »Vielleicht liegt da das Problem. Abgöttisch liebende Eltern sterben. Die reale Welt stürzt auf den Menschen ein, der nie erwachsen wurde. Die ganze übertriebene Liebe ist in das Ego eingesickert wie Wasser in einen Schwamm. Dann versiegt das Wasser. Doch der Durst hört nicht auf. Oder ...« Sie hatte sich unterbrochen; dann: »Vielleicht ist in letzter Zeit etwas passiert – etwas, das nie verstanden, nie geklärt wurde ...«

»Sie haben den Fall recherchiert?«

»Ich habe ein bißchen gelesen.«

»Wie haben Sie es entdeckt?«

»Im Krankenhaus, als Rosie nicht aus der Bewußtlosigkeit erwachte. Mr. Woods sagte, seine Frau nehme seit einiger Zeit Temazepan ...«

»Und sie hat das für sie bestimmte Medikament Rosie gegeben?«

»Ja.«
»Aber sie liebt sie doch so sehr.«
»Am Münchhausen-Syndrom leidende Frauen sind nach außen hin perfekte Mütter. Tatsächlich aber sehen sie das Kind nicht als Kind. Nur als Ding, als Werkzeug. Unglücklicherweise sterben viele dieser Kinder. Als Babys mit Chemikalien vergiftet, die ihnen im Fläschchen verabreicht werden, oder sie werden erstickt. Sie sterben im Schlaf oder bei Stürzen ...«
Etwas Furchtbares war Beth eingefallen, während die Frau sprach. Es schien ihr zuerst so schrecklich, daß sie es kaum aussprechen konnte. »Wissen Sie«, hatte sie schließlich herausgebracht, »daß Olivers und Julias zweites Kind ...«
»Aus dem Fenster des Kinderzimmers fiel. Ja, das weiß ich.«
»Glauben Sie, daß es wirklich ein Unfall war?«
»Das muß noch untersucht werden.«
Beth erinnerte sich an die Beerdigung dieses Kindes. Erinnerte sich an das kleine Grab auf dem Dorffriedhof. Rebecca Juliette. Die beiden Namen auf dem Grabstein. Geburts- und Sterbedatum kaum ein Jahr auseinander. Sie erinnerte sich auch, wie viele Leute Julia angerufen hatten ...
Der Magen schien sich ihr umzudrehen, und sie preßte die Hand auf den Mund.
Maggie machte Anstalten aufzustehen. »Soll ich Ihnen ...«
Beth winkte mit der freien Hand ab. »Nein, nichts. Es geht schon wieder. Wirklich.« Sie fuhr sich über die Stirn und richtete sich auf. »Ich hätte etwas tun können, um Rosie zu helfen«, sagte sie. »Aber ich habe nie etwas vermutet. Nie.«
»Sie haben sich absolut nichts vorzuwerfen«, antwortete Maggie energisch. »Sie haben es nicht gesehen – und andere ebensowenig, bis vor ein paar Tagen.«
Bis vor ein paar Tagen.

Der Satz widerhallte in Beths Kopf. Vor ein paar Tagen war ihr die Welt noch absolut ruhig und in Ordnung vorgekommen. David hatte noch gelebt. Sie hatte gearbeitet. Julia hatte Rosie zur Schule gebracht und Beth lächelnd zugewinkt, wenn ihre Wagen sich begegneten.

Beth hatte zu Maggie aufgeblickt. »Hat man sie gefunden?«

»Noch nicht. Aber das ist nur eine Frage der Zeit.«

»Sie wollte nach Poole.«

Maggie hatte die Hand ausgestreckt und auf Beths Hand gelegt. »Vor allem müssen wir uns jetzt um Rosies Wohlergehen kümmern«, hatte sie gesagt. »Wir arbeiten nicht die Vergangenheit auf, wir bauen an der Zukunft. Man hat diesen Kindern gesagt, sie seien krank, sie wurden fast dafür belohnt, daß sie so lange krank waren. Das ist die Gefahr. Rosie muß gesund sein, muß lernen, gesund zu sein, muß sich selbst gesund sehen.«

Maggie hatte begonnen, ihre Papiere einzusammeln. »Oh, und noch etwas, natürlich«, fügte sie hinzu. »Rosie wurde von ihrer Mutter beeinflußt, hat von ihr gelernt. Will vielleicht sogar so sein wie sie.«

Beth hatte die Stirn gerunzelt. »Sie meinen, daß Rosie dasselbe Problem haben wird, dieses ...«

»Münchhausen-Syndrom.«

»Sie wird an derselben Krankheit leiden? Woher wollen Sie das wissen?«

»Ich weiß es nicht.« Maggie hatte flüchtig gelächelt. »Wir werden abwarten müssen ...«

Mein Gott, was für ein Tag, dachte Beth seufzend.

»Willst du ins Haus?« fragte Rhys.

»Ja. Ich bin müde.«

Arm in Arm schlenderten sie zur Tür, und Rhys sperrte auf. Im Haus war es stickig; Beth ging sofort zu den Fenstern und riß sie auf.

»Soll ich bleiben?« fragte Rhys.

Sie sah zu ihm auf.

»Ich meine nicht so bleiben, nur ganz einfach bleiben. Auf der Couch schlafen.«

»Nein, du bist auch ganz schön fertig.« Sie lächelte ihn an. »Danke. Danke für alles, was du heute getan hast.«

»Du solltest nicht allein sein«, sagte er.

Sie schüttelte den Kopf. »Mir ist es lieber so«, sagte sie. »Ich fühle mich ... überfordert. Möchte nur ganz still daliegen und meine Gedanken ordnen.« Sie sah seinen zweifelnden Gesichtsausdruck. »Es hat nichts mit dir zu tun«, sagte sie. »Ich könnte nur keine Fürsorge ertragen. Möchte nicht beobachtet werden. Tut mir leid.«

»Ich würde dich nicht ansehen.«

»Trotzdem ...«

Er seufzte, nahm ihre Hand und küßte sie. »Morgen früh komm' ich wieder.«

»Das ist gut.«

Auf der Schwelle blieb er stehen. »Schließ hinter mir ab.«

Sie machte eine scheuchende Handbewegung. »Ich bin absolut okay«, sagte sie. »Wenn man mich nur in Ruhe läßt.«

Sie beobachtete ihn wie er im Rückwärtsgang auf die Straße zurücksetzte und wegfuhr.

Dann tat sie, was er ihr ans Herz gelegt hatte: Sie schloß ab und hängte den Schlüssel an das Schlüsselbrett neben dem Herd. Sie hatte nicht die Kraft, sich etwas zu trinken zu machen, obwohl sie durstig war. Sie wollte nur noch eins – baden und dann ins Bett. Die Vorstellung kühler Baumwollaken und die selige Stille des Alleinseins kamen ihr unglaublich verlockend vor.

Unendlich mühsam stieg sie die Treppe hinauf. Ihre Gelenke schmerzten, vor allem das Knie. Sie war kurz und hart auf ihre Knie und dann auf die Hüfte gefallen, hatte Rosie vor sich hergestoßen, die über den Grasrand gerollt war und geschrien hatte, weil sie in Weißdorn und Brennesseln geraten war. Arme kleine Rosie, dachte Beth. Lieber Gott – arme Rosie.

Sie ging ins Schlafzimmer und öffnete das Fenster. Die Luft war noch immer stickig. Sie stand da, schaute hinaus und nagte geistesabwesend an den Knöcheln ihrer locker geballten Hand.

Dann kam sie zu einem Entschluß.

Sie verließ das Zimmer und stieg schnell die kleine Treppe zum Mansardenzimmer hinauf. Vor der Tür schaute sie einen Moment lang zögernd auf das Schloß. Dann sperrte sie auf und schaltete das Licht ein.

# 46

Die Anlegestelle für Fähren in Breaton lag verlassen da. Es war kurz nach Mitternacht, und der kleine Hafen, auch zur besten Reisezeit nie überfüllt, glich jetzt einer Geisterstadt. Das Pavilion Theatre am Ende der langen Hafenmauer war längst geschlossen. Die Eingänge der Hotels ebenfalls, die Nachtbeleuchtungen gelöscht. Nur am Ende des Katamaran-Docks brannte noch einsam ein Licht, ein kleines gelbes Quadrat aus Helligkeit.

Von hier gingen die Fähren nicht nach Frankreich, sondern nach Guernsey. Nicht jede Stunde, aber zweimal täglich. Es ist sicherer, viel sicherer als Poole, dachte sie.

Der Junge hinter dem Fahrkartenschalter blickte auf, als die Tür geöffnet wurde. Er unterbrach seine Unterhaltung mit dem Mädchen, das ihm Gesellschaft leistete. Auch sie hielt mitten im Satz inne und musterte die zerbrechlich aussehende Frau in teurer Kleidung, die an den Schalter trat.

»Bekomme ich noch ein Ticket?« fragte sie.

»Für heute ist die letzte Fähre weg. Ich schließe eben.«

Enttäuschung zeigte sich auf ihrem Gesicht. »Ich habe gedacht, bei Ihnen geht auch nachts eine Fähre«, sagte sie.

»Das ist richtig. Sie ist fünf Minuten vor Mitternacht ausgelaufen.«

Die Frau schaute auf ihre Füße und murmelte etwas. Die Freundin des Jungen grinste und zog eine Braue hoch.

»Die nächste geht um sechs«, sagte er.

»Gut. Dann möchte ich ein Ticket für die.«

»Sie können wiederkommen und direkt einsteigen. Die erste ist nie voll besetzt.«

»Ich will jetzt bezahlen.«

»Okay.« Er nannte ihr den Preis.

»Aber, Derek«, murrte das Mädchen. »Du hast schon vor einer halben Stunde eingepackt.«

»Es dauert nur eine Minute.«

»Ich habe keine Lust, die halbe Nacht hier rumzustehen.«

»Halt bitte den Mund«, sagte er.

Die Frau schien den kurzen Streit nicht bemerkt zu haben. Sie nahm Geld aus ihrem Portemonnaie und legte Scheine und Münzen betont langsam, wie in Zeitlupe, auf den Schalter. »Reicht das?«

Er gab ihr etwas zurück, öffnete ihre Hand, zählte ihr das Geld auf den Handteller. »Zwei Pfund zwanzig zuviel.«

Die Frau schloß die Hand um Ticket und Geld, ging zu der Holzbank und setzte sich.

Der Junge beugte sich über dem Schalter vor. »Sie können hier nicht warten«, sagte er. Die Frau blickte nicht auf. »Um fünf ist wieder jemand hier.«

Die Frau stand auf, ging zur Tür und wortlos hinaus.

»Verflucht und zugenäht«, sagte die Freundin des Jungen, »von welchem Planeten kommt denn die?«

Als sie zurückschaute, sah sie den Jungen nach dem Telefon greifen. »Mensch, Derek …«

Er bedeutete ihr, still zu sein.

»Wen rufst du denn jetzt an?«

»Die Polizei.«

»Wozu?«

»Hallo?« sagte er, wandte sich von ihr ab und legte seine freie Hand aufs Ohr. »Kann ich mit demjenigen sprechen, der nach dieser blonden Frau fahndet?«

## 47

Das Licht enthüllte David.

Er könnte auch im Raum stehen, so stark war die Ausstrahlung seiner Habseligkeiten.

Langsam trat Beth ein, sah sich um. Sie hatte seine Sachen in einem Wutanfall hier heraufgebracht, und sie lagen jetzt in einem Durcheinander herum, das er gehaßt hätte. Sie begann aufzuräumen. Nach einer Weile setzte sie sich neben seine Bücher, die sie ebenfalls von unten heraufgetragen hatte. Sie ordnete sie nach dem Alphabet. Obwohl sie erschöpft war, hatte sie das Gefühl, sie sei es ihm schuldig. Mehr als das, natürlich. Aber *etwas* war es doch.

Sie und David hatten sich an einem scheußlichen Januartag in Stourminster kennengelernt. Bei einer Lunch-Party, die jemand gegeben hatte, der sich als Freund eines gemeinsamen Freundes herausstellte. Sie hatten sich dann ein wenig abgesondert, da sie sich fehl am Platz fühlten. Sie erinnerte sich, daß sie gedacht hatte, David sehe sehr linkisch und unbeholfen aus.

Und dann hatte er angefangen zu sprechen und sich als Mann mit trockenem Humor erwiesen. Sie hatten sich zu einem Kinobesuch verabredet – es war ein wahrhaft fürchterlicher Film, wie sie hinterher feststellten. Am Wochenende darauf hatten sie sich zum Dinner getroffen. Ihre ersten Begegnungen waren alle in der Mittelmäßigkeit steckengeblieben. Wir müssen beide recht einsam gewesen sein, dachte sie.

Sie hatte ihn sehr rührend gefunden. Er hatte mit einer Bescheidenheit von sich selbst gesprochen, die traurig gewesen wäre, wäre da nicht sein Humor gewesen. Er hatte kleine Eigenheiten – war pingelig mit der Zeit, mit Geld –, die sie lustig gefunden hatte. Anfangs.

Mit der Hand auf seinen Büchern trauerte sie um sie beide. Um ihre Unfähigkeit, sich weiterzuentwickeln. Er war ernsthaft und naiv zugleich gewesen. Ein Mann, der das glaubte, was Vertreter ihm vorschwatzten; er glaubte den Leuten, die ihm Autos, Stereoanlagen, Waschmaschinen und so weiter andrehen wollten. Er umklammerte den Prospekt und lauschte andächtig dem üblichen Gefasel, während Beth ihm hinter dem Rücken des Verkäufers verzweifelt Zeichen machte, endlich abzubrechen, weil ihr klar war, daß man sie über den Tisch ziehen wollte.

David hatte dem geschriebenen Wort vertraut. Er las die Gebrauchsanweisungen der gekauften Gegenstände – des elektrischen Wasserkessels, des Wasserfilters, des Bügeleisens – und hätte nicht im Traum daran gedacht, sie nicht zu befolgen. Er wußte jedes wichtige Detail auswendig: die genauen Frequenzen von Radiosendern, Bankcodes, Auslaufdaten, Telefonnummern und die Geheimzahlen seiner Scheck- und Kreditkarten. Hatte er sie früher bezaubert und fasziniert und sogar zum Lachen gebracht, wenn er seine trockenen Scherze darüber machte, hatte er sie später mit seiner Pingeligkeit allmählich verrückt gemacht.

Schon ihn am Küchentisch sitzen zu sehen, vor sich eine Liste der Scheckabschnitte und den sorgfältig ausgearbeiteten Haushaltsplan für die nächsten Monate, hatte sie gereizt loszuschreien, bis die Fensterscheiben platzten.

»O David«, sagte sie jetzt in die Stille hinein.

Irgend etwas Ungeheuerliches mußte ihn verändert haben. Auch er mußte, wie sie, nahe daran gewesen sein, loszuschreien. Er mußte sich nach Veränderung gesehnt haben. Doch nie hatte er sie gefragt, ob sie genauso empfand. Hätte er es nur getan.

Sie waren achtlos hinausgewatet in eine tote graue See, und David mußte das Gefühl gehabt haben, daß sie am Rand der Welt nage und ihn zu verschlingen drohe. Vielleicht hatte er in die Zukunft geblickt. Oder in den Spiegel. Sich so gesehen, wie er in zehn oder zwanzig Jahren sein würde. Hatte die tödlichen Vorahnungen gespürt. Er würde sechzig werden, siebzig und noch immer in demselben zähflüssigen und lähmenden Sumpf stecken, den Kopf kaum über der Oberfläche, unsichtbar und unhörbar in derselben schleppenden Flaute ertrinken.

Er hatte diese riesige Veränderung gewollt, die das Geld mit sich bringen würde, hatte sich in den Weltraum gewagt, um seiner habhaft zu werden. War aus seiner sicheren dunklen Welt in die blendende Sonne getreten. Hatte in seinem ganzen Leben nur einen einzigen unvernünftigen Schritt getan.

David hatte nur einmal gespielt.

Aber oh, was für ein Spiel, dachte Beth und umklammerte die Bücherrücken fester.

Was für ein blutiges, tragisches Spiel.

Sie erblickte den Umschlag, den ihr die Polizei an seinem Todestag übergeben hatte. Sie nahm ihn auf, strich mit dem Zeigefinger über die kleine Kassette. Sie hatte sie bisher kaum beachtet, hielt sie jetzt jedoch in die Höhe. Sie stammte aus einem Diktiergerät. Soweit sie wußte, hatte David keins besessen. Er hatte sich ganz auf seinen Psion verlassen und seine Briefe von den Memos abgetippt, die er ihm eingegeben hatte.

Beth hielt inne und sah sich die Bücher an. Statistiken.

Handelsrecht. Kündigungsschutz. Ein dickerer Band Tagebücher eines Politikers. *Halliwell's Filmführer,* vielleicht das einzige Zugeständnis an Entspannung oder Unterhaltung, aber auch eine Art Verzeichnis.

Sie konnte sie nicht mehr anfassen. David schien sie von den Titeln und Umschlägen anzuschreien, das Gesicht, das ihr etwas zu sagen versuchte, von der einfallenden Dunkelheit umrahmt. Etwas war zwischen den Buchtiteln, den verstreuten Kleidungsstücken, dem Koffer, den Papieren. Es war ganz ähnlich wie in diesem Traum, in dem sie selbst ertrunken war.

Von Schuldbewußtsein und Kummer überwältigt, erhob sie sich auf die Knie, um aufzustehen.

Der Koffer stand noch immer mit geöffnetem Deckel beim Sessel. Auf Davids Kleider hatte sie einen kleinen Plastikbeutel geworfen, den der Bestatter ihr an dem Tag gegeben hatte, an dem er gekommen war, um mit ihr die Beerdigung zu besprechen. Als er gegangen war, hatte sie kurz hineingeschaut und eine kleine Broschüre gesehen, offenbar ein Werbeprospekt seines Unternehmens: ein Heftchen mit einem Kreuz und Blumen auf dem Umschlag. Jetzt nahm sie den Plastikbeutel und drehte ihn um.

Die Broschüre fiel heraus und fiel offen zu Boden – es waren Verse und Vorschläge für Grabinschriften. Ein paar Prospekte fielen Beth in den Schoß. Auf einem konnte man Vorbestellungen tätigen. Bezahlung per Dauerauftrag. Sie nahm das Blatt und wollte es zerreißen.

Dann sah sie die kleine Mappe.

Sie war dünn. Plastik. Vorn eingeprägt das Logo des Direktors des Bestattungsunternehmens. Sie öffnete die Mappe. Sie enthielt zwei Papiere. Das oberste war eine kurze, handgeschriebene Notiz.

*Mrs. March, das haben wir im Jackett Ihres Mannes gefunden.*

Das zweite Blatt war zwar glattgestrichen worden, man sah jedoch, daß es vorher zusammengeknüllt gewesen war. Darauf wieder ein handgeschriebener Satz. Er war sehr kurz:

*Ich folge Dir noch immer.*

Beth kniete mit der Nachricht in der einen und der Kassette in der anderen Hand mit dem Gesicht zur Wand und starrte sie an, als würden plötzlich die Antworten darauf projiziert.

*Ich folge Dir noch immer.*

Dieser letzte Morgen. Der tote Vogel auf der Veranda. Und sie kam die Treppe herunter, schirmte die Augen mit der Hand gegen das Licht ab. David hatte ein Stück Papier in seine Jackentasche gesteckt.

Der tote Vogel auf der Veranda – und der Zettel. Jemand hatte den Vogel getötet und mit dem Zettel auf die Veranda gelegt, damit David beides fand. Sie dachte an den Vogel, der vor ein paar Tagen eines Abends in panischer Angst in der Küche herumgeflattert war. Und sie dachte an Chaos.

Sie öffnete die Hand und betrachtete die Kassette.

»Wohin gehörst du?« fragte sie. »Ich weiß nicht, wo du hineinpaßt. Ich weiß nicht, wohin du gehörst.«

»In meinen Anrufbeantworter«, sagte Julia hinter ihr.

# 48

Als Rhys nach Hause kam, schaltete er sofort den Fernseher ein.

Er blieb eine halbe Stunde davor sitzen, zappte sich durch die Programme und entschied sich dann für einen Dokumentarfilm. Als der zu Ende war, schaltete er den Apparat ganz ab. Halbherzig begann er sich eine Zigarette zu drehen.

Im Arbeitszimmer stapelten sich die Papiere. Hellwach legte er sich auf die Couch, mit dem Kopf über den Rand, und breitete die Vermessungspläne von Oak Rise vor sich aus. Alison Warleys Skizzen waren kleine Kunstwerke. Der männliche Schädel fein gezeichnet, ungewöhnlich genau im Detail. Sie hatte die Wirkung des Axthiebes in allen Einzelheiten angeführt, das Eindringen in den Hinterkopf, das Scheitelbein und die Gehirnlappen. Es klang wie ein Gedicht, beschwichtigend im Ton. *Fossa cranii posterior ...*

Rhys rollte sich herum und blickte zur Decke.

Als Teenager hatte er nur eine Leidenschaft gehabt – weder Sport noch Autos, nicht einmal Mädchen. Seine Spaziergänge führten ihn immer auf den Friedhof. In der Schule glaubte man eine Zeitlang, daß er im Krematorium in der Aylesham Road etwas Verbotenes gefunden hatte; seine Freunde waren überzeugt, er habe dort ein Mädchen.

Und das hatte er auch. In gewisser Weise. Charlotte, Tochter von Henry Coffett, vierundzwanzig Jahre alt; gestorben 1822. Ihr Grabstein war ein Engel, dessen Flügelspitzen vom Alter abgerundet waren und dem ein Fuß fehlte; das Buch, das er einst in den Händen gehalten hatte, war weggebrochen. Charlotte faszinierte Rhys. Auf dem Stein stand kein Bibelvers, was unüblich war, sondern ein einzelner Satz. Er lautete: *Lebe wohl, Du Kind meiner rechten Hand und Freude.*

Eine lange Zeit dachte er, ihre Eltern mußten ihn erdacht haben. Dann war er bei einem Schönschreibwettbewerb in der Schule auf Ben Jonsons *An meinen Sohn* gestoßen. Rhys war damals fünfzehn und der Wettbewerb überregional gewesen. Er hatte grollend mitgesehrieben, weil man ihn dazu zwang; dasselbe Sonett. Selbst jetzt noch sah er es in fetter Kursivschrift auf Bleistiftzeilen vor sich. Obwohl er den Englischunterricht verabscheut hatte, war ihm das verdammte Ding unter die Haut gegangen, wie durch die Tinte absorbiert. Er konnte die Worte einfach nicht aus seinem Gedächtnis verdrängen.

Er hatte die unberührten Anthologien in der Schulbibliothek nach mehr durchforscht und mehr gefunden. Berge von Totenklagen für Kinder oder Frauen. Sogar für Hunde. Nie wurde er dabei gestört, als er in den Büchern nach Elegien über Tod und Verwesung suchte. Seine Freunde meinten, er gehe durch eine komische Phase. Als er sie hinter sich hatte, war er jedoch noch komischer geworden. Er hatte eine fixe Idee – die Archäologie.

Er fand Robert Bridges – *Geh hin und lieg in deinem Sarg, dem letzten kleinen Bette!* – und George Meredith – *So erbärmlich nahm die Liebe ihm, was er gezeugt* – und den einen Vers, den er immer im Kopf hatte, wenn er arbeitete: *Denk stets daran, wieviel königlich Gebein ruhet unter diesem Stein.*

Und zu denken, wie viele Menschen auf dem Oak Rise über sie hinweggeschritten sein mochten. Sieben Skelette unter der Erde. Nur zehn Zentimeter unter der Erde. Andere Füße – und nur zehn Zentimeter unter irgend jemands Absätzen das emporgewandte Gesicht des Toten.

*Denk stets daran, wieviel königlich Gebein ...*

Auf dem Oak Rise waren vermutlich zwei Ermordete begraben worden. Der alte Mann und der junge. Eine offensichtliche Verletzung, der andere mit gebrochenen Knochen hastig verscharrt. Die menschliche Gestalt war erstaunlich zerbrechlich; es dauerte nur Sekunden, um Haut und Fleisch zu durchbohren und das komplizierte System des Lebens zu vernichten. Lebensfunktionen, die jahrzehntelang perfekt abgelaufen waren, konnten mit einem kleinen Metallstück zerstört werden. Der Pfeilspitze, dem Messer, der Schußwaffe. Es ging so leicht und so schnell. Und doch überdauerten die Knochen Jahrhunderte. Hunderte, sogar Tausende von Jahren.

Er fragte sich, wer auf dem Oak Rise wohl der erste gewesen war. War die Frau gekommen, um einen der beiden Männer zu betrauern? Oder hatten *sie* die Frau begraben?

*Denk stets daran, wieviel ...*

Er kreuzte die Arme über dem Kopf, schloß die Augen. Hat einer der beiden sie getötet? fragte er sich. Oder vielleicht die Ehefrau eines der Männer ...

Plötzlich fuhr Rhys auf der Couch in die Höhe. »O du heilige Scheiße!« stieß er hervor.

Da war David. Oliver.

Beth.

Er sah Oliver auf dem Strand, wie Beth ihn geschildert hatte, die dünnen Haarsträhnen, die sich unter den Steinen hervorzwängten, der letzte Rest von ihm, ehe Julia ihn ganz zugeschaufelt hatte. Mit dem Gesicht nach unten. Und David in einem Sarg, einen Meter achtzig unter der Erde neben der Kirche. Und Beth ...

Ihr Bild stürzte auf ihn ein, verdrängte alles andere. Beths Gesicht, das von rieselnder Erde erstickt wurde. Beth mit dem Gesicht nach unten unter einer rasch aufgehäuften Pyramide aus Salz, Kies und Sand.

*Ruhet unter diesem Stein.*

Er zog die Stiefel an, die er erst vor einer halben Stunde von den Füßen geschleudert hatte, und fluchte leise, als er, einen Fuß hinter sich herziehend, durch das Zimmer stapfte.

Aesculapius erhob sich und lief wie ein Schatten hinter ihm her, winselte, zerrte an seinem Stiefel.

»Jetzt nicht«, sagte Rhys, nahm seine Schlüssel und öffnete die Tür. »Bleib.«

## 49

Die beiden Frauen sahen sich still über den Raum hinweg an; Beth, die noch auf dem Boden kniete, Julia in der Tür.

Beth stockte der Atem; sie wartete, daß Julia sich bewegte – doch sie rührte sich nicht. Ihr Gesicht war völlig ausdruckslos. Endlich wanderte Beths Blick von den leblosen blauen Augen zu Julias Händen, die schlaff hinunterhingen. Und auf den Boden. Julia war barfuß.

Julia schaute auch nach unten. Beinahe versuchsweise hob sie einen Fuß, wie jemand, der neue Schuhe betrachtet.

»Nicht mehr seit ich klein war ...«, sagte sie leise vor sich hin.

»Was?«

Julia lächelte. »Keine Schuhe.«

Sie kam ins Zimmer, Beth rutschte nach hinten, versuchte sich aufzurichten. Doch Julia ging nicht auf sie zu, sondern auf die andere Seite des Dachbodens, wo das kleinere Fenster mit Blick auf die Dorfstraße war.

»Sie sind noch immer da«, sagte sie.

»Wer?«

»Jemand in der Lodge.« Sie nahm den Saum ihres Kleides und wrang ihn aus, obwohl keine Feuchtigkeit auf den Boden tropfte. »Ich habe sie gesehen«, sagte sie. »Habe bei der Brücke kehrtgemacht und bin über das Feld gekommen. Habe meine Schuhe am anderen Bachufer gelassen.« Sie ließ den Saum fallen, nachdem sie ihn glattgestrichen hatte, und schaute zu Beth hinüber. »Ich nehme an, ich muß zurückgehen und sie holen.«

Beth war aufgestanden. Sie schaute zur Tür. »Wie bist du hereingekommen?« fragte sie.

»Mit meinem Schlüssel.«

»Mit *was für einem* Schlüssel?«

Julia griff in die Tasche, holte einen Schlüssel heraus und hielt ihn in die Höhe. »Mit dem Nachschlüssel, den ich mir machen ließ. Vor Jahren schon. Du läßt ja alles herumliegen, Beth. Hast du schon immer getan.«

Beth konnte sie nur anstarren.

»Wo ist sie?« fragte Julia.

»Wer?«

»O Beth!« Enttäuscht schüttelte Julia den Kopf. »Du weißt, wer. Rosie. Ist sie hier?«

Beths Herz begann zu hämmern. »Der Sozialdienst hat sie mitgenommen. Wohin, weiß ich nicht genau.«

Julia nickte nur. Das war kaum die von Beth erwartete Reaktion. Sie hatte den Zorn von heute nachmittag befürchtet, die Panik des Telefonanrufs. Jetzt schien es nur noch die merkwürdige eisige Stille zu geben.

Julia hörte ihr offenbar nicht zu. Sie sah sich zwischen Davids Sachen um. »Er hat mich angerufen«, sagte sie, als denke sie laut. »Er hat immer gesagt, ich würde ihn hetzen.« Sie lachte, tief in der Kehle. »Wie ein Hund, verstehst du? Der einen Fuchs verfolgt? Hetzen.« Sie schien das Wort wirklich komisch zu finden und zeigte auf die Kassette. »Das hier wollte er«, fuhr sie fort. »Er hat am Sonntag angerufen, als wir zum Lunch ausgegangen waren. Er wollte es zurück.«

Sie machte einen Schritt auf Beth zu. »Er war immer so vorsichtig«, sagte sie. »Warum dieses Gezeter, diese Beschimpfungen? Ein Glück, daß ich das Band vor Oliver abgehört habe. Warum hat er es aufgehoben, so daß man's finden konnte? Das war nicht meine Schuld.«

Beth umfaßte die Kassette fester. »Was ist da drauf?« fragte sie mit einer Stimme, kaum lauter als ein Flüstern.

Julia winkte geringschätzig ab. »Oh, daß ich ihn nicht mehr anrufen soll, daß ich alles hätte, was ich mir gewünscht habe, daß er mich nie geliebt hat, daß er das mit Oliver und mir nicht mehr aushalte ...« Sie zuckte mit den Schultern. »Ich habe es ihm Sonntag abend gegeben, aber gleichzeitig habe ich es ihm gesagt. Habe ihm genau das gesagt« – sie zeigte auf den Zettel –, »was hier draufsteht. Ich würde ihm trotzdem folgen.«

Beth wandte den Blick ab. Sie konnte den stumpfen Ausdruck in Julias Augen nicht mehr länger ertragen.

»Weißt du, es war nämlich nicht wahr, was er gesagt hat«, sprach Julia weiter. »Er hat gesagt, er habe nie etwas für mich empfunden. Aber ich weiß, er hat es getan. Einmal hat er es getan.«

Zettel und Kassette fühlten sich an, als sengten sie Löcher in Beths Hände. »Ihr hattet nie eine Affäre, und trotzdem hast du ihn erpreßt«, sagte sie leise.

Julia zog die Brauen hoch. Sie bekam ein wenig Farbe, stärker werdende rote Streifen erschienen an ihrem Hals und kletterten höher wie Ranken. »Man verbringt nicht eine Nacht mit jemandem und – geht dann einfach. Läßt den anderen einfach fallen.«

»Eine Nacht. Genau wie Oliver gesagt hat.«

Julia ignorierte sie. »Ist das nicht typisch?« sagte sie wie zu sich selbst. »Benutzt und dann weggeworfen zu werden? Das dürfte kein Mensch einem anderen antun – nichts Lebendigem. Das tut man nur«, sie tat so, als wolle sie etwas Ekliges von den Händen abschütteln, »wenn was Schmutziges an dir klebt. Man wirft es weg, schaut, daß man es los wird, wirft es weg ...

Sie unterbrach sich, die Augen auf den offenen Koffer gerichtet. Ihr Lächeln kam wieder, aber unsicher, zitternd. »Es ist mir schon früher passiert«, sagte sie. »Ich mußte mich mit Oliver begnügen, wie etwas Übriggebliebenes. Man hat mir alles mögliche versprochen. Es wird erwartet, daß man es hinnimmt und dann vergißt …« Sie schloß kurz die Augen. »David hat mir gesagt, er gehe an einen Ort, an dem ich ihn nicht erreichen könne.«

Beth öffnete die Faust und zeigte Julia den zusammengeknüllten Zettel.

»Ja«, sagte Julia, »aber ich brauchte ihm nicht zu folgen. Am Sonntag hat er mir gesagt, er fahre nach Cherbourg. Es gibt nur eine Fähre.«

»Also hast du auf dem Dock auf ihn gewartet?«

»Ja«, sagte Julia.

»Und der Vogel?«

Julia sagte nichts.

»Julia, der Vogel und der Zettel. Dann der Vogel in der Küche …«

Julia erwiderte ihren Blick, ohne zu blinzeln. »Ich wußte ja, daß du die Dinger haßt«, sagte sie. Dann fast zu sich selbst: »Ich hasse sie auch. Sie bedeuten das Schlimmste. Das Allerschlimmste kommt auf dich zu, das du dir vorstellen kannst …«

»Aber ich habe dir nie gesagt, daß ich mich vor Vögeln fürchte …«

»Doch, hast du.«

»Wann?«

Julia zuckte mit den Schultern. »Weiß nicht. Vor einer Ewigkeit. Als ihr hergezogen seid. Als auf dem Dach ein Nest war oder so.«

Die Erinnerung kehrte zurück wie eine Welle. David hatte das alte Nest heruntergeholt, das unter dem Dachvorsprung hing; eine Unterhaltung draußen, auf der Straße … Sie hatte sie vergessen. Sie hatte das Nest vergessen.

»Deine Mutter«, sagte Julia.

»O Gott«, stieß Beth hervor.

Julia beachtete sie nicht. »Ich bin zurückgekommen, als er in Poole nicht eintraf«, sagte sie. »Auf dem Rückweg war ich mit Rosie natürlich beim Arzt. Alan Pritchard stand an deiner Gartentür. Er bat mich, zu dir hineinzugehen. Sagte mir, David sei tot.«

Beth zerknüllte den Zettel und ließ ihn fallen.

»Das ist es, was du nicht verstehst«, sagte Julia.

»Was?«

Plötzlich tat Julia, was Beth von Anfang an erwartet hatte. Sie stürzte sich auf Beth, packte sie bei den Armen. Beth taumelte zurück, prallte gegen den Schreibtisch. Julias Gewicht drängte sie gegen das vom Boden bis zur Decke reichende Fenster des alten Getreideaufzugs.

Aus dem Gleichgewicht geraten, mit dem Rücken zur Scheibe, war Beth den Bruchteil einer Sekunde davon überzeugt, daß sie durch das Glas stürzen würde: entweder von Julias Händen gestoßen oder durch ihr Gewicht hinausgedrängt. Ihre Füße rutschten auf dem Holzfußboden aus, und sie krachte, Zentimeter vom Glas entfernt, zu Boden; Julia lag auf ihr und preßte ihr den Atem aus den Lungen.

An der Vorderseite des Hauses hörte sie einen Wagen vorfahren und anhalten. Stimmen wurden laut, doch was gesagt wurde, war nicht zu verstehen.

Sie versuchte, sich von Julias Händen zu befreien, versuchte sich unter ihr herauszuwinden. Julias helles Haar hing ihr in den Mund. Sie drehte das Gesicht weg.

»Ich habe ihn geliebt«, sagte Julia. »Nur darum ging es. Das hat Oliver nicht verstanden. Er hat gedacht, es sei nichts – aber das stimmte nicht. Ich habe ihn geliebt. Und er wollte nicht einsehen – wollte mir nicht zuhören …«

Beth hörte auf, sich zu wehren. Sie blickte zu dem kaum zehn Zentimeter entfernten Gesicht auf. »Aber *David* hat dich nicht geliebt«, sagte sie.

Julia ließ sie sofort los. Ließ sich zurückfallen.

Beth rollte sich weg, richtete sie halb auf, eingeklemmt in dem Winkel zwischen Glas und Wand. Sie preßte die Hand auf den Magen und rang verzweifelt nach Luft. Wie aus weiter Ferne hörte sie drei Stockwerke tiefer ein Klopfen, hörte einen Mann ihren Namen rufen.

»Was hast du gemeint?« fragte sie. »Als du gesagt hast ...« Die Worte wollten nicht heraus. Es war so schwierig, Atem zu holen. »Als David auf der Kassette sagte, du hättest alles, was du dir gewünscht hättest ... Was hat er damit gemeint?«

»Nur das Geld«, sagte sie gleichgültig.

Beth fühlte, daß sie anfing zu zittern. Es war eine Reaktion, die sie nicht beherrschen konnte.

»Was für Geld?«

»Das Geld«, antwortete Julia ungeduldig. »Das *Geld.*«

Beth versuchte aufzustehen, stützte sich an die Wand. »Julia«, sagte sie, »hast du ein Konto im Ausland? Hat David einen Kreditantrag unterschrieben und eine Hypothek aufgenommen und ...« Der Raum drehte sich leicht, alles verschwamm. »Hat er dir dieses Geld gegeben?«

Julia versuchte das Fenster zu öffnen.

»Laß das«, sagte Beth.

Julia kam aber mit der Verriegelung nicht zu Rande. Es war ein Doppelriegel, mit dem man den oberen Teil des Fensters öffnete, so daß es wie ein gewöhnliches Flügelfenster funktionierte. Und man konnte das ganze Fenster öffnen, so daß die Flügel wie Türen nach außen schwangen. Die Beherrschung verlierend, schlug Julia mit der Faust auf die Verriegelung. Die Tür öffnete sich in die Dunkelheit, auf den schmalen Balkon.

»Laß das sein«, sagte Beth.

»Ich habe ihm gesagt, daß ich's eigentlich gar nicht haben wollte«, erklärte Julia. »Am Sonntag hab' ich es ihm gesagt. Ich habe ihm gesagt, ich hätte nicht die Absicht zu verschwinden, einfach so. Geld oder nicht. Es war nur ein Scherz.«

Beth schaute ihr ins Gesicht, entsetzt über den reinen Wahnsinn, den sie darin sah. »Ein *Scherz?* Das war ein *Scherz* für dich?« flüsterte sie. »Du hast ihn um den Verstand gebracht.«

»Nein«, sagte Julia, »das hat er selbst getan.«

»Und am Montag – in der Garage, im Wagen?«

»Du wolltest mir nicht zuhören. Ich hab' dich immer wieder angerufen. Du hast mich ausgeschlossen. Niemand *hört zu!*«

»Mein Gott!« stieß Beth leise hervor. »Es war alles inszeniert.«

Julia ging weiter.

»Tu das nicht!« rief Beth.

Julia war auf das breite Geländer gestiegen.

»Julia«, sagte Beth entsetzt. »Julia, denk an Rosie. Rosie wird dich sehen wollen, bald, morgen ...«

Julia breitete die Arme aus.

»O Gott!« sagte Beth. Aus Angst, daß Julia sich bewegen würde, wagte sie jetzt nicht, aus ihrer Ecke herauszukommen. Aber sie konnte auch nicht einfach dastehen und nichts tun.

»Julia«, flüsterte sie und versuchte ihrer Stimme Festigkeit zu geben. Ihr Herz war in einen unmöglichen Rhythmus verfallen, den Rhythmus der letzten Tage: in ein ruckartiges, unregelmäßiges Hämmern. Blut schien ihren Kopf zu füllen, hinter ihren Augen bildete sich ein Druck. »Julia, bitte komm runter. Rosie ist nicht für immer fort. Sie wird wiederkommen. Man wird dir helfen, alle werden verstehen ...«

Lügen. Egal was für Lügen.

Julias Körper schwankte.

Unten im Garten versammelten sich Gestalten auf dem Rasen. Am Straßenrand parkte ein Wagen, das Licht seiner

Scheinwerfer überflutete die Wiese. Disteln und Gras dehnten sich zu phantastischen Gebilden, flatterten wie Flügel, als neue Schatten über sie hinweghuschten.

»Schau die Vögel an«, flüsterte Julia.

Hinter ihr streckte Beth die Hand aus.

Jemand hämmerte an die Hintertür, die Küchentür zum Garten. Unzusammenhängende Geräusche, laute Stimmen. Man stritt sich dort unten, es war ein Streit, der von regelmäßigen Fausthieben gegen die Tür unterbrochen wurde. In der Sekunde, in der Beths Finger Julias ausgestreckte Hand streiften, ging die Tür mit einem Krachen auf, und die Stimmen drangen ins Haus.

»Julia«, flüsterte Beth, »bitte komm runter ...«

Julia schaute zu ihr zurück.

Laute Schritte eilten die Treppe herauf.

»Beth!« rief Rhys.

Die Polizei befahl ihm zurückzubleiben.

Julia packte Beths Hand und sank zusammen, bis sie auf dem Geländer hockte und Beth neben ihr war.

»Mrs. Woods!« rief jemand aus der Dunkelheit unter ihnen.

Beth hörte, daß Rhys den zweiten Stock erreicht hatte. Hörte ihn über den Treppenabsatz und die schmale Treppe zum Dachboden stürmen.

»Hör mir zu, Julia«, sagte Beth, und Julia wandte kurz den Kopf. »Julia, Rosie braucht ihre Mutter. Denk nach. Sie hat ihre Schwester verloren und ihren Vater ...«

»Rebecca«, sagte Julia.

»Ja, das ist richtig. Die kleine Rebecca. Erinnere dich. Die arme Rebecca.« Beth stolperte von Wort zu Wort. »So viel Schlimmes ist dir zugestoßen. Die Leute werden sogar das verstehen. Auch das mit Oliver. Es war nicht geplant. Du wirst Rosie nicht lange entbehren müssen und ...«

»Rebecca«, sagte Julia.

»Ja, ich ...« Die Worte gefroren Beth im Mund.

Julia lächelte selig, ihr Kopf rollte leicht von einer Seite zur anderen, ihr Mund stand offen, ihre Augen schweiften zu einem Punkt hinter Beths Gesicht. »Ich habe sie auf den Fenstersims gestellt, damit sie die Vögel sehen konnte«, sagte sie. »Die vielen Schwalben und Mauersegler im Garten.« Sie streckte die Hand über das Geländer in den freien Raum, als fühle sie noch die Fingerchen ihrer Tochter in den ihren, während sie auf dem Fenstersims balancierte.

»Alle Vögel flogen ganz nah am Haus vorbei«, sagte sie. Und stand abrupt auf.

»Julia!« schrie Beth.

Hinter ihnen stürmte Rhys herein. Beth blickte hinter sich, winkte ihm verzweifelt und hilflos, er solle zurückbleiben. Gleichzeitig hatte Julia sich aus Beths Griff herausgewunden.

»Sie hat einfach das Gleichgewicht verloren, es war nicht meine Schuld«, flüsterte Julia. »Wir haben nur versucht, den Vogel zu fangen ...«

»Julia!« schrie Beth.

Am Geländer drehte Julia sich plötzlich um, wie bei einer Pirouette, breitete, den Kopf zurückwerfend, die Arme weit aus.

Im letzten Moment, bevor sie sich rücklings fallen ließ, bevor der Wind ihr Kleid erfaßte, bevor ihre Füße sich vom Geländer lösten und sie stürzte, sah sie Beth auffordernd an.

»Schaust du mir zu?« flüsterte sie.

# Nachtrag

»Dein Flug wird aufgerufen«, sagte Beth.

Es war der 9. September, zehn Uhr abends. Von draußen drückte sich die Dunkelheit an die Fenster der Flughafen-Lounge. Rhys stand auf, sammelte seine Bücher und das Handgepäck ein. Auf der Bank gegenüber lag Rosie lang ausgestreckt, bemüht, mit den Zehenspitzen die Tasche eines anderen Passagiers zu berühren.

»Rosie«, sagte Beth, »steh auf. Rhys muß jetzt gehen.« Andere Passagiere begannen um sie herumzuwimmeln, verabschiedeten sich hastig und laut.

Beth hatte sich zu Rhys umgedreht. Nun, da der Augenblick gekommen war, waren sie beide irgendwie linkisch und verlegen.

»Hast du alles?« fragte sie.

»Ich glaube.«

»Deine Zeitschrift?«

»Habe ich in die Tasche getan.«

»Wann bist du in Nairobi?«

»Morgen um neun.«

Sie wußte es. Sie hatten oft darüber gesprochen. Ankunft neun Uhr. Dann ein Inlandflug mit Kenyan Airways nach Bujumbura. Ankunft dort fünf Minuten nach zwei in der Nachmittagshitze. Dann fünf Stunden Autofahrt zu Christine.

Das Schweigen zwischen ihnen wurde plötzlich durch Rosies Schreie gebrochen. Sie hatte es irgendwie geschafft, von der Bank zu rutschen und auf dem Boden zu landen. Sie war nur ganz leicht aufgeschlagen, aber sie jammerte übertrieben laut und heftig.

Beth warf Rhys einen Blick zu, ging dann zu ihr. »Komm, Liebling. Steh auf.«

»Aber es tut weh. Es tut scheußlich weh!« Rosie hielt sich das Knie.

»Laß mal sehen«, sagte Beth. »Ach, nur eine winzige Beule. Das ist gleich wieder gut. Und jetzt hopphopp. Sag Rhys auf Wiedersehen.«

Murrend ging Rosie zu Rhys hinüber, warf dem Paar, das ihr zu Hilfe eilen wollte, einen verzweifelten Blick zu.

Rhys streckte die Arme aus.

»Wirst du Löwen sehen?« fragte Rosie.

»Massenhaft.«

»Bringst du mir einen mit?«

Rhys lachte. Küßte sie auf die Wange und stellte sie auf den Boden. Rosie klammerte sich an Beths Hand, schaute von einem zum anderen.

»Lauf los«, sagte Beth. »Du verpaßt die Maschine.«

»Ich geh' schon.«

Aber noch nicht gleich. Er stellte den Koffer ab und nahm sie in die Arme. Nachdem er sie geküßt hatte, beugte er sich, sie noch immer festhaltend, ein wenig zurück und schaute ihr in die Augen.

»Du weißt, warum, nicht wahr?« fragte er. »Du verstehst?«

»Ja, ich verstehe.«

»Ich muß sie sehen, nur einmal. Um ganz sicher zu sein.«

Sie berührte seine Lippen. »Ich verstehe.«

Er nahm den Koffer auf. »Ich rufe aus Nairobi an. Ob es aus Burundi möglich ist, weiß ich nicht. Aber ich werde es versuchen.‹

»Okay.«

»Paß auf dich auf.«

»Wir sehen uns nächsten Monat«, sagte sie und hielt sich hinter dem Rücken selbst den Daumen, weil sie hoffte, daß es wahr würde.

Er blieb stehen, lächelte ihr noch einmal zu. Dann machte er kehrt und ging, ohne zurückzublicken, den Flugsteig entlang.

»Er hat nicht gewinkt«, beklagte sich Rosie.

»Das macht nichts«, sagte Beth.

Sie gingen auf die Besucherterrasse. Ein paar Minuten später sahen sie das Flugzeug in den Nachthimmel aufsteigen.

»Kann er uns sehen?« fragte Rosie.

»Ja«, sagte Beth.

»Flieg, flieg«, flüsterte Rosie.

Beth drehte sich um und sah sie an. Einen Augenblick sah sie Julia in Rosies Gesicht: den gleichen trägen, leidenschaftslosen Blick.

»Wo ist Chaos?« fragte Rosie.

So fehl am Platz sie schien, Beth war an die Frage gewöhnt. Seit dem Tod ihrer Eltern hatte Rosie weder Julia noch Oliver erwähnt. Doch immer wenn etwas sie beunruhigte – eine Szene im Fernsehen, ein Kind in der Schule, eine Auseinandersetzung, gleich welcher Art, oder eine Abreise wie diese –, stellte Rosie dieselbe Frage.

Der Kinderpsychologe sagte, das sei völlig normal. Er hatte sogar einen Ausdruck dafür. Symbolverlust. Wann immer sich die Vergangenheit an die Oberfläche drängen wollte, wurde Chaos zum Symbol. Er war der Wächter am Tor, schirmte gegen die anderen Erinnerungen ab. Falls Rosie je an Chaos vorbeisehen konnte, gefestigt durch die Antworten, die sie bekam, würde sie bereit sein, alles übrige zu sehen. Bereit, sich damit abzufinden.

Beth bückte sich, um Rosie zu küssen, kniete neben ihr nieder und nahm sie fest in die Arme.

»Rhys kommt bald wieder«, sagte sie.

Rosies Arme schlangen sich fester um ihren Hals. »Ich hab' es abgenommen, weil er mich gekratzt hat«, flüsterte die Kleine.

Beth hielt sie von sich ab, sah sie an. »Wer hat das getan?« fragte sie, weil sie nicht verstand. »Rhys hat dich gekratzt?«

Rosie lächelte. »Doch nicht Rhys. Chaos.«

Sie legte Beth die Hand auf den Hals, ihre Finger krümmten sich um den Aufschlag der Wolljacke. Kälte drang plötzlich in Beths Blut, ließ ihr Herz zu einem eisigen Klumpen erstarren.

»Was hast du abgenommen, Rosie?« fragte sie. Aber sie wußte die Antwort bereits.

»Sein Halsband«, sagte Rosie. Sie stand auf, winkte den Lichtern des Flugzeugs, die nur noch kleine Punkte in der Dunkelheit waren, ein letztes Mal lange nach.

»Er war ein böser Kater«, sagte das kleine Mädchen gleichgültig, »sollte uns keine Vögel mehr wegfangen.«